사상으로서의
조선문학 전시체제기 1937~1945
한국문학의 윤리

지은이 이혜진 李慧眞 Lee, Hye-jin

한국외국어대학교 국어국문학과에서 석·박사학위를 받았다. 민족문제연구소 연구원을 거쳐 도쿄외국어대학 총합국제학연구원에서 연구원으로 공부했다. 현재는 세명대학교 교양과정부에서 조교수로 근무하고 있다. 논문으로는 「최재서 비평 연구」, 「서인식의 역사철학과 쇼와 비평의 문제들」, 「내선일체의 차질」 등이 있고, 역서로는 『화폐인문학』, 『자유란 무엇인가』, 『최재서 일본어 소설집』 등이 있다.

사상으로서의 조선문학 전시체제기(1937~1945) 한국문학의 윤리

초판 인쇄 2013년 10월 5일 **초판 발행** 2013년 10월 15일
지은이 이혜진 **펴낸이** 박성모 **펴낸곳** 소명출판 **출판등록** 제13-522호
주소 서울시 서초구 서초동 1621-18 란빌딩 1층
전화 02-585-7840 **팩스** 02-585-7848
전자우편 somyong@korea.com **홈페이지** www.somyong.co.kr

값 25,000원 ⓒ 이혜진, 2013
ISBN 978-89-5626-910-8 93810

사상으로서의 조선문학

전시체제기 1937~1945
한국문학의 윤리

The Ethics of Korean Literature
under Japanese Colonialism

이혜진

소명출판

이 책은 식민지 말기, 구체적으로 말하면 1937년 중일전쟁이 발발한 시점에서부터 1941년 아시아·태평양전쟁 시기를 거쳐 1945년 해방 이전까지 이른바 '전시체제기'의 한국문학을 다루고 있다. 주지하다시피 중일전쟁과 아시아·태평양전쟁은 일본이 수행한 제국주의적 침략전쟁이었지만, 당시 일본의 식민지라는 형태로 존재했던 조선은 '문학'이라는 매개를 통해 일본의 전쟁에 복무할 수밖에 없었다. 따라서 이 시기의 한국문학은 제국주의와 식민지의 문제 그리고 거기에 기반을 둔 문학의 존립 양태와 지식인의 윤리 문제를 중요한 화두로 껴안고 있다. 선험적으로 갖추고 있는 '조선적인 것'을 버리고 일본 국민이 되어 일본어를 구사하면서 천황을 위해 목숨을 바쳐야만 하는 가공할 만한 상황에 직면하게 되면, 글을 쓰는 인간 존재의 숙명이라는 물음 앞에 자명한 답안이란 존재하지 않는다.

이러한 시기의 한국문학은 문학이라는 개념을 넘어 일종의 사상의 영역이었으며, 바로 그 지점에서 한국문학의 윤리를 자문해야 한다. 이 책의 표제를 '사상으로서의 조선문학'이라고 내걸고, 특별히 '전시체제기 한국문학의 윤리'라는 부제를 붙인 것은 이러한 까닭에서 연유한 것이다. 표제에서 사용한 '조선문학'이란 당시 국적을 상실한 조선에 대해 일본문학과 구별하는 의미에서 식민지 조선문학을 지칭했던 당대의 용어를 채택한 것이며, 부제에 사용한 '한국문학'이란 사후의 관점에서 당대의 조선문학을 정치적·사상적 혹은 국제관계적 의미망에서 조망한다는 차원에서 채택한 용어이다. 또한 그 내용이 일제강점기 중 식민지 말기에 국한되어 있기 때문에 이 책에서는 주로 '식민지 말기'라는 용어를 사용했다.

처음 식민지 말기의 조선문학을 사상사적 관점에서 바라보게 된 것은 민족문제연구소에서 발간한 『친일인명사전』 편찬에 관여하면서부터였다. 이른바 '친일 문인'들의 글을 차례차례 읽어나가는 동안 한국사회에서 '친일'이라는 문자가 환기하는 강력한 힘의 무게에 비해 당대의 조선 문인들이 얼마나 무기력했는지를 깨닫고는 놀라지 않을 수 없었다. 특히 전시체제기의 조선문학 담론은 전적으로 일본이라는 제국의 판도에서 존립했다는 점, 더욱이 서양의 근대를 초극하는 동양의 이상이라는 일본의 세계사적 구상에 참여했던 조선 지식인들의 스펙트럼은 문학 그 이상의 차원이었다는 점에서 식민지 조선문학은 한국과 일본이라는 문제영역에 놓여 있는 것처럼 보였다. 따라서 처음 내가 가졌던 문제적 관심은 식민지 말기의 조선문학

연구란 일본 근대 비판의 문제와 밀접하게 연동되어 있다는 것이었다. 거기에는 친일 문제를 비롯하여 식민지와 제국주의, 민족주의와 국가주의, 전향, 근대의 초극론, 동양사론, 인종론, 언어론 등 이른바 근대 사상의 문제영역에 놓여 있는 모든 것들이 총망라되어 있다.

이 책이 이 모든 것을 다루지 못한 것은 못내 아쉽고 미진한 부분도 많지만 그것은 앞으로의 과제로 미루어두려고 한다. 더불어 훗날의 공부다운 공부를 기약하면서 부끄럽지 않은 저서를 냈다고 판단될 때 고마운 분들께 당당한 감사 인사를 드릴 수 있었으면 좋겠다.

2013년 8월
세명대학교 연구실에서
이혜진

차례

제2부

최재서, 인문사, 국민문학

제1부

전환기 조선 문인의 윤리감각

제1장

전환기 : '현대'의 성격과 '현대 청년'

김남천의 『사랑의 水族館』을 중심으로

1. 리얼리즘 문학의 도정道程과 풍속의 구현

카프 해산(1935) 직후의 시기를 이른바 전형기, 전환기, 모색기, 주조 탐색기 등의 용어로 지칭했던 저간의 사정이 보여주듯이, 카프 조직 의 해산이라는 사건은 명확한 주체와 사상이 결여된 채 정신적·문화 적 공황기를 형성하면서 식민지 조선문학에 있어서 어떤 식으로든 하나의 분수령을 이룬 것이 사실이다. 이러한 상황은 서구의 파시즘, 그리고 제국 일본의 임박해 있는 중일전쟁(1937)이 가져올 위기의 국 면이 조선에 번지면서 조선 문인의 존재를 압박하고 있었다. 이러한 위기상황에 직면하여 김남천金南天(1911~1953)은 "자기고발-모랄론- 도덕론-풍속론-장편소설 개조론-관찰문학론에 이르는 문학적 도정"[1]을 통해 분열된 주체를 재건하고 조선문학의 활로를 개척하고자 했지만, 곧 스스로 "시대의 정열이 지금 제2의 것으로 흘러온 것을 냉혹하게 주시"[2]함으로써 '현대'의 역사성을 진실로 파악해야 할 필요성을 역설하기에 이른다. 이러한 김남천의 문학적 도정은 '유다적인' 자기고백을 통해 작가의 소시민성을 폭로하는 준엄한 자기고발로서의 리얼리즘 문학을 치유하고자 했던 것에서부터 "체험의 양기揚棄된 것으로서의 관찰을 상정想定"[3]한 선택이었다고 할 수 있다. 이는 일찍이 희망이 영구히 상실된 그 자리에서 '비극의 철학'을 출발시켰던[4] 저 셰스토프 식의 비극적 항거에서 벗어나 인간 사회를 전체성과 연관해서 묘파하고자 했던 발자크의 산문정신에 의거한 것이며, 이로써 김남천은 작가의 주관을 철저히 외부 현실에 종속시킴으로써 역사가 제거한 사회의 풍속사를 구성하기 위한 '인간 박물지의 관찰자'로 자처하기에 이른 것이다.

김남천이 말하는 '발자크적인 것'이란 준열하고 냉험한 고발정신을 기반으로 한 것으로서, 그것은 '모랄'을 거쳐 '풍속'을 고려한 관찰 그 자체로 나아가는 것이다. 주체가 완벽히 분열된 시대에 있어서의 올바른 문학정신의 회복이란 "티끌 하나도 용서하지 않는 가혹한 묘사정신에"[5] 있다고 판단했기 때문이다. 김남천은 이러한 근본적인 묘사정신을 확립하기 위해 발자크의 풍속 연구와 대면한다.

---

1 김남천, 「(발자크 연구노트 4) 체험적인 것과 관찰적인 것」, 『인문평론』, 1940. 5.
2 김남천, 「지식인의 자기 분열과 불요불굴의 정신」, 『조선일보』, 1937. 8. 14.
3 김남천, 「(발자크 연구노트 4) 체험적인 것과 관찰적인 것」, 『인문평론』, 1940. 5.
4 셰스토프, 이경식 역, 「비극의 철학」, 『도스토예프스키, 톨스토이, 니체』, 현대사상사, 1987, 308쪽.
5 김남천, 「시대와 문학의 정신 : '발자크적인 것'에의 정열」, 『동아일보』, 1939. 5. 7.

풍속 연구는 하나의 인생의 입장이나, 하나의 남녀의 용모나 성격이나, 하나의 직업이나, 하나의 처세법이나 하나의 사회층이나, 하나의 불란서 국가나, 혹은 유년, 노년, 장년, 정치, 법률, 전쟁의 여하如何한 것이나 하나로 생략됨이 없이, 일체의 사회적 현상을 표현하게 될 것입니다. (…중략…) 풍속연구에 있어서는 감정과 그 동태, 생활과 그 양태를 묘사하고, 철학적 연구에 있어서는 그 감정이 무엇으로부터 유래되고, 생활이 무엇에 의거하는가, 인간과 사회가 존재할 수 있는 궁극의 범위는 어데 있으며, 그 조건은 무엇인가를 말하려고 합니다.[6]

김남천에게 있어 '모랄'은 라틴어 'mores(관습, 품성, 성격)'가 함유하는 의미처럼 개인적 차원의 것뿐만 아니라 개인의 세계관이 창작방법론을 거쳐 "문학적 표상에까지 구상화되는 중간 개념으로서의 모랄",[7] 즉 "모든 사물에 대한 인식을 관습화, 성격화, 습성화함에 의하여 일신상에 몸에 붙는 진리"로까지 비약된다. 이에 비해 '풍속'은 "일방으로는 '제도'를 말하는 동시에 타방으론 '제도의 습득감'을 의미"[8]함으로써 생산관계의 전체 양식에 현현되는 제도와 그 제도 내에서 배양된 인간의 의식인 제도의 육화까지를 의미한다. 이렇듯 김남천의 모랄·풍속 개념은 인간 사회의 총체성을 지향하며, 이러한 도정을 거치면서 그의 관찰문학론은 "세태=사실=생활"의 방법으로 나아갈 수 있었던 것이다.

이제 김남천은 낡은 조선 사회의 경제적·문화적 질서의 몰락을 의미하는 '전환기'에 있어 세계관과 창작방법의 모순에서 완전히 탈

---

6   김남천, 「(발자크 연구노트 3) 관찰문학소론」, 『인문평론』, 1940.4.
7   김남천, 「도덕의 문학적 파악」, 『조선일보』, 1938.3.12.
8   김남천, 「일신상의 진리와 모랄」, 『조선일보』, 1938.4.22.

각하여 '시대적 운무'의 모사·반영을 통해 현대적 자의식의 세계를 묘파하는 소설의 원리를 찾고자 한다. 이러한 그의 의도 또한 리얼리즘을 통한 문학정신의 구출을 위한 시도임은 물론이다. 여기에는 과거 고리끼가 "영원한 테마"라고 일컬었던 '연애' 문제가 개입되는데, 이것은 "연애를 거칠 때에 비로소 그 인물의 성격이 다른 어떠한 경우보다도 본래의 개성대로 뚜렷이 나타나고 폭로되기 때문"[9]이다.

이와 마찬가지로 김남천이 창작의 새로운 방법론에서 '연애'를 꾀했던 이유는 단순한 통속소설로의 매진이 아니라 그 자신이 말했던바 전환기적 제도의 체득감, 즉 풍속의 육화를 구현하는 인물과 환경을 설정함으로써 자신이 속한 사회에서 스스로 냉정한 관찰자로 자임하기 위했던 것으로 보인다. 다시 말해 "연애는 개성이 소속되어 있는 사회층의 사상이나 습관 등의 집약적인 표상"이라 할 수 있으므로 그 사회의 모순과 갈등을 묘사하기에 가장 탁월한 소재이며, 바로 그럴 때야말로 "애욕의 상모相貌와 각양각색의 뉘앙스를 관찰하여 현대의 '모랄'을 탐구하고 현대인의 윤리와 성도덕의 기준을 발견"[10]할 수 있기 때문이다. 그리고 바로 그 자리에 김남천의 장편소설 『사랑의 水族館』(『조선일보』, 1939.8.1~1940.3.3)이 위치한다.

『사랑의 水族館』에 대한 지금까지의 논의는 주로 통속소설적인 측면에서 규명되어 왔다.[11] 그러나 이 작품에 내재한 일상적이고도

---

9 김남천, 「조선문학과 연애문제」, 『신세기』, 1939.8.

10 위의 글.

11 『사랑의 水族館』의 통속소설적 경향에 대해 김외곤과 강진호는 1930년대 후반 전 세계를 강타한 파시즘의 맹위와 그에 따른 작가적 신념의 붕괴에서 그 원인을 찾고 있다. 즉 당대를 합리적으로 설명할 수 있는 세계관이 와해되자 작가는 새로운 창작적 변신을 필요로 했고, 그 공백을 메운 상업주의와 함께 사회 본질의 문제를 회피하면서 줄거리 위주로 성격과 환경의 통일을 추구하고자 했다는 것이다. 이러한 논의는 문학의 위기에 맞서 임화가

통속적인 소설 형식을 부각하는 것은 그리 중요한 문제가 아니다. 1930년대 후반 조선 문학의 통속성은 주체적 신념을 상실한 작가의 절망을 대체한 또 다른 기호일 수도 있기 때문이다. 따라서 오히려 김남천 소설의 통속성을 지향하기보다는 이 작품이 씌어야 했던 상황과 작품을 바라보는 작가의 시선이 더 중요한 문제일 수 있다.

『사랑의 水族館』이 연재된 시기에 김남천은 리얼리즘 문학의 도정으로서의 발자크 연구 그리고 모랄·풍속이 육화된 것으로서의 관찰 문학론을 상정했듯이, 이때 현실의 총체성을 지향하는 그의 '관찰'은 '풍속비평가'적 태도를 요청하고 있다. 김남천이 말하는 "'관찰'이란 본시 '선택'을 뜻하는 것이므로 이것을 아니고 저것을 취하는 '선택' 가운데는 (…중략…) 일정한 비판적인 태도"[12]를 공유해야 하기 때문이다. 따라서 관찰자(작가)는 현실의 부정적인 모습까지도 냉정하게 관찰함으로써 현실 혹은 '현대'의 본질이 간취되는 풍속을 보다 깊이 구현할 수 있는 비판자여야 한다. 이러한 그의 소설 창작의 작법은 작가의 세계관과 창작방법의 불일치에도 불구하고 리얼리즘의 승리를 구

통속소설이 지닌 당대적 의의를 인정한 것에 의거한 것이다.(김외곤, 「사상 없는 시대의 왜곡된 인간 군상」, 『한국 근대리얼리즘문학 비판』, 태학사, 1995; 강진호, 「통속소설, 차선의 의미」, 이상갑 편, 『김남천』, 새미, 1995)

또한 곽승미는 소설의 위기를 돌파하는 한 방법으로 순문학과 대중문학의 종합을 꾀하는 차원에서 김남천이 선택한 통속성이란 독자의 흥미를 이끌고 당대의 세태를 잘 보여줄 수 있는 의도된 소재로 기능한다고 말한다.(곽승미, 「김남천의 『사랑의 水族館』론」, 『이화어문논집』 18, 2000)

한편 배주영은 이 작품을 일상적 시공간 속에서 상류층의 도시적 감수성과 소비적 성격이 짙은 연애를 추구하는 근대적 사랑을 구현한 '연애소설'로 규정했고(배주영, 사에구사 도시카쓰 외, 「도시적 감수성과 연애소설에 관한 시론」, 『한국 근대문학과 일본』, 소명출판, 2003), 최혜림은 기존의 일상생활이 변화되는 양상을 포착한 '시류적 풍속성'을 성취한 작품으로 규정했다.(최혜림, 「『사랑의 수족관』에 나타난 '일상성'의 의미 고찰」, 『민족문학사연구』 25, 2004)

12 김남천, 「풍속시평」, 『조선일보』, 1939.7.6.

가할 수 있었던 발자크적 창작방법에 기인한 것이라 할 수 있다. 이럴 때 『사랑의 水族館』의 등장인물이 왜 부르주아들인가 혹은 그 내용에 있어서 돈과 연애와 애욕 등의 다양한 통속적 요소들을 당대의 풍속 관찰의 대상으로 해명해 낼 수 있는 것이다. 그러므로 "풍속 세태 속에 나타나고 복장과 취미에까지 나타나야 할"[13] 그 묘사의 절대적인 대상은 경제적 생산양식과 생산관계의 근저부터 따져 물어야 할 것이다. 즉 발자크에게 그것이 근대 자본주의의 본질이었다면 김남천에게 그것은 식민지 자본주의, 즉 식민지 조선적 근대성의 본질을 규명하는 것이다. 요컨대 '현대'로 명명되는 '전환기'에 이르러 전체주의라는 새로운 원리가 풍속의 근간을 이루게 되자 과거 사회를 지탱했던 인륜의 자리는 이제 시민사회의 새로운 풍속으로 대치되는 것이다. 김남천이 『사랑의 水族館』을 연재하면서 곳곳에 언급한 '현대'란 바로 과거 조선 사회의 인륜성의 토대가 하나의 전환점을 맞은 시기였다.

2. 과거의 몰락과 '현대'의 성격

김남천의 『사랑의 水族館』은 1939년 8월 1일부터 1940년 3월 3일까지 『조선일보』에 연재된 후 그 해 11월 인문사人文社에 상재上梓되었

---

13 김남천, 「세태 · 풍속 묘사 기타」, 『비판』, 1938. 5.

다. 당시 인문사의 「출판부 소식」에 따르면 이 작품은 초판 출간 후 보름 만에 매진되었고, 재판 역시 같은 해 12월에 간행되었으나 곧바로 품절될 정도로 인기가 많았다고 한다. "단지 '재미'만을 위주하여 저급하기 비할 데 없는 통속소설의 본보기로 '재미'와 '교양'을 겸비한 그야말로 고도의 인기소설"[14]이었던 『사랑의 水族館』은 "조선의 독서 대중이 통속소설급에서 한 단 올라선" "'재미'와 '윤리'를 함께 갖춘 대중소설"[15]로 평가됨으로써, 통속성이 가져오는 소설적 흥미뿐만 아니라 윤리와 교양까지 두루 갖추어져 있다는 것이다.

『사랑의 水族館』에서 가장 먼저 주목되는 부분은 주인공인 차남 김광호金光浩를 중심으로 장남 김광준金光俊과 막내 김광신金光信 사이에서 보이는 세대의 변화이다. 소설의 도입부는 구식 아내를 저버리고 '빠ー'의 여급인 박양자朴洋子와 동거생활을 하다가 결국 결핵성폐렴으로 사망하게 된 장남 김광준의 죽음을 둘러싼 등장인물들 간의 반목으로 시작된다. '과거 주의자'로서의 사상과 신념을 완전히 상실하고 죽음으로써 소설의 첫 무대에서 사라지는 김광준의 행보는 역사적 전환기를 맞은 조선 사회주의자들의 이념이 철저히 소멸된 시대사적 의미를 상징한다. 특히 김광준의 사인死因인 결핵성폐렴은 그의 삶이 함축하는 시대적 내포와 외연을 지니는 하나의 징후symptom로서, 김광준의 육체적 죽음과 함께 '과거'의 시간적·시대적 몰락을 상징하는 문제적 질병이라 할 수 있다. 흔히 '정념의 질병'으로 일컬어지는 결핵은 그 자체가 소모되는 열정이라는 병적 특성을 갖고 있는 까닭에 결핵 환자는 서서히 육체의 소멸을 가져오면서 결국 파

---

14 「출판부 소식」, 『인문평론』, 1941.1, 299쪽.
15 「출판부 소식」, 『인문평론』, 1941.2, 223쪽.

멸로 치닫게 되는 사람으로 간주된다. 그러나 한편 그것은 흔히 '영혼의 질병'으로 은유되는 까닭에 기품 있는 최후를 맞이함으로써 영적으로 정화된 느낌을 갖게 하는 병이기도 하다.[16] 과거의 이상주의자로 대표되는 김광준은 자신의 가치와 신념을 완전히 상실한 후 각양각색의 생활과 가치를 찾아 헤매며 살고 있는 그의 친구들과는 달리 이상의 상실에 대한 극단적인 체념을 경험한다. 그러한 체념 뒤에 남는 것은 기껏해야 개별자의 도덕적 양심일 뿐, 그 양심은 이미 가치 실천을 담보할 수 없는 불모의 상태로 존재할 뿐이다. 이렇게 해서 김광준은 신경쇠약에 도달하고 결국 죽음을 통해서만 세상과 화해할 수 있게 된다.

> "삼십여 년의 짧은 생애가 마치 한 세기나 되는 것 같다. 옛날 사람이 삼사세기에 걸쳐서 경험하던 것을 우리는 삼십여 년에 겪는 것 같다. 그러나……" 하고 병자는 유난히 높찍한 목소리를 내었으나 그다음 말을 이어나가지 않았다.
> "그러나 가야될 시기에 가는 것이 나는 만족하다" 하고 아까 한 말을 다시 한 번 되풀이하였다.
> "더 살아서 아무 소용이 없어졌을 때 알마쳐 나의 육체가 살 수 없게 되는 것이 나는 반갑고 기쁘다……"[17]

그러므로 김광준에게 선택된 결핵이라는 질병은 대다수의 전향한 그의 친구들과 비교해 볼 때 끝까지 자신의 신념을 버리지 않은 채 의연히 죽음을 맞이한 개별자의 양심의 다른 이름이라 할 수 있

---

16   수전 손택, 이재원 역, 『은유로서의 질병』, 이후, 2002, 32~43쪽 참조.
17   김남천, 『사랑의 水族館』, 인문사, 1941, 65~66쪽.

다.[18] 바로 이러한 점 때문에 "생명의 낭비자"에 불과한 김광준이 삼남 김광신에게 "아름다운 시"가 될 수 있었고, 또 차남 김광호에게도 일종의 아우라를 부여하였다. 그러나 "성격 파산"을 핑계로 세태에 역행하여 시대적 항거를 감행했던 김광준은 작가로 하여금 몰락해 가는 과거세대의 "파멸의 시"로 묘사되고 그의 동거녀였던 박양자 또한 시대의 운무 속에서 김광준과 체험을 공유했던 동일한 세대로 자리매김 된다.

김광준의 죽음 앞에서 이성과 냉정을 잃지 않는 차남 김광호에게 "큰 형을 이해하는 사람은 나하고 그 여급뿐이야!"라고 절규하는 삼남 김광신의 태도에 대해 김광호는 그것을 어설픈 철부지의 "건방진 수작"으로 일축해 버리는데, 왜냐하면 김광호가 보기에 김광신의 치기에 가까운 태도는 "형의 주검을 관망하면서 심리적으론 일종의 쾌감을 향락하고" 있는 모순이 감지되었기 때문이다. 여기에 항거라도 하듯 김광신은 자신의 의견 따위에는 아랑곳하지 않는 김광호에게 "토목기사가 사람의 인정심리는 뭐 안담!" 하며 냉소적으로 응수할 뿐이다.

연령상으로 볼 때 장남인 김광호는 차남인 김광준과 좀 더 가까운 세대에 속하는 것처럼 보이지만, 오히려 막내인 김광신이 김광호와

---

18 시대의 외연에 맞서 대다수의 전향 지식인과 변별되는 김광준이 개별자의 양심으로 이해되는 분위기는 김광신의 다음과 같은 대사에서 짐작할 수 있다.
  "오늘 장례에 오륙 명의 형의 옛날 친구들이 오셨는데, 저두 잘 아는 분들이었습니다. 십 년 전 내가 학교에 다닐 때엔 형님과 함께 우리집을 찾아오구 나를 귀여워 해주구 그러던 분들입니다. 그때의 혈기나 의기는 다 없어지고 지금은 모두 각인각색이었습니다. 각각 직업들을 갖고 생활을 갖고 그리고 그만큼 자기의 가치를 새로이 발견하셨겠지요. 형은 끝까지 신념을 다시 찾지 못하고 돌아가셨지만……"(김남천, 『사랑의 水族館』, 인문사, 1940, 98쪽)

박양자의 파멸에 대해 더욱 친밀한 이해와 동정의 관심을 표명한다. 그런 가운데 김광신은 박양자와 함께 산책을 하다가 보도연맹에게 발각되어 급기야 퇴학처분을 받기에 이른다. 김광호는 이러한 김광신의 태도에 대해 "지금이 한창 반항해 보고, 건방져보고, 그럴 나이"에 있음직한 "어린아이들의 객기"에 불과한 것으로 치부하기도 하지만, 다른 한편 김광신 세대의 자유분방한 사고방식에 대해서는 일종의 새로운 경악을 체험하기도 한다. 김광신 역시 "장차 위대한 문호가 될 양으로 학교를 경멸하고 과학이나 기술을 멸시하"는 행동 등을 통해 장남인 김광준과도 또 차남인 김광호와도 변별되는 또 다른 세대임을 선언하는 것이다. 이처럼 『사랑의 水族館』은 사회주의자로 표상되는 김광준의 죽음을 둘러싼 급격한 세대교체의 장면을 1930년대 중·후반 조선의 사회적 변동과 연동시키면서 김광준 이후의 세대라 할 수 있는 김광호 그리고 김광신까지의 건널 수 없는 세대의 심연을 우울하게 묘사하고 있다. 요컨대 장남 김광준의 죽음으로 상징되는 '과거 주의자'의 몰락은 다음 시대를 계승해야 할 새로운 세대의 출현을 예고하고 있던 것이다.

김광호는 시대와 주체에 대한 신념과 사상을 지녔던 형 김광준이나 어린아이의 객기와 같은 열정을 지닌 동생 김광신과는 변별되는 삶의 감각을 갖고 있다. 김광호는 "형에 대한 대접"과 "아우로서의 애정"으로 장례식을 깔끔하게 처리하고 "추잡하다면 추잡해질 수도 있는" 집안일들까지 "지나치게 조리를 따져서 약삭빠르"고 신속하게 매듭짓는다. 또한 어떠한 경우에도 침착한 표정을 유지하며 "말을 할 때마다 비약을 삼가도록 감정을 억제"할 줄도 아는 "도회적 세련미"를 지니기도 했다. 당시 조선총독부가 운영하는 유일의 고등공

업교육기관이었던 경성고등공업학교를 거쳐 교토제국대학에서 공학을 전공한 김광호는[19] 자연과학이 표상하는 사물에 대한 가치중립적 태도를 견지하면서 토목기사라는 자신의 직업에 대해 상당한 자부심을 지니고 있다. 시대가 배출한 새로운 인물인 김광호의 현실주의적 성격에 대해 채만식은 다음과 같이 고평한 바 있다.

> 첫째 왈 치기稚氣가 없다. 단편은 몰라도 조선문단의 허다한 장편들 가운데 『사랑의 수족관』의 '김광호'처럼 젊은 사람으로 치기가 없는 인물을 그려낸 작품은 아마도 전무했다고 해도 과언은 아닐 것이다. 항상 문제에 오르는 『무정』의 '형식'이나 『고향』의 '김희준'은 『사랑의 수족관』의 김광호에 비하면 완연히 어린애들이다. '김광호'의 사람됨이 어떠케나 으젓한지.[20]

흔히 한국 근대문학사의 문제적 인물들로 꼽히는 『무정』의 이형식과 『고향』의 김희준의 반열에 오른 김광호의 의젓함을 고평한 채만식의 의도는 정념에 함몰되지 않으면서 현실세계와의 객관적인 거리를 유지하는 신세대의 태도를 특별히 지칭한 것일 터이다. 이러한 그의 평가는 과거 사회주의자들의 파국 이후에 출몰한 신세대에 대한 선명한 묘사일 뿐 실제로 채만식이 김광호의 의젓한 사람됨됨이를 상찬한 것과는 거리가 멀다. 오히려 이 작품에서 김광호는 신세대를 표상하는 주인공으로서 당시의 조선사회가 당면해 있는 하나의 시대적 성격을 그려내는 데 유용한 도구가 될 수 있는 것이다.

---

19 김남천, 「'작중인물지' 특집 : 직업과 연령」, 『조광』, 1940.11.
20 채만식, 「김남천 저 『사랑의 水族館』 평」, 『매일신보』, 1940.11.19.

요컨대 김남천은 『사랑의 水族館』을 연재할 때 특별히 중요한 문제영역으로 삼았던 '현대의 성격'을 김광호라는 등장인물을 통해 보여주고자 했다고 할 수 있다. 따라서 이때 '현대'라는 용어는 이 작품이 전개되는 가운데 김광준과 박양자의 파산으로 대변되는 과거세대의 삶과 변별되는 차원에서 의도적으로 선택된 어휘인 것이다. 주지하다시피 카프 해체 이후 새로운 창작방법론을 모색하던 시기에 있어서 김남천에게 이러한 신세대의 청년과 풍속에 대한 관찰은 빈번하게 등장했던 소재이다. 그리고 그러한 신세대의 풍속도는 냉정을 가장한 가혹한 객관성으로 그려지는 가운데 거기에는 신랄한 세대 비판이 가로놓여 있었다.

> 이 소설에 등장하는 인물은 현대를 이해하고 현대와 투쟁하는 우리가 흔히 거리에서나 어디에서나 쉽사리 발견할 수 있는 인물들입니다. 말하자면 우리들 삼십 전후의 젊은이들이 공동적으로 가지고 있는 고민 감격 흥분 갈등 초조…… 이러한 현대적 성격을 숨김없이 냉정하게 가혹하게 그리어 보자는 것입니다.[21]

김남천 자신이 이미 고발문학론이나 관찰문학론을 통해 세태 및 풍속에 대한 관심을 적극적으로 표명한 바 있거니와, 이 작품의 주인공인 김광호와 이경희 그리고 당대 청년층에 대한 묘사란 결국 식민지적 현실에 따른 분열된 주체의 내면에 대한 하나의 고발이자 차가운 관찰이었다는 점에서 그들의 살아가는 모습은 근대 조선사회

---

21 「현대의 성격을 진열한 김남천 작 『사랑의 水族館』」, 『조선일보』, 1939.7.31.

의 축약도에 해당한다고 할 수 있다.

『사랑의 水族館』은 김광호와 이경희로 대표되는 '현대적 성격'을 담보한 젊은이들의 사랑과 신념 그리고 세태와 풍속에 대한 보고서에 해당하지만, 소설의 내용은 김광호와 이경희의 연애와 결혼에 이르기까지의 과정에서 벌어지는 갈등과 화해를 중심으로 전개된다. 이 시기에 김남천이 특별히 연애문제에 천착했던 이유는, 연애야말로 "개성이 소속되어 있는 사회층의 사상이나 습관이 집약적"으로 표상되어 있기 때문에 그 안에서 재현되는 "애욕의 상모와 각양각색의 뉘앙스를 관찰하여 현대의 '모랄'을 탐구하고 현대인의 윤리와 성도덕의 기준을 발견"[22]하는 데 일조할 수 있기 때문이다. 따라서 김남천은『사랑의 水族館』에 재현된 연애의 소재는 저 고색창연한 삼각관계식의 연애 장면을 반복하는 것과는 질적으로 다르다는 점을 재삼 강조한다. 즉 김남천에 따르면 연애란 상극과 모순이 가장 적극적으로 발휘되는 영역이며, 바로 그러한 연애의 특징이야말로 인간의 개인적 특성이 가장 잘 발휘될 수 있고 또 인간 본래의 개성이 가장 뚜렷이 폭로될 수 있는 유용한 소재라는 것이다.

이와 함께 소설 속에서 등화관제나 물품품귀현상 등 '국가총동원체제'를 실천하는 장면이 곳곳에 묘사되어 있듯이, 이 작품은 1939~1940년이라는 현실적 시간이 소설의 내적 시간과 일치하고 있다. 실제로 1938년 '국가총동원법'이 통과되어 법률로 작동하기 시작하면서 그에 따라 인적·물적 자원에 대한 통제가 시행되었는데, 이 작품에는 '가솔린 규제'에 따른 휘발유 절약운동, 보도연맹에 의한 풍기

22　김남천, 「조선문학과 연애문제」, 『신세기』, 1939.8.

단속, 등화관제, 연습, 공습경보, 품귀현상, 물자절약운동 등의 시류적 일상의 담화가 재현되어 있다. 이러한 시대적 풍속을 그대로 담지하고 있는 두 주인공 '현대 청년' 김광호와 '신여성' 이경희의 외양이나 사고방식 또한 사상과 신념을 상실하고 영락해버린 과거 세대의 그것과는 완전히 판이하다.

이들의 외모를 구축하고 있는 패션은 당대 최고의 모던걸·모던보이의 그것으로서 이전 사회와의 차별점을 획득하고 있으며 또 그러한 변화의 속도는 그들로 하여금 새로운 사회적 유대관계를 확립하도록 유도한다. 예컨대 김광호와 이경희는 1937년 노벨문학상 수상자인 "마르탕·듀·가르—의 티보일가"를 읽고, 전시체제임에도 불구하고 "모까커피" 마시기를 선호하며 카페에서 음악을 듣고 나이프와 포크로 식사를 하며 조선에서는 구할 수도 없는 "페샤닉크·코-트"를 착용하고 거리를 활보하는 등 자신들의 용모와 언어와 취미와 교양 등에서의 감각을 스스로 위계화하고 있음을 발견할 수 있다. 이들이 스스로 위계화하는 감각이란 한편으로는 동일한 계급에 속해 있는 사람들과의 결합 혹은 특정 유행에 의해 선별되는 서클의 통일성을 의미하며, 다른 한편으로는 동일한 행위의 연대를 통해 자신들과 다른 모든 집단들로부터의 배제를 의미한다.[23]

---

23 게오르크 짐멜, 「유행의 철학」, 『세계의 문학』 105, 2002, 250~251쪽. '전시체제'하 식민지 조선의 '현대'를 표방하는 청년들의 움직임은 시국에 그다지 협조적이지 않았다. 당시 일본은 '국가총력전'에 대한 '생활의 전시태세화'를 강요했는데, 이는 조선인의 기본적인 의식주에까지 통제를 가하는 방침이었다. 그러나 "국민생활의 쇄신, 전시생활의 확립이라는 소리는 이미 높은지 오래이었으나 도시생활의 소비 면을 볼 때에는 충분한 효과를 거두고 있다고 볼 수가 도저히 없는 것입니다"(「전시국민과 사치」, 『여성』, 1940.9, 16쪽)라는 사회 일반의 평가에서도 확인할 수 있듯이, '현대 청년'들의 일상은 '전시'와는 무관하게 진행되었다. 이러한 사회적 분위기 속에서 급기야 경찰관들은 최소한의 일상 단속을 요구했는데, 다음의 대목들은 당시의 '현대 청년'들이 얼마나 '전시'와 무관한 일상을 향락하고 있

김남천이 '현대 청년'들의 새로운 감각과 유행을 적극적으로 관찰하고 묘사하고자 했던 의도는, "유행 현상이나 습관, 습속, 풍속이 결국 경제기구에 의존"[24]하고 있다는 사실을 역설하기 위한 것으로서, 즉 당시 '현대 청년'들이 갖고 있는 신풍속은 식민지 근대 자본주의의 폐해를 정직하게 반영하고 있다. 그렇다고 해서 이 '현대 청년'들이 오직 새로운 것만을 추구하면서 시대적 유행 감각만 따랐던 것은 아니었다. 이들이 추구하는 삶의 형식에는 "냉철한 이성의 명령"에 따르는 현실감각, 즉 '전시체제'라는 시대의 명분이 가져다준 그들만의 '직분의 윤리'가 내재되어 있으며, 다른 한편 그것은 그들로 하여금 새로운 현대적 삶에 대한 반성으로 이끌기도 했다. 또 그러나 만주철도 부설에 기여하는 자신의 직분의 윤리를 회의하지 않는 김광호의 의식이 잘 보여주듯이 그 반성은 불투명한 회의의 그림자로만 남을 뿐 결국 신세대의 냉철한 이성의 감각은 그것을 요망하는 시대적 현실 앞에서 실리적인 신념으로 자리매김 될 것임을 예측하는 것은 그리 어렵지 않다.

이러한 점이 바로 토대를 상실한 '과거세대'에 대한 초극이며, 그것은 또한 현대적 자아실현을 최고의 척도로 규정하는 근대적 개인의 딜레마를 향한 의지의 소산이기도 하다. 이렇듯 신시대에 출현한

있는지를 잘 보여준다.(「경찰들의 명안」, 『조선일보』, 1940.7.24) "밤 열한시 이후에 술이 취하여 길로 다니는 사람은 남녀와 신분을 물론하고 검속할 법령이 잇섯스면", "자동차 타는 것을 전표제로 하되 그 전표는 파출소에서 발행케 된다면 술 취한 유흥객이나 기생 등은 탈 수 업슬 것이고 시급한 환자 등에게 편리할 터", "어떤 일로서이건 검속되엇던 사람은 남자는 모두 '하이칼라'로 바싹 깍가주고, '파마넨트' 한 여자는 모두 유치장에 몰아 너허 두엇스면", "학생들을 술집에 못 다니게 하는 것은 물론 찻집 당구장 극장 출립을 못하게 하엿스면"

24 김남천, 「풍속시평」, 『조선일보』, 1939.7.11.

'현대 청년'은 "일방으론 건강성, 타방으로 병적이고 퇴폐적인 곳에 그의 취미의 화합할 수 없는 양극을 갖고"[25] 있었다. 따라서 이들이 매진하는 자유의 현상학이란 파괴와 소진으로 치닫는 자본주의적 생산력이 낳은 근대성의 모순을 실감케 하는 것이었다. 그것은 결국 식민지 근대의 구조적 변환 속에서 개별자의 양심과 신념을 구분하지 못한 데서 비롯된 것이었다고 할 수 있다.

3. '현대 청년'과 신여성 : 스켑티시즘과 센티멘털리즘

『사랑의 水族館』이 재현하고 있는 공간은 등장인물들이 살아가는 현실세계를 '수족관'으로 압축하여 묘사한 세계이다. 그리고 작가는 그 등장인물들에게 각각의 성격에 대응되는 물고기의 이름을 부여함으로써 수족관 안에 살고 있는 물고기들을 수족관 밖에서 관찰하듯이 묘사한다. 소설의 형식적인 구조는 먼저 경성을 무대로 한 김광호와 이경희李慶姬의 만남과 사랑, 그리고 그들을 둘러싼 오해와 갈등이 전개되고 끝으로 각 인물들 간의 갈등과 반목이 최종적으로 해소되는 비교적 단순한 구조이다.

먼저 '은어銀魚'로 명명되는 김광호(27세)는 교토제국대학을 졸업한

---

25 김남천, 「자기분열의 초극」, 『조선일보』, 1938.1.24.

니시다구미西田組의 전도유망한 토목기사이다. 그는 냉철한 이성을 가진 "현대 청년으로서의 자긍과 자존심"의 소유자로서 회사 내부에서도 유능한 기사로 신뢰받고 있다. 이어서 '관상어觀賞魚'로 명명되는 이경희(24세)는 여자대학 가정과를 졸업한 '대홍재벌' 이신국李信國(58세)의 딸로서 "건강과 미모와 재물과 교양을 함께" 소유한 전형적인 신여성이다. 또 '고래長鯨'로 명명되는 이경희의 아버지 이신국은 대홍광업-대홍상사-대홍중석광산-대홍공작-대홍신탁-대홍토지개발로 이어지는 '대홍콘체른'의 사장이자 당대의 일류 실업가이다. 이신국의 대홍그룹은 김광호의 니시다구미와 자매회사 관계에 있다. 이러한 관계 속에서 미국 유학을 포기한 이경희가 자신의 힘으로 성취할 만한 자선사업에 대해 김광호와 상의하게 되면서 자연스럽게 연인 사이로 발전한다.

자선사업을 둘러싼 김광호와 이경희의 논쟁은 이야기의 전개상 그 둘 사이를 더욱 가깝게 만드는 계기로 활용되지만, 내용적인 면에서 볼 때는 주체의 사상과 신념이 사라진 신세대의 윤리와 가치관에 대한 본격적인 문제를 제기하는 핵심적인 자리이기도 하다. 먼저 이경희가 품고 있는 막연한 자선사업계획이란 "순정에 가까운 인도주의"가 초래한 자기도취라고 말하는 김광호의 의혹에서부터 이들의 논쟁은 시작된다.

"노자勞資관계라던가, 또는 가난한 사람과 돈 많은 부한 사람과의 관계라던가, 그런 것에 대해서 생각해 볼 여유도 없이 아주 화평하게 윤택 있는 청년기를 보낸 사람이 있습니다. 그 사람은 그러나 두뇌가 총명하고 교양도 높아서 별반 어떠한 충격이나 기회도 없이 스스로 타고난 인도주의적인 본능으로 사회에 대한 정의와 그렇지 못한 것을 분별하게 되고 자기의 정의감을 만족시키기 위하여 소규모의 자선사업을 하려고 합니다. 그러나 아름다운 정의감을 그대로 쫓아가서 사업을 설계하자면 그 사업과 자기의 체질이나 기분이나 취미나 습성과의 새에 모순이 생깁니다. 그래서 이 모순이 가장 적고 마찰이 생기지 않을 것으로 사업을 골라잡았습니다. 그것이 바로 탁아소가 아니겠어요? 이것으로 생기는 가치가 얼마나 사회의 부정의를 개정할 수 있는가는 문제 밖으로 치고, 무엇보다 중요한 것은 이것을 하고 있는 이의 정의감의 주관적인 만족입니다. 그러나 탁아소를 나와 역시 울타리 밖에 널려있는 모든 현실, 그것을 바라보게 된다면 이 주인공의 느낌은 어떠할 것이며, 그때에도 정의감의 만족은 유지되어 있을 수 있을까요?" (…중략…)

"제의 생각이 일종의 센치멘타리즘에 불과하다면 김 선생의 생각은 허무주의에 지나지 않는다고 생각합니다." (…중략…)

"어쨌든 저는 사업의 설계를 중지해 버릴 순 없어요. 최소한도의 선善이래도 안하는 것보다 하는 것이 났겠지요."[26]

이경희는 "최소한도의 선"을 실현하기 위해 계획했던 미국 유학을 포기하고 아버지 이신국의 도움을 빌려 탁아소 사업을 구체화시키는데, 이에 대해 김광호는 그것이 정의감의 주관적 만족에서 비롯된 "인도주의적 본능"이라고 반론한다. 막연한 정의감이나 동정심에 의거한 자선사업이란 어디까지나 대재벌 아버지의 보호된 울타리 안에서만 가능한 신념일 뿐, 그것이 울타리에서 벗어나 현실과 직접 대면하게 되면 그 "최소한도의 선"은 패배하기 십상이기 때문

26 김남천, 『사랑의 水族館』, 인문사, 1940, 171~172쪽.

이다. 즉 김광호는 이경희의 자선사업계획에 은폐되어 있는 허위의식의 공허함을 지적하고 있는 것이다. 이러한 점은 이경희가 아버지에게 사업자금을 타기 위한 명분을 제시하는 과정에서 명확한 한계로 드러난다.

"제의 양심을 만족시켜 주는 사업이니까 아버지의 양심두 만족시킬 것 아녀요? 또 그 때문에 많은 노동부인과 직업부인이 편리를 얻게 되니까 자본가의 명예두 되잖어요? 노자협조라구" 하는 이경희의 다소 순진해 보이는 태도는 자신의 순수한 열정과 정의감에서 비롯된 자선사업을 결국 아버지의 회사를 위한 자본가의 명예 구축의 수단으로 귀결시켜버리는 것이다. 또한 이경희는 무엇이든지 자신이 계획한 것을 그대로 실현시키는데, 이 또한 '대홍재벌'이라는 아버지의 울타리가 있었기 때문에 가능한 것이었다. 이러한 이경희의 허장성세를 정확하게 간파하고 있었던 강현순姜賢順의 언급에서 이경희의 한계는 그대로 드러난다.

(이러한 계획과 설계가 단시일 안에 아무런 장애도 없이 이루어지는 것의 원동력은 어디서 오는 것일까?) 하고 막연히 생각해 보았다.

이경히가 아니고는 못할 일이 아닐까? 이경히의 아름다운 이상과 면밀하고 치밀한 두뇌가 아니고는 이루지 못할 일이 아닐까? 그러나 그것만은 아니었다. 이경히의 배후에 있는 것, 이경히의 설계에 토대를 이루고 있는 것 ─ 그것은 틀림없이 황금정에 있는 '크림' 빛깔의 육중한 사층건물 저 일천만 원 '대홍콘체른'이 아니냐! 그것을 아버지로 모시지 않았던들 어디서 이러한 계획이 설 수 있었을 것이냐 ─(…중략…) 십오만 원 ─ 그것을 얻기에, 그러나 이경히는 하룻저녁 저이 아버지와 조선'호텔'에서 저녁을 먹는 것으로 충분하였다.[27]

이경희의 막연한 동정심에 의거한 선善의 실현이 근본적인 해결책이 아니라는 김광호의 냉정한 비판은 "최소한도의 선"을 동기로 하는 적극적인 실천 그 자체가 부르주아의 허위의식에서 비롯된 망상임을 지적한 것이지만, 다른 한편 그러한 지적의 외부에 위치해 있는 김광호의 내면 역시 이경희의 허위와 비견될 만한 강력한 모순을 안고 있었음은 부정할 수 없다.

> 그러나 나는 경희씨가 생각하는 것처럼 악질의 허무주의자는 아닙니다. 나는 첫째 직업엔 충실할 수 있습니다. 나의 직업에 대하여 무슨 까닭인지 모르나 그렇게 깊은 회의를 품어 본적이 없는 것 같아요. 무엇 때문에 철도를 부설하는가? 나의 지식과 기술은 무엇에 씨어지고 있는가? 그런 걸 생각한 적은 있습니다. 그러나 단순하게 나는 그런 생각을 털어 버릴 수가 있었어요. '에디손'이 전기를 발명할 때 그것이 살인기술에 이용될 걸 생각하지는 않았을 테고, 설사 그것을 알았다고 해도 전기의 발명을 중지하지는 않았을 거다, ― 이렇게 생각한 것입니다. 그러나 기술에서 일딴 눈을 사회로 돌리면 나는 일종의 펫시미즘悲觀主義에 사로잡힙니다. 나의 주위에도 많은 인부가 들끓고 있고, 그중에는 부인네나 어린 소년들도 많이 끼어있습니다. 직접 나와 관계를 가질 때도 있습니다. 그들의 생활문제, 아이들의 교육문제…… 나는 어찌할 바를 모릅니다.[28]

이러한 김광호의 진술에 대해 이경희는 김광호 역시 "허무주의는 아니라도 스켑티시즘懷疑主義인 건 사실이"라고 응수한다. 그렇다면 김광호의 가치중립적 태도와 현실주의적 감각이란 그 자신이 페시

---

27 위의 책, 340~341쪽.
28 위의 책, 251~252쪽.

미즘에 사로잡히지 않기 위해 감행한 일종의 선택이라고 볼 수 있다. 그는 현실의 자신을 부정하는 대신에 타자를 부정할 수밖에 없는 것이다. 그는 자신의 직업이 어떤 용도로 쓰이는가에 대한 회의를 품어본 적이 없었던 것처럼 일본의 침략 전쟁을 위한 국책사업으로서의 철도 부설에 대해서도 회의하지 않는다. 왜냐하면 자신이 가담하고 있는 현실을 스스로 부정할 수는 없기 때문이다. 또는 김광호 자신이 부정할 수 없는 현실을 그 스스로 선택했다고 믿고 있기 때문이라고도 볼 수 있다.

그러나 그러한 회의주의자가 "기술에서 일딴 눈을 사회로 돌려" 현실의 실재에 직면하게 되면 자신이 속해 있는 현실과의 모순을 발견할 수밖에 없게 된다. 그렇게 되면 이제 자신을 부정하는 방법으로써 타자와 대면하게 되고 그 과정에서 그동안 자신이 부정하고 기피했던 타자의 현실에 거꾸로 자신이 사로잡혀버리는 형국이 된다. 바로 이것이 그를 회의주의로 이끌었던 것이다.

이렇듯 김광호는 승리한 부르주아의 물질적 활력에 대한 동경의 시선을 거두지 못하면서도 관념적 기반은 회의주의에 두고 있는 모순을 범하고 있는 것이다. 이로써 이경희의 자선사업의 이면에 있는 자기만족과 정의감에 대한 김광호의 비판은 철회될 수밖에 없게 된다. 그리하여 마침내 김광호 스스로 "가능한 한도 내에서 최선을 다하는 것!", 결국 "최소한도의 선이라도 안 하는 것보다는 하는 게 낫다"는 쪽으로 전회하게 되는 것이다. 이렇게 해서 신념이나 사상을 갖지 못한 세대의 대변자인 김광호는 '마음의 진공상태'를 채우는 방법으로서 이경희의 자선사업을 인정하는 동시에 자신의 회의주의까지 해결하고자 한다.

신념이란 건 처음부터 마련되어 있는 건 아니겠지오. 어느 것이고 열을 가지고 실천하는 가운데서 그것은 생겨난 것 같아요. 제의 하는 행동과 사업의 한계성限界性만 명확히 인식하고 있으면 자선사업도 또는 그보다 더 소극적인 행동도 무가치하지 않을 겁니다. 마음속에 '에아·포켓'은 안고 다니는 건 견딜 수 없는 일 아니여요? 그건 무엇으로든지 메워야 할 것으로 생각되어요. 반드시 그것을 메우는 유일의 행위가 자선사업이라는 건 아니겠지오. 그러나 신념만 확립될 수 있다면 사람의 마음의 진공상태만은 면할 수 있겠지오.[29]

이렇게 해서 김광호를 강력히 사로잡고 있던 깊은 회의주의는 새로운 형태의 '신념'이라는 비약을 감행함으로서 전 세대의 '신념'을 퇴색시키게 된다. 즉 이전 세대와 비교할 때 김광호의 세대는 "논리論理가 폐기되고 새로운 비약이 찾아오는 과정"를 걷게 되는 것이다. 마치 상반되는 것처럼 보였던 이 두 사람의 '스켑티시즘'과 '센티멘털리즘'은 결국 서로 통하는 것으로 낙착되며, 이 작품에서 이러한 '현대청년'의 특성은 거의 일방적으로 자본과 교환의 대상이 된 식민지 조선사회의 현대적 위상을 반영한다.

이러한 점은 김광호의 직분의 윤리가 그러했던 것과 동일한 맥락에 있다고 할 수 있는데, 요컨대 '현대의 성격'을 대변하는 김광호와 이경희 역시 형 김광준으로 대표되는 이전 세대의 사상과 신념을 대체할 만한 성격을 창조하지는 못한다. 그들은 그저 개인의 연장延長으로서의 개인, 즉 근대가 요구하는 윤리인 개아個我의 확장태로서의

---

29 위의 책, 274쪽.

'자아실현'의 장으로 고립될 뿐이다. 요컨대 그들의 고립이란 그저 자신의 직분에 충실한다는 윤리를 표나게 내세움으로써 새로운 시대에 걸맞은 새로운 도덕으로 무장한 인간형을 고수하는 것일 뿐 그들이 살고 있는 수족관 밖의 현실에 대해서는 여전히 눈을 감는 행위이다. 현실의 본질적 현상에 대한 이런 식의 은폐는 그들의 개인적 실천주의가 환상에 근거한 낭만주의에 불과한 것이었음을 재확인하게 되면서 더욱 분명하게 드러난다.

4. '이매-지image'와 '이류-종illusion'으로서의 기술과학

김광호와 이경희의 애정이 점점 깊어지자 이를 시기한 송현도는 은주부인과 결탁하여 김광호를 모함에 빠뜨린다. 토지 브로커들과 불법적인 관계를 맺고 있다는 의혹을 사게 된 김광호는 만주의 길림철도로 전근을 가고 아울러 이경희는 김광호와 은주부인의 관계를 오해하면서 실의에 빠진다. 이렇게 해서 김광호는 만주에서, 그리고 이경희는 경성에서 각각 유예의 시간을 보내게 된다. 김광호는 철도 부설을 위해 끝없이 펼쳐진 만주 땅을 측량하면서 얻게 된 기대감과 자신의 심경에 대해 편지를 통해 이경희에게 정직하게 토로한다. 김광호의 편지에는 그가 얼마나 직분의 윤리에 충실하려 했는지가 그대로 서술되어 있다.

조선을 비롯하여 한漢, 만주, 몽고, 일본의 다섯 민족이 평등하게 공존한다는 '오족협화五族協和'와 서구 제국주의의 패권주의에 대항하는 동양의 이상향을 실현한다는 명분을 지닌 '왕도낙토'로서의 만주는 당시 제국 확장의 중요한 거점이었다. 실제로 이 시기에 만주로 간다는 말이 "일을 하러 가고 희망을 갖고 간다"[30]는 의미로 변모되었다는 함대훈의 술회에서도 볼 수 있듯이, 시련에 직면한 김광호에게 있어 만주는 억압된 것으로부터의 탈출 욕망과 새로운 것을 선취할 수 있는 욕망의 선도 공간으로 상정된다.

『사랑의 水族館』에서 만주는 일본 국책회사에 의해 중화학공업 중심의 개발이 진행되고 있는 지역으로 묘사된다. 이때 이윤 추구만을 목적으로 하는 자본가의 대표 이신국은 "시국이 시국이니까 (…중략…) 국책에 따라" 만주나 북지 진출의 터전을 마련하기 위해 전력을 쏟아붓는다. "조선에서도 첫손까락에 뽑히는 대자본가" 이신국이 이끄는 '대흥콘체른'의 만주 진출은 바로 만주사변 이후의 일본 경제체제와 식민지 조선의 재계가 직접적으로 관련되는 장면이다.

실제로 일본 최대의 주식회사로 만주에 군림하면서 중국 동북부에서 막강한 영향력을 행사하고 있었던 남만주철도주식회사(1932년 '만철경제조사회'로 개칭)의 주도로 1937년부터 시작된 '만주국 산업개발 5개년계획'은 농업국이던 만주국을 중공업 군사기지로 육성한다는 국가주도형 대규모 프로젝트였다. 그 후 '총력전 체제'에 들어서면서 일본이 군수생산력을 확충하기 위해 만주의 중공업을 모두 장악하게 되면서 만주는 세칭 '만철왕국'이라 불렸다. 즉 당시의 만철滿鐵은

---

30 함대훈, 「남북만주편답기」, 『조광』, 1939.7, 72쪽.

일개 주식회사가 아니라 만주 땅의 식민지 국가로 군림하고 있었던 것이다.[31]

만주중공업의 '아까가와 씨'의 도움을 받아 '길림철도' 소속으로 전근을 간 김광호는 "길림으로부터 사가방四家房으로 통하는 구십 '킬로'의 철도 부설을" 위해 사진을 측량하고 또 그것을 엄밀히 계산하여 만분의 일 축도로 옮겨 최단거리를 취해 철도 예정선을 그어보는 작업 등에 집중하면서 머릿속의 잡념이 서서히 정리되고 있음을 느낀다. 그는 제도대 위의 축도를 통해 "'이매-지'와 '이류-종'을 그리면서 만주의 풍토를" 낭만적으로 추체험하고 있는 것이다. 일본 전시경제체제의 일환이라 할 수 있는 '만주국 산업개발 5개년계획'으로서의 철도 부설이 일본의 '총력전' 계획을 수행하기 위한 목적이라는 점을 감안할 때 그 철도가 어디에 어떻게 쓰일 것인지에 대해 아무런 회의도 하지 않는다는 김광호의 기술가 특유의 냉소적인 태도는 근본적으로 속도와 정치가 초래하는 경주의 논리를 은폐하는 행위에 다름 아니다.

'명일의 석유를 지배하는 자는 명일의 세계를 지배하는 자다' 그러나 석유의 막대한 부족을 경험하고 있는 지금 현상에 있어서는, 액체연료자급책液體燃料自給策의 확립이야말로 각하의 급무올시다. (…중략…) 과거 십 년 동안 해군과 만철의 협력고심의 결과 드디어 과학은 결실을 보게 된 것입니다. 일본질소日本窒素는 여기에 착안하여 북조선 아오지阿吾地에 이것을 위한 회사를 창립하고 그 후 만주에까지 진출을 보게 된 것입니다. (…중략…)

---

31 고바야시 히데오, 임성모 역, 『만철』, 산처럼, 2004 참조.

우리는 기술이 하나하나 자연을 정복해 가는 그 과정에 흠뻑 반하고 맙니다. 철도는 석탄의 운수를 위하여 필요합니다. 석유가 어디에 씨이는 것까지는 기술가는 묻지 않습니다. 그것이 어디에 씨이건 석탄을 가지고 석유를 만드는 것만은 새로운 하나의 기술의 획득이었고, 그것을 운반하는 데 철도로 하여금 충분히 그의 힘을 다하게 만드는 것만이 우리의 의무올시다.[32]

김광호는 경성에서 벌어지고 있는 자신에 대한 모함도 모른 채, 오직 만주 벌판의 "이매-지"와 "이류-종"을 상상하면서 만주가 자신의 능력과 기술을 발휘하는 데 좋은 기회를 제공한다고 믿고 있다. 즉 김광호에게 있어서 만주는 자신이 한 번도 회의하지 않았던 저 직분의 윤리를 최고도로 발휘할 수 있는 욕망충족의 공간으로 상상되고 있는 것이다. 이러한 그의 환상적 구성물은 일본 제국주의의 만주 침략을 위한 중요한 물적 토대인 철도 부설과 거기에 협력하는 '대흥콘체른'이라는 자본 집적체의 성격에 대한 근본적인 회피와 무지가 은폐되어 있다는 점에서 이데올로기적이다.

다른 한편 만주에 대한 제국주의적 침략을 은폐하기 위해 구상된 '만선일여滿鮮一如'와 '오족협화'의 이데올로기 역시 김광호의 직업에 대한 회의 없는 기술가적 소명의식에 의해 삭제되어버린다. 이렇게 볼 때 이경희의 경우와 마찬가지로 김광호는 기술 관료적 합리성을 개인의 순정적 인도주의와 결합시킨 새로운 윤리의 담지자로서, 김광준으로 대표되는 과거 세대가 소멸한 이후 등장해야 할 새로운 세대의 모범으로 표상된다. 그리고 이러한 '현대 청년'의 윤리는 개별

32　김남천, 『사랑의 水族館』, 인문사, 1940, 484~485쪽.

자가 전체(국가, 민족)를 구성하면서 동시에 개별성을 지니며 또 다른 개별자와 상호 협력을 가능케 하는 전도된 가상체계로 기능한다. 그러므로 『사랑의 水族館』이 그리고 있는 '현대 청년'이 아무리 근대적 개인의 자발성과 독자성을 담지하고 있는 세대로 묘사되고 있다 하더라도 그들은 새로운 개별자로서 제국 일본의 '협동주의의 원리'로 고양될 가능성을 함축하고 있다는 점에서 결국 일본을 맹주로 하는 '동아신질서'의 건설에 동참하게 될 것이라는 점은 쉽게 예측할 수 있다.

5. '현대적 풍속'의 귀착점

김남천이 구현하려 했던 당대의 모랄·풍속이 육화된 관찰로서의 리얼리즘이 의미하는 바를 『사랑의 水族館』이라는 소설적 실천행위를 통해 구현한다고 했을 때 그가 지향하고 있었던 이데올로기적 좌표는 확실히 불명확해 보인다. 결과적으로 그는 당대의 풍속과 윤리의 담지자이자 '은어'로 명명되는 김광호를 직분과 근대적 개인 윤리의식을 결합시킨 '현대 청년'으로 창조했지만, 궁극적으로 김광호는 괴뢰국 만주로 상징되는 '신체제'의 소명에 입각한 제국주의의 신민으로 남게 되었기 때문이다. 김광호의 소명의식에 근거한 기술자의 판단중지 이면에 존재론적 불안과 회의의 그림자가 드리워져 있는 것은 바로 이 때문이다.

　김남천은 소설 작품을 통해 전환기의 체득감을 재현하기 위해 '현대적 풍속'을 냉정한 관찰자의 입장에서 묘사해보고자 했다. 왜냐하면 과거 사회를 지지하고 있었던 인륜적 도덕성이 붕괴되면 새로운 사회를 지탱할 만한 시대의 윤리를 구성해야만 하기 때문이다. 그리고 그렇게 실감으로 다가오는 '현대적 풍속'에 대한 냉정한 관찰은 곧 그 사회를 폭로하는 새로운 리얼리즘이라고 판단했다. 그렇게 '현대'를 구현하는 인물과 환경을 소설 속에 재현함으로써 청년 세대의 일상을 포착하고자 했던 작품이 바로 『사랑의 水族館』인 것이다.

　여기에 등장하는 '현대 청년'은 과거의 세대들이 품었던 신념을 낭만적 이상으로 치부해 버리면서 그들과 전적으로 달라지기를 희망한다. 그들은 굳이 사상을 가질 필요를 느끼지 않으며 자신에게 주어진 직분에 최선을 다하는 소명의식을 최고의 선으로 간주할 뿐이다. 그리고 거기에 결핍된 부분은 "최소한도의 선"을 실현해 가는 것으로 대신한다. 요컨대 자신의 소명에 근거한 직분의식과 순정을 바탕으로 한 인도주의의 결합을 통해 모든 모순을 지양해 버리고자 하는 것이다.

　그들은 근대의 자연과학적 태도를 가지고 유행의 첨단을 추구하면서 최소한의 양심을 지키며 살아가고자 한다. 그들에게 가솔린 자동차의 질주는 유쾌하고 비행기의 폭음은 경쾌하기만 하다. 그러나 그러한 태도는 결국 제국 일본이 요구하는 것에 충실한 직분의 윤리로 귀결되거나 기껏해야 근대적 개인의 자아실현이라는 윤리의식으로 나아갈 따름이라는 사실을 그들은 굳이 의식하려 하지 않는다. 그러므로 그들의 요망하는 '현대적' 윤리체계란 결국 식민지 근대를 내면화하는 방식으로 귀결되는 자기기만이다. 따라서 김남천이 그리고 있는 이들의 불안정한 내면은 결국 『千九百四十五年 八·一五』에서 무기력과 권태로 전락하는 후사後事로 기록된다.

제2장

근대의 초극 혹은 근대문학의 종언
김남천의 「경영」, 「맥」, 『낭비』 연작을 중심으로

1. '근대의 종언'과 전환기의 시대의식

2000년 9월에 개최된 제1회 서울국제문학포럼에서 가라타니 고진柄谷行人은 근대문학의 종언을 선포함으로써 세간에 적지 않은 논란을 일으켰던 바 있다. 이때 가라타니가 말하는 문학이란 "영구혁명 중에 있는 사회의 주체성(주관성)"[1]이라는 사르트르의 정의에서 출발한 것으로서, 그것은 혁명정치가 보수화되고 있을 때야말로 (철학이 아닌) 문학이 영구혁명을 담당할 수 있어야 한다는 의미를 환기한 것이다. 다시 말하면 그동안 근대문학은 보수적인 정치에 대항하는 혁명적

---

[1] 가라타니 고진, 조영일 역, 「근대문학의 종언」, 『근대문학의 종언』, b, 2006, 52쪽.

임무를 수행해왔지만 일본의 경우 그것이 1980년대에 끝났고 1990년대에 이르러 한국에서도 종언을 고하고 말았다는 것이 그의 판단이다. 따라서 "근대문학이 끝났다"는 것은 문학이 담당했던 혁명적 역할의 시효가 종료되었음을 의미한다. 왜냐하면 문학이란 자신에게 부여된 지적·윤리적 요구를 감당할 수 있을 때만 그 궁극적인 존재가치를 지닐 수 있는데, 문학이 그러한 과제에서 스스로 자유로워지면 감성적 오락으로 전락하거나 그것을 조소하는 비평적 에크리튀르로 전락해 버리고 말기 때문이다. 가라타니에 의하면 1990년대 이후의 한국문학은 산문 대신 에크리튀르와 같은 개념이 보급되면서 문학의 지적·도덕적 실효성의 하락을 가져다 기껏 사소한 영역에 안주해 버리거나 그저 우쭐대기만 하는 긍정만 남게 되었다.

한국문학은 1990년대 초 사회주의의 붕괴와 함께 민족문학론이 퇴조하면서 신세대 작가들이 급부상하고 포스트모더니즘 논쟁이 진행되는 등 일대 전환기를 맞았다. 이때 역사적 이념도 지적·도덕적 내용도 없는 공허한 글쓰기가 실험되거나 순수문학이라는 이름으로 통속소설이 유행하는 등 문학이 지극히 협소한 것만 다루게 되면서 그에 대한 위기의식도 팽배해졌다. 이러한 분위기는 1930년대 후반의 한국문학 전반에서 제기되었던 위기의식과 매우 흡사한 측면을 보인다. 가령 1935년 카프 문인들의 대거 전향 이후 신세대 작가군의 등장, 그리고 1937년 중일전쟁 이후 일본의 본격적인 대륙 침략의 와중에 제창된 '대동아공영권론'이라는 '세계사'적 구상 문제는 당시 조선의 지식인들에게도 시대적 전환기의 중요한 문제의식으로 대두되었던 바 있다. 1930년대 한국문학에 도래한 위기의식과 유사한 국면이 어떻게 1990년대에도 동일한 방식으로 제기되었는가

하는 문제는 이 두 시대의 형태적 유사성만을 논하는 데 그칠 것이 아니라 어떤 내밀한 역사적 내용을 필연적으로 요청하고 있는 것만 같다. 역사는 반복되는 것이고 그것이 한 시대의 종말 단위로 진행되는 것이라면, 1930년대 후반의 역사를 위기의 안목에서 바라보는 일이란 현재를 풍미하고 있는 시대의 위기를 진단할 수 있는 하나의 수단이 될 수도 있을 것이다.

이 글에서 다루고자 하는 주제는 이와 같은 문제의식에서 제기된 것이다. 이른바 '근대초극론近代超克論'이 그것인데, 이는 1930년대부터 아시아·태평양전쟁의 말기에 이르기까지 일본의 혁신사상가들에 의해 주창된 일종의 지적담론으로서 그 주요 쟁점은 서양의 물질문명에 기초한 근대를 초극하기 위한 동양문화의 부활이었다. 더욱이 이 논의는 아시아·태평양전쟁 중에 동아시아가 유럽과 미국에 대해 승리를 거두고 세계의 패권을 차지하게 된다는 '예상적 구상'에 상응하면서 영미 주도의 자본주의 정치체제와 소련이 이끄는 사회주의의 혁명이념 모두를 초극하는 새로운 체제이자 이념으로 간주되었다.[2] 이때 전형기의 식민지 조선의 지식 사회에서 '근대의 초극론'을 비껴나간다거나 그 흡입력에서 자유로울 수 있었던 사상은 거의 없었다.[3] 물론 '신체제론'이나 '대동아공영권론'의 시대적 구상과 일정한 거리를 두고 사유하고자 했던 임화나 김기림 등도 있었지만, 1940년을 전후로 한 조선의 지식인들은 객관적 정세의 압력에 따른 힘겨운 고투를 감행할 수밖에 없었다.

---

2   히로마쓰 와타루, 김항 역, 『근대초극론』, 민음사, 2003, 7쪽.
3   김철, 「'근대의 초극', 『낭비』 그리고 베네치아Venetia」, 민족문학사학회, 『민족문학사연구』 18, 2000, 393쪽.

일본에서 제기된 '근대의 초극' 논의는 당대 조선의 문인들과 역사철학자들에게 지나칠 수 없는 문제 틀이었던바, 여기에 반응했던 다양한 양태 중 김남천의 실천적 사유는 특히 문제적이라 할 수 있다. 김남천은 그 자신이 고백하듯이 "자기고발-모랄론-도덕론-풍속론-장편소설 개조론-관찰문학론에 이르는 문학적 행정"[4]을 통해 분열된 주체를 재건하고자 했으며, 김남천 스스로도 밝힌 것처럼 이러한 실천적 행위는 그의 비평과 소설에 날것 그대로 반영되어 있기 때문이다.[5] 특히 주목되는 점은 그가 마르크시즘이라는 절대타자를 상실한 이후 비평과 소설을 통해 주체의 분열상을 낱낱이 고백하고 있다는 점인데, 그 일련의 고백들은 단지 심정상에만 그치는 것이 아니라 객관적 정세를 보다 명민하게 분석하고 그것과 대결함으로써 주체의 정립을 위한 고투를 보여주고 있음을 목도할 수 있다.

그 가운데 식민지 주체의 힘겨운 모색과정을 보여준 작품이 있으니, 『낭비』(『인문평론』, 1940.2~1941.2, 11회 연재, 미완), 「경영」(『문장』, 1940.10), 「맥」(『춘추』, 1941.2) 연작이 그것이다. 『낭비』, 「경영」, 「맥」 연작은 한국 근대문학 중에서 '근대초극론'이 제기한 동양문화론, 그리고 그 문제에서 자유로울 수 없었던 식민지 지식인들의 전향과 분열양상이 묘사된 유일한 작품이다. 따라서 이 연작은 당대 일본에서 제기된 '근대초극론'이 식민지 조선에서는 어떤 영향력을 발휘했는지를 엿볼 수 있는 일종의 자료 구실을 하고 있다. '근대의 초극' 좌담회

---

4 김남천, 「(발자크 연구 노트 4) 체험적인 것과 관찰적인 것」, 『인문평론』, 1940.5.

5 김남천은 자신의 평론활동과 창작활동을 '양도兩刀'에 비유하면서, 자신은 스스로가 주장한 문학이론 그대로 작품을 창작한다는 점을 고백했던 바 있다.(김남천, 「양도류의 도량」, 정호웅·손정수 편, 『김남천 전집』1, 박이정, 2000, 511쪽, 이하 『김남천 전집』1의 인용은 『전집』으로 약칭하고 쪽수만 표시한다)

는 하나의 '사건'이었지만 이것은 아시아·태평양전쟁과 함께 제국
일본의 중심적인 '사상'으로 자리매김 되었고, 이에 대해 김남천은
식민지 조선의 질적 전환을 가져온 하나의 '사태'로 파악했다.

이 작품들에는 그가 기왕의 프로문학운동이 밟아온 전철의 오류
를 객관적 정세의 악화에서뿐만 아니라 철저히 그 내부에서 적발해
내고자 하는 의지가 발현되어 있다. 요컨대 그가 고발문학론에서 장
편소설개조론까지 시종일관했던 원리이자 방법이 이 연작에서도
구현된다고 할 수 있다.[6] 여기서 말하는 '방법'이란 마르크시즘이라
는 절대타자를 상실한 이후 문학 / 주체의 위기를 벗어나는 길은 작
가 내부의 '유다적인 것'과의 철저한 투쟁에서만 확보될 수 있다는
주체의 자기인식을 말한다.

다시 말해 김남천은 주체의 재건을 위해서는 주체의 자기완결성
을 의심함으로써 유다적인 자기모순을 적출하는 수밖에 없다고 판
단한 것이다. 그것의 결과가 성공을 하던 실패를 하던 김남천에게는
그리 중요한 문제가 아니다. 왜냐하면 그러한 방법이란 주체의 자기
완결이라는 신화에 빠지는 것에 대한 경계이며, 작가는 그러한 모순
된 주체임을 스스로 자각할 수 있을 때만이 "영구혁명 안에 있는 사
회의 주체성(주관성)"을 획득할 수 있기 때문이다. 또한 이러한 실천
행위야말로 문학이 진정으로 요구하는 도덕적·윤리적인 물음이다.

---

6 한수영, 「유다적인 것, 혹은 자기성찰로서의 비평」, 『문학수첩』 12, 2005.11, 390쪽.

2. '근대의 초극'과 '동양문화사론'의 가능성 : 「경영」과 「맥」[7]

김남천의 『낭비』, 「경영」, 「맥」은 1940년 2월부터 1941년 2월까지 거의 동시적으로 쓰인 작품들이다. 그런 이유에서인지 이 작품들에 등장하는 인물들의 출현 방식과 구조는 매우 흥미로운데, 세 작품의 인물들이 각각의 작품에 겹쳐서 출현하기도 하고 또 카메오로 등장하는 경우도 있다. 예를 들면 『낭비』에 출현하는 문난주가 「맥」의 도입부에 잠시 등장한다든가 『낭비』의 윤갑수가 「맥」에서 소절수의 주인으로 간접 등장하는 사례가 그것이다. 또한 작품의 구조면에서 보면 「경영」에 등장하는 인물에 대한 저간의 사정은 「맥」에서 설명되고, 「맥」에 등장하는 인물에 대한 정보는 『낭비』에서 제공된다. 따라서 이 연작에 등장하는 인물에 대한 정보를 파악하기 위해서는 먼저 이 세 작품의 동시적인 독서가 전제되어야 한다.

먼저 이 연작의 주요 등장인물로는 경성 '야마도 아파트'의 사무원이자 사상범으로 구속된 애인 오시형을 옥바라지해 온 최무경과 보석으로 석방된 후 마르크시즘과 최무경을 한꺼번에 버리는 전향자

---

7   김남천의 「경영」과 「맥」 연작에 대한 평가에 대해서는 다음을 참조할 수 있다. 먼저 김윤식은 이 연작을 한국문학에서 유일하게 사상문제를 다룬 '전향소설의 최고봉'으로 규정하면서 작품 구성면에 있어서는 "오시형으로 대표되는 다원사관과 회의론자 이관형에 의해 부분적으로 대표되는 일원사관을 대립시키고, 그사이에 방향감각을 가늠하고자 하는 최무경을 지식인 일반으로 놓음으로써 균형감각을 확보하고 있다"(김윤식, 『한국 근대문학 사상사』, 한길사, 1984, 297쪽)고 평가하였다. 반면에 임화는 "이 두 작품은 예술성과 통속성이 혼탁되어 있다"(임화, 「엄실한 것과 진실한 것」, 『삼천리』, 1943.3, 251쪽)라고 비판했는데, 여기서 임화가 말하는 '예술성'이란 이 작품들의 구성적 측면에 대한 성과를 인정한 것이고, '통속성'이란 당파성이 탈색된 리얼리즘 본래의 수준에 미치지 못한다는 의미에서 시의성이 반영된 평가로 볼 수 있을 것이다.

오시형, 그리고 홀로 된 최무경의 옆집에 우연히 입주하게 되면서 최무경과 함께 '동양문화사론'과 '신체제론' 등의 전향사상에 대해 이야기를 나누게 되는 이관형을 들 수 있다. 먼저 「경영」에서는 최무경과 오시형의 관계를 중심으로 한 이야기가 전개되고, 「맥」에서는 최무경과 이관형의 대화 속에서 오시형이 과거의 회상장면으로 오버랩되면서 이야기가 전개된다. 또한 이관형이 최무경의 아파트에 입주하기까지의 과정은 미완의 장편소설인 『낭비』에서 설명된다.

이 연작을 관통하고 있는 핵심적인 사건은 사상범으로 구속되었던 오시형이 보석으로 출옥한 뒤 전향을 감행한 데서 시작된다. 오시형의 전향은 서구 중심의 일원사관을 벗어난 다원사관으로서의 '동양사론'을 최무경에게 설명하는 장면으로 묘사된다.

"내 자신이 서 있던 세계사관뿐 아니라, 통터러 구라파적인 세계사가들이 발판으로 했던 사관은 세계일원론이라구도 말할 수 있는 것인데, 이러한 경우에 동양세계는 서양세계와 이념을 달리하는 것이 아니라, 동양세계는 대체로 세계사의 전사前史와 같은 취급을 받아온 것이 사실이었죠. 종교사관이나 정신사관뿐 아니라 유물사관의 입장도 이러한 전제로부터 출발했단 말입니다. 그러니까 동양이란 하등의 역사적 세계도 아니었고 그저 편의적으로 부르는 하나의 지리적 개념에 불과했었단 말입니다. 그러나 만약 이러한 세계 일원론적인 입장을 떠나서, 역사적 세계의 다원성 입장에 입각해 본다면, 세계는 각각 고유한 세계사를 가지고 있다는 것을 알 수도 있고 증명할 수도 있지 않은가. 현대의 세계사의 성립을 이러한 각도에서 이해하려고 한다면 우리가 가졌던 세계사관에 대해서 중대한 반성을 가질 수도 있으니까……"
(…중략…) "가령 동양이라든가 서양이라든가 하는 개념도 로오마의 세계에

서 성립된 것이고, 또 고대니, 근세니 하는 특수한 시대 구분도 근세의 구라파 사학에서 성립된 구분이니까, 이런 것에서 떠나서 동양과 동양세계를 다원사관의 입장에서 새로히 반성하고 성립시킬 필요가 있지 않은가. 이것은 동양인의 학문적인 사명입니다, 동양인 학도가 하지 않으면 아니 될 의무입니다."[8]

이러한 오시형의 진술은 일본의 '근대초극론'의 일환으로 제기된 사상으로서의 '동아협동체'나 '동아연맹론'으로 대변되는 '대동아공영권'의 논리와 일맥상통한다. 제국 일본의 사상범으로 구속되었던 오시형이 서구적 세계관에 근거한 일원사관에서 벗어나 동양적 세계관을 적극적으로 반영하는 다원사관을 주장한 것은 서구적 근대를 초극하면서 '동양 제국'을 지향했던 일본의 사상과 완전히 일치하는 대목이며, 이러한 진술을 통해 독자는 오시형이 전향을 감행했음을 추측할 수 있다. 이때 오시형의 전향을 통해 추측할 수 있는 또 다른 사실은 '국가총동원법'에 의한 강압적인 사상통제로 인해 식민지 조선 지식인들이 운신의 폭을 좁힐 수밖에 없었던 것, 그리고 중일전쟁이 아시아·태평양전쟁으로 확대되면서 일본의 동아시아 지배가 대세로 인정될 수밖에 없는 상황 속에서 전쟁 동원의 사상이라 할 수 있는 '근대초극론'은 당대 조선의 지식인들에게 상당한 위력을 발휘했다는 점이다.

실제로 이 시기에 쓰인 김남천의 평론들에서는 '근대초극론'의 일환으로 제기된 '세계사의 철학'과 호응하고 있는 부분을 발견할 수

---

8   김남천, 「경영」, 『한국 근대단편소설 대계』, 태학사, 1988, 701~702쪽.

있는데, 가령 고야마 이와오高山岩男의 '다원사관'과 '동양론'을 직접 언급한 부분이 그것이다. 김남천은 「전환기와 작가」에서 고야마의 동양사론을 "학문이라면 서양 학문의 관념밖에 모르는 일원사관의 입장에서 떠나서, 세계 각 민족의 역사를 다원사관에 의하여 성립시키려는 동양적 자각"으로 규정하면서, 다시 이를 "다원사관에 서서 현대의 세계사의 문화이념을 세워보자는"[9] 의견을 제시했다. 고야마는 서양이 패권으로 장악한 세계의 식민지화에 의거한 '근대적 세계(구질서)'가 몰락함에 따라 이와는 다른 질서를 지닌 '현대적 세계(신질서)'가 도래했다는 역사의식을 제출한 바 있다. 그에 따르면 서양의 '세계' 개념은 보편성을 띠고 존재했지만 그것은 비서구 세계를 배제한 유럽중심주의적 일원론의 표상체계이기 때문에 비서구에 대한 서구의 지배가 은폐될 수밖에 없었던 불완전한 개념이었다.

그러나 비서구 세계(특히 일본)가 서구 세계와의 동등한 위치를 요청함에 따라 근대적 유럽중심주의의 질서에 균열이 생기면서 세계의 일원사관에서 벗어나 다원사관이 출현할 수 있게 되었고, 이것은 곧바로 '현대'로 이동하는 문명사적 전환의 계기를 대변한다는 것이다.[10] 요컨대 고야마가 말하는 다원사관은 결국 서양 중심주의에 대항하여 아시아 대륙을 통합시키고자 하는 일본 중심주의에 환치되어 있는 것이며, 이는 곧 동양을 대표하는 일본 민족의 특수한 사명을 필연화한 것이었다.[11]

이러한 고야마의 다원사관에 대해 김남천은 유보적인 입장을 취

9   김남천, 「전환기의 작가 : 문단과 신체제」(『조광』, 1941. 1), 『전집』, 688쪽.
10 高山岩男, 「世界史の理念」, 『思想』, 1940. 4, 2~4쪽.
11 趙寬子, 「徐寅植の歷史哲學 : 世界史の不可能性と「私の運命」」, 『思想』, 2004. 1, 39쪽.

했던 것으로 보인다. 오시형을 전향시킨 이른바 "동양학"이라는 것이 과연 실제로 성립할 수 있을 것인가에 대한 최무경의 질문에 이관형의 다음과 같은 응답은 의미심장할 수밖에 없다.

　내 생각 같아선 서양 사람이 자기네들의 학문적 방법을 가지고 동양을 연구하는 것과 동양인이 구라파의 학문세계에서 동양을 분리할 생각으로 동양을 새롭게 구성해 보려는 노력과 이렇게 두 가지루다 나누어서 생각해 볼수가 있는데 어느 것이나 독자적인 학문을 이룬다던가 하는 것은 어려운 일인 줄 생각합니다. 서양 학자가 구라파 학문의 방법을 가지고 동양을 연구한다고 그것을 동양학이라고 말한다면 그것은 지역적인 의미밖에 되는 게 없으니까 별로 신통한 의미가 붙는 것이 아니고 그저 편의적인 명칭에 불과할 것이요, 또 동양인인 우리들이 동양을 서양 학문의 세계에서 분리해서 세운다는 일에도 정작 깊은 생각을 가져보면 여러 가지 곤난이 있을 줄 압니다. 가령 동양학을 건설한다지만 우리들의 대부분은 구라파의 근대를 수입한 이래 학문 방법이 구라파적으로 되어 있지 않겠습니까. 대학에서 공부한 사람의 거개가 구라파적 학문의 방법을 배운 사람들이니 그 방법을 버리고서 동양을 연구할 수는 없지 않겠습니까. 그렇지 않다면 동양이 가지고 있는 고유의 학문 방법으로 동양을 연구하여야 할 터인데 내가 영국 문학을 한 사람이라 그런지 사회과학이나 자연과학이나 철학이나 심리학이나 구라파적 학문방법을 떠나서는 지금 한 발자국도 옴짝달싹 못할 것입니다. 그러니까 니시다西田 같은 철학자도 서양철학의 방법을 가지고 일본 고유의 철학 사상을 창조한다고 애쓴다지 않습니까. 한동안 조선학이라는 것을 말하는 분들도 우리네 중에 있었지만 그 심리는 이해할만 하지만 별로 깊은 내용이 없는 명칭에 그칠 것입니다. 요즘에 율곡栗谷 같은 분의 유교사상을 서양철학의 방법을 가지고 연구해 보려는 분들이 생기고 있는 모양이지만 이런 의미에서 본다면 동양학의 성립이란 애매하고 또 내용 없는 일꺼리가 되기 쉽겠습니다.[12]

고야마의 '다원사관'에 대한 김남천의 비판적 언설은 이렇듯 오시형의 전향사상을 비판하는 이관형의 목소리로 되풀이되는데,[13] 여기서 오시형의 전향에 기초가 된 다원사관은 바로 고야마의 다원사관에 의거하고 있다는 것을 알 수 있다. 이렇게 볼 때 김남천은 스스로 '근대초극론'을 위시한 고야마의 동양사론이 하나의 문화적 실체를 지시하는 관념으로 성립될 수 없음을 역설함으로써 그것이 한갓 내용 없는 수사임을 비판하고 있다고 할 수 있다. 더불어 이러한 김남천의 비판은 동양문화사론을 역사철학적으로 분석한 서인식徐寅植에게서 촉발된 것으로도 볼 수 있다. 식민지 말기 대표적인 조선의 역사철학자로 평가받는 서인식은 이 시기에 '동양사관'의 가능성에

---

12 김남천, 「맥」, 『한국 근대 단편소설 대계』, 태학사, 1988, 782~783쪽.

13 '동양사론'에 이어 '다원사관'에 입각한 세계사의 구상이 가능한가에 대한 최무경의 물음에 이관형은 다음과 같이 대답한다. "동양에는 동양으로서 완결된 세계사가 있다. 인도는 인도의, 지나는 지나의, 일본은 일본의, 그러니까 구라파학에서 생각해낸 고대니 중세니 근세니 하는 범주를 버리고 동양을 동양대로 바라보자는 역사관 말이지요. 또 문화의 개념두 마찬가지 구라파적인 것에서 떠나서 우리들 고유의 것을 가지자는 것, 한번 동양인으로 앉아 생각해볼 만한 일이긴 하지요마는 꼭 한 가지 동양이라는 개념은 서양이나 구라파라는 말이 가지는 통일성을 아직껏은 가져보지 못했다는 건 명심해둘 필요가 있겠지요. 허기는 구라파 정신의 위기니 몰락이니 하는 것은 이 통일된 개념이 무너지는 데서 생긴 일이긴 하지만. 다시 말하면 그들은 중세를 가지고 있지 않습니까. 그 중세가 가졌던 통일된 구라파 정신이 아주 깨어져버리는 데 구라파의 몰락이 있다고 하지 않습니까. 그러나 그들이 그들의 정신의 갱생을 믿는 것은 통일을 가졌던 정신의 전통을 신뢰하기 때문이겠습니다. 불교나 유교는 이러한 정신적 가치로 보면 훨씬 손색이 있겠지요. 조선에도 유교도 성했고 불교도 성했지만 그것이 인도나 지나를 거쳐 조선에 들어와서 하나도 고유의 사상이나 문화의 전통을 이룰 만한 정신적인 힘은 가지고 있지 못하지 않았습니까. 허기는 그런 불교나 유교의 탓이라기보다는 우리 조상들의 불찰이기도 하지만." (위의 글, 785~786쪽)

대한 의견을 집중적으로 피력하고 있는데, 그의 주장의 많은 부분이 김남천의 평론내용들과 일치하고 있기 때문이다.

> 우리가 유럽 제국諸國의 문화를 일괄하여 서양문화라고 부르는 의미에서 동양문화라는 것을 말할 수 없다는 것은 오늘날 지나학의 권위 쓰다 소키치津田左右吉 박사를 비롯하여 여러 학자들이 공인하는 모양 같다. 유럽의 제국민은 근대 이전부터 '세계문화'라는 한 개의 통일된 문화권을 형성하고 살아왔지만 동양의 제국민은 근대에 이르기까지 각기 독립한 문화권을 형성하여 가지 문화사적으로도 서로 깊은 내면적 연관 없이 고립되어 갈아왔다. 유럽에서는 벌써 로마羅馬 시대에 그리스의 고전문화와 동방의 기독교 사상이 한 개로 통합하여 한 개의 통일된 문화적 · 사상적 실체를 이루었다. (…중략…) 유럽에는 유럽 문화사라는 것이 있을 수 있지만 동양에는 엄밀한 의미에 있어 동양 문화사라는 것이 있을 수 없다. 있는 것은 인도 문화사며 지나 문화사이다.[14]

서인식은 '내선일체'와 같은 인종적 동일화 담론에 의거한 전쟁 동원 및 사상 전향을 이끌어내고 궁극적으로는 일본의 패권을 합리화하는 이데올로기로 기능하는 '동양사론'이 함축하는 정치적 목적을 정확하게 인식하고 있었다. 그는 '현대'로의 이양이라는 문명사적 전환 혹은 세계사적 과제를 부여받은 중일전쟁이 구질서로부터 전환하여 신질서로 재편될 수 있기 위해서는 단순히 한 민족·국가의 이해관계에 한정되어서는 안 된다고 주장한다. 즉 일본에 의해 자행

---

14 서인식, 「동양문화의 이념과 형태 : 그 특수성과 일반성」(『조선일보』, 1940. 1. 3~4), 차승기 · 정종현 편, 『서인식 전집』 Ⅱ, 역락, 2006, 156~157쪽. 이하 『서인식 전집』 Ⅱ의 인용은 『전집』 Ⅱ로 약칭하고 쪽수만 표시한다.

되고 있는 전쟁이 진정한 의미에서의 세계사적 의의를 획득하려면 그것이 "보편적 절대적 과제에 연결"되어 있을 때만이 가능하며, 거기에서 요청되는 과제란 바로 세계 전체를 포섭한 원리인 "자본주의의 극복"이라는 것이다.[15]

서인식에 의하면 자본주의가 서구의 원리임에도 불구하고 그것이 '세계사적 원리'로 기능할 수 있었던 것은 보편성을 지니고 있었기 때문이다. 따라서 새로운 역사적·문명사적 과제를 수행해야 할 '동양의 세계사적 원리 또한 보편성을 담보한 것이어야 하며 나아가 그것은 동양과 서양 모두를 포섭할 수 있어야 한다는 것이다. 그러므로 '동아협동체론'이 서양적인 일체의 것을 해소한다는 의미에서 제출된 것이라면, 그것은 서양에서 발원하여 보편적인 원리로 확장된 자본주의를 극복했을 때에만 가능한 것이 된다.[16] 이러한 서인식의 논리는 '세계사적 의의'라는 외피를 두른 '근대초극론'이 사실은 동아시아 지배를 위한 침략전쟁의 이데올로기로 기능하고 있는 한 시성, 그리고 자본주의 극복이라는 명목으로 효율적인 전시경제체제를 도모한다는 이중적인 입장에서 사상적으로 개입하고 있음을 지적한 것이라 할 수 있다.[17] 즉 궁극적으로 서인식은 동양문화의 특수성 논의에 함몰되지 않음으로써 오히려 그것이 지닌 한계와 위험

---

15 서인식, 「현대의 과제(2) : 전형기 문화의 諸相」(『조선일보』, 1939.4), 차승기·정종현 편, 『서인식 전집』I, 역락, 2006, 149~151쪽. 이하 『서인식 전집』I의 인용은 『전집』I로 약칭하고 쪽수만 표시한다.

16 서인식의 이러한 주장은 미키 기요시의 '세계사의 철학'에 내재한 자본주의 극복의 과제, 즉 유럽 제국주의와 일본 제국주의 동시에 초극해야만 하는 과정에서 안출된 사항을 특별히 강조한 것으로 볼 수 있다. 차승기, 「'근대의 위기'와 시간-공간의 정치학 : 교토학파 역사철학자들과 서인식」, 『한국 근대문학 연구』4(2), 2003.8, 253~254쪽 참조.

17 서영인, 「근대인간의 초극과 리얼리즘 : 김남천의 일제 말기 비평 연구」, 『국어국문학』137, 2004, 476~477쪽 참조.

성을 충분히 경계하려는 태도를 보이고 있는 것이다.

서인식으로부터 이론적 영향을 받은 김남천은 자신의 글 곳곳에서 서인식의 논의에 각별한 의의를 부여하고 또 거기에서 전환기를 모색하는 기운을 감지하곤 했다. 동양문화의 통일성에 대해 회의적인 김남천의 입장은 서인식의 그것에 기댄 것이기도 하지만, 이는 또한 당대의 보편적인 논의에서 크게 벗어나지 않는 것이기도 했다. 이에 따라 김남천은 서구 근대문명의 몰락에 대한 서구 내부의 자성적인 목소리에도 귀 기울인다.

구라파 정신의 몰락이라던가 구라파 문화의 위기라던가 하는 소리는 이 쭈루루니 책장에 꽂혀있는 뭇별같은 사상가들이 오래 전부터 떠들어오는 말이고, 구라파 정신의 재생이나 갱생책을 생각해보는 과정에서 동양을 발견하는 일이 많다고도 말할 수 있겠는데 그러나 그들은 결코 구라파 정신을 건질 물건이 동양의 정신이라고는 믿지 않고 있습니다. 뿐만 아니라 그들은 한 가지로 세계를 건질 정신은 역시 구라파정신이라고 깊이 확신하고 있습니다. (…중략…) 유물이나 고적에서 서양을 건져내인다던가 세계정신을 갱생시킬 요소를 발견하고 감탄하는 것은 아니란 말입니다. 이런 점은 우리 동양 사람이 깊이 명심할 일입니다.[18]

김남천은 「전환기와 작가」에서도 "구라파 제 민족"의 인류 발전에 대한 신앙을 결코 버리지 않는 서구의 지성에 대해 서구의 근대를 초극할 수 있는 새로운 원리로서 동양문화의 통일을 주장한다고

18　김남천, 「맥」, 『한국 근대 단편소설 대계』, 태학사, 1988, 783~784쪽.

해도 그것이 세계사적 보편성을 획득하지 못한다면 한낱 정치적 레토릭에 불과할 수 있음을 반복하여 지적한 바 있다. 여기서 김남천은 서구 내부에서 진행되는 논의를 전경화 해보임으로써 도리어 일본의 논리를 상대화하는 전략적 효과를 노리고 있다고 할 수 있는데, 즉 동양사론에 대한 김남천의 태도란 일본이 동아의 맹주가 되어 '동아협동체'를 구상한다는 것은 결국 다양한 대안적 가능성 중의 하나일 뿐 그것이 유일한 대안이 될 수는 없다는 회의를 표명함으로써 동양사론에 균열을 가하고 있는 것이다.

한편 「경영」에서의 오시형은 전향을 거쳐 '친일'로 나아갈 것을 암시하는 인물이고 「맥」에서의 이관형은 서구 중심주의적인 자의식으로 인해 좌절과 패배를 경험한 인물인데, 이 두 인물은 최무경을 매개로 하여 각각 서로를 비판하는 입장을 취하고 있다. 따라서 이 연작이 다루고자 했던 사상성의 문제란 고정된 입장을 논거하고 규명하는 차원에서가 아니라 전쟁을 매개로 한 세계사적 전환기와 역사관, 그리고 제국과 식민지의 주체 문제 등을 소재로 한 작가의 목소리가 혼재된 다성적 언어로 존재한다.

그러나 오시형과 이관형이 서로에 대해 비판적인 입지에 서 있다 하더라도 그들의 출발점과 지향점은 바로 '근대'라는 것, 즉 근대주의자라는 점에서는 공통적이다. 오시형이 주장하는 동양사론이 서구에 대항하는 동양사의 독자성을 구명하거나 동양학을 정초하는 것을 목표로 했다 할지라도 이때 적용되는 개념 역시 "구라파 철학"이며, 또 근본적으로 그것은 동양을 세계사에 포함시키는 새로운 지평으로서의 '일본적 동양사'를 세우는 데 의의가 있는 것이었다. 오시형 자신이 언급한바 "경제학에서 철학으로의 전향"이란 바로 이러한 사정에서 기인한 것이다. 다시 말해 오시형의 전향이란 마르크시 즘으로서의 경제학을 버리고 파시즘으로서의 철학을 택함으로써 유물사관을 포함한 서구 중심의 일원사관에서 천황제 군국파시즘 의 이데올로기인 '동양문화사론'을 바탕으로 한 다원사관으로의 전 향이었던 것이다. 이렇게 해서 오시형은 전근대와 근대의 교묘한 결 합으로서의 천황제에 귀의함으로써 자기소외를 극복할 수 있었다.

그러나 이 연작에서 오시형의 전향사상이 이관형에게서 완전히 부정되거나 극복되는 것은 아니다. 최무경 또한 오시형의 전향 논리 나 이관형의 회의론을 적극적으로 비판할 만큼의 의식이 확보되어 있지 않다. 최무경은 단지 오시형과 이관형에 대해 막연한 심정적인 이해의 수준에서 그칠 뿐이다. 이렇게 볼 때 김남천이 이 연작을 통 해 이상적인 인물 혹은 주체를 제시하고자 했던 것은 아니었다고 볼 수 있다. 다만 그는 자신이 속한 시대에 대해 체험하고 관찰한 것을 왜곡하지 않고 생생하게 묘사하는 리얼리즘의 정신을 끝까지 밀고 나간 것이라고 할 수 있다.

기왕에 이 연작은 '전향소설'로 평가되었지만 작품에 드러나는 김 남천의 혼성적인 목소리는 오시형, 이관형, 최무경과 거리를 둔 채 다 성적으로 작동한다. 요컨대 이 연작의 주요 등장인물들은 김남천의 관찰과 세태 체험의 대상이었던 것이다. 김남천에게 있어 체험과 관 찰과 묘사는 문학의 존립방식이었고, 또 그러한 외부세계의 관찰을 통해 작가의 내부세계를 적발하는 것이야말로 그가 말하는 문학자의 사명이었다.[19] 그러나 김남천이 재건해야 할 주체 혹은 그 자신이 끊

---

19 김남천, 「(발자크 연구 4) 체험적인 것과 관찰적인 것」(『인문평론』, 1940. 5), 『전집』, 600∼ 610쪽.

임없이 추구했던 주체는 '짓테Sitte(관습, 규범)'와 '게뮤트Gemüt(심정, 정서)'의 심각한 분열을 겪는다. 요컨대 '신체제' 시기 김남천 소설의 주인공들은 해답 없는 주체이며 그들에게 남은 것은 피로와 권태뿐이었다.

3. '짓테와 게뮤트의 분리상극'으로서의 부재의식 : 「낭비」

『낭비』의 주인공 이관형이 최무경의 '야마도 아파트'에 입주하기 직전, 그는 제국대학의 강사 채용 논문 준비로 분주한 날들을 보내고 있었다. 논문의 주제는 「헨리·젬스에 있어서의 심리주의와 인터내슈낼·시츄에-슌(국제적 무대)」으로서, 헨리 제임스Henry James "문학의 배후에 있는 사회적 시대적 의의를 추궁"[20]하는 데 목적을 두었다. 이관형에게 이 논문은 그의 학문에 대한 열정과 함께 입신출세의 기회를 잡을 수 있을 만큼 "생애와 바꾸어도 사양치 않을 가장 중요한 일"[21]에 해당하는 것이었다. 정성을 들여 논문을 작성하는 와중에 이관형은 조금씩 모종의 심리적 불안과 동요에서 헤어나지 못하는 자신을 발견하는데, 그것은 그 자신이 "혹씨 헨리 젬스와 같은 운명에 완롱되어 있지나 아니 하는가, 청청한 그의 구만리 같은 장래에서 그

20　김남천, 「낭비(1회)」(『인문평론』, 1940. 2), 『전집』, 218쪽.
21　위의 글, 220쪽.

를 기다리고 있는 운명은 혹여 젬스가 빠지지 않으면 아니 되었던 그러한 세계로 그를 안내할려는 것은 아닐런가-하는 불안이었다".[22] 그가 무의식중에 빠져드는 이른바 헨리 제임스의 운명을 방불케 하는 불안이란 식민지를 살아내야 하는 지식인의 불안감, 즉 연대와 공감이 불가능한 현실에서 주체와 외부세계의 분열에서 비롯된 '부재의식'이었을 것이다.

> 그는 주로 구라파에서 만나는 아메리카인을 통하여 아메리카를 알았다. 또한 그는 타곳에서 온 만유객으로서 구라파의 사회를 알았다. 그러므로 그는 진정한 의미에서는 아무 것에 대하여도 공감을 가지지 못하였던 것이다. 그는 '아무것에 대하여도 공감을 느끼지 못하는' 상태를 지금 뼈아프게 경험하고 있지는 아니하는가? 공감이 없이 사는 생활, 그것의 반영인 문학, 그것은 곧 헨리·젬스였다. 그리고 이것이 '부재의식'의 사회적인 근원이 되어야 할 것 같다.[23]

미국에서 태어나 유럽을 떠돌다가 영국에 귀화했음에도 그 어느 곳에서도 진정한 공감을 느낄 수 없었던 헨리 제임스의 '부재의식'이 동종의 느낌으로 자신을 압박한다는 것은 그 '부재의식'의 성격이 곧 자신의 그것과 일치하고 있음을 암시하는 자의식의 표출이라 할 수 있다. 그러한 존재론적 의식을 정확히 간파하고 있었던 이관형은 따라서 헨리 제임스를 극복하지 않으면 자기 자신도 극복할 수 없다는 각오를 다져 보기도 하지만, 헨리 제임스와 자신의 정신적 위기가

---

22 김남천, 「낭비(2회)」(『인문평론』, 1940.3), 『전집』, 187쪽.
23 위의 글, 199쪽.

충돌하면 할수록 오히려 논문의 진척은 더뎌질 뿐이다.

김남천은 서인식의 말을 빌려 "윤리의 짓테Sitte와 게뮤트Gemüt가 분리상극分離相剋하는 것은 한 사회가 불안과 동요의 계단에 도달한 표징"[24]을 암시하는 것이며, 이렇게 작가의 심정과 사회의 관습이 일치하지 않는 시대에는 작가가 진眞을 그리는 것이 불가능하다고 토로한다. 왜냐하면 그러한 사회적 불안과 동요는 당대 사회가 갖고 있는 근본적인 내적 모순의 외화이기 때문이다. 요컨대 이관형이 겪고 있는 진퇴양난의 '부재의식'이란 곧 주체의 윤리적 심정과 사회적 관습이 불일치한 데서 비롯된 것이라 할 수 있다.

> 부재의식! 그것은 단마디로 말하면 기성관습에 대한 어떤 개인의 심정상의 부조화로부터 일어나는 의식상태라고 말할 수밖에 없다. 그러니까 가령 헨리·젬스에 있어서의 '국제적 무대'라는 것은, 아메리카적인 관습에나 구라파적인 관습에나 조화될 수 없는 헨리·젬스의 심정상의 괴리에서 유래된 것이라고 보지 않을 수 없다. 그의 작품이 점점 고독한 심리 속으로 난삽하고 해삽스럽게 파고 들어간 것은, 그 자신의 심정과 조화되는 관습을 밖의 사회와 인간생활에서 찾어볼 수 없게 된 데 긔인하는 것이다. (…중략…) 그렇다고 보면, 이러한 부재의식이 어째서 단순히 심리학의 형식상 문제임에 끄칠 수 있을 것인가. 푸로이드의 리비도, 또는 이십세기에 들어와서 갈턱까지 가본 죠이쓰의 심리적 세계도 결국은 이러한 사회적인데 구경의 원인을 둔 부재의식이 아니랄 수는 없을 것이다.[25]

---

24 김남천, 「소설의 운명」(『인문평론』, 1940.11), 『전집』, 668쪽; 서인식, 「문학과 윤리」(『인문평론』, 1940.10), 『전집』 II, 259쪽.
25 김남천, 「낭비(9회)」(『인문평론』, 1940.11), 『전집』, 145쪽.

관습과 심정의 불일치에서 비롯된 '부재의식'은 끊임없이 분열된 주체의 문제에 천착해왔던 김남천으로서는 당연한 관심사였을지도 모른다. 더욱이 식민지적 현실과 세계사적 전환기라는 거대담론의 암중모색이 맞물리면서 헨리 제임스의 '부재의식'은 대다수 식민지 조선의 지식인에게 실감으로 육박해왔을 것이다. 그러나 지속되는 신경의 압박에도 불구하고 헨리 제임스의 '부재의식'을 연구한 이유를 묻는 심사위원에 대해 이관형은 자신의 문학연구에 대한 수수성과 결백성을 주장한다.

즉 헨리 제임스를 연구한다는 것은 영문학을 전공한 자로서 20세기 최고의 문학으로 일컬어지는 심리주의 문학의 기원을 따져보는 일일 뿐 자신의 심리적·사회적 토대와는 아무런 관련성이 없다는 것이다. 더욱이 이관형은 그의 연구방법론이 사회과학적 방법론이 아니라 어디까지나 문학적 방법론이라는 사실을 특별히 강조한다. 그럼에도 불구하고 논문 심사위원의 날카로운 의혹과 추궁은 결국 그를 궁지에 몰아넣고 만다.

> 헨리·쩸스는 군의 설명에도 있는 것과 같이 미국에 났으나 구라파와 미국새를 방황하면서 그 어느 곳에서나 정신의 고향을 발견치 못하였다고 말하오. 또 그의 후배라고 할 만한 쩸스·쪼이스는 아일란드 태생이 아니오? 뿐만 아니라 군의 부재의식의 천명의 핵심을 관습과 심정의 갈등, 모순, 분리에서 찾는 바엔 여기에 단순히 문학적인 이유만으로 해석될 수 없는 다른 동기가 있는 것이 아니오?

장편소설 『낭비』는 이 대목에서 미완성으로 그쳤지만 이관형이

결국 제국대학의 강사 채용에 실패했다는 사실은 곧 「맥」을 통해서
알 수 있다. 즉 어느 곳도 안주를 허락하지 않았던 헨리 제임스의 부
재의식이 '짓테'와 '게뮤트'의 분리에서 비롯되었다는 사정이 이관형
자신의 부재의식과 아무런 연관성이 없다는 그의 주장은 결국 거짓
으로 판명된 것이다. 여기까지 오면 독자는 이관형이 왜 「맥」에서
'데카당스의 상징'인 문난주가 얻어준 '야마도 아파트'에서 '비위생
적'인 생활을 시작하게 되었는지에 대한 저간의 사정을 가늠할 수 있
는 것이다.

과거 프로문학운동의 선봉에 서 있었던 김남천이 이관형과 같은
등장인물을 전면에 내세워 묘사했다는 사실은 그 자체가 어떤 변화
를 암시하는 것임은 명백해 보인다. 그러한 변화를 추동한 것은 일
종의 사상적 전향일 수도 있고 혹은 외부 정세의 변화일 수도 있으
며 혹은 소설적 방법론에 따른 모색일 수도 있다.

그러나 이 가파른 변화가 김남천이 초기의 프로문학운동에서 견
지해왔던 리얼리즘의 본령을 벗어났다는 것을 의미하지는 않는다.
애초에 김남천은 사회주의 리얼리즘에서 출발하여 티끌 하나도 용
서하지 않는 발자크의 가혹한 묘사 정신이 역사의 필연성을 폭로하
는 고발의 정신임을 주장했고,[26] 그러한 작가적 모랄과 세태·풍속의
관찰을 통해 주인공의 '성격'을 창조하는 19세기의 리얼리즘이 20세
기에 와서 '심리'로 전환되었다는 사실을 장편소설 개조론과 아울러
언급하고[27] 있기 때문이다. 요컨대 김남천의 이러한 변화는 독소불
가침조약 이후의 사상 붕괴에 따른 문학 일반의 관념성에 대한 비판

---

26 김남천, 「시대와 문학의 정신」(『동아일보』, 1939.5.7), 『전집』, 494쪽.
27 김남천, 「소설의 당면 과제」(『조선일보』, 1939.6.24), 『전집』, 505쪽.

과 자성이 반영된 것으로써 '관념'에 대한 '생활'의 우위, 즉 생활적 현실에서 출발하는 리얼리즘의 진지한 모색이 관철된 것이라고 할 수 있다. 예컨대 이것은 김남천이 적극적으로 추종했던 발자크와 셰익스피어가 시대의 고루한 사상을 극복하고 자기를 완성할 수 있었던 것은 관념이나 사상에서가 아닌 생활적 현실을 토대로 하는 리얼리즘이었다는 점과 상통하는 것이다.[28] 자신이 근거했던 사상이 붕괴했을 때 진정한 의미에서의 생활적 진실을 도외시한다면 문학의 모랄이 획득될 가능성은 전혀 없기 때문이다.

김남천에 의하면 관념적인 주관을 적당히 모랄로 이용하면 '사실의 세계'로 쉽게 흡수된다. 그러므로 '사실'의 풍랑 가운데서 문학의 정신을 지키는 유일한 길은 주관적인 관념에서가 아닌 '사실의 내부'에서 생활적 진실을 찾기 위해 고군분투해야 한다는 것이다. 그리고 그렇게 할 때만 작가가 윤리적 책임을 질 수 있다. 「경영」, 「맥」, 『낭비』가 동 시기에 쓰인 연작소설임에도 불구하고 「경영」, 「맥」의 등장인물과 『낭비』의 등장인물의 성격이 확연히 다른 사실은 바로 이러한 점에 기인한 것이다. 그리하여 『낭비』의 허위의식에 찬 등장인물들과 주인공인 이관형의 심리를 중심적으로 관찰하여 묘사한 김남천은 등장인물의 전형적 성격 창조에 대한 리얼리즘의 교훈을 다음과 같이 정식화한다.

자본주의 사회의 화폐의 위력과 그의 법칙을 폭로하는 데 소설가는 청빈주의淸貧主義와 빈궁문학貧窮文學을 택하지는 않았다고! 황금을 기피하고 그것

---

28 김남천, 「토픽 중심으로 본 기묘년의 산문」(『동아일보』, 1939. 12. 21), 『전집』, 561쪽.

을 경멸하는 샌님을 그려서 시민사회가, 그리고 그 사회에서의 화폐의 죄악이 묘파된 것이 아니라, 실로 그란데 씨와 같은 황금익애자黃金溺愛者와 눗칭겡 씨와 같은 은행적 악당을 그려서 그것이 비로소 가능하였다는 것을 나는 이곳에서 강조하려고 생각한다. (이것은 속물세계의 속물성을 묘파한다고, 속물을 비웃고 경멸하는 신경질적인 고고한 결벽성만을 따라다니는 우리 문단의 작금의 소설가와, 그것을 시대사상의 반영이라고 극구 찬양하고 있는 비평의 유행에 대하여도 커다란 교훈이 될 것이라고 생각한다. 그러나 발자크의 수법에 의하면 작가는 속물성을 비웃는 인간이 아니라, 속물 그 자체를 강렬성에서 구현하고 있는 인물을 창조하는 것이 리얼리즘의 정칙定則이었다.)[29]

요컨대 『낭비』에 등장하는 속물형 인간군은 진眞을 그리기 어려운 시대에 처한 작가가 시민사회의 왜곡된 인간의식이 남겨놓은 부패의 잔재를 소탕하고 "피안彼岸에 대한 뚜렷한 구상을 갖"[30]기 위해 도달한 최후의 리얼리즘의 징표인 것이다. 그리고 바로 이것이 김남천이 말한바 진실을 그리고 진리를 표상하는 문학의 이상이다. 그리하여 그는 무의식의 세계를 개척함으로써 인간의 내향성을 탐색하는 신심리주의 소설로서의 미국소설이야말로 고전적인 의미에서의 리얼리즘을 계승한 20세기의 문학으로 규정한다. 왜냐하면 미국소설은 부르주아 민주주의의 허위의식과 독점 자본주의의 모순에서 발생하는 세태묘사를 중심과제로 삼았고, 또 그것이 처음 제국주의 시대에 출현하였다는 사실 그 자체가 중요한 시대적 요소였기 때문이다. 다시 말해 미국소설은 그 태생부터 현실의 내적 모순을 노정

---

29 김남천, 「(발자크 연구 노트2) 성격과 편집광의 문제」(『인문평론』, 1939.12), 『전집』, 550쪽.

30 김남천, 「소설의 운명」(『인문평론』, 1940.11), 『전집』, 669쪽.

할 수밖에 없었으며, 그것은 곧 당대 사회의 시대적·정신적 표현이 될 수 있었다는 것이다. 이러한 점에서 김남천은 미국소설에서 새로운 리얼리즘의 교훈을 얻을 수 있음을 피력한다.[31]

김남천의 『낭비』에 등장하는 인물들은 서울에서도 손꼽히는 무역상인 아버지, 책략에 능한 은행 지배인, 윤리적 신경이 부재한 데카당스 여인, 하는 일 없이 이천 석의 재산을 상속받아 영화회사의 중역자리를 차지하고 있는 외삼촌, 가정생활에 권태를 느끼고 외도하는 여류소설가, 평양의 유명한 물산객주의 딸, 기원절 기념 향토 비행을 하다 목숨을 잃게 되는 약혼자 등 대부분이 근대 문화의 세례를 받은 부르주아들이다. 그들은 화양절충식 집에 살면서 "이층에서는 양식을 잡숫고 아래층에 와서는 깍두기를 집어 먹는"[32] 어설픈 모방적 생활을 하면서 몰락하는 유럽의 낡은 문화를 억지로 수용하여 소화불량에 이르는 등 현실적·실제적 모순에서 오는 피로와 권태를 경험한다.

이때 김남천은 이들을 통해 자본주의 사회에서의 화폐의 위력을 폭로하고 그 죄악상을 묘사하며 인간의 속물근성을 여과 없이 보여줌으로써 인물의 성격을 창조하는 리얼리즘의 원칙에 서 있는 것이다. 그것은 사회 환경이 배태한 존재의 적나라한 이면을 좌시하는 냉정한 '박물학자의 눈'으로서 이른바 데카당스의 그것과 구분되는 것임은 물론이다. 이것이 김남천으로 하여금 기왕의 사회주의 리얼리즘에서 아메리카 리얼리즘으로 전환하게끔 한 이유이다.

장르란 그 사회의 역사적 본질에 의해 결정되는 것인바, 루카치에

---

31 김남천, 「아메리칸 리얼리즘의 교훈」, 『조선일보』, 1940.7.29.
32 김남천, 「맥」, 『한국 근대 단편소설 대계』, 태학사, 1988, 790쪽.

의하면 헤겔이 말한 시민사회의 장편소설은 졸라의 시대를 정점으로 고리키와 조이스의 두 방향으로 나뉜다. 한쪽이 장편소설의 형식을 무너뜨리면서 제임스 조이스와 프루스트가 활약하는 것으로 나아갔다면, 다른 한쪽은 고대의 서사시와의 형식적 지향을 소망했던 고리키의 시대로 대표된다.[33] 그리하여 사회주의 리얼리즘이 종언을 고했다 하더라도 시민사회의 부정적 요소가 만연한 상태에서 인간성을 해방하기 위해서는 현실에 발을 붙이고 완미한 인간의 성격을 창조할 수 있는 새로운 문학양식이 요구되는 것이다. 이것이 김남천이 아메리카 리얼리즘을 지향했던 이유이며, 이에 대해 그는 당대의 조선문학이 소재성에 머물던 것에서 벗어나 인간 사회의 전체성을 묘사하는 실험적 교훈으로 삼아야 할 것을 권고한다.

요컨대 미완의 장편소설 『낭비』는 김남천이 과거의 프로문학운동에서 사상적 전향을 감행하면서 통속소설을 지향했던 것이 아니라, 초기부터 줄곧 견지해왔던 시민사회의 장편소설이 도달해야 할 리얼리즘 문학의 본령을 끝까지 밀고 나간 것이라고 할 수 있다. 김남천은 '짓테와 게뮤트의 분리 상극'을 경험하고 있는 전환기의 조선 작가가 그것을 극복하여 "피안의 구상에 참여할 수 있는 길은 오직 리얼리즘에서만"[34] 가능하다는 것을 끝까지 믿었기 때문이다. 일찍이 '자기고발'을 주장했던 김남천이 그것의 안티테제로서의 '관찰문학'을 지향했다 하더라도 그것은 '소설의 운명'을 등에 지고 감람산을 향하는 외로운 고행자의 고백이기도 하다.

---

33 김남천, 「소설의 운명」,(『인문평론』, 1940.11), 『전집』, 665쪽.
34 김남천, 「전환기와 작가」(『조광』, 1941.1), 『전집』, 689쪽.

4. 근대문학의 종언과 리얼리즘의 운명

이 글의 서두에서 가라타니 고진의 '근대문학의 종언'을 언급했는데 그가 내린 근대문학의 파산 선고에 대해 한국의 평단은 우왕좌왕하고 있는 느낌이다. 가라타니 고진이 말하는 문학이란 혁명정치가 보수화되었을 때야말로 문학이 영구혁명을 담당할 수 있어야 한다는 의미에서 문학의 윤리적 가능성을 전제로 하는 것이다. 그러나 에크리튀르와 같은 개념이 대대적으로 보급되면서 도덕적 과제에서 해방될 수 있었던 문학은 도리어 사소한 것들만 취급하는 오락으로 전락하였고, 이후 거기에서 새로운 문학의 가능성을 기대한다는 것은 완전한 착오라는 것이 그의 판단이다.

이런 종류의 문학적 위기의식은 우리에게 이미 낯선 일이 아니다. 과거 1930년대 후반 조선의 지식인들은 세계사적 전환에 따른 문학정신의 위기를 동일한 방식으로 공유하던 때가 있었기 때문이다. 미국의 뉴딜, 이탈리아와 독일의 파시즘, 소련의 국가사회주의 등의 실험은 자본주의의 황혼에 처한 각각의 민족이 새로운 역사의 단계로 비약하는 제스처를 의미했다. 이때 문학은 자신에게 부여된 혁명적 역할을 수행할 수 없었고, 이에 따라 문인들은 붓을 던지고 사태를 관망하거나 비평원리의 상실을 한탄하는 등 일정한 신념을 갖고 문학의 위치를 정립하려는 포즈조차 찾기가 어려웠다. 평단의 이런 침체에 대해 김남천은, 최재서가 기껏해야 「현대소설연구」를 연재하고 임화가 「신문학사」를 연재하는 태도를 꼬집어 평단에 소잡素雜한 잡설이 횡행하는 사태라고 비난하면서, 그것은 "도피나 혹은 은

둔으로 볼 수 있을 것이며 작가나 시인에게 추진력이나 목표를 주지 못하는 것임은 명백한 일이다. 씨 등은 이런 것조차 평론이라고 말하려는 것일까"[35]라며 불만을 토로했던 바 있다. 요컨대 김남천은 당대의 조선문단이 문학 대신 에크리튀르와 같은 글쓰기 행위만이 횡행할 뿐 문학이 사소한 것만을 다루게 되었다고 비판한 것이다. 이는 가라타니 고진이 제출했던 문제의식과 동일한 선상에 놓여 있는 것이기는 하지만, 김남천은 가라타니와는 정반대의 결론을 내린다. 즉 어려운 시대일수록 문학은 오히려 활기를 띠어야 한다는 것이다.

김남천은 당시 식민지 조선의 지식사회에 나타난 절망론에 대처하기 위해 과거 프로문학운동의 리얼리즘을 반성하는 차원에서 아메리카의 리얼리즘에서 교훈을 얻고자 했다. 당시 일본은 아시아·태평양전쟁의 가운데 '근대초극론'이 횡행하고 있었고, 따라서 아메리카는 그들이 대면하고 있었던 진정한 적국인 셈이다. 그러나 김남천은 영미문학이 시사하는 리얼리즘의 교훈을 새롭게 발견했다. 그가 보기에 아메리카 리얼리즘은 역사적 전환기에 산출된 각 계층 대표자의 성격 창조를 통해 역사적 법칙의 폭로에 도달한 새로운 문학의 방법일 수 있기 때문이다. 그는 자의식의 상실 그 자체가 오히려 리얼리즘을 더욱 추동시켰고 그것으로 문학정신의 추락을 구출할 수 있다고 믿었다. 그런 차원에서 자신의 문학은 언제나 리얼리즘을 등에 지니고 있었다는 것이다.[36]

이렇게 볼 때 서구적 근대를 초월한다든가 또는 그러한 논의 자체

---

35 김남천, 「원리와 시무의 말」(『조광』, 1940.8), 『전집』, 628쪽.
36 김남천, 「(발자크 연구4) 체험적인 것과 발자크적인 것」(『인문평론』, 1940.5), 『전집』, 609쪽.

가 공허하다든가 하는 것 대신에 어떻게든 우리가 그 안에 살고 있다는 것, 즉 생을 긍정한다는 인식이야 말로 김남천 리얼리즘의 자세였음을 알 수 있다. 그리고 바로 거기에 윤리적 진眞·인륜적 진을 그릴 수 있는 여지를 둘 수 있으며, 그럴수록 문학은 종언을 구할 것이 아니라 오히려 문학의 근원적인 역할로 되돌아가야 할 필요가 있다. 그것은 물론 문학을 등에 지고 외롭게 감람산을 향해 걸어가는 일일 것이다.

제3장

서인식의 역사철학과 쇼와 비평의 문제들

1. 쇼와昭和라는 애수와 퇴폐의 미

여기서 '쇼와 비평의 문제들'이라는 타이틀을 붙인 것은 다분히 일본의 시대 맥락 및 구분에 의한 것이다. 러일전쟁(1904)과 메이지明治 천황의 죽음(1912.7.30)이 메이지시대를 종언하고夏目漱石 다이쇼大正시대로 이행했던 것처럼, 일련의 전쟁을 거치면서 완성된 쇼와 전기前期는 '제1차 세계대전의 전후戰後시대'로 의식되면서 비로소 세계의 동시성을 사유하기 시작한 시대이다.[1] 즉 국제적인 긴장 속에서 '일본적' 토양을 노출시킨 문학이나 사상이 '세계사'적인 맥락 속에 기투되

---

1 야스다 요주로保田與重郎는 자신을 가리켜 '제1차 세계대전 이후의 인간'이라고 지칭한 바 있다.

었던 것이 바로 쇼와시대이다. 또한 마르크스주의가 패배하면서 일종의 포스트모더니즘과 '일본 회귀'가 출현하고, '일본낭만파'가 전면에 등장한 시기이기도 하다. 후에 '근대의 초극'으로 명명된 일본의 자족적인 '세계사의 철학'이 실질적인 징후를 드러낸 것도 바로 이 시기다. 문예평론가 히라노 켄平野謙이 쇼와 10년 전후를 특별히 중시했던 것은 바로 이러한 점 때문이다. 요컨대 "마르크스주의적인 것과 자유주의적인 것, 사회주의적인 것과 혁명적인 것, 프롤레타리아적인 것과 진보적인 것의 제휴"가 빚어낸 문제들과 함께 "순문학적인 것과 통속소설적인 것의 통일·분리를 둘러싼 흐름"이 착종된 쇼와전기前期의 풍경은 "모두들 결사적이었지만, 자기가 서 있는 지점이 전체 속에서 어떤 위치에 있었는지 분명치 않은 채 서로 필사적으로 주장하거나 논쟁해야만 했던 형국"[2]이었던 것이다. 그리고 이것은 바로 다케우치 요시미竹內好가 말한 '근대 일본의 아포리아'가 노출되는 계기가 되었다.

중일전쟁 이후 표상으로서의 아시아가 아닌 현실적인 아시아의 민족문제와 대면하게 된 고노에近衛 내각이 '동아신질서'라는 '멋진 신세계'를 구상하고 있을 때, '일본 국민'으로 간주되었던 서인식徐寅植은 당시 조선의 시대정신을 "현대에 투탁投託할 곳을 갖지 못한 '보헤미안'"들이 느끼는 '애수와 퇴폐의 미'로 정의하였다. 상실한 옛 것에 대한 회고의식에서 도출된 것이 이른바 '애수의 미'라면, 이와 함께 악, 위僞, 추, 사死, 쇠멸과 같은 "인간의 모든 부정적인 상면象面"에서 싹튼 '퇴폐의 미'란 "긍정적인 가치에 대한 추구와 갈망에 일종의

---

2   平野謙, 「社會主義リアリズム論爭」, 『文學·昭和十年前後』, 文藝春秋, 1972, 154쪽.

'아이러니'로서의 의미"이자 현실에 무력한 자신에게 퍼붓는 비장미를 띤 "화풀이"라고 할 수 있다. 서인식에게 그것은 구체적으로 "무너져간 전통"(조선)과 "잃어버린 정신의 세계"(마르크스주의)[3]로 상정된다.

일찍이 마르크스주의적 역사철학을 전개한 서인식은 일본이라는 제국의 판도에서 식민지 조선의 현재와 미래를 모색한 철학자로서 당대 조선 사상사의 중앙에 위치하고 있었다고 할 수 있다. 중일전쟁 이후 대륙병참기지정책과 전시경제통제로 압축되는 총독부 전시경제정책하에 다수의 이론가들이 절필하고 전향을 한 지식인조차 글쓰기를 기피한 자가 많았으며, 처세 방편으로 곡필曲筆하는 경우도 적지 않았던 상황에서 서인식은 총독부의 '내선일체' 이데올로기가 본격적으로 작동하는 가운데 이 시기 식민지 조선의 사상적 동향을 집중적으로 반영하고 있다.[4] 따라서 서인식이 이론적·철학적 개념으로 사용하는 지성, 문화, 교양, 현대, 과학, 전통 등의 용어는 그것이 한정하는 지시적 의미로서가 아니라 쇼와 전기의 사상적 맥락에서 도출된 것이라는 점에 주의할 필요가 있다.

한편 그가 지성에 의한 문화의 구원을 주창하고 근대를 초극하기 위해서는 자본주의 문제의 해결이 선결 과제라고 주장한 점은 쇼와 전기의 일본 혁신좌파들의 그것과 동궤에 놓여 있지만, 그것을 '동양문화'로 전유할 때는 동양의 각 민족과 계층의 문제까지 파고드는 전

---

3 서인식, 「哀愁와 頹廢의 美」, 『人文評論』, 1940.1, 55~60쪽.
4 서인식의 전체 집필 활동 기간(1937.10~1941.11)은 제7대 조선 총독인 미나미 지로南次郎 (재임 1936.8.5~1942.5.28)의 지원병제도 및 강제 징용을 통한 중일전쟁에의 참가, 그리고 일본어 사용과 창씨개명 등을 강제하면서 '내선일체'를 표방했던 '황국신민화정책' 시기에 해당한다. 이와 동시에 고노에 후미마로近衛文麿(1937·1940·1941년 내각 조직) 내각의 '동아신질서' 건설(1938.11.3, 제2차 고노에 성명)에 입각한 '선린우호, 공동방공, 경제제휴 (1938.12.22, 제3차 고노에 성명)'라는 '국가총동원 체제'가 구축되는 시점이기도 했다.

망의식을 획득하고자 했다는 점에서 전시 사상의 주체적 운용을 모색했다고 할 수 있다. 요컨대 '민족'과 '문화'의 개념으로 서양의 근대를 초극함으로써 '세계사의 철학'을 구상한 것은 쇼와 일본이었고, 그것은 곧 제국 일본인의 자기이해 담론이었다. 이때 일본 국민이었던 서인식은 윤리적 관습과 심정의[5] 상극에 직면하게 되었고, 그의 역사철학적 학지學知란 이러한 풍토에서 도출된 것이다. 이른바 서인식이 말하는 '애수와 퇴폐의 미'란 쇼와의 역사가 빚어낸 특수한 정조였던 것이다.

2. 서인식의 역사철학적 방법론 : 방법으로서의 사회과학

서인식은 처음부터 자신의 역사철학의 위상을 '역사 지성'으로 자리매김했다. 이때 그가 말하는 지성이란, "늘 일정한 입장에서 일정한 가치에 의하여 '사실'을 비판하는 직능"을 의미하는 것으로서, 구체적으로는 문화의 위기를 극복하는 원리를 뜻한다. 서인식에 따르면, 지성은 직접적인 형태로는 보편적 · 동일적인 지성 일반으로서의 자

---

5 서인식에 의하면 '윤리의 관습성Sittelichkeit'이란 "인간의 사회적 공동생활에 있어서의 행위의 규칙 또는 준칙으로서의 의미를 가진 전통, 습관, 법칙, 의례, 문물, 제도 등 — 모든 국민적 공민적 질서"를 의미하며, '윤리의 심정성Moralität'이란 "사회적 관습성에 주체적 진실성을 이부裏付하는 실천이성이니 인간성이니 양심이니 양식이니 하는 것들"을 가리킨다. (서인식, 「文學과 倫理」, 『人文評論』, 1940. 10, 12쪽)

연적 성격을 지니지만 그것이 매개적 형태로 존재할 때는 개성적·이질적인 특수 지성으로서의 역사적 성격을 갖는다.[6] 서인식은 지성을 시대나 역사를 대면하는 지식인의 윤리적 태도에 한정하여 말하는 것처럼 보이지만, 그의 논리를 좀 더 자세히 살펴보면 그것은 구체적으로 '사실의 세기'[7]에 대한 대항적 방법론을 의미한다는 것을 알 수 있다. 즉 이것은 "사실이 지성을 억누르고 '파토스'가 '로고스'를 짓밟는"[8] 문화적 가치체계에 대해 보다 차원 높은 지성에 의한 '사실'의 지배 가능성을 시사하는 것이며, 더 나아가서는 대립물의 변증법적 지양을 문제 삼고 있는 것이라고 할 수 있다. 이러한 서인식의 방법론은 여타의 글들에서도 뚜렷하게 나타나는데, 이것은 당시 일본의 헤겔부흥운동과 함께 변증법적 구조가 갖는 독자성을 칸트나 낭만파의 사상으로 해소하고자 했던 신헤겔주의자들에 대한 이론적 반작용이라고 할 수 있다. 동시에 이러한 방법론은 '의지'에 기초한 '신앙'적 절대화를 이념적으로 요청한 다나베 하지메田邊元나 니시다 기타로西田幾多郎에 반하는 사유방식이다.

한편 서인식의 지성적 태도는 세계 해석의 원리이기도 하다. "지성의 역사성은 실천에서만 찾을 수 있는 것이며, 역으로 지성의 실천성은 역사에서만 살릴 수 있"다는 그의 태도는 "관념론적 역사지성과 유물론적 자연지성을 합리적으로 지양"[9]한 유물론적 역사지성

---

6 서인식, 「知性의 解明 : 그 歷史性 及 自然性 (3)」, 『朝鮮日報』, 1937.11.12 참조.
7 '사실의 세기'란 제1차 세계대전 직후 폴 발레리Paul Valery가 파시즘의 야만성을 폭로하기 위해 19세기의 '질서의 세기'에 대응하는 레토릭으로 칭한 것이다. 그것은 체계와 질서를 깨뜨리고 전진하는 개방세계이자 자기초월적인 특질을 지닌 것으로서 어떠한 이론도 수용하지 않는 상태, 어떤 상황에서도 꿈쩍하지 않는 상태, 가령 '비상시'와 같은 '예외상태'처럼 엄연한 사실이자 객관이지만 사물화·물신화된 상태를 가리킨다.
8 서인식, 「知性의 時代的 性格」, 『朝鮮日報』, 1938.7.2.

에 입각한 방법론이라고 할 수 있다. 현실을 은폐하거나 미화하는 사상의 정치적 특성 혹은 배후에 숨겨진 동기나 의도를 폭로하고 비판하는 양식이 최초로 관념론의 형태에서 학문적 형태로 전개된 것은 바로 마르크스주의에 의해서였다. 그것은 근대의 지식체계인 법률, 철학, 정치, 경제 등을 개별적으로 파악할 뿐만 아니라 그것을 서로 종합적으로 고찰하는 방법론이자 다양한 역사적 사상의 배후에서 작동하는 기본적인 요인을 추구하면서 소여된 현실로부터 인식주체를 분리시키고 그것과의 예리한 긴장관계를 통해 세계를 논리적으로 재구성한다는 거대한 사상적 의미를 가진 것이었다. 더욱이 그것은 세계에 대한 해석에서 그치는 것이 아니라 세계에 대한 변혁을 자신의 임무로 삼았기 때문에 인간 전체에 대한 인격적 책임을 건다는 논리적 사상 구조를 핵심으로 하는 것이었다. 이러한 마르크스주의의 거대하고도 매력적인 사상은 파시즘의 논리가 구축되고 있었던 일본사상사의 다른 편에서 미키 기요시三木清와 같은 혁신좌파들에 의해 수용되고 있었다.

세계사의 철학에 대한 요구는 지난 세계전쟁(1914~1918)의 결말과 함께 현실적인 것으로 되었다. 이러한 요구에 재빨리 대응할 수 있었던 것은 마르크스주의였다. 마르크스주의의 철학에는 약점도 많이 있지만, 그 최대의 강점 중의 하나는 그것이 세계사의 발전에 관한 통일적 사상을 지니고 있다는 것이다. (…중략…) 파시즘 철학에도 일종의 역사철학은 있지만 그것의 최대 약점 중의 하나는 그것이 세계사의 발전에 관한 통일적 사상을 지니지 못했다는 것이다.[10]

---

9   서인식, 「知性의 自然性과 歷史性」, 『歷史와 文化』, 學藝社, 1939, 49쪽.

마르크스주의적 세계관을 경험한 지식인들은 당대의 철학을 사회과학으로 환원하여 사고하는 강한 풍조가 있었다.[11] 서인식은 당대의 사상적 조류가 개별적·비합리적 방향으로 흐르는 것을 "형이전학形而前學, Prophysik"으로 치부하면서 사회과학의 방법론적 검토의 필요성을 점검하고 과학으로서의 임무를 자각하고자 했다. 즉 그에게 사회과학은 종래의 실증주의(자연과학)와 달리 인간의 가치 현상을 취급하는 수단이었고, 따라서 '과학으로서의 역사철학'적 방법론은 "이성의 형대刑始에 걸고 역사를 고문함으로써 세계사의 행정行程을 한 개의 통일적 원리에 의하야 손쉽게 설명하려는 재래의 방식을 버리고, 겸손하게 역사 제 과학의 근저에 돌아가 그들의 과학으로서의 성립 근거를 탐구하는"[12] 엄중하고도 선택적인 것이었다.

가령 당시 사이비종교로 간주된 백백교白白敎 사건(1937.2)을 논평한 「현대와 미신」은 현실에 만족할 수 없는 인간에게 거짓된 생활 의욕을 주입하는 유토피아와 같은 신앙을 비판하면서 '자각되지 않은 미신'에 대한 의견을 개진한 글이다. 여기서 '자각되지 않은 미신'이란 "분명히 미신의 범주에 귀속하여야 할 관념이 현대사회에서도 합리적 진리의 면모를 갖추고 일반 성원의 행동 기준으로 통용되"고 있지만, "그 '배면의 요구'를 뒤집어보면 대개가 한 사회의 통제의지에 배치하지 않는"[13]만큼 그것은 지성이나 지식적 안목이 없으면 쉽게 간파할 수 없는 성질의 것으로 일컬어진다. 이러한 논리는 "근대

10 三木淸, 「世界史の哲學」, 『三木淸 全集』 10, 岩波書店, 1967, 437~438쪽.

11 梅原猛·中村雄二郎, 「西田幾太郎と京都學派」, 『現代思想』, 1993.1, 41~42쪽 참조.

12 서인식, 「歷史哲學雜題」, 『批判』, 1938.8, 53쪽.

13 서인식, 「現代와 迷信」, 『朝鮮日報』, 1940.4.6.

시민문화의 기저를 이루는 과학적 진리와 일치하지 않는 구래의 신앙은 모두 미신으로 간주할 수 있다"[14]는 단언하에 식민지의 실질에 근거하지 않은 자기 완결적 체계인 '일본 이데올로기'가 조선 사회와 문화에 압도적인 지배력을 갖고 있다는 점을 지적하고 있는 것으로 볼 수 있다. 이에 대해 서인식은 역사를 '연속적 체계'로 보는 관점에서 벗어나 '단속적 계열'의 '개방된 생성태'로 인식하고 역사의 주체적 현재성을 강조하는 '행위로서의 역사관'을 취할 것을 요청한다. 역사의 전형기에는 지나간 역사가 문제가 아니라 역사를 창조하는 구상력이 중요하며, 학문적 역사가 문제가 아니라 "자신의 생명을 걸고 운명과 도박하"는 역사의 주체화를 문제시해야 하기 때문이다.[15] 이것은 '능산적能産的 지성'으로 이행하는 과정이자 동시에 역사의식이 복고적 낭만주의 형태인 회고벽이나 골동취미로 퇴색하는 것에 대한 경계이기도 하다.

서인식에게 지성을 매개로 한 '행위'의 주체화는 역사를 '연속적 체계', 즉 '만세일계의 천황'이라는 세계로 구성된 일본적 전체주의 사관에 대응하는 역사과학적 방법론의 노정이라고 할 수 있다. 이것은 중일전쟁 이후에 자각된 일본의 '동아'라는 타자의식에 수렴된 미적 혹은 낭만적 태도에 조응하여 과학적 접근의 필요성을 개진한 것이다. 그에게 있어 "역사과학의 임무는 일반에서 특수를 추출하는"[16] 것이기 때문이다.

---

14 서인식, 「現代와 迷信」, 『朝鮮日報』, 1940.4.3.
15 서인식, 「歷史에 있어서의 行動과 觀想」, 『歷史와 文化』, 學藝社, 1939, 254～266쪽.
16 서인식, 「科學의 法則性의 問題 (其二)」, 『歷史와 文化』, 學藝社, 1939, 117쪽. 같은 시기, 전체주의의 비합리적 정신에 대해 추상화된 형태로나마 새로운 합리적 정신을 요망한 김오성과, 현실에 대한 의식적인 능동성을 "지성과 현실의 양면을 통일하는 장소"로서의 '생'

'대동아공영'을 내세우는 일본적 '뮤토스'란 중국에게 있어서는 '서양으로부터의 동양 해방'의 이데올로기였고, 조선에 있어서는 '황국신민화'라는 유기체적 공동체를 표방한 이른바 '동아신질서'의 이념으로 제기되었다. 서인식에 따르면 이러한 이념은 전체와 부분을 논리적 범주로 파악하는 것이 아니라 생철학적, 즉 '피와 흙'으로 규정되는 자연주의적 생명관에 의거한 인식으로서, 이는 곧 이성과 합리적 정신에 위배되는 '심령사관'이자 '맹수인간의 사관'이다. 요컨대 "한 민족의 특수사와 제 민족의 보편사를 합리적으로 연결"[17]하는 원리를 갖지 못한 이러한 일본의 '세계사' 이해는 다분히 미적 태도에서 기인한 것이다. '일본 회귀'나 니시다의 '절대무'의 사상을 포함하는 이러한 미적 사유의 방식이란 대상 그 자체가 아니라 대상에 대한 관계의 방식을 정립하고자 하는 의지로서, 그것은 진知과 선意에 대립하는 것이다. 고바야시 히데오小林秀雄가 '다양한 의장意匠'이라고 비판했던 모든 비평적 태도가 여기에 속하며, 따라서 마르크스주의자가 지知와 윤리의 영역에 절대성을 도입했던 것은 바로 이러한 태도에 대립하기 위함이었다. 따라서 서인식의 '방법으로서의 사회과학'이란 '세계사의 철학'이라는 일본의 거대담론에 대한 반동으로서, "사물을 동일의 대립, 대립의 동일에서 보는 모순의 논리"[18]로

의 문제를 거론하며 현실을 수용하는 백철의 태도와 비교할 때, 서인식의 방법론적 태도는 당대 조선 지식인들의 그것과 뚜렷한 비교가 된다. 김오성과 백철이 합리성이나 지성을 완전히 배제한 것이 아니었음에도 불구하고 그들의 의견에 대해, 박치우는 오히려 이들이 "합리주의적 역사관과는 반대의 길을 걷고 있다고 비판한 바 있다. 김오성, 「新世代論의 基本問題」, 『每日新報』, 1940.2.6; 백철, 「知識과 肉體와 生의 問題 : 知識階級論 6」, 『朝鮮日報』, 1938.6.9; 박치우, 「知性擁護와 作家의 敎養」, 『朝鮮日報』, 1938.1.1.

17 　서인식, 「全體主義歷史觀」, 『朝鮮日報』, 1939.2.21.

18 　서인식, 「科學의 法則性의 問題 (其一)」, 『歷史와 文化』, 學藝社, 1939, 102쪽.

파악하는 변증법적 감각을 요청한 것이라고 할 수 있다. 이것은 문학에서 일본의 파시즘을 비판한 도사카 준戶坂潤이 시詩가 아닌 산문정신으로 맞서고자 했던 것과 동일한 맥락이다.

요컨대 지성의 능동성, 주체성, 초극성을 주장했던 김오성이나 합리적 정신의 옹호를 견지했던 김남천 및 안함광의 태도가 현실을 대면하는 윤리적 태도에 그쳤고, 백철의 그것이 전체주의가 지배하는 비현실을 승인하는 데로 나아갔으며, 최재서의 지성 옹호가 '신념'으로 전화되었다면, 서인식의 방법으로서의 사회과학이란 변증법적 유물론에 입각한 사유틀로 유지되고 있었다. 그것은 "세계와 정신(문화)에 대한 과학적 비판"[19]이라는 유물론적 과제와 연결되는 것이며, '20세기의 신화'로 표상되는 모든 형이상학(구체적으로는 신헤겔주의와 생철학)과 절대적 관념론 등을 극복하고 역사의 합리적 의의를 이끌어내기 위한 "과학적 인식으로서의 세계관 또는 과학적 세계관"[20]으로 구현된 것이라 할 수 있다. 이러한 서인식이 전체와 부분, 보편과 특수에 대한 논리적 일관성을 가장 뚜렷이 보여주는 계기는 '동아협동체론'의 의의를 논하는 부분에서이다.

19 戶坂潤, 『日本イデオロギー論』, 岩波書店, 1977, 32쪽.
20 서인식, 「世界觀」, 『朝鮮日報』, 1940.8.6.

3. '세계사'의 동양적 전회轉回와 다문화제국론으로서의 '동아협동체론'

1) '세계사'라는 유토피아

'세계사의 철학'이란 아시아·아프리카 등의 비서구 세계를 식민지화한 근대 유럽이 '세계사'의 단독 주체로 자리매김된 이래 제1차 세계대전을 계기로 유럽이 몰락하고 비서구 세계가 대두하면서 '세계'의 다원화를 주장한 일본적 세계 인식의 구상이었다. 이때 '세계사'란 구체적으로 "자기 완결적 고립체계"로서의 유럽사라는 지리학적 공간의 역사가 아니라 그동안 비존재 혹은 역사의 전사前史로 간주되었던 동양적 "구조의 역사, 통일의 역사"[21]를 가리킨다. 여기에는 유럽중심주의의 일원적 세계관의 부정인 동시에 서구적 근대의 초극을 위한 사상적 기반을 형성하려는 의도가 내포되어 있다. 따라서 이때의 '세계사'란 제국주의 및 식민주의에 대한 비판적 역사철학의 담론 장치가 될 수 있었다.

그러나 중일전쟁이 항일노선을 취한 국민정부와의 장기지구전으로 치닫고 또 식민지 조선이 대륙병참기지의 역할을 떠맡은 상황에서 일본에서 발화된 '세계사의 철학'에 입각한 '동양의 통일'이란 식민지인들에게는 기만적인 이데올로기일 수밖에 없었다. 이 문제에 대해 가장 먼저 첨예하게 의견을 개진한 것은 미키 기요시三木清였다.

---

21 鈴木成高, 『ランケと世界史學』, 弘文堂書房, 1941, 124쪽.

일본이 나아갈 길은 세계사의 공도公道가 아니면 안 된다. 그 길은 세계사의 움직임 속에서 자연스럽게 나타날 것이다. (…중략…) 세계사적 관점이라는 것은 세계를 우선 하나의 전체로 생각하고 그 안에서 각국을 생각하는 것이며, 각국의 나아갈 길은 세계사의 공도로써 결정되지 않으면 안 된다. 예컨대 일본의 장래에 있어서 매우 중요한 관계를 갖는 일본과 지나 문제의 경우에서도 세계사적 관점에서 보지 않으면 안 된다.[22]

서양으로부터 독립한 '동양'이 세계사적 주체로서 세계사적 의의를 확립한다 하더라도 그것이 각 민족의 특수성을 고려하지 않고 '제국 일본적 동양'으로 수렴되는 것에 대한 우려를 표명한 미키의 발언에 조선의 지식인들이 공명했던 것은 자연스러운 일이었다. 실제로 김명식은 "동방적인 것과 서구적인 것과를 분별하는 것보다 시대적으로 초지역적인 의식을 발견"[23]해야 할 것을 주장했으며, '내선일체론'자인 인정식도 "조선인으로 하여금 일본 제국의 대륙정책에 백-퍼센트의 성의와 정열을 가지고 협동케 하기 위해서는 내지인과 동등한 국민적 의무를 다하게 한 후 내지인과 동등한 정치적 자격을"[24] 부여해야 할 것을 요구했다. 또한 차재정은 "자본주의 일본의 제국주의적 발전으로서 동아의 신질서를 수립할 것은 세계적 의의를 상실하는 것"[25]이라며 비교적 민감한 방식으로 수용했다. 이에 비해 서인식은 일본에서 발화된 '동아협동체론'이 중국 강경항일노선의

---

22 三木淸, 「世界史の公道」, 『三木淸 全集』 13, 岩波書店, 1966, 402 · 406쪽.
23 김명식, 「(東亞協同體와 朝鮮) 建設意識과 大陸進出」, 『三千里』, 1939. 1, 51쪽.
24 인정식, 「(東亞協同體와 朝鮮) 東亞의 再編成과 朝鮮人」, 『三千里』, 1939. 1, 60쪽.
25 차재정, 「(東亞協同體와 朝鮮) 東亞新秩序와 革新」, 『三千里』, 1939. 1, 66쪽.

장기화에 직면함에 따라 일본과 중국의 화해 혹은 제휴를 지향하기 위해 제국주의 정책을 궤도 수정한 것이라는 점을 정확히 간파하고 있었고, 그에 따라 그것이 동아시아 각국의 정치 문화의 독립성을 인정함과 동시에 식민지 지배 형식을 벗어나야 한다고 주장했다. 서인식이 정의한 '동아협동체'의 내용은 다음과 같다.

> **동아협동체** : 정부에서는 객년客年 10월 지나사변에 관한 국가의 근본방침을 천명하는 성명에서 대지對支 행동의 최후의 목적이 일만지 삼국을 일체로 한 동아신질서의 건설에 있다는 것을 표명하였다. 동아협동체란 정부의 이 근본방침을 기초로 하고 일본의 논객들이, 말하자면 새로 건설될 그 신질서의 이념형으로서 안출하여 낸 가상적 체제이다. (…중략…) 정부의 성명을 기초로 하고 여러 논객의 공통된 견해를 종합하여 본다면 그는 동아 제국諸國이 자타의 정치적 주관과 문화적 독립성은 끝까지 서로 인정하고 존중하면서 동아의 공존과 공영을 위하야 문화적으로 협동한다는 원칙 우에서 구상되는 일종의 지역 단위의 공동체인 것만은 틀림없다. 만일 그렇다면 그는 근대 국가의 본국과 식민지의 예에서 보듯이 지배와 귀속의 관계가 되여서 안 될 것은 물론이나, 그렇다고 국제연맹과 같이 단순한 원자론적 체제가 되여서도 안 된다는 데에 문제의 난점이 있다. 하나 그 어떠한 체제가 실현되던 그가 서구의 리베랄리즘과 콤뮤니쥬에 대립되는 등 삼三의 원리를 향도이념으로 하고 지나에 있어, 구미의 자본주의 세력을 저지하는 동시에 소련의 볼쉐비키운동을 확청하는 데에 당면의 과제를 둘 것만은 틀림없다.[26]

---

26 서인식, 「東亞協同體」, 『人文評論』, 1939. 10, 107~108쪽.

고노에 내각의 브레인 집단인 '쇼와연구회'의 혁신적 지식인들[27]
이 제기한 '동아협동체론'의 시초는 식민지와 제국주의의 대립을 극
복하고 각 민족이 자주 협동함으로써 새로운 동아시아의 지역 질서
형성을 도모하기 위한 '전시변혁론'의 일환이었다. 이에 따라 일본의
사회대중당과 일본혁신농촌협의회 등 노동·농민운동을 기반으로
한 사회주의 세력의 지지를 받기도 했으며 구재벌에 대항하는 신흥
재벌과 연결되어 있기도 했다. 그리고 본격적인 중국의 민족 문제에
직면한 뒤부터는 일본 제국주의의 자기비판과 사회주의적 동아시
아의 형성을 지향하는 논의로 주목을 받기도 했다.

또한 이러한 특징에 의거하여 '총력전 체제'하의 통제경제로 전환
에 따라 자본주의 경제체제가 수정되면서 사회주의로 전환될 수 있
을 것이라는 기대가 제기되기도 했다. 즉 애초에 '동아협동체'의 출
발은 마르크스주의자들이 권력의 내부에서 현실적인 저항의 시도
로 제기되었던 것이다. '동아협동체론'이 전체주의와 친연성을 지니
면서도 국가사회주의 세력과 마르크스주의 세력으로까지 파급되었
던 것은 바로 이 때문이며, 동아시아의 민족과 국가를 초월하여 아
시아의 해방과 연대를 실현하는 광역권의 이념적 비전으로 제시되
었다는 점에서 '내지연장주의'로 대표되는 여타의 동화주의와는 다
른 특질을 지닌 것이었다.[28]

그러나 중일전쟁의 모순을 해결하기 위한 하나의 방도이기도 했

---

27 대표적으로 미키 기요시, 오자키 호쓰미尾崎秀實, 로야마 마사미치蠟山政道, 가타 테쓰지加
田哲二 등을 거론할 수 있다.
28 米谷匡史, 『Asia / Japan』, 岩波書店, 2006, 129~132쪽; 가라타니 고진, 조영일 역, 『역사와
반복』, b, 2008, 56쪽 참조.

던 일본발 '동화협동체론'이 식민지 조선을 호명하고자 할 경우, 서인식은 그것이 중일전쟁의 문맥에서 도출된 개념이라는 점을 간파함으로써 조선 사회 내부의 혁신을 문제 삼는 것이 아니라 동아시아 각 국가의 "정치적 주관과 문화적 독립성"이라는 식민지와 제국주의의 문제틀로 접근하고 있음을 볼 수 있다.

조선에서 '동아협동체론'에 대한 논의는 황민화정책이 강화되고 있는 가운데 '내선일체론'과 함께 진행되었다.[29] 제국주의를 극복하기 위한 일본·중국의 공존과 제휴라는 미래적 전망 속에서 일본의 식민지였던 조선으로서는 민족을 초월하는 '내선일체론'이 고조되는 가운데 제국주의와 식민지의 관계를 어떻게 재구축할 것인가의 문제에 직면하지 않을 수 없었다. 그리고 그것은 조선이라는 타자성을 인식하는 일이기도 했다. 더욱이 혈통적 '동조동근同祖同根'을 전제로 하는 '일선동조론日鮮同祖論'이란 언어와 풍속이 다른 조선의 타자성을 삭제함으로서 손쉽게 '황민皇民'으로 수렴할 수 있는 일방적이고도 비합리적인 논리였다.

반면에 '협동'의 논리는 각 민족의 타자성을 서로 상대적으로 인정하는 연대의 형태인 만큼 그것은 자율적이고도 자각적인 결합을 의미하는 것이었다. 여기서 박치우는 "피와 흙"의 연대와 같은 "비합리주의"적 결합이 아니라 "구미 제국주의로부터의 공동방호라는" 동양적 운명공동체를 제기함으로써 타자성에 대한 상호 인정을 문제 삼았다.

---

29 이에 대한 자세한 논의는, 차승기, 「추상과 과잉」, 상허학회, 『상허학보』 21, 2007.10, 265 ~284쪽 참조.

피나 흙의 숙명에 비긴다면 운명 개념은 훨씬 더 융통성을 가진 것이여서, 당면의 문제인 일지 관계에 비춰어 보더라도 가령 구미 제국주의로부터의 공동방호라는 이 같은 공통된 운명관을 사이에 넣는다면 피와 흙의 비합리주의로서는 풀래도 풀 수 없는 여러 가지의 이론적 난점에 대답할 길이 열릴 것이다. (…중략…) 운명의 동일성을 매개로 한 결합이라는 것은 매개되는 양극이 타자라는 것을 전제로 해서만 가능한 그러한 결합이다. 절대의 타자로서 자기를 정립하면서도 타자가 기실은 타자가 아니고 자기라는 것을 참으로 느끼지 않는다면 이 같은 고도의 결합은 불가능할 것이다. 이 의미에서 이 결합은 글짜 그대로의 자각적 결합이 아니면 아니 된다. 혈통과 언어와 풍속을 달리하면서 그럼에도 불구하고 한 개의 확고한 결합을 이룬다는 것은 이 같은 고도의 자각을 거치지 않고서는 생각할 수가 없는 일이다.[30]

혈통과 풍토의 유사성을 동원하여 타자성을 부인하는 '협동체'의 구상을 '비합리주의'로 치부하면서 '협동'하는 구성원 각자가 상호 동등한 지위에서 공동의 '운명'을 지향해야 한다는 박치우의 발언에는 일본발 아시아 연대론에 대한 비판적 의도가 담겨 있다. 박치우가 굳이 '운명의 동일성'을 전제한 자율적 합일을 지향한 것은 특수를 방어하는 입장, 즉 조선의 운명을 지키기 위한 고육지책이었음을 볼 수 있는 것이다. "피와 흙을 민족과 문화의 향도響導 원리로 내어세우는 것은 한 말로 말하면 현대에서 원시로, 역사에서 자연으로, 문화에서 미개로 귀환하는 회귀의식"[31]이라는 것은, 바꿔 말하면 전체주의·파시즘의 다른 이름이자 산문정신(합리주의)으로부터 이탈한

---

30 박치우, 「東亞協同体論의 一省察」, 『人文評論』, 1940.7, 20쪽.
31 서인식, 「文化의 類型과 段階」, 『歷史와 文化』, 學藝社, 1939, 307쪽.

'시적인 것'으로의 회귀를 뜻한다. 그럼에도 그가 일본 전체주의·파시즘을 직접적으로 비판하지 않는 것은 어떤 사물이 절대적으로 존재하는 상황(사실의 세기)에서 합리주의를 괄호에 넣었기 때문이다.

조선은 처음부터 '제국헌법'이 적용되지 않았기 때문에 '내지'와는 본질적으로 구별되는 이법異法지역이었다. 이것은 만인에게 동등하게 유효한 입법이라는 권위에 따라 이질적인 민족을 통치했던 로마 공화국과는 질을 달리하는 것이다. 더욱이 서인식은 '피와 흙'이라는 자연적 생명원리에 의거한 연대 이념이 선택의지에 입각한 근대 시민사회의 완성태인 '이익사회Gesellschaft'에서는 도저히 구성될 수 없는 개념이라는 것을 인식하고 있었다.[32] 이런 점에서 서인식과 박치우는 자신의 발화의 위치에 대해 철저히 자각적이었으며, 이것은 글쓰기writing 행위의 불가능성을 등에 업고 말하는 문학적 자세의 가능성을 시사한 것으로 볼 수 있다.

파시즘이란 국가사회주의가 아니라 내셔널한 사회주의이다. 그것은 자본주의와 사회주의에 대항하면서 그것들을 넘어서는 열쇠를 네이션nation에서 발견한다는 점에서 상상의 공동체에 지나지 않는다.[33] 서인식은 일본이 식민지 조선을 '동아협동체'의 한 구성원으로 호명할 때, 그것이 서구의 자본주의와 소련의 공산주의를 지양하는 제3의 원리로서의 전체주의·파시즘으로 귀결될 것이라는 사실을 명확히 인지하고 있었다. 영미와의 전쟁을 승리로 이끌기 위한 일본 측의 절박한 과제에로 제출된 '동아협동체론'을 서인식이 "가상적 체제"[34]라고 말한 것은 바로 이 때문이다.

32 서인식, 「文化의 類型과 段階」, 『歷史와 文化』, 學藝社, 1939, 308~312쪽 참조.
33 가라타니 고진, 조영일 역, 『네이션과 미학』, b, 2009, 27~28쪽 참조.

2) 식민지 없는 제국주의

일본이 주장하는 '동아협동체론'이 전체주의 · 파시즘으로 귀결될 것을 우려하면서 비판한 근본적인 문제는 그것이 '팔굉일우八紘一宇'로 표상되는 천황제 이데올로기에 입각한 '일의적 다방향'이라는 구성 방식이었다.

> 역사적 현재가 그 어떠한 전형기에 있어서든 다양한 가능성의 혼돈한 투장鬪場이라는 것은 곧 다양한 가능적 미래가 현재의 속에 병립 또는 대립적으로 포함되어 있다는 것을 의미하는 것이다. 그 의미에 있어서 우리는 역사적 현재는 일의적 다방향적이기보다도 도리어 다의적 방향적의 것으로 보지 않으면 안 될 것이다. 그리고 역사적 현재가 미래에의 동향에 있어서 시사하는 제다諸多의 가능성은 그 존재 연관에서 볼 때에는 '현대 역사'를 구성하는 사회 제 성층成層을 기초로 하고 그들의 '이데올로기'로서 발현하는 것이며 의미 연관에서 볼 때에는 현대 역사에 내포된 역사 제 시대의 문화 제 성층을 기초로 하고 그들 제 성층의 각양각색의 신결합에 의한 새로운 '뮤토쓰' 혹은 '유토피아'로서 발현하는 것이다.[35]

이러한 논리는 "전체적 一과 개체적 多의 모순적 자기 동일로서 주체적, 즉 세계적으로 형성된 것이 아국我國의 국체國體"[36]라는 '일즉다一卽多'의 원리로서 '국체론'을 규정한 니시다 기타로西田幾多郞의 철

34 　서인식, 「東亞協同體」, 『人文評論』, 1939. 10, 107쪽.
35 　서인식, 「現代의 課題(其二)」, 『歷史와 文化』, 學藝社, 1939, 217쪽.
36 　西田幾多郞, 『西田幾多郞全集』 10, 岩波書店, 1950, 333쪽.

학과는 대립되는 지점이다. 즉 서인식은 다방향으로 산재하고 있는 주변부를 하나의 중심으로 수렴함으로써 즉각적으로 모순의 해소를 지향한 니시다 철학의 내재주의에 반대하고 있는 것이다. 니시다가 말하는 궁극적 보편으로서의 '절대 무'는 객관적 전체로서의 세계를 초월한다. 사물의 존재 양상을 조정하는 힘으로서의 '절대 무'는 이질적인 것들 사이를 상호 관통하면서 존재하는 것들을 적절하게 자리매김하는 조직적 보편의 개념으로서,[37] "一 과 多를 매개하여 공영권과 같은 특수한 세계"[38]를 조직할 수 있다.

이러한 구상은 자본주의와 제국주의가 양산한 중심과 주변, 지배와 예속, 서양과 동양, 식민과 피식민, 그리고 계급간의 대립구조 일반을 삭제해버린다는 측면에서, 식민지 조선에서는 "내선일체 이외의 일체의 노선이 한것 미망에 불과하다는"[39] 인식을 초래하기도 했다. 그러나 서인식은 독립된 개체의 집합, 중심과 주변, 지배와 예속이 없는 완벽한 보편, 즉 중심이 없는 세계 혹은 다중심의 세계를 진정한 '세계성의 세계'로 정의한다.

> (세계성의 세계란—인용자) 모든 개체가 개체로서 독립하여 있으면서 그대로 곧 전체가 될 수 있는 구조를 가진 세계이다. 多가 多로서의 특수성을 유지하면서 그대로 곧 一이 될 수 있는 일종의 무적無的 보편의 성격을 가진 세계이다. 그런데 이러한 구조를 가진 세계는 무한대의 원과 같이 도처가 중심이 될 수 있다. 그것은 한 말로 말하야 개個가 곧 보편이 될 수 있기 때문이다. 따

---

37 高山岩男·花澤秀文 編,『世界史の哲學』, こぶし書房, 2001, 443~456쪽 참조.
38 西田幾多郎, 「世界新秩序の原理」,『西田幾多郎全集』12, 岩波書店, 1950, 431쪽.
39 인정식, 「東亞協同體와 朝鮮: 東亞의 再編成과 朝鮮人」,『三千里』, 1939.1, 48쪽.

라서 이러한 구조를 가진 세계에는 중심과 주변이 있어가지고 지배와 귀속의 관계를 형성하는 일이 생길 수 없다.[40]

과연 일본이 '동아의 맹주'로서 "동양적 세계와 근대적인 서양적 세계를 다함께 초월한 제3의 '세계성의 세계'"[41]를 형성할 수 있는 역량이 있는가까지 문제 삼을 정도로 적극적인 주장을 펼친 서인식의 「文化에 있어서의 전체와 개인」은 "일본사상계의 중심적 제목이 되어있는 동아협동체론을 취급한 최초의 논문"[42]이었다.

여기서 서인식은 "개인을 초월하면서 개인에 내재하면서 개인을 매개하면서도 개인에 매개되는 이러한 전체성의 원리"[43]가 과연 실현 가능할 것인가를 반문한다. 그것은 논리의 문제가 아니라 현실적인 민족적·정치적 관계 실현의 문제이기 때문이다. 즉 그것이 현실에서 구현된다 하더라도 결국 '개체적 多'는 '전체적 一'로 수렴됨으로써 모든 특수성과 정치성으로부터 탈각될 것임은 뻔한 이치이다. 이것은 '식민지 없는 제국주의'에 지나지 않는다. 따라서 서인식이 주장하는 '세계성의 세계'란 '개체적 多'가 갖고 있는 각각의 고유한 문화를 형성·발전시킴으로써 궁극적으로 다양하게 존재하는 '세계문화'를 형성하는 것이다. 그것이 실현될 때야말로 다양한 세계의 중심이 도처에 존재할 수 있기 때문이다. 그렇게 해서 "多가 그대로 하나이며 하나이 그대로 多가 될 수 있는 문화의 이념에 도달할 수 있다"[44]는 것이다.

---

40 서인식, 「文化에 있어서의 全體와 個人」, 『人文評論』, 1939. 10, 14쪽.
41 위의 글, 15쪽.
42 최재서, 「評論界의 諸問題」, 『人文評論』, 1939. 12, 48쪽.
43 서인식, 「文化에 있어서의 全體와 個人」, 『人文評論』, 1939. 10, 13쪽.
44 서인식, 「文化의 類型과 段階」, 『歷史와 文化』, 學藝社, 1939, 313쪽.

그러나 서인식이 특별히 중심이 없는 세계 혹은 다중심의 세계를 언급했다 하더라도 그것이 궁극적으로 일본을 향한 직접적인 요망의 시도라고 하기는 어렵다. '동아협동체'는 '동아의 맹주'를 자처한 일본 자본주의가 일만지日滿支 경제블록을 구성하는 가운데 제시된 '아시아의 해방'이자 '동양의 통일'을 명분으로 한 것이었으며, 동시에 그것은 중국의 저항에 직면하여 공산주의와의 대결 구도를 극복하는 과정으로서의 의의를 갖는 것이기도 했다. 일본의 '총력전 체제' 속에서 산출된 '동아협동체론'에 은폐되어 있던 이러한 정치적 모순을 많은 지식인들이 직시하고 있었음은 물론이다. 한 비평가가 서인식의 비판적 '동양문화론'을 "모처럼의 용맹심"[45]의 발휘로 평가한 것은 바로 이 때문이며, 여기에는 서인식의 대담하고도 적극적인 논의가 결국에는 좌절될 것이라는 사실도 암시되어 있는 것이다.

서인식 자신도 "유럽에는 유럽문화사라는 것이 있을 수 있지만 동양에는 엄밀한 의미에 있어 동양문화사라는 것이 있을 수 없다"는 전제 하에 서구적 보편성과 대비하여 동양적 특수성을 새로운 세계사의 원리로 상정하려는 태도를 명시적으로 비판한다. "동양과 서양의 상극은 동양의 특수원리에 의하여 해소할 수 없는 것이"기 때문이다. "단순한 동양주의가 세계사의 원리가 될 수 없"는 이유는, 첫째 "기성의 '도구마'로서의 동양의 전통적 원리가 세계사 원리가" 될 수 없다는 것, 둘째 "오늘날 소위 '뮤―토스'로서 문제되는 동양주의도"[46] 동양적 뮤토스'만'을 문제 삼는 한 그것은 기성의 오류를 되풀이할 것이기 때문이다. 서인식은 "동양문화라는 말은 기실 내용 없

45 「求理知喝」, 『人文評論』, 1940. 2, 45쪽.
46 서인식, 「現代의 課題(其二)」, 『歷史와 文化』, 學藝社, 1939, 213쪽.

는 수사이거나 그렇지 않으면 한 개의 새로운 신화에 지나지 않"[47]는 다는 것, 즉 실체를 표상하는 자기 지시적 용어로 이해될 수 없다는 사실을 밝히고 있는 것이다. 따라서 일본발 '동아협동체론'에 대한 그의 비판은 일본의 사상적 도그마 혹은 단순히 '동양적 뮤토스'로 논의되고 있다는 것에 초점이 맞춰져 있는 것이다. 더 나아가 서인 식은 중심이 없는 세계 혹은 다중심의 세계가 현실에 존재하리라는 것을 스스로 믿지 않았다고도 말할 수 있다.[48] 그가 여러 차례 언급 했듯이 '세계사'적 현재의 해결이 요청하는 보편적·절대적 문제란 제국과 식민지를 막론하고 자본주의의 문제 해결이 선결조건이기 때문이며, 자본주의의 문제의 해결은 지금 여기에서도 끊이지 않는 아포리아aporia로 남아있기 때문이다.

4. '동양사론'의 불 / 가능성

'세계사의 철학'은 니시다 철학이라는 자족적인 일본의 국가철학이 쇼와 전기라는 전쟁의 시대에 국가와 국민의 이념적 자기이해의 언

---

47 서인식, 「東洋文化의 理念과 形態」, 『東亞日報』, 1940.1.3.
48 이에 대해 조관자는 서인식이 탈근대적인 함의를 갖는 탈중심화된 세계 구조를 전망했다 고 평가하였다. 趙寬子, 「植民地帝國日本と東亞協同體」, 『朝鮮史研究會論文集』 41, 2003 참조.

설 형성을 향해 움직였던 근대 일본의 희유의 사례로 평가되곤 한다.[49] 일찍이 아시아의 후진적 정체성을 극복하고 서구 열강과 견줄 만큼 강력했던 쇼와 근대의 비판적 지식인의 고충을 헤아렸던 구노 오사무久野收는 그들의 선택지는 단 두 가지의 길뿐이었다고 토로한 바 있다. 하나는 "전후의 준비에 모든 책임을 걸고 침묵으로 일관하는 길"이었고, 또 다른 하나는 "전쟁에 모든 책임을 걸고 전쟁의 의미 전환을 도모하는 길"[50]이었다. 가령 미키 기요시가 선택한 것은 후자의 길이었다.

서인식이 제시한 중심이 없는 세계 혹은 다중심의 세계란 궁극적으로 식민지와 제국주의의 위상 및 관계에 대한 암중모색이었다. 여기서 중요한 것은 그가 역점을 두었던 것이 종속과 지배의 관계에 있었던 것이 아니라 중심과 중심의 관계, 즉 근본적으로 대립하는 절대자와 절대자의 관계였다는 점에서 중심을 만들어내려는 제국주의의 존재방식을 의식하고 있었다는 점이다. 중심이 없는 세계 또는 다중심의 세계는 오히려 혼돈의 세계일 것이다. 그것은 각자 저마다 자기 완결적인 보편성의 연계로 나타날 것이기 때문이다. 요컨대 서인식은 지배와 종속이라는 갈등의 동학을 강조하는 대신 모든 사회가 잠재적으로는 자신을 합리화할 수 있다는 점을 보여주려고 했던 것이다. 따라서 일본의 '세계사의 철학'으로서의 '동양사'가 현실적으로 구현된다 하더라도 서인식에게 그것은 '감옥의 유토피아'에 지나지 않는 것이었다. 그가 "모처럼의 용맹심"을 발휘하며 대담하게 의견을 개진하면서도 결국 소극적인 필치로 끝을 맺는 그의 글

---

49 子安宣邦,『近代の超克とは何か』, 靑土社, 2008, 62쪽.
50 久野收,「後記」,『三木淸全集』10, 岩波書店, 1966.

들이 이 점을 잘 보여준다.

　서인식의 많은 글들이 지속적인 의문과 반문을 되풀이하면서 명확한 해답을 명시하지 않은 채 끝난 것은 검열을 의식한 표현 형식으로 보인다. 그리고 그러한 분위기가 그를 절필(1941.11)로 몰아갔을 것이다. 갖가지 사상으로 무장한 비평이 '다양한 의장'에 불과하다는 것을 알고 메스로 해부하는 듯한 그의 과학적 입론은 정당한 방법이었지만, 그것은 당시 제국의 정치적·신화적 헤게모니를 이기지 못할 것이었으므로 애초에 패배가 전제된 방법론이었다. 그러나 일본이 '동아신질서'라는 이름으로 식민지를 적극적으로 포섭하려는 전략에 대한 서인식의 무력한 부정의 방식은 전향과 친일의 평가에 앞서 열어두어야 할 하나의 동시대적인 가능성이 아닐까.

제4장

조선 이데올로기론
: 식민지 말기 조선의 역사철학
서인식의 역사철학을 중심으로

1. '일본 이데올로기'와 조선 역사철학의 형성

일찍이 도사카 준戸坂潤은『일본 이데올로기론』(1935)에서 마르크스의『독일 이데올로기』(1845)를 원용한 유물론적 관점에서 '일본주의'와 '자유주의'를 비판한 바 있다. 이 책에서 도사카는 개인이나 집단의 정치·사회 및 역사 등을 고려하지 않은 채 '일본 정신'의 우수성만을 주장하는 관념론에 대해 파산을 선고함과 동시에 다원적 세계 이해를 추구하는 '자유주의'가 이상적인 문화 형식의 형이상학을 정초하는 '문화주의'와 동일한 이데올로기적 위험성을 내포함으로써 파시즘과 깊이 연루되어 있음을 폭로하였다. 여기에는 자본주의의 고

삐 풀린 발전상과 인간의 거침없는 욕망 사이의 간극을 활용하면서 등장한 파시즘을 암묵적으로 승인한 자유주의자들에 대한 비판이 가로놓여 있는데, 도사카는 이러한 '자유주의'와 '일본주의(파시즘)'의 공모를 "원조와 감사의 관계"[1]라고 단언하였다.

『일본 이데올로기론』을 기술한 도사카의 방법론은 당대의 일본이 보편적으로 공유하고 있던 철학적 전제들을 비판적으로 검토함으로써 그 사상 기반의 병리적 징후를 독해한 것이다. 그것은 역사 그 자체를 과거 지향의 고정된 기억으로만 파악함으로써 현상 유지(영원성) 혹은 그 시대의 지배적인 사상의 표본으로 위장한 근대적 관념론에 대한 대타의식에서 비롯한 것으로서, 도사카는 "오늘날 가장 포괄적이고 통일적·객관적인 세계관이며 또 가장 실제적이고 조직적인 논리"[2]인 유물론을 통해 그러한 관념론의 사회적·문화적 적용에 대한 과학적 비판으로서의 유용한 원칙을 찾고자 했다. 그것은 '일본 정신'으로 표상되는 초월적 질서의 물신화를 거부하고 오히려 기억을 현실 위에 정초시킴으로써 경험적으로 관찰 가능한 사실 속에서 움직이는 사상의 의미와 배치의 구조를 독해하려는 시도였다. 궁극적으로 그것은 역사를 일반적인 법칙이나 원리로 설명할 수 있다고 보는 것이 아니라 시간의 경과와 축적 속에서 노정된 특수한 역사적 형식들의 무한한 다양성을 포착하기 위함이었다. 도사카가 '역사적 현재(시간)'라는 개념을 통해 역사에서 은폐된 원리를 공유함과 동시에 구체적 시간성이 살아있는 '일상'이나 '풍속'을 주요한 실천적 원리로 삼은 것은 바로 이런 이유에서였다.[3]

---

1   戸坂潤, 『日本イデオロギー論』, 岩波書店, 1977, 32쪽.
2   위의 책, 360쪽.

요컨대 정치사나 제도사 혹은 문화사를 기술하는 대신 일상과 풍속이 '현재'라는 시간 속에서 어떻게 배치되고 규정되는가 혹은 그러한 인간의 일상적 삶이 어떻게 현재를 구성했는가를 규명하는 것이야말로 '역사 형이상학'에서 '역사 인식학'으로서의 방향전환을[4] 의미하는 것이며, 동시에 종합적 학문으로서의 보편사적 역사 연구를 모색하는 작업이라 할 수 있다.

구체적인 사상이란 실은 이러한 제도·문물·풍속 등에 기초해서 이것을 지극히 중대한 내용과 실질로 삼는 것이다. 가토 유이치加藤祐一의 『문명개화』(明治 6년)의 첫 부분을 보면, 산발散髮과 양복, 모자와 구두 그리고 주거에서 육식에 관한 논의에 이르기까지 다루고 있는데, 이러한 풍속 등이야말로 사상의 가장 구체적인 형태이며, 사상이 지극히 일상적인 생활의식으로 되어 있는 경우가 풍속이라는 것이다. 취미나 습관조차 사회기구의 변동이 비교적 안정되어 있는 경우에는 그저 개인적인 다양성에 지나지 않으며 아무런 사상적인 가치를 갖고 있지 않는 것처럼 보임에도 불구하고, 그것이 일단 사회의 변동기가 되면 강인한 사상적 접착력과 압력으로 나타난다. 사상은 일반적으로 여기까지 가지 않으면 진정으로 살아있는 사상이 아니다.[5]

---

3 당시 구키 슈조九鬼周造, 다나베 하지메田辺元, 미키 기요시三木淸 등 하이데거의 문하생이었던 많은 일본의 철학자들이 이러한 생각을 공유하고 있었다. 오늘날 포스트모더니즘의 원조로 간주되는 하이데거는 전지적이고 자기충족적인 데카르트적 주체 및 동일성의 철학이 인간적이지 않은 것 혹은 차이를 도외시함으로써 역사적인 타자성을 폭력적으로 부정한다고 주장했다. 마찬가지로 이들이 이성적 형이상학을 부정함으로써 이성적 주체의 유한성과 세계의 무한한 다양성 사이의 불일치를 인정하고 그것에 대항하려 했다는 점에서 포스트모더니즘과 결합한다고도 할 수 있을 것이다.

4 서인식, 「歷史哲學雜題」, 『批判』, 1938.8, 53쪽.

5 戶坂潤, 『日本イデオロギー論』, 岩波書店, 1977, 375~376쪽.

이 시기는 '대동아공영권'을 위시한 일본의 '세계사적 사명'이 역사적 당위로 전제되었던 시대인 만큼 개별적인 사회와 역사의 이해관계를 고려하지 않은 채 계량화·추상화한 형식적인 역사 연구가 지배적이었던 데 반해, 도사카의 이러한 정식正式은 동일한 사회 공간 내에 다원적인 시간의 리듬들이 공존할 수 있다는 가능성을 함축하고 있다. 즉 살아있는 구체적 현실 속에 다원적인 정체성의 공존을 승인하고 '일본주의'라는 자기완결적인 폐쇄성의 무게를 무효화함으로써 과거와 무관한 '현재'의 경험과 일상을 통해 시공간의 다원성을 호출하는 것이다. 그것은 규정되지 않은 미래를 향해 뻗어가는 순간으로서의 '현재'이자 봉인된 역사를 인간 생활 전체로 해방하는 것이었다.

이러한 인식 행위는 짐멜Georg Simmel이 유행, 공예품, 장신구, 연애 등 대도시의 일상 속에서 근대의 감수성을 읽어냄으로써 현대의 화폐경제사회를 탄생케 한 인간 심리의 사회학을 그리고자 했던 점, 그리고 벤야민Walter Benjamin이 역사를 균질적인 시간의 연속체로 보는 것에서 벗어나 무의식적 기억 속에 편린으로 존재하는 이미지를 통해 이성의 이름으로 억압된 것들을 복원시키고자 했던 작업과도 일맥상통한다. 따라서 그것은 시시각각 역설과 모순된 삶을 살아가면서 새로운 가능성을 유지하는 것이며, 모든 견고한 것들이 대기 속에 녹아버리는 세상의 전율과 공포를 자각하면서 새로운 것을 창조하고자 하는 노력이다.[6] 더욱이 이것은 절대적 총체성을 염원하는 신화적 폭력과 가상에 대한 비판으로서, 이때 '일상'의 경험은 과거가 현재 속에 위치하는 지점, 다양한 차원의 역사의식이 항상 서

---

6   마샬 버만, 윤호병·이만식 역, 『현대성의 경험』, 현대미학사, 1994, 10쪽.

로 뒤섞이면서 상호작용하는 지점이 된다. 보들레르Charles Baudelaire는 이렇게 구성된 '근대성'의 의미를 순간적인 동시에 영원한 것으로 이해했다. 다케다 다이준武田泰淳이 '각양각색의 인간'을 포착하면서 적나라한 인간 존재의 모습을 역사의 동력으로 삼았던 사마천司馬遷의 『사기史記』의 서술방식을 주요한 문제적 대상으로 삼았던 것도 바로 이런 이유에서이다.[7] 즉 이러한 인식 행위는 물적 실재가 신비적으로 영구화될 때 그것의 역사적 형성 과정을 더듬어 봄으로써 상대방에 의한 신비화를 탈각하는 탈주술적 작업의 가능성을 노정하기 위한 것이라 할 수 있다.

　1930년대 유물사관에 입각한 조선 역사철학의 등장은 이러한 시대적 감각에서 요청된 것이다. 즉 서인식의 역사철학적 계기는 서양의 근대를 규범적인 것으로만 보던 종래의 관점에서 벗어나 근대성 그 자체에서 억압의 요소를 발견하는 포스트모던적 입장이라[8] 할 수 있다. 그것은 서구에서 파시즘이 등장하고 일본의 군국주의적 경향이 짙어감에 따라 이전의 사상이 현실에 대한 위력을 상실한 데 대해 윤리와 행동에 근거한 실천의 새로운 문제로서의 장을 형성한 것이다. 따라서 서인식이 인간을 취급할 때는 "법률학, 경제학 등과 같이 구체적 인간의 그 어떠한 추상적인 일면을 취급하는 것이 아니고, 전체인간Ganz-mensch의 역사적 구체적 연관을 문제"[9]시한다.

7　다케다 다이준, 이시헌 역, 『사마천과 함께하는 역사여행』, 하나미디어, 1993, 63~86쪽.
8　여기서 포스트모더니즘이란 '근대 이후'라는 시대적인 의미가 아니라(료타르), 근세로서의 근대에서 후기 근대에 이르는 시대를 체계적으로 의문시한다는 점에서 근대와의 단절로도 볼 수 있고, 또 새로운 수단을 통한 근대의 연속으로도 볼 수 있다. 다만 이때의 포스트모더니즘은 근대적 가치체계, 즉 산업자본주의적 가치체계의 위기와 그러한 가치체계에 대한 비판적 성찰의 필요성을 핵심적 계기로 하는 반성적 성격을 갖는다. 페터 V. 지마, 김태환 역, 『모던 / 포스트모던』, 문학과지성사, 2010, 33~41쪽 참조.

역사적 세계에서는 그것이 아무리 사소한 사건일지라도 무한히 풍부하고 독특한 내용을 지닌 풍요로운 감정들의 흐름이기 때문이다. 이때 그가 말하는 "현실의 역사성이란 모든 인간의 행위적 소산所産에 일정한 완성을 부여하는 동시에 다시 그것을 파괴하는 필연성을" 뜻한다. 그렇게 해서 "역사는 만들어진 것에서 만드는 것으로 끊임없이 자기를 부정하면서 자기를 지성知成하여 나가는 것"[10]이다. 이에 대해 박치우도 "사물을 사물의 객체적 존립 그대로가 아니라 우리와의 절실한 교섭, 산 교섭, 생활적인 '교섭'을 통해서 파악하여야만"[11] 주체적 파악의 최고 단계인 실천에 이를 수 있다는 태도를 견지했다.

2. 서인식의 역사철학적 방법론과 조선 이데올로기론

1930년대 서인식, 박치우, 신남철, 김오성 등 조선의 마르크스주의 역사철학자들이 전개해 온 휴머니즘론, 세대론, 교양론, 전통론, 지성론 등은 현대적 불안과 정신적 위기가 근대적 이성중심주의의 폐

9   서인식, 「歷史와 文學」, 『文章』, 1939.9, 146쪽.
10   서인식, 「文化時評 : 時代로 向하는 情熱」, 『朝鮮日報』, 1939.10.19.
11   박치우, 「危機의 哲學」(『哲學』, 1934.2), 윤대석·윤미란 편, 『박치우 전집 : 사상과 현실』, 인하대 출판부, 2010, 53쪽. 이하 『박치우 전집 : 사상과 현실』은 『박치우 전집』으로 약칭하고 쪽수만 표시한다.

해에서 유래한 것이라고 보고, 그것을 바탕으로 역사철학적 논리에 입각하여 근대 시민문화의 위기 현상으로 진단한 것이다. 일찍이 일본과 조선의 사상 영역에서 가장 강력한 이념 세력을 구축했던 마르크스주의가 일거에 그 지도성을 상실한 사건은 이른바 보편적·진보적 이념의 위기를 전면에 드러냈다. 당대 마르크스주의는 "두려워하지 않는 과학정신과 합리주의를 대표"했을 뿐만 아니라 인류의 가능성을 향한 인간적 모반의 정신을 대표하고 있었다.[12] 이들에게 마르크스의 역사발전단계설은 문화적·지리적 경계를 초월하여 보편적으로 적용되는 법칙의 과학적 이론이었고, 그것을 통해 조선사회의 역사적 본질과 사회 변혁을 위한 실천 이론을 습득했던 일종의 신념이자 과학이었다.

근대정신이 곧 보편이고 법칙이자 과학이라는 이들의 인식 태도는 민족의식과는 일정정도 거리를 둔 것으로서, 조선의 마음, 조선의 얼, 조선정신 등을 내세워 민족정신을 고취하려 했던 구민족주의자들의[13] 그것과는 전혀 다른 것이었다.[14] 거기에는 혼, 조국, 민족

---

12 本多秋五,「轉向文學」,『岩波講座文學(國民の文學 近代篇 2)』5卷, 岩波書店, 1954, 272쪽.

13 조선심, 조선혼, 조선의 얼 등의 민족정신의 정수를 내세운 최남선, 이광수, 정인보, 문일평 등이 구민족주의자그룹에 속하는데, 이들의 방법론은 학문적 수준에 미치지 못하는 심정적 차원에 그친 것이었다. 이에 대해 조윤제(경성제대 조선어문학과), 이인영(경성제대 조선사학과), 손진태(와세다대 사회역사학과) 등은 대학에서의 근대적 방법론을 통해 이를 민족정신의 측면에서 학문의 수준으로 끌어올리고자 했는데, 이들은 구민족주의자들과 구분되는 신민족주의자들이라고 할 수 있다. 김윤식은 근대정신을 보편성이라고 보는 유물변증법의 대타의식에서 출발한 신민족주의 문학론을 한국문학 연구가 갖고 있는 유일한 독창적 사상이라고 평가하였다. 김윤식,「근대문학의 세 가지 시각」,『한국문학의 근대성과 이데올로기 비판』, 서울대 출판부, 1997, 5~13쪽 참조.

14 임화는 구민족주의자들의 복고적 논리를 "현실로부터의 이탈"이자 "현대 대신에 중세로! 문명 대신에 야만에로!" 회귀하는 반동의 극치라고 노골적으로 비판했다. 문학의 영역에서 김남천은 "현대적 기호嗜好로" 등장한 문학의 복고주의 풍조가 '회고적 낭만미'로 기능하는 반동적 성격을 비판했으며, 김기림은 그것을 "원시에의 귀의"라고 냉소했다. 또한 역

과 같은 특정 사회나 특정 시대의 정념으로서가 아니라 권력기구와 개인, 사회와 개인의 관계가 얼마나 합리적인가의 물음이 놓여있었다. 이러한 점은 박영희가 "민족도 그의 역사도, 언어도, 문화도 무비판적으로 거부"하는 "열정의 야성"에 사로잡힌 청년들의 "무위無爲의 용맹"[15]이라고 비난했던 근거가 되기도 했다.

그러나 이들의 지향은 르네상스가 발견한 이성적 근대인의 위기를 극복하고 새로운 인간을 재발견하기 위해 "인간에 대한 인간적인 철학"[16]을 정립하는 것이었다. 이것은 내셔널한 의식에 대한 배척이라기보다는 역사철학 연구가 보편성을 지향하지 않는다면 '我와 非我의 투쟁'을 통한 어느 한쪽의 지배가 정당화되는 일을 되풀이한다는 것, 즉 "자신을 보편주의라고 생각하는 특수주의"[17]에 불과하다는 인식에서 기인한 것이다. 다시 말해 이것은 곧 '자기'를 지양함으로써 획득한 사상으로서, 일본의 국가 권력을 거부하기 위해서는 자기의 권력 의지 또한 지양해야 한다는 의식이 전제된 것이었다. 변증법이 대립하는 두 입장의 지양으로서 '아래로의 종합'이 나타나는 것이라고 할 때 그 종합은 두 입장의 내용을 보존하는 상위의 종합이 아

사학에서 이청원은 "세계사의 역사적 과거의 모든 민족이 가진 공동 정신과 발전을 묵살하고 조선 현실의, 특히 과거의 역사적 현실에 있어서의 사실과 행동을 측량할 수 없는 신적 섭리의 표현으로서 미화, 성화聖化하며 이상화"한 왜곡된 민족성을 지적했으며, 문화의 영역에서 최재서는 이러한 태도를 '민족적 편집주의'라고 비판하면서 국수주의의 독소를 제거한 문화의 역사성을 이해할 것을 주문하였다. 임인식, 「朝鮮文學의 新情勢와 現代的 諸相 (7)」, 『朝鮮中央日報』, 1936.2.3; 김남천, 「新進小說家의 作品世界」, 『人文評論』, 1940.2, 65쪽; 김기림, 「'東洋'에 대한 斷章」, 『文章』, 1941.4, 211쪽; 이청원, 「'朝鮮얼'의 現代的 考察」, 『批判』, 1937.2, 97쪽; 최재서, 「文化寄與者로서」, 『朝鮮日報』, 1937.6.9.

15 박영희, 「朝鮮文化의 再認識 : 氣分的 放棄에서 實際的 探索」, 『開闢』, 1934.12, 2~3쪽.
16 박치우, 「나의 人生觀 : 人間哲學 序想」(『東亞日報』, 1935.11.15), 『박치우 전집』, 73쪽.
17 사카이 나오키, 「모더니티와 그 비판 : 보편주의와 특수주의의 문제」, H. D. 하루투니언 · 마사오 미요시 편, 곽동훈 외역, 『포스트모더니즘과 일본』, 시각과언어, 1996, 126쪽.

니라 일종의 부정적인 종합을 취하는 것이기 때문이다.[18]

임화가 시대정신의 역사를 매개로 하여 조선문학의 역사적 의미를 기술했던 것 또한 이러한 맥락에서였다. 이들에게 원칙이란 합리적인 것이며, 그것은 곧 근대적인 것이다. 이때 근대적이란 합리주의적 사고가 인간의 일상적 삶 전체에까지 무차별적으로 침투된 상태를 일컫는 것으로서, 일찍이 마르크스는 이 합리주의를 경제적 이해관계로 파악하여 '자본주의'라고 명명했다. 이러한 원칙에 따라 임화는 '신문학'이란 조선의 "새로운 사회경제적 기초 위에 형성된 정신문화의 한 형태"[19]로서, "근대정신을 내용으로 하고 서구문학의 「장르」를 형식으로 한 조선의 문학"[20]이라고 정의했다. 요컨대 임화가 '신문학사의 방법론'에서 근본적으로 문제 삼은 것은 근대 그 자체였고, 또 그렇게 근대를 문제 삼았을 때 비로소 사회적·경제적 토대 위에 형성된 정신문화의 한 형태로서 사회 전반의 현상의 총체적 개념으로서의 조선근대문학사를 기술할 수 있었다.

임화가 '신문학사론'을 기술하게 된 계기는 일본의 사상적 동향이 탈서구적인 것으로 방향을 전환했던 사정에 기인한다. 일본이 서구에 대한 모방단계에서 대결구도로 전환함에 따라 그동안 추구해왔던 합리주의 사상이 배척되고 '일본주의' 및 '동양문화론'이 사상의 전 영역을 지배하게 되었을 때, 식민지 조선의 지식인에게 그것은 또 하나의 위기의식으로 경험되었다. 그때 '일본주의'로 나아갈 것인가 아니면 조선문학의 특수성을 밀고 나아갈 것인가의 선택적 상황

18 슬라보이 지젝, 김정아 역, 『죽은 신을 위하여』, 길, 2007, 6쪽.
19 임화, 「新文學史의 方法」, 『韓國文學의 論理』, 學藝社, 1940, 823쪽.
20 위의 글, 819쪽.

이 임화가 직면했던 위기의식이었다면 조선문학의 역사를 문제적으로 정리·기술하는 것은 필연적인 일로 다가왔던 것이다.

> 그런데 문제는 조선문학의 상태를 어떻게 아느냐 하는 것이다. 나는 위선爲先 모든 신인新人이 적어도 2, 30분간에 조선문학의 현상現狀을 누구에게나 간명히 이야기 해줄 수 있는 준비를 가져야하리라고 믿는다. 그것은 현상의 분석과 더불어 역사의 이해를 겸하여 하는 것으로 마치 '발자크'를 공부하여 도달한 것이 객관적으로 보면 '졸라'인 때 만일 우리가 '졸라'가 '발자크'의 후예란 것을 모른다면 그와 같은 희극은 없을 것이다. 즉 그 자신은 문학사의 새로운 주인공이라 자임하고 있는데 곁에서 보면 실상 문학사의 낡은 유물에 지나지 않게 된다. 그러므로 문단의 영역적인 넓이, 작가의 특질, 상호관계, 그리고 정신상의 계보적 관계 등의 인식은 총체적으로 조선문학의 현재의 도달점을 알 수 있게 하는 것으로 우리는 꽤 용이히 그 수준을 뛰어넘을 가능성을 얻게 된다.[21]

임화의 이러한 문제의식은 카프가 해체되고 신세대 문인들이 등장하면서 프로문학의 정치성과 순문학적 기교주의의 신구 대립이 문제시 되었던 이른바 '신세대 논쟁'에서 불거진 것이었다. 이것은 전향한 카프 세대가 자기분열을 경험하고 있을 때 새롭게 등장한 신인들의 순문학적 기교주의를 비판한 데서 촉발된 논쟁으로서, 당시 김동리로 대표되는 신세대 문인들은 자신들이 구세대들의 정신적 위기의 외부에서 새로운 질서를 모색하고 있다는 논리를 펼쳤다. 이

21　임화, 「新人論 : 그 序章」, 『韓國文學의 論理』, 學藝社, 昭和 15年, 473쪽.

에 대해 임화는 신세대 문인들의 문학은 기껏해야 구세대의 연장에 불과할 뿐 그것을 새로운 질서로 알고 있는 신인들의 치기를 일종의 '희극'으로 치부한 것이다. 여기까지 오면 두 세대 사이의 소통은 불가능한 수준에 이른다. 즉 임화가 나아가야 할 길이 '일본주의'도 또 순문학적 기교주의도 아니었다면 조선문학은 대내외적으로 그 존재 가능성과 소통의 가능성 모두를 상실하게 되는 것이다. 임화가 근대 정신과 근대사회의 상호작용으로서의 근대문학을 문제 삼고 그것을 '정신상의 계보적 관계'라는 역사성을 인식하면서 총체성을 모색한 것은 바로 이 때문이다. 임화가 신문학에 나타난 근대정신의 해명을 궁극적인 목표로 삼으면서 한편으로는 신문학의 통시적 양식을 추출하고 다른 한편으로는 그 물적 기반인 토대의 해명에 힘쓰고자 정신사적·사회사적 방법의 종합을 제창한 유물변증법의 설명 모델을 도입했던 것은 이러한 의의를 지니는 것이었다.[22]

한편 서인식의 역사철학은 '사실의 세기'에 직면한 현실적 상황에서 '지성'을 통해 역사 속에서 변증법적 이성의 위상을 규명하고 그 것의 현재적인 의미를 탐구하고자 했다. 그는 근대의 문명사적 구조와 그것이 초래한 문제 상황을 인식하고 전통과 근대성의 무게를 수정하려는 논의에서 출발하였다. 즉 임화의 '신문학사'가 서구와 일본의 대립구도에서 발생한 식민지의 위기의식 속에서 생산되었던 것과 마찬가지로, 서인식 또한 변모된 상황에 대한 주체와 객체 사이의 인식론적 해명을 위해서는 "오늘날의 역사적 현실에 돌아와 벌거벗고 오늘날의 현실을 발굴"[23]해야만 했던 것이다. 여기서 역사적

---

22 김윤식, 「한국문학 연구수준」, 『한국문학의 근대성과 이데올로기 비판』, 서울대 출판부, 1997, 128~139쪽 참조.

현실이란 현실의 이념과 구조를 담당하는 인간의 가치 감정이나 사물에 대한 실천을 인간의 상호관계 속에서 전개한다는 것을 전제로 한다. 서인식에게 그것은 "이성의 형대刑始에 걸고 역사를 고문함으로써 세계사의 행정行程을 한 개의 통일적 원리에 의하여 손쉽게 설명하려는 재래의 방식을 버리고, 겸손하게 역사 제 과학의 근저에 돌아가 그들의 과학으로서의 성립 근거를 탐구하는"[24] '과학으로서의 역사철학적 방법론'을 정립하는 일이었다.

역사를 인간의 내적세계에 대한 작용, 즉 각 사회에 거처하는 개인적 삶의 감정이나 운명의 연쇄 혹은 일반적인 문화를 문제 삼으면서 인간적 현실의 근저로 시선을 낮추는 고찰이란 이미 실증적 과학의 입장이 아니라 철학적인 것이다. 역사를 "의미와 현상, 자유와 필연의 통일이"[25]라고 본 서인식의 현실 인식은 인간 해방의 기회를 실현하기 위한 행위 공간을 명료하게 추출하는 시도였으며, 그것은 구체적으로 유럽과 일본에 등장한 파시즘에 대응하기 위한 역사철학적 감각의 시대적 요청이었다. 따라서 여기서는 이러한 감각으로 유물사관의 선편先鞭을 잡았던 서인식의 역사철학적 공적을 확인해두는 일이 필요하다.[26]

---

23 서인식, 「文化時評 : 時代로 向하는 情熱」, 『朝鮮日報』, 1939. 10. 19.
24 서인식, 「歷史哲學雜題」, 『批判』, 1938. 8, 53쪽.
25 서인식, 「歷史哲學雜題」, 『批判』, 1939. 2, 46쪽.
26 물론 식민지 조선에서의 유물론적 역사 해석의 첫 주자는 서인식이 아니다. 그때까지 한국사 해석의 주류는 민족주의 사학이었다. 그런데 1930년대에 백남운의 『조선사회경제사』(1933)의 유물사관과 함께 진단학회의 실증주의 사학이 등장하면서 조선 민족의 특수성을 신성화하는 민족주의 사학에 대해 그것이 관념론적 논리 방식이라는 오류가 제기되기 시작했다. 특히 백남운, 이청원, 신남철, 김태준 등과 같은 마르크스주의자들은 고전 및 역사 연구에 있어서 과학적인 엄밀성을 바탕에 두면서도 민족의식의 과잉으로부터 거리를 두었다. 즉 그들은 각 시대의 정치경제적 분석을 통해 그것을 산출한 그 시대의 역사적 · 사회적 조건과의 관련 속에서 파악함으로써 그것의 이데올로기적 의미를 규명해야 한다고 역설했다.

도사카가 '대동아공영권'의 추상적·허구적인 '일본 정신'의 강력한 서사에 대립하고, 억압된 철학사의 흐름에 맞서 근대적 풍속과 일상을 하나의 실천적 계기로 상정하면서 구원을 모색했던 것이 그의 '일본 이데올로기론'이었다면, 서인식의 역사철학은 근대적 이성 중심주의가 가져온 현대의 위기(파시즘)에 직면하여 '현재'의 자리에서 그 경험에 수행적으로 참여한 의식적 행위를 보였다는 점에서 그것은 '조선 이데올로기론'이라 말할 수 있을 것이다. 그리고 이러한 그의 핵심적 모티프들은 구체적으로 문화, 지성, 동아협동체, 동양문화론, 근대의 초극 등을 통해 나타난다.

3. 근대의 초극 혹은 근대에 의한 초극

20세기를 인류사적으로 구분 짓는 최초의 사건은 세계대전과 전체주의의 도래였다. 아렌트Hannah Arendt의 말처럼 전체주의는 인류 역사

그만큼 당시의 유물론적 역사 해석은 식민지의 상황에서 한국사 연구의 과학적 정립을 모색하고자 했던 의욕적이고도 적극적인 모색의 일환이었다. 이에 대해서는 신남철, 「朝鮮研究의 方法論」, 『青年朝鮮』, 1934.10; 「最近 朝鮮研究의 業績과 그 再出發」, 『東亞日報』, 1934.1.1~8; 박승극, 「朝鮮文學의 再建設」, 『新東亞』, 1935.6; 이청원, 「亞細亞的 生産樣式에 대하여」, 『新東亞』, 1935.9; 「古典研究의 方法論」, 『朝鮮日報』, 1936.1.3~6; 「昨今 朝鮮學界의 收穫과 趨勢 一考」, 『朝鮮中央日報』, 1936.1.1~24; 「朝鮮얼'의 現代的 考察」, 『批判』, 1937.2; 『朝鮮歷史讀本』, 東京 : 白揚社, 1937, 178~181쪽; 천태산인, 「古典探究의 意義」, 『朝鮮日報』, 1935.1.26; 「古典文學研究에 關하여」, 『東亞日報』, 1935.2.14~15; 「史學研究의 回顧 展望 批判」, 『朝鮮中央日報』, 1936.1.1~29; 박치우, 「古文化 吟味의 現代的 意義」, 『朝鮮日報』, 1937.1.1 참조.

상 존재했던 수많은 독재나 전제정치와도 완전히 상이한 전제tyranny 이자 인간이 경험한 가장 극단적인 정치 형태였다. 유럽에서 전체주의의 대두는 근대적 이성, 즉 유럽 정신의 몰락을 의미했고 지식인들은 그것의 재기를 위해 문화와 지성에 호소했다. 반면에 일본에서의 전체주의의 대두는 '세계사'를 일원적으로 보는 유럽사에 대한 대타 의식에서 도출된 '동양의 통일'을 위한 '종합적 원리'로 표상되었다. 따라서 일본의 제국주의적 침략정책의 다른 이름인 '동양의 통일'은 유럽의 전체주의와 달리 "현대 일본의 세계사적 사명을 봉건적인 동양적 세계와 근대적인 서양적 세계를 다함께 초월한 제3의 「세계성의 세계」를 건설"[27]할 만한 '새로운 전체성의 원리'로 호명되었다.

그러나 서인식은 역사적 유물론의 전통적인 세계 해석의 관점, 즉 지배적인 자본의 축적이 양산해온 부와 권력의 양극화가 경제 공황과 전쟁을 초래하고 유럽 질서의 몰락을 가져왔다는 입장을 취하면서 그것을 대체할 만한 정신을 일본 전체주의에서 구할 수 있다는 전망을 의심했다. 여기서 서인식은 글쓰기 행위의 시대적 한계를 의식하면서 "가능한 한도에서 표현의 「테크닉」을"[28] 구사하며 인간과 인간, 제국과 식민지의 관계를 환기한다.

우선 첫째로 오늘날 일본이 가장 중심적으로 문제하는 동아협동체의 이념을 이 전체주의 원리와 대질하여 놓고 보라! 한다면 누구나 이 양자를 합리적으로 연결하는 데 곤혹하지 않을 수 없으리라. 물론 오늘날까지 전개된 한에 있어서의 동아신질서의 이론은 많은 논객을 통하여 많은 논의가 거듭되었음

---

27 서인식, 「文化에 있어서의 全體와 個人」, 『人文評論』, 1939.10, 15쪽.
28 서인식, 「文化時評 : 批評不進의 原因」, 『朝鮮日報』, 1939.10.24.

에도 불구하고 아직까지 구체적 내용의 제시에까지 이르지 못하고 단순한 상념 또는 이념으로서 주장되는 계단을 넘어서지 못하였다. 하나 만일 정부의 성명을 신빙하여서 무방하다면 그는 동아 제 민족의 정치적 주권과 문화적 독립은 끝까지 서로 시인하고 존중하면서 동아 전체의 공존을 위하여 유기적 지속적으로 협동한다는 원칙 위에서 구상되는 한 개의 새로운 지역적 공동체 제임에는 틀림없을 것이다. 한데 이러한 이상이 단순한 정치적 제스츄어나 레토릭으로 주장된다면 몰라도 그렇지 않는 한 그는 당연히 민족과 민족의 정치적 문화적 병존을 원리적으로 배제하는 전체주의 원리로서는 실현할 수 없는 것이다.

한데 대등한 것이라야 대등한 것을 낳는다는 것은 만고를 두고 썩지 않는 진리이다. 하다면 문제의 동아협동체의 이념은 그 적용 범위의 차이는 있을 망정 나아가서는 세계 신질서의 이념도 되는 동시에 들어와서는 국내 신질서의 이념도 되어야 할 것이다. 국내에 있어서 폐쇄적인 민족은 다른 민족에 대하야 개방적이 될 수 없다. 그러하면 문제의 국내 신질서도 끝까지 국민의 자주와 창의를 기초로 한 일종의 민족협동체가 되지 않을 수 없으리라.[29]

서인식은 '동아신질서론'이 구체화되지 않은 상황에서 일본 정부의 성명에만 기댄 '동아협동체'가 '특수'의 매개를 상정하지 않은 추상적 보편자의 전체성의 원리라는 것을 간파하고 있었다. 서양에 대한 동양의 해방과 공생을 주장하면서 '지나支那'를 '근대초극'의 수단으로 명명하고 아시아 각국에 대한 제국주의적 영토 확장과 식민지화를 은폐하는 일본의 주장은 이른바 '식민지 없는 제국주의'[30]의 형

29 서인식, 「文化에 있어서의 全體와 個人」, 『人文評論』, 1939. 10, 7쪽.
30 ピータードウス, 藤原歸一 譯, 「植民地なき帝國主義-大東亞光榮圈'の構想」, 『思想』 814,

상을 예견한다.

서인식이 발화자와 수신자 사이의 동등한 관계 속에서 '동아협동체'의 이념을 추진하기 위해서는 일본 내부 질서의 변혁과 함께 일본 국민의 자발적인 의식 변화가 필요함을 역설했던 것은 일본의 제국주의적 위상을 감지하고 있었기 때문이다. 이에 따라 그는 전체주의가 "대내적으로는 개인과 민족의 양립을 불긍不肯하는 직접적 전체성의 원리인 동시에 대외적으로는 자민족과 타민족의 공존을 불긍하는 민족의 쇼비니즘"에 함몰될 폐쇄적 특질을 환기하면서, 그것이 "현재 일본이 당면한 정치적 문화적 과제의 수행에 유효한 향도 원리가 될 수 있는"[31]가에 대해서는 의문에 부친다. 아무리 일본이 서양으로부터의 동양 해방을 위해 '아시아는 하나'라고 외친다 하더라도 그것이 일본에 의한 아시아의 식민지화로 귀결된다면 서구 제국주의의 오류를 되풀이하는 결과를 초래할 것이기 때문이다. 이에 대해 서인식은 20세기의 운명이 전체주의일 수밖에 없다면 '동양의 통일'은 자본주의 문제의 해결이 우선되어야 한다고 주장한다.

16세기 이래 서로 격재隔在하였던 여러 국민을 한 개의 세계사적 연관에 통일하여온 것이다. 그 통일되어 나가던 여러 국민을 오늘날 여러 종의 융화할 수 없는 대립으로 인도한 것도 '캐피탈리즘'의 소치이다. 가치증식률이 오늘날 여러 민족사를 통약하는 세계사적 원리인 동시에 이 원리가 또한 오늘날

1992. 피터 듀스는 아시아 각국에 대해 직접적인 영토 확장이나 식민지화를 감행하지 않고 오히려 민족 해방을 지지하면서 일본의 세력권을 확대해간 방식을 '식민지 없는 제국주의'라고 명명했는데, 구체적으로 위임 통치나 범내셔널리즘 혹은 대동아공영권 등의 시스템이 여기에 속한다.

31 서인식, 「文化에 있어서의 全體와 個人」, 『人文評論』, 1939. 10, 6쪽.

의 세계사의 발전 행정行程을 '제동'하는 조건이다. 그러므로 오늘날 세계사의 일환을 구성하는 민족으로서는 그에게 역사적 과제가 있다면 그 기본적인 것은 당연히 여러 민족사의 발전을 제동하는 이 문제의 해결에 있지 않으면 안 될 것이다. (…중략…) 오늘날 많은 사람들은 현대 일본의 세계사적 과제를 동양은 서양으로부터 해방하는 데 둔다. 그러나 서양으로부터의 동양의 해방 그 자체가 곧 세계사적 의의를 구성하는 것은 아니다. 서양으로부터 동양을 해방하는 것도 단순한 사실로서는 동양을 서양에 예속시키던 사실이나 다를 것 없이 하나의 흥망사적 사실 밖에 더 될 것이 없다. 그러나 그 자체에 있어 하나의 흥망사적 사실 밖에 더 될 것이 없는 동양의 해방도 오늘날 세계사의 현대적 과제와 내면적 연관을 갖고 수성遂成될 수 있다면 그는 물론 세계사적 의의를 가질 수 있다. 그리고 또한 오늘날 세계사의 내면적 구조 연관을 통찰한다면 누구나 '캐피탈리즘' 문제와의 실천적 연관을 떠나서 참다운 의미의 동양의 해방을 말할 수 없음을 알 수 있으리라.[32]

주지하다시피 식민지의 출현은 유럽에서 상품사회가 대두되면서 그것이 수반한 전지구적 자본주의화 과정에서 발생한 것이다. 자본주의는 '문명화'라는 이름으로 '야만'을 개발시킨다는 이념으로 작동했고, 그것이 국민국가와 결합하면서 탄생한 제국주의는 원료 공급지와 상품시장을 확보하기 위해 끊임없이 세계 시장이라는 식민지를 만들어야 했다. 이에 대해 서인식은 '동아신질서', 즉 '일만지 경제블럭'을 형성하며 세력권을 확대해가는 일본의 자기증식적 구조 혹은 '제국적 결합Imperial unity'을 환기하면서 자본주의적 근대성의 근본

---

32   서인식, 「現代의 課題(其二) : 轉形期文化의 諸相」, 『歷史와 文化』, 學藝社, 1939, 208~210쪽.

적인 문제점을 지적하고 있는 것이다. 요컨대 제국주의는 자본주의가 자본을 수출하기 시작하는 단계에 들어섰다는 것을 의미하며, 따라서 자본주의적 근대성은 특정한 장소와 시기에 따라 식민의 형식을 취할 수밖에 없다.[33] 이러한 그의 분석은 선배 마르크스주의자들에게 계보학상의 빚을 진 것이다. 예컨대 미키 기요시는 '동양의 통일'에 의해 세계가 다원화되면 유럽 중심주의가 극복되고, 이와 함께 자본주의 문제를 해결함으로써 다중심적 '동양'의 형성에 따라 일본 제국주의도 극복되어야 할 것을 주장한 바 있다.

> 만일 동양의 통일이 진정 세계사적인 과제라면, 그것은 오늘날 매우 중요한 과제를 함축한다. 즉 그것은 자본주의 문제의 해결이다. 자본주의의 제 모순을 어떻게 극복할까 하는 것은 오늘날의 단계에서 세계사의 최대의 과제이다. (…중략…) 동양의 자본주의적 통일일 뿐이라면 진정한 세계사적 의미를 지니는 사건은 아닐 것이다.[34]

> 만일 일본이 구미 제국을 대신하여 지나에서 제국주의적 지배를 행한다면, 동아협동체의 진정한 의의는 실현되지 못할 것이다. (…중략…) 제국주의의 문제는 자본주의의 문제이다. 따라서 동양 통일이라는 공간적인 문제와 자본주의의 해결이라는 시간적인 문제는 필연적으로 하나로 결부되어 있다. (…중략…) 동아협동체의 건설은 일본의 동아 정복을 의미하는 것이 아니라 오히려 새로운 기초에서 공존공영을 의미하는 것이어야 하는 이상, (…중략…) 일본도 일본의 문화도 이 신질서에 상응하는 혁신을 수행하지 않으면 안 된다. 일본

---

33 Amad, A, "The politics of literary postcoloniality", *Race and Class* 36(3), 1995, p.7.
34 三木淸, 「現代日本に於ける世界史の意義」, 『三木淸全集』 14, 1966, 149쪽.

이 그 뜻대로 동아협동체를 건설한다는 것은 논리적으로 불가능하다. (…중략…) 국내에서의 혁신과 동아협동체의 건설과는 불가분의 관계에 있다.[35]

서인식이 '동양의 통일'에 앞서 자본주의 문제의 해결을 선결 과제로 두었던 것은 아시아와 일본, 식민지와 제국의 구도하에서 근대 자본주의를 초극한 사회 변혁을 통해 사회주의적 동양의 창출을 기도했던 것으로 볼 수 있다. 이것은 일본의 식민지 및 종속국가들의 민족자결 원칙을 부정하고 일본 민족의 강고한 통일성으로 흡수함으로써 '일국적 사회주의'[36] 건설을 기도했던 사노佐野와 나베야마鍋山의 그것보다 훨씬 진전된 기획이라 할만하다. 그리하여 서인식은 아시아 각국을 향해 "개성의 자기목적성을 살리는 동시에 전체의 자기목적성까지도 살리는"[37] 진정한 '전체성의 원리'를 천착할 때야말로 일본이 '도국島國 근성'이라는 폐쇄적 자기 한계에서 벗어나 보편적인 세계사의 이념을 정초할 수 있다고 주장한다. 그것은 궁극적으로 계급성이 해소된 공동체에 대한 지향으로서, 정치의 구심적 작용을 소거하고 "도처가 중심이 될 수 있는 동시에 또한 그 어디나 중심이 없는 무한대의 원과 같은 세계구조를"[38] 전망한 것이다. 이렇게 '근대초극'의 원리로서 일본에서 발화된 '세계사의 철학'은 서인식에게 있어서 자본주의 및 제국주의를 비판하는 포스트 콜로니얼 담론과도 긴밀히 결합되고 있음을 볼 수 있다.

---

35 三木淸, 「東亞思想の根據」, 『三木淸全集』 15, 1966, 312~313 · 325쪽.
36 佐野學 · 鍋山貞親, 「共同被告同志に告ぐる書」, 『改造』, 1933.7, 194쪽.
37 서인식, 「文化에 있어서의 全體와 個人」, 『人文評論』, 1939.10, 12쪽.
38 서인식, 「文化의 類型과 段階」, 『朝鮮日報』, 1939.6.22.

4. '세계사의 입장'과 운명과의 도박

니시다西田 철학에서 말하는 '세계사의 입장'이란 전체로서의 세계와 개별 국가의 대립이라는 차원이 아니라 일종의 종種의 차원, 즉 세계가 복수의 공영권으로 구성된 형태를 뜻한다. 니시다는 개별성, 단독성의 원리를 중시했다. 일반적으로 '보편' 담론에서는 일반성과 개별성(특수성)을 이야기하면서 개체는 '일반자의 자기한정'이라는 의미로 추상화되지만, 니시다 철학에서는 이것을 보편성과 단독성의 차원에서 사고했다. 헤겔Hegel에게 일반자와 개체는 변증법적으로 매개된 관계지만, 니시다에게 보편성과 단독성은 일종의 비약을 통해 연결된다. 즉 서로 완전히 이질적인 것이 비약을 통해 등치됨으로써 '절대모순적 자기동일성'이 형성되는 것이다.

다시 말해 헤겔주의가 모든 모순을 관념적으로 '지양'해 가는 것이라면, 니시다 철학은 '절대모순적 자기동일성'으로 인해 현실적 모순을 '통일'할 수 있게 된다는 것이다. 그 결과 개체와 전체라는 전혀 이질적인 모순은 개체가 전체이고 곧 전체가 개체라는 '절대모순적 자기동일성' 안에서 지양되어버린다. 이 원리를 당시의 정치적 어법으로 말하자면 개인주의와 전체주의를 모두 부정하면서 제3의 체제를 창출한다는 것인데, 니시다 철학에서 그것은 일본의 국체, 즉 천황제의 구현이었다. 이러한 맥락에서 볼 때 니시다 철학은 일본적 문맥에서의 주체를 구성하는 역할을 수행하면서 일본 파시즘 이데올로기의 형성에 기여했다고 할 수 있다.[39] 당대 '교토학파'를 중심으로 한 일본 지식인들 사이에 "헤겔의 일반자의 철학보다도 실존철학이나 서전西

田의 개체자의 철학"[40]이 유행했던 이유 또한 여기에 있었다.

니시다 철학의 서구를 향한 래디컬한 언설은 일견 서구 제국주의에 대항하는 것처럼 보이지만, '일본의 국민'으로 간주된 서인식에게 '근대의 초극' 역시 일본의 제국주의적 확대를 '대동아공영권'으로 해석하는 것에 지나지 않았다. 서인식이 역사철학을 통해 "세계구조의 개조문제 즉 새로운 세계성의 세계를 창조하는 문제"[41]에 천착했던 것은 이러한 시대적 맥락에 조응한 것이다.

그러나 서인식은 소여된 현실을 그대로 추수할 수도 없었고 그렇다고 해서 현실에서 뒤로 물러나 서로 화해할 수 없는 거리를 만들 수도 없었다. 그것은 일찍이 사회주의 운동에 투신했다가 전향한 조선의 지식인들이 '스토이스트'나 '오퍼튜니스트opportunist'로 기울었던 후일담을 그대로 답습하게 될 것이기 때문이다. 여기서 서인식은 인간의 행위가 소여된 현실에 따라 도그마와 뮤토스에 함몰될 것을 경계하면서, 자신에게 소여된 경험과 행동의 결과는 행위하는 인간이 가질 수밖에 없는 '운명과의 도박'이라고 단언한다. 서인식에 의하면 역사적 전환기에 있어서 무릇 '행동하는 인간'은 항상 행위적 주체의 퍼스펙티브perspective 위에서 수행될 것이기 때문이다. 그는 역사의 전환기에 직면한 '현재'의 역사를 수립하기 위해서 자신의 행위적 역사관에 매우 적극적인 의미를 부여한다.

---

39 가라타니 고진, 조영일 역, 「파시즘 문제」와 「포스트모던에서 '주체'의 문제」, 『언어와 비극』, b, 2004, 369~397·413~416쪽 참조.

40 서인식, 「歷史에 있어서의 行動과 觀想」, 『東亞日報』, 1939.4.29.

41 서인식, 「文化에 있어서의 全體와 個人」, 『人文評論』, 1939.10, 14쪽.

모든 문화는 일방―方 끝까지 시대의 산물로서 한 시대의 정신을 체현하면 서도 그 내면적 요청으로서는 한 시대를 넘어서는 보편타당성을 요구하는 것 이다. 인간 지성의 특질은 끊임없이 자기를 초월할 수 있는 데 있다. 그리고 현실의 역사성이란 모든 인간의 행위적 소산에 일정한 완성을 부여하는 동시 에 다시 그것을 파괴하는 필연성을 말하는 것이다. 이리하여 역사란 만들어 진 것에서 만드는 것으로 끊임없이 자기를 부정하면서 자기를 지성하여 나가 는 것이라면 우리는 다시 현대에 돌아와 현대에 살면서도 현대를 넘어서는 원리를 차지할 것이다.[42]

여기에는 만물이 세계 속에 편재한다는 전체집합이 구체적인 필 연 공동체로서 실재한다는 사실을 직시하고 그것의 존재 또는 존재 가능성을 형성하는 핵심을 발견한다면 그것이 바로 존재하는 모든 사물이 서로의 존재를 인정하지 않을 수 없는 보편타당성이라는 공 약수를 창출할 수 있다는 기대가 전제되어 있다. 그리고 그 사실·진 실을 객관적으로 파악하기 위해서 사물의 법칙적 인식은 과학을 필 연적으로 요청하게 되는데, 그것은 바로 역사학을 이 범주에 포섭하 는 것이다. 따라서 자연과학이 보편성을 지향하는 학문이라면 역사 학은 보편타당성을 지향하는 학문이 된다. 김남천과 마찬가지로 서 인식은 거기에는 자기를 부정하는 행위까지도 포함되어 있다는 것 임을 의식했으며, 그것은 자신의 생명을 건 운명과의 도박일 수밖에 없었다. 여기서 서인식의 태도는 '과학정신'과 같이 여전히 유효한 원리로 작용하는 근대의 유산을 옹호하는 것과 동시에 식민지 조선

---

42 서인식, 「文化時評」, 『朝鮮日報』, 1939.10.19.

의 민족주의도 배제한다는 근대주의자로서의 면모를 드러낸다. 더불어 그것은 서인식 자신에게 있어서 지성을 매개로 한 의지의 실천으로 표현된다.

한편 서인식이 서구 문인들의 '반파시즘 인민전선'으로서의 회합인 '문화옹호 국제작가회의'(1935.6.21~25)를 비판했던 근거 역시 이러한 태도의 연장선상에 있다고 할 수 있다. 프랑스와 소비에트 문인들의 주도하에 개최된 '국제지적협력협회'의 작가들은 파시즘의 야만적 비합리주의에 반대하면서 공산주의 작가에서부터 부르주아 작가에 이르기까지의 공동전선을 확립함으로써 휴머니즘적이고 합리적인 광범위한 민주주의를 옹호하는 문학운동의 기치를 내세웠다.[43] 그것은 민주주의에 대한 갈망과 함께 소부르주아 중간층과 부르주아 작가들을 견인함으로써 민중에 기반한 휴머니즘을 추구하는 문학적 실천을 내용으로 한 것이었다. 서인식은 이들의 논의가 역사철학적 보증을 상실한 채 고색창연한 자신들의 합리주의적 전통을 수단으로 작가의 모랄을 투사한 점에 대해 그들을 '19세기적 인간'이라고 비판한다.

'데카르트' 이래의 태색昔色이 창연蒼然한 근대적 합리주의의 전통(그 자신 한 낱의 역사적 한계를 가진) 위에서 추상적으로 합리와 비합리의 비례를 따지고 신화와 신비설의 필요 여부를 따지며 선발된 자와 민중의 관계를 논하는 것'쯤으로 현대 정신의 위기를 극복하리라 생각하는 것은 심하게 말하면

---

43 이 회의에서 논의된 내용은 문화유산, 사회에 있어서의 작가의 역할, 개인, 휴머니즘, 민족과 문화, 창작활동과 사상의 존엄에 대한 제 문제, 문화의 옹호 등 '역사의 전환기'에 직면한 역사철학적 담론이 중심을 이루었다. 栗原幸夫外篇, 『資料世界プロレタリア文學運動』6, 三一書房, 1972, 38~74쪽; 「國際作家會議決議案全文抄」, 『朝鮮日報』, 1936.1.3 참조.

현상 유지에 잠자는 민주주의 제국諸國의 노쇠한 정신들의 타태墮胎와 오만
이다.[44]

한편 박치우는 서로 다른 문학적·정치적 견해를 가진 작가들이
파시스트의 바버리즘barbarism에 대항하는 작가적 양심과 정의감에
주목함으로써 그들의 '문학운동'을 "소시민 작가의 반파쇼적인 정치
운동"[45]으로 규정하면서도 그것의 세계적 의의와 선의지에 대해서
는 높이 평가하였다. 그러나 동시에 그것이 객관적인 보증, 즉 '역사
의 보증'을 결락하고 있다는 점에서 결국 '국제지적협력협회'의 논의
는 '감정으로서의 정의'에 지나지 않는 것이라고 비판한다.

이런 것들은 칸트의 형식주의적 도덕설에서나 통용될 정의, 선밖에는 못 된
다. 정의감이 정의가 되며 선의지가 선이 됨에는 반드시 객관적인 보증, 특히
역사의 보증이 절대로 필요한 것이다. 따라서 아직도 개인주의, 자유주의, 휴
머니즘 등 제 소시민적 이데올로기를 벗어나지 못한 이들 대부분의 작가의
소위 그 정의감이라는 것을 무조건으로 신뢰함도 또한 삼갈 만한 일일 것이
다. 더욱이 그들의 소위 정의가 르네상스 이래로 인류가 쌓아온 광휘 있는 문
화를 파시스트의 바버리즘의 협위로부터 방어한다는 미명하에서 실상은 그
러한 의미의 정의라면 우리는 이러한 정의는 오히려 경계함이 좋다.[46]

'국제지적협력협회' 작가들의 반파시즘 운동에 대한 서인식과 박

---

44 서인식, 「世界文化의 新構造 : 문허저가는 낡은 구라파」, 『朝鮮日報』, 1940.7.6.
45 박치우, 「國際作家大會의 教訓」(『東亞日報』, 1936.5.28), 『박치우 전집』, 367쪽.
46 박치우, 「國際作家大會의 教訓」(『東亞日報』, 1936.5.31), 『박치우 전집』, 375쪽.

치우의 비판은 현실적인 모순을 낭만적·미학적으로 극복하려는 '문화적 자유주의'의 태도를 경계하는 데 있다는 점에서 공통적이다. 일찍이 도사카 준은 이러한 '문화적 자유주의'의 낭만적 성격이 파시즘과 친연성을 갖고 있다는 것을 예리하게 간파한 바 있었다.

> 말할 것도 없이 자유주의는 처음 경제적 자유주의로서 발생했다. 중상주의에 입각한 국가적 간섭에 대해 중농파 및 그 후의 정통파 경제학자에 의한 국가 간섭의 배척이 이 자유주의의 출발이었다. 이 자유무역과 자유경쟁의 경제정책 이론으로서의 경제적 자유주의는 마침내 정치적 자유주의를 낳았고 또는 이에 대응한 것이었다. 시민의 사회적 신분으로서의 자유와 평등, 그리고 거기에 기반한 특정의 정치 관념인 데모크라시(부르주아 민주주의)가 이러한 정치적 자유주의의 내용을 이루고 있다.[47]

> 게다가 이 자유주의의 의미 그 자체가 문학적인 것이고, 정치 행동상의 자유주의(그것은 필연적으로 데모크라시를 추구하는 데까지 갈 터이지만)로부터 결정적으로 구분된 자유주의이지 않으면 안 된다. 정치상의 자유주의라 하더라도 여기서는 완전히 초정치적인 문학적 개념으로서의 자유주의일 뿐이다. 그런데 이러한 문학적 자유주의는 일견 파시즘으로 통하는 길을 지니고 있다.[48]

도사카에 의하면 경제적 혹은 정치적 의식보다 일반적인 또는 상층부에 자리한 곳에 문화적 의식이 존재하는데, 이러한 문화적 의식

---

47 戸坂潤, 『日本イデオロギー論』, 岩波書店, 1977, 333쪽.
48 위의 책, 366쪽.

을 기반으로 하는 사회 활동인 문화적 행동의 자유주의를 '문화적 자유주의'라 한다. 그것은 문화의 진보와 발달, 휴머니티의 발양, 인격의 완성 등에서 철학적 근거를 발견하는 문화적 인텔리겐차의 특유한 이데올로기로서, '문학적 자유주의자'가 일견 진보적으로 보이는 것은 단순히 파시즘이나 봉건의식에 대한 반감에서 유래하는 것일 뿐 그 이외의 다른 점에서는 전혀 진보적인 근거를 찾아볼 수가 없다.

여기서 도사카가 조소하는 태도란 정치적 혹은 현실적 모순을 논리로서가 아니라 상상적으로 극복해 버리는 미학적 태도이다. 이러한 점에서 서인식은 서구의 지성은 여전히 자신의 전통 속에서 노쇠해버린 정신을 그저 현상 유지하고 있을 뿐이라고 지적하고 있으며, 또 박치우는 자신이 거처해야 할 명확한 이념의 정립은 방기한 채 '반파쇼'라는 슬로건의 힘에만 의지하여 간신히 통일된 의사를 도출한 '곤란한 회합'이었다고 평가하였다. 이때 박치우가 경계해야 할 것으로 제시했던 것 역시 바로 문화적 자유주의에 내재한 낭만적·미적 태도이다. '세계사적 입장'에서 세계의 문화권이 서양에서 동양으로 이동하는 역사적 전환기에 처한 지식인이 현실에 대한 추수도 현실에 대한 퇴각도 불가능한 상황에 놓여있는 경우라면 문화적 자유주의는 그들이 가장 쉽게 빠질 수 있는 함정이다. 역사를 창조하려는 행위적 인간에게 그러한 함정은 운명을 건 자신의 행위와 실천을 물거품으로 만드는 결과를 초래할 뿐이다. 따라서 도카사와 박치우, 서인식의 이러한 통찰력은 시대의식을 추구할 때 쉽게 함몰될 수 있는 낭만적 성격의 위험성을 경계하는 것이며, 그것은 결국 변증법적 유물론이라는 과학의 논리를 통해서만 관계할 수 있다는 반복된 신념으로 귀결된다.

5. 식민지인은 말할 수 있는가

서인식은 일본에서 '세계사적 입장'이 논의되는 역사철학에서 어떤 대항의 가능성을 발견하기 위해 고군분투했지만 이 시점에 이르러서는 이미 체념에 도달해 있었다. 서인식은 '신질서'의 창조란 각 민족의 세력 여하에 따라 먹고 먹히는 '지도의 개조'가 아니라 '세계의 구조' 그 자체가 개조되어야 한다는 점을 분명히 했다. 그렇다면 독일과 이탈리아의 전체주의가 그러한 세계 개혁원리가 될 수 없다는 점은 매우 자명한 일이다.[49]

또한 일본의 '세계사적 입장'이 서구에 대한 대항적 성격을 지닌다는 점에서는 어느 정도 정당성을 확보할 수는 있겠지만, 그것이 식민지 및 종속국의 국민을 상상적인 방식으로 일본 국민화하고 또 '아시아의 해방 전쟁'에 동원하기 위해 일상까지 통제하는 것으로 귀결된다면 '세계 구조의 개조'는 한낱 미망에 불과한 시도가 될 것이다. 그렇다고 해서 그것을 문화적인 측면에만 국한하여 이룰 수 없는 것을 욕망하는 것은 세계를 개혁하는 데 있어서 아무런 무기도 되지 못한다. 그렇다면 결국 "모든 문제는 결국 우리들이 현재 역사의 주체가 될 객관적 지위에 서있는가 하는 데"[50] 놓여있는 것이다. 이 지점에 이르렀을 때 서인식의 글쓰기 행위는 멈춰버린다.(1940.11) 그것은 그가 출구 없는 막다른 곳에 직면했다는 것을 의미하는 것이리라.

다케우치 요시미竹內好는 '총력전'의 시기에 '저항'이라는 말은 현

---

49 서인식, 「世界文化의 新構造 : 문허저가는 낡은 구라파」, 『朝鮮日報』, 1940.7.6.
50 서인식, 「歷史에 있어서의 行動과 觀想」, 『東亞日報』, 1939.5.4.

실적으로 존재하지 않았을 뿐만 아니라 논리적으로도 있을 수 없었다고 지적한 바 있다. 그 시대의 저항이란 전쟁 체제 속에서 그 전쟁 체제 자체를 변혁하려는 의도와 실천을 기획하는 사상을 의미하는 것이었기 때문이다. 게다가 '총력전'은 이념적으로는 '영구전쟁'이었다.[51] 이러한 관점에서 본다면 서인식의 역사철학이 '세계 개조'의 원리를 모색하고 당대의 전체주의를 회의하면서 제국주의와 식민지의 관계를 적극적으로 환기했다손 치더라도 그것을 저항의 관점에서 독해하는 것은 하등의 의미가 없을 것이다. 게다가 서인식의 방법론이나 그 정치적 어법이 전혀 새로운 것도 아니었다. 그의 과학적 비판의 무기, 즉 사상의 무기로서의 변증법적 유물론은 당시 역사철학의 노선에서는 흔히 볼 수 있는 것이기도 했다.

다만 여기서 확인해 두고 싶은 것은 '총력전'이라는 강고한 시대적 분위기 속에서 서인식은 당시 언론 통제하의 식민지 지식인이 글을 쓸 수 있었던 방식을 통해 사상 형성을 지향하려 했다는 점이다. 서인식은 파시즘의 출현을 전통의 과잉이 아니라 근대의 병리와 왜곡으로 해석하고 끊임없이 불균등을 생산하는 자본주의적 계급사회에 함축된 파괴적 경향을 직시함으로써 일체의 이데올로기적 물신화 작동을 거부했다. 특히 그가 자본, 민족, 국가를 거부한 점은 마르크스의 공산주의를 상기시킨다. 마르크스는 『공산당 선언』(1848)에서 공산주의를 자유로운 연합체association라고 정의한 바 있다. 그가 제시한 '중심이 없는 세계' 혹은 '다중심의 세계'란 당시의 어법으로서는 식민지와 제국주의의 관계에 초점이 맞춰져있었지만,[52] 동시

51　다케우치 요시미, 서광덕 · 백지운 역, 『일본과 아시아』, 소명출판, 2004, 105쪽.
52　이혜진, 「서인식의 역사철학과 쇼와 비평의 문제들」, 『한민족문화연구』 37, 2011, 26쪽.

에 그것이 궁극적으로 자본, 민족, 국가를 모두 지양한 연합체를 추구하고 있다는 점에서 본다면 서인식의 역사철학이 '조선 이데올로기론'을 형성했다는 적극적인 의미를 부여할 수 있을 것이다.

제2부

최재서, 인문사, 국민문학

제5장

최재서의 '국민문학론'과 '고쿠고國語론'

1. 전환기의 논리 : 구질서의 몰락과 신체제의 수립

1931년 9월 18일 일본 관동군이 일으킨 만주사변은 일본이 패망한 1945년 8월 15일까지 약 15년에 걸친 일본의 대중국 침략전쟁, 즉 '15년전쟁'[1]의 시작이었다. 일본의 대륙침략이 본격화됨에 따라 1937년 중일전쟁으로 이어지고 1941년 12월 8일 태평양전쟁으로 확대되는 사이, 한국에서는 대륙전진병참기지화가 진전되었고 1936년 8월 5일에는 '내선일체론자'로 알려진 미나미 지로南次郎가 조선총독으로

---

1 '15년전쟁'이라는 용어는 일본의 평론가 쓰루미 슌스케鶴見俊輔가 명명하면서 오늘날 일본 학계에서 인정받은 말로, 이는 1931년부터 1945년에 걸친 전쟁을 하나의 전쟁으로 보아야 한다는 시각에서 비롯된 것이다.

취임했다. 미나미 총독의 기본 통치방침은 1937년 4월 제2회 도지사 회의에서 공표된 '국체명징國體明徵, 선만일여鮮滿一如, 교학진작敎學振作, 농공병진農工倂進, 서정쇄신庶政刷新'[2]의 5대 정책이었다. 이 정강은 한일병합 이래 조선 통치의 기본방침이었던 동화정책이 중일전쟁을 계기로 하여 '내선일체' 방침으로 극단화된 것이었다.[3] 즉 '내선융화'에서 '내선일체'로 변화된 슬로건에서 보이듯 식민지 조선을 껴안은 채 돌입한 중일전쟁이 장기전으로 치닫자 일본의 위기감은 증대되었고, 이것이 '보다 더 큰 정세'를 대비하기 위한 준전準戰태세를 예견케 하자 전쟁 수행에 필요한 노동력이 요구되었을 터였다.

지속되는 전쟁을 중단할 수 없었던 점에 대해서는 당시 일본 정부가 '사변처리' 문제에 극도로 고심했던 흔적에서 자주 발견할 수 있거니와, 1939년 9월 조선인의 집단강제이주는 이후 일본의 전쟁 수행을 위해 보다 많은 조선인 노동자를 요구하게 될 것을 예측케 했다. 이때 이들에게 필연적으로 요구되어야 할 것은 '반도 동포의 충성심'이었고, 이는 '내선일체'의 최종목표이기도 했던 조선인의 '완전한 황민화'를 목표로 둔 것이었다. 조선인의 완전한 황민화란 전쟁 수행에 있어 아무런 사심 없이 천황을 위해 죽을 수 있는 조선인 병사를 대망한다는 점에서 일본으로서는 부단히 강요해야만 하는 성질의 것이었다. 따라서 '황민화 정책'에 의거한 '내선일체'는 조선인으로 하여금 일본인과의 차별이 불식될 것이라는 기대를 불러일

---

2   미야타 세쓰코 편, 정재정 역, 『식민통치의 허상과 실상』, 혜안, 2002, 66쪽.

3   일본의 대조선 기본방침인 '동화정책'은 '만주사변' 단계에서는 '내선융화'였고 중일전쟁 단계에 들어가면서부터는 '내선일체'라는 보다 극단적인 형태로 변모되었다. 宮田節子, 이영랑 역, 『朝鮮民衆과 '皇民化政策'』, 일조각, 1997, 179쪽.

으켰고, 그것은 곧 일체의 조선적인 것은 철저히 부정되어야만 한다는 결론에 이르게 했다. 이로써 외형적으로는 이질적인 다중多衆이 균질적인 '신민(국민)'으로 통합됨으로써 이론적으로는 집단 동원이 가능하게 되었다. 요컨대 '내선인은 하나'라는 상상의 공동체로서의 동일성을 확보하는 장치였던 '일시동인一視同仁'하의 '내선일체'는 '팔 굉일우八紘一宇'의 이상을 실현하는 첫걸음이었고, 따라서 그들이 수행하는 전쟁은 '성전聖戰'이어야 했다. 이렇듯 전쟁 동원의 사상으로서의 '대동아공영권'과 '황국신민화'라는 억압과 회유의 이중 표상은 이후 식민지 조선인들의 심각한 모순과 분열을 예견하는 지점이다.

한편 '대동아전쟁'은 '근대의 초극'을 자신의 그림자처럼 거느리면서 사상의 담지자로 구축하고 있었다. '근대의 초극'이라는 말은 '(서구의) 근대를 쳐부수자'라는 말로 운용됨으로써 당시에는 전쟁과 파시즘의 사상으로 기능하고 있었는데, 이런 점에서 다케우치 요시미竹內好는 이 말에 어떤 '불길한 기억'이 들러붙어 있다고 회고한 바 있다.[4]

서구의 근대적 교양과 문화의 세례를 받은 식민지 지식인들은 당시 유럽에서 대두한 파시즘을 목도하게 되면서 근대의 파산선고에 공감했다. 이러한 분위기는 자신들의 지적 토양이었던 근대정신의 종언을 재확인하는 경험이었으며, 이에 따라 자신의 이론적 근거지였던 실증적, 합리적, 과학적, 휴머니즘 정신으로 무장한 근대 개인주의의 문학 모두는 이제 아무 것도 아닌 것으로 판명나버렸다. 특히 독일 파시즘에 의한 파리 함락은 프랑스 혁명 이래 이루어왔던 근대 시민사회 몰락의 결정판이 되었다. 한때 유럽의 지식인들이 파

---

4 다케우치 요시미, 서광덕 · 백지운 역, 「근대의 초극」, 『일본과 아시아』, 소명출판, 2004, 64쪽.

시즘에 맞서 자유주의의 새로운 대안을 모색하기 위해 좌우가 연합하기도 했던 파리가 함락되는 것을 목도하면서 식민지 조선의 지식인들은 이를 서구 전체의 몰락으로 간주했던 것이다. 봉건적 구제도의 모순을 타파하고 새로운 질서를 건설하고자 했던 저항의 승리는 근대가 난숙해짐에 따라 내부의 문제점들을 노출하였고 이에 대한 자정능력까지 완전히 상실하게 되자 이제 이들에게 남은 대안은 국가주의와 전체주의로 낙착되어버린 것이다. 근대가 종언을 고하자 이제 식민지 지식인들에게 남은 것은 전쟁에 승승장구하고 있는 일본 국가에 편승하는 길뿐이었다.

이러한 세계사적 전환기에 직면하여 최재서(1907~1964)는 문명적 위기를 타개하기 위한 노력의 일환으로 일본이 구상한 '신체제'로 함몰되기에 이른다. 애당초 근대 자유주의의 대안으로 국가주의를 믿지 않았던 합리주의적 지성론자 최재서의 급격한 전환이 이루어지는 지점이 바로 이곳이다. 독일이 프랑스를 제패한 '역사적 사실'이 최재서에게 충격으로 다가왔던 이유는 국가주의가 세계주의를 제패했다는 엄연한 사실 그 자체였다.

파리의 함락은 많은 교훈과 동시에 많은 문제를 우리에게 부여해주었다. 불란서는 그 문화가 극도로 발달했기 때문에 독일군에게 패배했다고 흔히 일컬어지고 있다. 그러나 그것이 피상적 관찰이라는 것을 면할 수 없다. 문화의 발달이 국민을 약체화한다는 것은 이치에 맞지 않는 이야기이며 역사적으로도 증명되지 않는다. 가령 페리클레스시대의 희랍, 엘리자베스시대의 영길리英吉利는 문화적으로 보아 그 절정에 달했을 뿐만 아니라, 국력에 있어서도 가장 충실했었다. 이치를 따져보아도 문화유산을 갖지 못한 야만인이 문명인보다도 전쟁에 강하다고는 말할 수 없다. 오히려 조국祖國의 문화를 수호하려는 곳에서 이론을 초월한 전투력이 생기는 것은 아닐까? 따라서 불란서의 패배는 그 원인을 다른 방향에서 탐색해야 한다는 것을 암시하는 것이다. 즉 불란서는 1790(1789의 오류ー인용자)년의 혁명 이래 스스로 그 요람이 된 문화의 코스모폴리타니즘 때문에 문화의 국가성을 등한시 한 것은 아니었을까? 그런 까닭으로 훌륭한 문화조차 말발굽 아래 유린되는 비운에 빠졌던 것은 아닐까? 이것이 순리적으로 올바른 해석이 아닌지 생각된다.

그리하여 문화의 옹호와 국가의 옹호는 별개의 문제가 아니라 때려야 뗄 수 없는 관계라는 것을 우리는 불란서의 비극에서 배웠다. 문화를 옹호하기 위해 국가를 옹호한다고 하면 어폐가 있겠지만, 원래 양자는 동일한 것이기 때문에 문화를 위해서라도 국가를 수호해야 한다고 말하는 것이 지당할 것이다. 그것을 그렇지 않다고 생각하는 것은 역시 19세기 코스모폴리타니즘의 환상이었던 것이다. 국가적 기반을 벗어나야만 문화는 발달할 수 있는 것이라는 문화주의적 사고는 19세기적 환상과 함께 대포 소리에 날아가 버렸다.[5]

인류 문명사의 완성형태라는 자명한 믿음으로 존재해왔던 서구의 19세기 문명은 최재서에게 파국적 종말의 시대로 파악되었다. 구체적으로 그것은 "세계관에 있어서 자유주의 · 합리주의의 실격, 사회에 대한 실증주의적 관찰의 부적합, 정치에 있어서 민주주의의 무력화, 세계경제의 파탄, 개인주의적 문학의 막다른 길 등"[6]으로 지적되며, 이에 따라 개인이 인류적 입장에서 자신의 독창성만 가지고 인류 문화에 기여한다는 근대적 관념은 더 이상 용인되지 않는 상황

---

5   崔載瑞, 「文學精神の轉換」, 『轉換期の朝鮮文學』, 人文社, 1943, 22~23쪽.
6   위의 글, 21쪽.

에 봉착하게 된 것이다. 비평을 '위기crisis'의 진단으로 파악하는 최재서에게 이것은 '현대문화의 위기'로 진단되었고, 이 위기의 지점은 곧 결정적인 정신의 전환이 필연적이라는 것을 암시한다. 이로써 최재서의 방향전환은 서구의 근대정신을 압도적으로 제패한 동양의 '신질서론'으로 귀착된다.

　서구의 '구체제'를 대신하여 동양의 '신체제'를 건설한다는 당시 일본의 정당성은 세계 질서에 새롭게 편입하는 세계사의 과정에 참여하는 것으로서, 이는 곧 유럽의 보편주의 역사에 자신을 편승시키는 일이었다. 만주사변이 중일전쟁으로 이어지고 이에 대한 처리가 '대동아전쟁'으로 이어지면서 인근 국가의 국민을 협화協和하여 '구질서'를 몰아내고 '신질서'를 완성한다는 이론적 구상은 사건 자체의 자기증식에 근거한 것이므로 여기서의 자기 변모는 현실의 왜곡된 총체화로 나아갈 수밖에 없다. 팽창하는 자신의 세력권은 '세계에 대한 방위'와 '아시아의 해방'이라는 주장으로 이어지고, 이러한 명분으로 수행되는 전쟁은 이른바 '성전聖戰'의 성격을 띨 수밖에 없는 것이다. '신체제'란 "개인본위로부터 국가본위로, 자유경제로부터 통제경제를 핵심으로 한 것"[7]으로서, '영미 괴멸'을 위한 전쟁 수행에 필수불가결한 보급기지로서의 '남방'을 자신의 세력권으로 흡수하여 '대동아공영권'을 구상하고 마침내 세계 질서의 재편을 요구하는 지역적 리더로 군림하는 것, 즉 제국 일본이 자신의 패권논리를 세계 신질서를 위한 성전의 논리로 바꾸었던 흔적들은 쉽게 찾아볼 수 있다.

7　김오성, 「문학정신의 전환」, 『매일신보』, 1940.11.21.

파리의 함락에서 얻은 '교훈'으로 급격히 방향전환을 해야 했던 최재서는 새로운 사회 정세에 대응하여 그 시대에 합치되는 비평의 사명으로 국책에의 협력을 선언했다. '국책'이라는 용어가 정식으로 문단에 등장한 것은 1940년 4월호 『인문평론』의 권두언 「국책과 문학」에서부터이다. 여기서 말하는 "국책이란 국가가 국민 생활을 보호하여가면서 국가 자체의 이상을 실현시키는 데 지도정신이 될 원리"[8]를 가리키는 것으로서, 이는 명백히 국가권력에 의해 수행되는 것을 의미한다. 이에 대해 최재서는 국책이라는 것이 국가에 의한 '전체적인 원리'라는 명확한 실체로 파악되지도 못한 채 대중의 일상 구석구석까지 침투하는 명령언어로 통제될 가능성을 우려하기도 한다.

우선 이 대목에서 주목되는 것은 최재서가 '신체제'하의 비평가가 시국을 대하는 태도와 협력을 요구하는 국가 사이의 길항관계를 운운하면서 문예인의 성실성 문제를 전면에 내세우고 있다는 점이다. 누구보다 투철했던 '국민문학' 이론가라고 할 수 있는 최재서가 자신의 존재론적 기반인 비평가의 성실성 문제를 피력하고 있는 점은 당시의 정세를 목도했던 그의 고뇌의 절실함을 환기하는 부분이다. 이점은 국책을 적극적으로 선전하는 그의 비평문들과 그 연장선상에 있는 그의 일본어 소설들에서도 발견되는 핵심사항으로서, 자신이 처한 상황에 대해 그의 의식과 무의식이 미묘한 차이를 생산하고 있다는 점에서 문제적이다. 요컨대 식민화된 주체의 자기모순과 분열이 존재하는 곳에 그에 대한 성찰적 계기가 놓여 있다는 점에서 후대의 사가는 바로 이 미약한 지점을 포착하면서 희미하게 떨고 있는

---

8 「(권두언) 국책과 문학」, 『인문평론』, 1940.4, 3쪽.

그들의 내적 동요를 그 역사 속의 행위와 함께 대등하게 바라봄으로써 식민지 조선 지식인들의 친일협력 혹은 저항에 대한 다양한 인식적 지평을 발견해야만 하는 의무를 지니고 있는 것이다.

이런 점에서 이 글은 최재서의 친일협력 혹은 저항이라는 행위에 대한 역사적·객관적 평가는 시도하지 않는다. 그동안 친일문제는 마땅히 청산되어야 했을 당위였음에도 불구하고 지금껏 청산하지 못한 채 우리 내부에 침윤되어 행위에 대한 선악을 가장 편리하게 구별하는 의장意匠으로 기능하고 있다고 판단하기 때문이다. 따라서 식민지의 공간이란 삶이 이질적인 생산 과정에 종속되고 있는 상황이었다는 점을 감안한다면, 친일문제는 문제를 해결하려는 성급한 욕망보다는 "누가 어떤 목적에서 이 문제를 제기하고 어떤 관점에서 접근하는가가 더 중요한 사안"[9]일 수 있는 것이다. 물론 이러한 태도로 친일문제에서 자유로워진다거나 최재서의 친일 행적을 구제할 수 있다고 말하려는 것은 아니다. 단지 이 글이 최재서를 문제 삼고자 하는 이유는, 그가 제기한 당대의 문제의식이란 최재서 개인의 논리적 귀착이라기보다는 정세와 상황의 흐름 속에서 배태된 것이라는 점, 그리고 최재서에게 보이는 일련의 자기모순과 균열이 비단 최재서 개인만의 문제가 아니라 식민지 말기 일군의 문인들에게도 공통적일 수 있다는 점, 이에 따라 식민지 말기 한국문학의 위상을 재정립하기 위한 가능성을 제시하기 위함이다.

---

9 한수영, 「고대사 복원의 이데올로기와 친일문학 인식의 지평」, 『친일문학의 재인식』, 소명출판, 2005, 212쪽.

2. 최재서의 '국민문학론'[10]

최재서가 전환기의 정세에 맞추어 주체적 전환을 선언한 것은 1942년 5월 고노에近衛文麿 내각에서 징병제 시행령이 발표되면서부터이다. 그의 평론집『轉換期の朝鮮文學』(1943)의 서문에는 최재서 자신의 심적 변화의 과정이 허심탄회하게 서술되어 있는데, 이 짧은 글은 그의 과거와 현재, 그리고 미래의 기획까지 담담한 필치로 섬세하게 묘사하고 있어 주목을 끈다.

지난 4·5년 동안, 나는 조선문단의 격심한 전환을 몸으로 체험하지 않을 수 없었다. 특히 잡지『국민문학』이 발간되면서부터, 나는 그 작은 지렛대가 되지 않으면 안 되었다. 그 전환이라는 것은, 의식적으로는 쇼와 15년(1940년 ─인용자) 가을 신체제운동과 함께 시작되어 이듬해인 16년 봄에 단행된 문예잡지의 통합과 거기에 이어『국민문학』발간에 의해 운동의 기초가 다져졌으며, 16년 12월 8일 황공스럽게도 선전조칙을 삼가 받듦에 이르러 세계관적

---

10 1940년대 전반부터 사용된 '국민문학'이라는 용어는, 중일전쟁과 아시아·태평양전쟁을 전후하여 전쟁 수행을 위한 선전도구로서의 문학과 총후의식을 강조하는 의미에서 '전쟁문학', '총후문학', '애국문학', '보국문학', '결전문학' 등으로 불렸고, 1940년 10월 신체제 운동이 시작되면서부터는 그것을 선전·홍보하기 위한 의미에서 '신체제문학'으로도 불렸다. 이러한 명명법은 '국책문학', '시국문학', '선전문학', '國事문학', '대동아문학', '황도문학' 등으로 그때그때의 형편과 필요에 따라 그 의미가 가감되면서 사용되었다. 신체제하에서 이렇게 명명되었던 의미를 하나로 포괄하여 이른다면 '국민문학'이 합당할 것이다. 이때의 '국민문학'은 특정한 문학 양식이나 장르를 가리키는 개념이 아니라 국가 전체에 대한 문학의 존재 양태를 가리키는 것으로서 역사적 범주에 해당한다. 일종의 참여문학적 성격을 지닌 이 용어는 오늘날 그 의미가 더욱 축소·제한되어 반민족적·반인륜적 부역행위를 뜻하는 '친일문학'으로 대체되었다.

인 자각을 심화하고, 마지막으로 17년 5월 징병제 실시가 발표되면서 드디어 자신의 성격을 최종적으로 결정한 것이다.[11]

'대동아전쟁' 개전으로 시행된 조선인 징병제의 핵심은 장기전에 따른 인적자원의 고갈을 고민하던 일본 육군이 조선인의 지원을 구하는 동시에 병역을 '나눠 받은' 조선인들에게는 '대동아공영권 건설의 중핵적 지도자'로서의 우위를 함께 한다는 믿음을 주기 위한 황민화 정책의 일환이었다는 데 있었다. 전쟁에 대한 공헌도에 따라 조선인의 지위가 향상될 수 있다는 믿음은 그 실현 가능성의 여부와는 상관없이 '폐하의 충량한 신민'으로 승격되어 일본인과의 차별에서 탈피할 수 있는 결정적 계기로 작용할 수 있었다. 전선戰線에 나아가 죽음을 불사할 인적동원이 조선인 징병제의 최종목표라는 사실에서 추측할 수 있듯이, 징병제 시행에는 극심한 강제가 뒤따랐고 그만큼 일본 정부는 장기전에 대한 초조함에 사로잡혀 있었다. 그리고 이러한 존재론적 조건은 최재서로 하여금 자신의 방향 전환을 최종적으로 결정하도록 만들었다.

최재서가 자신의 비평이념을 상실한 뒤 일본 국가를 '발견'하기 전까지 그에게 일본은 하나의 '국가'로 존재했던 것이 아니라 단지 호흡하고 성장하는 하나의 '일상 공간'으로 존재했다. 그러나 그가 의지할 만한 이론을 갖지 못하게 되었을 때 그가 새롭게 발견한 것은 일본 '국가'의 공고한 모습이었다.

---

11   崔載瑞, 「まへがき」, 『轉換期の朝鮮文學』, 人文社, 1943, 4쪽.

나는 어린 시절부터 일본말과, 밝고 그 예의바름과, 철두철미하게 발랄한 학문적 호기심과 특히 메이지문학을 좋아했다. 그리고 내가 알게 된 몇몇 내 지인과는 아무 거리낌도 없이 사귈 수 있었다. 그렇게 나는 일본을 호흡하고 일본 안에서 성장해왔다. 그러나 그것들을 하나하나 의식적으로 일본 국가와 결부시켜 생각하려고 하지는 않았다. 요컨대 그것은 취미의 문제이자 교양의 문제였기 때문이다.

이렇게 해서 오랜 세월 몸에 익혀온 것을 새삼스럽게 나 자신으로부터 떼어 내어 의식적으로 일본과 결부시켜 생각한다는 것은 내게 충격이었으며, 때로 는 겸연쩍은 일이기까지 했다. 그러나 머지않아 그것이 나와 동포가 밟고 넘 어서지 않으면 안 될 가시밭길임을 알았다. 그날 이후 나는 묵묵히 나 자신의 길이 아니라 내 동포의 길을 걸었다. 그것은 말하자면 일억 국민의 길이다.[12]

구질서가 붕괴함에 따라 새롭게 재편되어야 할 '신체제'는 이전의 모든 질서를 재구성하는 형태였고, 그것은 '국체명징'이라는 말에서 드러나듯 사상적 측면에서 일본이 전쟁을 수행하고 아시아의 민족 들을 통치하기 위해 일본 국가의 본질을 명확하게 하는 것이었다. 이때 경무국에 의해 『동아일보』와 『조선일보』가 폐간되고 조선어 문예잡지 『문장』과 『인문평론』이 통폐합되면서 1941년 11월 『국민 문학』(1941.11~1945.2, 총38호)이[13] 창간되었다. 최재서에 의하면 『국민

---

12 위의 글, 4~5쪽.
13 『국민문학』의 주요 필진들은 대부분 조선문인협회(조선문인보국회)의 구성원이기도 했 는데, 특히 시와 비평 부문에서는 사토 기요시佐藤淸, 스기모토 나가오杉本長夫, 데라모토 기이치寺本喜一 등 최재서의 경성제대 영문과 인맥이 두드러졌으며, 소설 부문에서는 유진 오, 이효석, 김사량, 정인택, 백철 등의 중견작가들과 정비석, 함세덕, 오영진 등의 신인작 가군들이 활약했다. 이와 함께 다나카 히데미쓰田中英光, 미야자키 세타로宮崎淸太郎, 구보 타 노부오久保田進男 등의 재조일본인 신인작가들의 작품도 상당수 게재되었다.

문학』은 애초 연 4회 일본어판, 연 8회 조선어판으로 기획되었으나 경무국의 요청과 징병제 시행에 따른 '총력연맹의 국어보급운동'[14] 에 따라 결국 1942년 5·6월호 합병호부터는 '국어國語'만을 상용하게 되었다. 이러한 전반적인 문예잡지의 재편은 '문단신체제운동'에 따른 '용지절약'이 표면적인 이유였지만, 최재서는 총독부가 "이 기회에 잡지를 통제함으로써 조선문단의 혁신을 한꺼번에 해결하려는 의도를"[15] 의식함으로써 이후 '국어상용' 문제에 직면하게 되리라는 것을 예측하고 있었다.

이와 함께 최재서는 일본 측의 요구와 조선 문인들의 의견 불일치로 심한 원고난을 겪었음도 고백하고 있는데, 그럼에도 당국과 절충하여 결정한『국민문학』편집 요강은[16] ① 국체 개념의 명징, ② 국민

---

14 1942년 말 일본어를 해독할 수 있는 조선인은 약5백만 명으로 총인구의 약 2할 정도에 불과했다. 더욱이 징병 공급지인 군郡 지역은 일본어 보급률이 보다 낮은 지역이었으므로 실제로 의사소통이 되지 않아 일본에 강제연행된 조선인 노무자가 속출했기 때문에 일본 군부 쪽에서도 우선 조선인에 대한 일본어 보급이 절박했다. 징병검사에 합격하면 무엇보다 '충량한 황국신민'이 될 수 있었지만 실제로는 일본어를 해독하지 못하는 병사는 '황군의 질'을 저하시키는 것으로 낙인찍혔으며, '황군' 내에서 조선어로 편지를 쓰면 가족과의 연락이 끊어질 가능성을 비추기도 했다. 이런 식으로 '황군' 내에서 민족 차별의 불안을 경험한 조선 청년들은 자발적으로 일본어 습득에 열의를 올렸다. 이러한 보급 방식은 가령 일본어는 "천황폐하가 사용하시는 말씀"이라든지 '국어'는 이제 단지 일본어가 아니라 "대동아공영권의 공통어"라는 고매한 이념을 반복하는 것보다 훨씬 효과적이었다. 이렇게 해서 징병 적령자는 연성시간 총 600시간 중 약 400시간을 일본어 교육에 할당함으로써 연성소는 아예 일본어 강습소의 양상을 띠게 되었다. 이와 함께 관공서, 공공단체, 학생, 생도, 아동 등의 일본어 상용을 의무화하고, 라디오, 신문, 잡지에 '국어란'을 증대시켰으며, 문학, 영화, 연극, 음악에서 상점, 백화점에 이르기까지 '국어상용'을 권장하고 '국어상용자'에게는 취직에 우선적인 고려를 하는 등 '국어생활'을 위한 정책이 본격적으로 시행되었다.(미야타 세쓰코宮田節子, 이영랑 역,『朝鮮民衆과 '皇民化政策'』, 일조각, 1997, 144~147쪽)

15 崔載瑞,「朝鮮文學の現段階」,『轉換期の朝鮮文學』, 人文社, 1943, 83쪽.

16 최재서가 명시하고 있는『국민문학』의 편집요강은 당시 일본문단에서 한창 논의되고 있었던 '국민문학' 체제와 매우 유사하다. 차이가 있다면, 일본문단의 '국민문학'은 자국민을 대상으로 했기 때문에 (그들이 선험적으로 지닌 것으로 간주되는 '국체'에 대한 언급이 없다는 것 외에는) 자국민의 사상적 통일을 꾀하는 방향으로 논의된 반면, 일본 당국이 조선 문단에 제시한『국민문학』편집요강은 식민지 지배의 의도가 깔려있었다고 볼 수 있다.

의식의 앙양, ③ 국민사기의 진흥, ④ 국책에의 협력, ⑤ 지도적 문화이론의 수립, ⑥ 내선문화의 종합, ⑦ 국민문화의 건설로 획일화되었으며, 그것의 핵심적인 목표는 '문화주의의 청산'과 '국가주의'로의 전환이었다.

1) '국민문학'의 방향 : '문화주의'에서 '국가주의'로

최재서의 고백에 의하면 파리 함락으로 상징되는 근대정신의 몰락은 그로 하여금 문화와 국가가 분리될 수 없다는 깨달음을 환기하게 했고(국가주의), 이와 함께 조선인도 진정한 "황국신민이 되어 대동아의 지도민족이 될 수 있는 길"[17]을 열어준 징병제 시행은 일본 국가주의에 기초한 '국민문학'의 건설을 명쾌한 목표로 상정할 수 있게 해주었다. 이때의 '국민문학'이란 "국민적인 입장에서 국민의식을 가지고 쓰는 문학"[18]을 가리키며, 또 '국민의식'이란 "자신은 일개 개인이 아니라 한 사람의 국민이라고 하는 의식, 따라서 자기 자신 한 사람으로는 의미도 가치도 없는 존재이므로 국가에 의해서 처음으로 의미

그러나 제시된 요강의 개념이 추상적이고 불명확한 탓에 문인들이 불만을 토로했던 것은 양국 모두에 공통적이었다. 이에 대해 한식韓植은 일본문단 측의 '국민문학 논의들이 무성한 추상성의 반복에 흐르고 있다고 비판하면서, 그중 명료하다고 판단한 아사다 아키라淺田晃의 견해를 들어 다음과 같이 정리한다. "국민문학은 ① 국민적 감정(시민적 감정 대신에)을 대표하며 반영하는 문학일 것, ② 국민 전부가 그 신분 계급의 제한이 없이 모다 독자가 되는 문학이 되어야 할 것, ③ 국민(민족적 의식을 자각한) 전부에게 새로운 쇼와의 이상과 도덕을 부여할 수 있는 「지사적」 또는 「사명의식」을 가진 신민臣民의 문학 혹은 민족의 문학이어야 할 것. 한식, 「국민문학의 문제」, 『인문평론』, 1941. 1, 51쪽.

17　崔載瑞, 「朝鮮文學の現段階」, 『轉換期の朝鮮文學』, 人文社, 1943, 206쪽.
18　崔載瑞, 「國民文學の立場」, 『轉換期の朝鮮文學』, 人文社, 1943, 121쪽.

와 가치를 부여받는다고 하는 자각"을 의미한다. 이러한 '국민'은 분자화된 개인들의 차이가 강조되는 것이 아니라 어디까지나 국가에 의해 규정되고 거기에 합치되는 유기적 결속의식만을 문제 삼은 것으로서, 당시의 '고도국방체제'하의 국가가 요청하는 인간형에 해당할 터였다. 이렇게 볼 때 최재서가 말하는 '국민문학'이란 '국민의식'을 지니고 '국가의 이상'에 합치되는 가치체계를 지향하는 문학을 의미하는 것으로 볼 수 있다.

최재서가 역사적 대전환기에 직면하여 '국가주의'를 특별히 강조한 이유는 간단히 말해 근대정신의 위기crisis란 그가 직접적으로 세례 받았던 (서구) 근대 문화의 위기였기 때문이다. 즉 처음부터 투철한 근대주의였던 그가 굳건하게 지키고 있었던 믿음은 서구의 합리주의 및 자유주의에 기반한 '문화주의'의 적극적이고도 능동적인 활동성이었다. 그런데 20세기에 들어와 그것이 '국가주의'의 강고한 힘에 의해 무력하게 쓰러진 것이다. 이때 최재서는 이제 막 근대의 길목에 자리한 조선과 그 지식인들을 향해 '문화'에 대한 근본적인 반성을 요청하면서 먼저 '문화생활'과 '문화주의'를 구별한다.

최재서에 의하면 '문화생활자'는 의식과 생활이 분리된 자들이기 때문에 '문화'가 사라졌다 해서 크게 걱정할 바가 못 된다. 그들은 그저 이전의 '생활'로 돌아가기만 하면 그만이기 때문이다. 그러나 '문화주의자'들은 처음부터 능동적이고 자율적인 문화의식을 지녔던 자들이기 때문에 그들에게 '문화'가 사라졌다는 것은 충격으로 다가올 수밖에 없다. 그들에게 있어 '문화'는 곧 자신의 존재론적 기반이기 때문이다. 최재서의 이런 구분만으로는 '문화'가 과연 무엇인지에 대해 명확히 알기가 어렵다.

그러나 자세히 살펴보면 여기에 언급된 최재서의 '문화' 개념은 곧 영문학의 세례를 받았던 그에게는 이미 선험적·초월적인 개념으로 존재하고 있었다는 것을 짐작할 수가 있다. 즉 최재서가 말하는 '문화'란 자신의 신념을 지탱하는 하나의 실존적 도구였으며, 그런 점에서 '문화'가 사라졌다는 것은 자신의 나침반을 잃어버렸다는 것과 동일한 사태에 해당한다. 요컨대 최재서 자신은 '문화주의자'였으며, 그가 사이비 문화주의자인 '문화생활자'를 '문화주의자'와 구분했던 이유 또한 바로 여기에 있었다고 할 수 있다. 그렇다면 최재서가 말하는 '문화'란 어떻게 구분되는지 살펴보자.

먼저 '문화생활'에서 말하는 '문화'란 특별히 다이쇼大正시대의 문화 개념을 가리키는 것으로서, 예컨대 서구주의의 외피만을 뒤집어 쓴 채 정치, 사회, 문화부문에 무분별하게 파고들면서 갖가지 민주주의의 형상들을 창출해냈던 다이쇼 데모크라시 특유의 난삽한 형태의 서구추수주의적 문화주의를 의미한다. 이른바 '다이쇼 교양주의'라는 용어에서도 볼 수 있듯이 자본주의 발달에 수반되는 대중적인 소비문화와 관련된 독일적 고급문화 등이 혼종된 형태로서의 '문화생활'은, 가령 '문화주택', '문화복장'과 같이 '문화'라는 단어를 앞에 붙여서 통속화되고 물질화된 상품이미지 혹은 도시적 이미지를 떠올리게 한다. 최재서는 이러한 조선과 서구의 절충되고 혼종되어 경박해진 양식을 분열된 '문화생활'로 규정하고 이를 비판한 것이다. 그것은 지극히 피상적으로 서구의 생활방식을 모방하여 물질적 편리와 값싼 향락을 도모하는 것일 뿐 조선의 현실 생활과 괴리되어 있을 뿐만 아니라 자신의 생활 전체를 규율할 만한 어떤 정신력을 마련해줄 수 없기 때문이다.

이와 변별되는 것이 바로 '문화주의'이다. 이때의 '문화'는 특별히 서구의 19세기적 혹은 메이지明治시대의 문화개념을 가리킨다. 즉 강력한 힘을 가진 국가의 필요성을 느낀 메이지의 지식인들은 서구에 문호를 개방함으로써 서구와 동등한 입장에서 서양의 선진문물을 대폭적으로 수용하고 그것을 소화시켜 근대 문화를 발달시키는 가운데 자유민권운동을 일으키는 등 입헌정치를 수립하고 사민평등을 천명했다. '문화주의'는 문화 그 자체의 순수성을 옹호하는 것이므로 문화적 가치의 절대성과 문화 발전의 자율성을 스스로 잉태하고 있다. 따라서 최재서에게 있어서 '문화주의'는 "합리적으로 자리매김된 영원성이 있는 것을 문화 가치에 부여하는 것"이므로 "시공을 초월하여 무한하게 추구되어져야만 할 것으로 규정"된다. 이러한 '문화주의'는 처음부터 현세적 질서 안에서 자율적으로 활동하며 "독자적인 법칙에 의해 유지·발전되는 것이기 때문에 개인적인 편견이나 경제적인 이유, 심지어는 국가적 의사에까지 반하더라도, 좌지우지되어서는 안 된다."[19] 이러한 최재서의 어법은 메이지 20년대의 문화 개념을[20] 수용한 것으로서, 이러한 문화 개념은 본질적으로 국가주의 이데올로기에 대해 비판적이었다. 그러나 이러한 문화 개념의 붕괴를 목도하게 되자 최재서는 "한 발 더 나아가 국가적 입장에서 이러한 문화주의를 문제삼"기 시작한다.

---

19 崔載瑞, 「轉換期の文化理論」, 『轉換期の朝鮮文學』, 人文社, 1943, 6쪽.
20 메이지시대에 프랑스와 영국적인 '문명' 개념에서 독일적인 '문화' 개념으로 전환하는 데 결정적인 역할을 수행했던 것은, 잡지 『日本』이나 『日本人』을 통해 활약했던 메이지 20년대의 '일본주의자'들이었다. 특히 1888년 6월 『日本』의 전신인 『東京電報』에 게재된 구가 가쓰난陸羯南의 논설 「일본 문명 진보의 기로日本文明進步の岐路」는 일본 최초로 본격적인 문화 인식을 인정한 것으로 평가되고 있는데 이에 대한 논의는, 니시카와 나가오, 한경구·이목 역, 「일본에서의 수용」, 『국경을 넘는 방법』, 일조각, 2006 참조.

합리주의 안에서 생겨난 경제와 문화의 자율성은 결국 합리주의로는 처리할 수 없는 지점까지 도달했다. 각 국민은 또다시 정치의 우위성을 깨닫고 비합리적인 실력으로써 각자의 생존을 결정하지 않으면 안 되게 되었다. 스스로 파탄을 일으킨 경제와 문화는 새로운 국가적 계획과 통제하에 국민갱생의 길을 걷지 않으면 안 되게 되었다. 그리하여 문화 가치의 절대성 및 문화 활동의 자율성은 합리주의적 진리 그 자체와 마찬가지로 결코 영원불변한 것이 아니며, 역사적 법칙에 따라 변동하는 것이라는 사실을 알게 되었다. 이것은 하나의 충격이자 또 고통일지도 모르나, 이 혼란을 극복하는 것에서만 현대 문화인은 갱생의 길을 발견할 수 있을 것이다.[21]

자못 결단에 찬 목소리로 들리는 이 글은 그가 '문화주의'에서 '국가주의'로 방향을 전환한 데 대해 심각한 고민의 과정을 거쳤다는 심경고백으로도 보인다. 그리하여 결국 그가 도달한 지점은 '나의 길'을 포기하고 '동포의 길'로 나아가는 이른바 "국민 갱생의 길", 즉 '국민문화'의 길이었다. 이때의 '국민문화'란 "국민의 통일과 단결"을 제일요건으로 한다. 따라서 "계급적 분열을 고취하는 좌익문학"[22]이나 개인의식의 분열을 그린 심리주의소설, 그리고 가족의 분열을 폭로하는 사회소설 등은 모두 "19세기적 환상"[23]으로 치부되고 부정되어야 할 것으로 간주되면서 오직 국가의 이상에 합치되는 문화만이 정당성을 획득할 수 있게 된다.

최재서의 '국민문화'가 국민 통합을 위한 문화 통일을 전제로 하

---

21 崔載瑞, 「轉換期の文化理論」, 『轉換期の朝鮮文學』, 人文社, 1943, 8~9쪽.
22 위의 글, 10쪽.
23 崔載瑞, 「文學精神の轉換」, 『轉換期の朝鮮文學』, 人文社, 1943, 23쪽.

는 이상 여전히 국민과 문화와 국가는 서로 분리될 수 없다. 여기서의 문화는 곧 국민적인 문화이기 때문이다. 개념적으로도 현재 통용되고 있는 문화란 곧 국민문화이며, 근대 초기 '문명'의 용법이 '문화'로 대체되었던 것도 바로 이러한 사정 때문이었다.[24] 국민 통합이 요구되는 국가의 위기 상황에서는 자국 문화의 우월성과 타국 문화의 멸시로 쉽게 전환되기 마련이다. 이렇듯 '문화주의'가 '국가주의'로 쉽게 전화轉化될 수 있었던 것은 본래 '문화' 그 자체가 국민 통합을 위한 국가 이데올로기로 작동하기 때문이다. 실제로 국가 이데올로기로서의 문화가 진정한 자기 역할을 수행할 때는 오히려 국가가 위기에 처해 있을 때이다. 따라서 관념적으로는 국가를 상대화했던 최재서조차 이렇듯 쉽게 '국가주의'로 나아갔던 이유 역시 '문화'가 갖고 있는 태생적인 한계가 작동했기 때문이다.

　"문화주의의 청산과 국가주의에의 전환"을 선언한 이후 최재서의 논리는 급격히 하강하기 시작한다. 식민지 조선인이 아무리 '애국'을 외쳐봤댔자 그것은 곧 일본 국가를 향한 외침일 수밖에 없다. 그리고 장기전쟁으로 인한 고조된 위기감 속에서 제국 일본이 내세울 수 있는 것은 동아시아의 해방을 명분으로 한 '대동아공영권'과 그것의 실현을 위한 '내선일체'였다.

24　'문화'의 시점은 국민성의 차이와 주체성을 동시에 강조한다. '문명'의 시점은 어떻게 해서 유럽의 수준에 도달할 것인지를 문제 삼지만, 문화라는 시점은 받아들인 문화를 어떻게 동화할 것인지를 고민한다. (니시카와 나가오, 한경구 · 이목 역, 『국경을 넘는 방법』, 일조각, 2006, 214쪽)

2) '대동아공영권'과 '신지방주의론'

일본 국민으로서의 자각과 '국체國體'에 입각한 '국민문학'은 '대동아 공영권'이라는 일본 국가의 이상에 맞춰 그것의 방법론을 구체적으로 설정하고 입안해야 했다. 이제 "반도의 작가도 내지의 작가도 공통의 이상과 목표하에서 같은 국어를 사용하"[25]면서 "십억의 대동아 제민족"을 독자로 삼는 문학이 조선에서도 구성되어야 했던 것이다. 여기에는 급진적인 '내선일체'를 주장했던 장혁주나 조선문학의 독자성을 주장했던 김사량 등도 포함되어 있지만, 그중 최재서는 일본문학의 일환이면서도 지방으로서의 '조선적 특수성'을 유지하는 문학의 형태를 제안한다. 즉 최재서는 기존의 조선문학 개념을 좀 더 확대함으로써 조선문학에도 일본문학에도 치우치지 않은 이른바 동아시아 범주에서 바라본 조선문학으로 재편할 것을 주장한 것이다. 이러한 최재서의 제안은 언어도 필자도 독자도 주제도 모두 달라져야만 하는 상황에서라면 기존에 통용되었던 조선문학은 없는 것이나 마찬가지라는 절망론에서 제출된 것이다. 왜냐하면 그 자신 스스로 "조선문학의 멸망을 외치는 절망론에 대해서나 조선문학을 말살하려고 하는 획일론에 대해서도 찬성하지 않는다"고 못 박고 있기 때문이다.

조선문학은 규슈문학이나 도호쿠문학 내지는 대만문학 등이 갖고 있는 지방적 특이성 이상의 것을 갖고 있을 터이다. 그것은 풍토적으로도 기질적으로도 다르기 때문에 사고형식상에 있어서도 내지와는 다를 뿐만 아니라, 오

---

[25] 崔載瑞, 「朝鮮文學の現段階」, 『轉換期の朝鮮文學』, 人文社, 1943, 86쪽.

랫동안 독자적인 문학 전통을 보유하고 있으며 또 현실적으로도 내지와는 다른 문제와 요구를 지니고 있는 것이다. 앞으로 조선문학이 이러한 현실과 생활 감정을 그 소재로 하게 되더라도 내지에서 생산되는 문학과는 매우 다른 문학이 형성될 것이다. 굳이 예를 찾는다면 그것은 영길리문학에 있어서 소격란문학(스코틀랜드문학 – 인용자)과 같은 것이지 않을까? 그것은 영문학의 일부분이지만 소격란적 성격을 견지하면서 많은 공헌을 하고 있다. 또 언어 문제가 시끄러웠던 때에 자주 조선문학을 애란문학(아일랜드문학 – 인용자)에 비교하려는 경향도 있었는데 그것은 위험하다. 애란문학은 물론 영어를 사용하고 있지만 정신은 처음부터 반영길리적이었고 영길리로부터 이탈이 그 목표였기 때문이다.[26]

최재서가 말하는 '지방문학으로서의 조선문학'이란 규슈나 홋카이도와 같은 공간적인 의미에서의 지방성을 말하는 것이 아니라 도쿄문학에 대응하는 위상을 갖춘 경성문학으로서의 지방문학을 의미한다. 그것은 영문학에서의 스코틀랜드문학처럼 민족의 정체성은 그대로 유지하면서 점진적인 통일을 지향하는 상태, 예컨대 만주의 '오족협화五族協和'와 같이 민족 자치성에 근거한 공동체를 지향하는 문학이라 할 수 있다. 이러한 형태는 최재서가 말하는 '대승적 문화의식'의 반영으로서 특별히 조선 문인들을 향해 요구된 것이었다. 더 나아가 '대동아공영'의 이상을 수립하기 위해서는 조선이 조선만의 폐쇄성에서 벗어나야 하듯이 일본문학 또한 새롭게 편재해야 할 것임을 주문한다.

---

26 위의 글, 88~89쪽.

오늘날 일본문학은 한편으로는 순수화의 도를 더더욱 높여가고 있는 동시에, 다른 한편으로는 확대의 범위를 점점 넓혀갈 것이다. 전자는 전통의 유지와 국체 명징으로 이어지는 면이며, 후자는 이민족의 포용과 세계 신질서의 건설로 이어지는 일면이다. 전자를 천황 귀일의 경향이라고 한다면 후자는 팔굉일우八紘一宇를 현현하는 일이라고 해야 할 것이다. (…중략…) 그러나 오늘날 일본이 직면하고 있는 사태는 일찍이 역사상 유례가 없었던 일이다. 일본은 어떻게 이민족을 포용하면서 또 일본문화의 순수성을 유지해야만 하는가? 이 어려운 문제에 대하여 끊임없는 자극이 되고 또 그것의 시금석이 될 수 있는 것이 앞으로의 조선문학이 아니겠는가?[27]

'대동아공영권'의 수립을 전제로 하는 이상 일본문학은 하나의 전체적 질서로 상정될 것이고, 그에 따라 일본을 제외한 다른 국가는 각각의 지방locality으로 자리매김 될 것이다. 그렇다면 일본은 각각의 지방에 근거한 특수한 문화적 단위를 설정해야만 하며, 그럴 때 비로소 지방으로서의 조선은 중앙과는 다른 가치를 생산해내는 주체로 기능할 수 있다는 것을 최재서는 주장하고 있는 것이다. 만약 중앙으로부터의 획일화가 강요된다면, 설령 중앙이 퇴폐문화로 흐를 때 지방도 함께 퇴폐문화로 흐르게 되는 것은 당연한 이치이기 때문이다. 그러므로 최재서의 논리는 전체적 질서에 대해 각지에 산재된 작품들의 균형과 가치를 재조정하는 것, 즉 낡은 것과 새로운 것의 조화를 꾀하는 것만이 '신일본문화 건설'에 기여할 수 있다는 점을 주장하고 있는 것이다. 요컨대 최재서는 '내선일체'로 상징되는 일본

---

27 위의 글, 94~95쪽.

국민화를 부인하지 않으면서 동시에 조선 문화의 상대적 자율성 및 독립성의 보장을 요구한 것이다. 이러한 이른바 '신지방주의론'을 처음 언급했던 사람은 김종한金鐘漢이었는데, 일찍이 최재서는 그의 제안을 진보적인 견해로 상찬하면서 이후 일련의 좌담회를 통해 이 주장을 지속적으로 관철시킨 바 있다. 이때 최재서는 '지방'이라는 단어를 "종래와는 상당히 다르게 해석"함으로써 도쿄의 것을 경성으로 옮겨온다거나 하나의 형식적 모방을 획일적으로 강요할 수 없는 독립된 단위로 설정하면서 일본 측의 "이해를 출발점으로 하여 합리적이고 비판적인 적용을 권유"[28]한다.

'지방경제와 지방문화에 대한 관심이 높아진 것은 사변 이래의 일이다. 그러나 전체주의적 사회 기구에서는 동경도 하나의 지방이라고 생각하는 것이 옳을 것이다'라기 보다는 지방이라든가 중앙이라든가 하는 말부터가 정치적 친소親疏 관계를 부수附隨하고 있어 못마땅하다. 동경도 경성도 동일한 전체 내에서 하나의 공간적 당위에 지나지 않는 것이다. —이러한 자부와 자각을 가질 때 처음으로 우리는 지방에서 봉공하는 자신의 직역에 안심입명할 수 있다.[29]

가라시마 다케시辛島驍 : 단적으로 말하면 특수성이라든가 로컬컬러, 독자성 등의 말은 있지만, 이는 일본문학의 일익으로서가 아니라 솔직히 말하면, 조선은 조선에만 틀어박혀있다고 할까, 너무 조선만을 깊게 파고든다는 느낌이 듭니다. (…중략…)

최재서 : 일본문화의 일익으로서 조선문학이 재출발한다면 지금까지의 일

---

28 위의 글, 97쪽.
29 김종한, 「一枝の倫理」, 『國民文學』, 1942. 3, 36쪽.

본문화 그 자체도 역시 일종의 전환을 하고 있을 터입니다. 좀 더 넓어져야 할
것입니다. 그러면 지금까지 내지문화에 없었던 어떤 하나의 새로운 가치가
조선문화의 전환으로 인해 더해지는 것입니다. 그런 것이 없다면 여기에 진
정한 의미는 없다고 생각합니다.

　　가라시마 다케시 : 현재 일본문학에 조선적인 것을 특별히 부가하려는 의식
을 강조할 필요는 없다고 생각합니다. 그 점을 강조하는 것에는 어떤 과오가
있는 것 같습니다.[30]

　　인용된 좌담회의 논의에서도 볼 수 있듯이 조선과 일본 양측 모두
가 '동아의 맹주'로서의 일본의 위상 그 자체에 대해서는 인정하지만
그 방법에 대한 논의는 어긋나 있다. 여기에는 "세계에 그 유례를 찾
아볼 수 없을 만큼의 포용력과 종합력을 갖춘 종합문화 이념으로서
의 일본문화"[31]를 대대적으로 선전하면서도 일본의 선험적 가치인
'국체國體'의 순수성이 훼손되는 것을 극도로 경계하는 가라시마辛島
의 논리적 모순, 그리고 일본 국가의 이상에 합치되는 '국민문학'을
주장한 최재서의 논리적 모순이자 자존심이 대항하고 있다. 즉 가라

30　「(座談會) 朝鮮文壇の再出發を語る」, 『國民文學』, 1941.11, 77~79쪽.
31　尾高朝雄, 「世界文化と日本文化」, 『國民文學』, 1941.11, 6쪽. 이러한 일본문화의 포용성
　　과 종합성이라는 특성에 대해 마루야마 마사오丸山眞男는 그것을 일본문화의 '사상적 잡거
　　성雜居性'이라는 용어로 집약한 바 있다.(丸山眞男, 『日本の思想』, 岩波新書, 1984, 27쪽)
　　그러나 이러한 일본문화의 포용성과 종합성에 대한 주장은 일찍이 1890년대 이래 일본민
　　족의 기원을 논의하는 과정에서 도출된 것으로서, 즉 일본 혈통의 순수성을 강조하던 과
　　거의 주장들이 이 시기에 이르러 대륙과 남방으로 진출하기 위해 자신들에게 유리하게 작
　　용하는 '혼합민족론'으로 전회했던 사정에서 비롯된 것이다. 즉 일본인은 단일순수한 민족
　　이라는 '일본국체론' 혹은 순혈론을 주장하던 것에서 다양하고 이질적인 민족 및 문화를
　　수용 · 통합하는 일본 민족의 우수성을 적극적으로 표현하기 위한 동화정책의 변용이라
　　할 수 있다. 이에 대한 자세한 사항은 오구마 에이지, 조현설 역, 『일본단일민족신화의 기
　　원』, 소명출판, 2003 참조.

시마에게 '국체'는 몇 천 년간 이어져온 일본 민족의 순수한 본질로서 그것은 그 무엇으로도 환원 불가능한 초월론적 가상에 해당하는 것이었지만, 최재서에게 그것은 선험적으로 주어진 관념이 아닌 이른바 '취미'이자 '교양의 문제'였기 때문에 일본의 '국체'란 앞으로 새롭게 일구어가야 할 인식이자 과제였던 것이다. 이러한 최재서의 주장을 일종의 '과오'로 치부해 버리는 가라시마나 문학성 그 자체의 변질을 우려하는 요시무라芳村(박영희)의 반론에 대해 최재서는 폴란드에서 영국으로 귀화하여 영문학 발전에 공헌한 콘라드Joseph Conrad(1857~1924)의 경우에서와 같이 "조선 작가가 일본문학의 일익의 입장에 설 경우 결국 일본문학 속에 어떤 새로운 분야를 개척한다는 숭고한 의미에서의 공헌"[32]을 할 수 있기 때문에 조선이 선험적으로 갖추고 있는 '조선적인 것'을 버려야 한다는 일본의 요구에 회의를 표하는 것이다.

이원조 역시 일본의 사정을 예로 들면서 규슈, 간토, 간사이 등이 갖고 있는 각각의 다른 풍습을 도쿄라는 중심에서 걸러버리는 문제의 곤란함을 피력했다. 결국 최재서는 '국민문학'으로의 혁신을 추구하기 위해서는 조선문학에만 한정될 것이 아니라 '내지'의 문학도 함께 혁신하는 것이 타당하다는 것을 주장했던 것이다. 이는 의식적으로만 일본 국민이 된다면 특수성 따위는 하등의 문제가 될 것이 없다는 요시무라나 가라시마의 논리보다 한층 구체적이고 실제적인 논리라 할 수 있다.

그러나 다른 한편 최재서가 조선적 특수성을 주장하면서도 '내지

---

32 「(座談會) 朝鮮文壇の再出發を語る」, 『國民文學』, 1941.11, 80쪽.

문학'의 혁신을 요구했던 계기는 결국 '대동아문화' 건설의 일익으로서의 조선문학을 수립하는 데 있었으며, 더 나아가 "천황을 세계의 천황으로 모시고 일본 국민의 도의성으로 지상에 영구적인 질서를 세운다는"[33] 일본적 세계관으로 귀결했다는 사실 또한 간과할 수 없다.

최재서의 이러한 '국민문학론'은 서구적 지성을 전범으로 하던 지성론자에서 일본 국가주의자로의 변모과정을 여실히 보여주거니와, 그 방향 전환의 계기는 개인적 차원으로서의 그것이라기보다는 당시의 세계사적 흐름의 자장 안에서였다는 것, 또한 그의 착종된 인식 속에는 모종의 고뇌와 모색의 과정도 함께 공존하고 있었다는 점에서 문제적이다. 이후 징병제 시행을 전후로 하여 '국어 상용'이 보다 강화되자 당시 '반도'의 유일한 문예잡지의 편집인이었던 최재서로서도 이 문제에 대해 자유로울 수 없게 된다.

3. 은유으로서의 일본어 혹은 '고쿠고國語'

제국 일본에 의한 언어 통합의 일환이었던 '국어 상용'과 관련하여 1942년 1월에 열린 좌담회는 '내지 언어로서의 국어'와 '동아시아 공통어로서의 일본어' 중 어떤 것을 채택할 것인가에 대한 논의로 팽팽한

---

[33] 崔載瑞, 「文學者と世界觀の問題」, 『轉換期の朝鮮文學』, 人文社, 1943, 114쪽.

긴장감이 감돌았다. 일본 측과 조선 측의 이해관계가 엇갈리고 있던 가운데 이를 하나의 포괄적인 문제로 파악한 것은 바로 최재서였다.

모리타 고로森田梧郎 : 국내 문제로서의 국어 정리 및 통일이라는 것과 공영권 내로 나아가는 일본어로서의 정리 및 통일 문제를 동일한 방향으로 진행시켜야 할 것인지 말지에 대해 저는 아직 해결하지 못했습니다.

가라시마 다케시辛島驍 : 종래까지는 서로 별개의 문제였지요.

모리타 고로 : 우리는 그것을 국어 교육과 일본어 교육이라는 식으로 구별해서 불렀는데, 국어의 정리 및 통일을 생각할 때, (⋯중략⋯) 현재의 국어를 그대로 진행시키는 것에는 문제가 있다고 생각합니다. (⋯중략⋯) 최 선생의 전공이기도 합니다만, 지나의 港港(홍콩―인용자)에서도 소위 비전잉글리쉬라는 왜곡된 영어가 꽤 많이 통용되고 있습니다. 국어 문제에서 본다면 왜곡된 일본어가 현저하게 보급될 것이라 생각합니다.

(⋯중략⋯)

최재서 : 만주국 관리한테 들은 이야기인데, 만주국에서는 순수한 국어를 보급하려는 일파와 다소 순수함은 잃더라도 합리적인, 즉 문법서 한 권이면 서로 대화할 수 있는 국어로 하자는 일파가 서로 논쟁 중이라고 하더군요.

아키바 다카시秋葉隆 : 그렇다면 에스페란토와 같은 것처럼 되겠지요.

최재서 : 그에 대해 국학자들이 단단히 화가 나서, 일본어란 어려운 것인데, 그것이 쉬워지면 일본 정신이 사라져버린다고 말했답니다. (⋯중략⋯) 단어가 왜곡되면 문화가 왜곡된다는 논리인 셈이지요. 민중은 불편한 것을 싫어하기 때문에 식민지 식의 왜곡된 문화가 필경 역수입될 것입니다.[34]

---

34 「(座談會) 大東亞文化圈の構想」, 『國民文學』, 1942. 2, 49~50쪽.

모리타 고로森田梧郎의 언급에서도 볼 수 있듯이, 이 시기 '신체제'하의 일본은 국내의 자국민 통합과 '대동아공영권'으로 재편된 식민지역의 황민화 정책의 일환으로서의 언어 통합을 추진하고 있었다. 이른바 '제국 일본' 형성의 중요한 역할을 담당할 언어정책에 있어 통치수단으로서의 일본어를 어떻게 식민지에 보급할 것인지를 입안해야 했던 것이다. 조선에서는 징병제와 연동해서 일어난 1938년 제3차 조선교육령에서 조선어가 '가설수의과목假說隨意科目'으로 전락한 이래 조선어말살정책으로 상징되는 언어 지배가 진행되고 있던 가운데 일상어·문학어로서의 조선어가 공식적으로 금지된 것은 1942년 5월 국민총력 조선연맹이 발표한 '국어보급운동요강'[35]에서부터였다. 이런 상황은 최재서로 하여금 조선어라는 것이 "문화의 유산이라기보다는 오히려 고민의 종자"[36]라고 고백하게끔 만들었다.

최재서가 보기에, 일본의 입장에서 식민지에 '제국의 언어'를 보급한다는 것은 동화정책의 한 수단으로서는 인정되지만 일본어 그 자체의 순수성을 유지한 채 식민지에 보급될 수 있다고는 생각하지 않았다. 식민지의 민중이 그것을 편리하게 받아들일 리가 만무하기 때문이다. 그렇다면 식민지 민중은 '제국의 언어' 가운데 낯설고 불편한 것을 자기 식으로 수용하거나 변용할 수밖에 없을 것이고, 그렇게 되면 제국의 본래 의도와 달리 일본어가 스스로 자신을 훼손하게 될 것은 뻔한 이치이기 때문이다. 더욱이 그 변용된 일본어는 처음부터 순수성을 유지하고 있다고 간주된 제국을 향해 역수입됨으로써 오히려 '제국의 언어'마저 오염시킬 가능성이 농후한 것이었다. 최재서

35　총력지도위원회, 「국어보급운동요강」, 『조광』, 1942.6, 106쪽.
36　최재서, 「編輯後記」, 『國民文學』, 1942.5·6(합병호).

의 이러한 논리는 일본 측에 의한 일방적인 언어 이식에 대한 불만을 표명한 것이라 할 수 있다. 이는 앞서 일본이라는 중앙문단에 대해 '지방문학'으로서의 조선문학의 위상을 정립하고자 했던 맥락과도 일맥상통하는 지점이라 할 수 있는데, 이들을 통해 결국 최재서는 제국 일본에 대해 '대동아공영'의 협동자로는 자임할 수 있어도 그것이 일본인과 완전히 똑같은 형태일 수는 없음을 말하고 있는 것이다.

제국 일본의 언어정책에 있어 각 민족의 공용어로서의 일본어의 지위를 어떻게 확정할 것인가에 대한 문제는 당시 커다란 논란의 대상이었다. 예컨대 일본 본국에서는 공영권 내로 진출해야 하는 일본어와 '내지'에서 쓰이는 일본어를 분리해야 한다는 주장과 일치시켜야 한다는 주장이 엇갈리고 있었고, 또 역사적인 표기법을 보급해야 한다는 주장과 실제 발음에 근거한 표음적 표기법을 보급해야 한다는 주장이 대립되기도 했다.[37] 이러한 대립은 1890년대에 일본 민족의 기원 및 정체성을 규정하는 논의였던 이른바 '내지잡거內地雜居논쟁',[38] 즉 순혈민족론이냐 혼합민족론이냐라는 논쟁의 연장선상에 있는 것으로서, '대동아공영'을 위한 해외 진출이 불가피해진 시점에서 일본으로서는 혼합민족론이 유리하게 작용했던 것과 마찬가지로 이 시기는 '대동아공영권'으로의 일본어 보급 문제가 첨예한 사안으로 대두되고 있었다.

일본어학의 대부로 불리는 우에다 가즈토시上田万年(1867~1937)의 제자인 호시나 고이치保科孝一(1872~1955)는 일본 민족의 정체성 확립이 곧 국력으로 직결된다는 믿음하에 일본어를 일본의 '국가어'로 규

---

37 고모리 요이치, 정선태 역, 『일본어의 근대』, 소명출판, 2003 참조.
38 이에 대해서는 오구마 에이지, 조현설 역, 『일본단일민족신화의 기원』, 소명출판, 2003 참조.

정했던 한편,[39] 1942년 10월 『대동아공영권과 국어정책』에서 "공영권 내의 각 민족을 통합하고 대일본제국을 그 맹주로 하여 받들게 하는 데는, 먼저 일본어를 공영권 내의 통용어로 삼는 것이 가장 긴요한 조건"[40]이라고 주장했다. 언어란 민족 고유의 정신이 녹아있는 것으로 생각했던 호시나는 일본어라는 '국가어'를 다른 민족에게 이식하는 것이 민족의 세력을 확장하는 데 가장 효과적인 방책이라고 주장했는데, 이 주장은 당시 식민지역의 일본 지배층들에게 큰 영향을 미쳤다. 공영권 내의 다양한 언어를 사용하는 민족을 통합하기 위해서는 '일본정신'의 씨를 식민지와 점령지에 심어야 한다는 논리에서 언어 보급은 사상 동화의 첫걸음이기 때문이다. 따라서 '국어교육'과 '일본어교육'으로 분별되었던 일본의 언어 교육이 공영권을 통합하기 위한 방법을 다시 고안해야 하는 상황에 직면하게 되었을 때, 국학자 및 국체론자들은 일본어의 순수성을 훼손시키는 것에 반대했던 반면 개방론자들은 보다 쉬운 언어 이식을 위해 한자를 버리고 가나假名만 사용해야 한다는 식의 간편한 방법으로 일본어를 변형시키는 일까지도 불사하고 있었다.

그러나 식민지에 언어를 이식하는 데 있어 일본어 그 자체의 순수성을 유지하느냐 다소간의 훼손을 감수해야 하느냐의 문제는 어디까지나 '내지'만의 문제였을 뿐, 일본어를 '국어'로 수용해야만 하는 식민지의 민중은 일본어의 순수성 문제에까지 관여하지 않았다. 그들은 단지 자신들에게 가장 간편하고 편리한 방법으로 수용하고자 했을 따름이었다. 이렇게 되면 일본어의 순수성을 유지하고자 했던

---

39 保科孝一, 「國家語の問題について」, 『東京文理科大學文科紀要』 6, 1933.
40 保科孝一, 『大東亞共榮圈と國語政策』, 統正社, 1942.

일본 국학자들의 바람과는 달리 이식된 언어 스스로 순수성을 훼손하게 될 것이라는 것, 이것이 바로 최재서의 논리였던 것이다.

이렇듯 최재서는 일본어를 지배적인 언어로 인정하면서도 그것의 특권성 및 동일화는 부정하는 이중언어 전략을 취했다. 요컨대 최재서는 일본의 동화정책의 기획이 의미하는 바를 인식하고는 있었지만 그것에 대한 적극적인 저항을 표출하지는 못했던 것이다. 단지 이따금 자신의 모색과 주저함을 노출한다거나 일본 측의 일방적인 제안에 대해 소극적인 이의를 제기하는 데서 그칠 뿐이다. 그러나 그마저도 지속적이지 못했던 관계로 징병제 시행에 즈음해서는 조선인 징병제를 적극적으로 홍보하거나 국책을 선전하는 내용의 소설을 일본어로 창작하는 것으로 고양된다. 결국 최재서는 자신이 이론화 한 '국민문학'을 '받드는まつろふ문학', 즉 일본의 황도주의皇道主義에 문필보국文筆報國함으로써 그의 문인으로서의 생명을 스스로 그치게 된다.

4. 역사와 지식인, 그리고 한줌의 도덕

서구의 자유주의 문학의 세례를 받은 최재서는 서구의 몰락이라는 병적 징후에 맞서 모색과 주저함을 거쳐 '내선인'을 총망라하는 '국민문학'을 수용했다. '국체명징'이라는 이데올로기의 외피를 쓴 '국민문학'은 다양한 문학사조를 배격하고 일본의 국가주의 이념으로 수렴·통일되는 문학 원리였다. 이러한 '국민문학론'의 원리를 직시할 때, 이후 조선의 문학은 일본의 황도주의 이념으로 수렴될 것이라는 점은 쉽게 예측할 수 있다.

식민지 조선의 지식인에게 그것은 자신의 존재론적 기반의 자멸을 의미했다. 동시에 일본으로서는 자국의 세력을 확장하는 데 자신감을 드러낸 최초의 사건적 의미로서 식민지를 자신의 세력화하는 일은 그만큼 절실했고, 또 그것은 식민지에 대한 압박을 절대적으로 강화하는 계기로 작용했다. 그것은 지성·모랄·교양을 강조했던 최재서에게 "인지人智가 과거 5세기 동안에 물질적으로나 거의 완벽에 가까우리만큼 구성하여 놓은 질서의 요새를 깨뜨"린 '사실의 세기'로 인식되었다. 이제 지식인이 "무슨 창조적 역할을 가진다거나 지도성을 확립한다고 함은 미신에 가까운 일"[41]이었던 만큼, 문인의 '기질'에 충실하고자 했던 최재서는 "어떻게 하면 완전한 국민이면서 동시에 높은 예술가일 수 있겠는가"[42]를 고민해야만 했다. 이러한 점이 최재서로 하여금 『국민문학』의 편집자를 자임하게 하였고, 그것은 때때로 자신의 고뇌로 피력되기도 했다.

문예잡지의 통합 후 창간호를 내는 데 있어서 온갖 감회가 초래함을 느낀다. 그 가운데도 반년 이상 잡지를 휴간한 것에 대해서는 그 이유가 어떻든간에 편집자로서 진심으로 송구스러운 마음 금할 바 없다. 문단공위文壇空位시대라는 말이 여기저기서 들려왔다. 그것도 몸에 사무치도록 가슴 아팠다. 이

---

41 최재서, 「사실의 세기와 지식인」, 『조선일보』, 1938.7.2.
42 崔載瑞, 「偶感錄」, 『轉換期の朝鮮文學』, 人文社, 1943, 173쪽.

긴박한 시세時世에 할 일을 잃었다는 자책은 문인 이외의 사람들에게는 상상도 할 수 없는 일이리라. 아무튼 이 용지 기근의 시대에 이만한 문예잡지의 출간이 보장되었다는 것은 감사할 일이다.[43]

만주사변이 중일전쟁으로 확대되자 식민지배의 욕망은 무한히 증폭되었고 결국 전쟁을 매듭지을 수 없는 상황에 이르자 '사변 처리'가 일본의 중요한 당면과제로 떠오르게 되면서 그 처리방안의 효율화를 모든 대상에 적용하는 일은 전체 통제의 합리적인 구실이 될 수 있었다.

다수의 단일화, 이것이 바로 총체성의 개념이다. 이렇게 하여 일본의 전체주의 및 국가주의는 새롭게 탄생하게 되는 계기가 마련된다. 이것은 한나 아렌트Hanna Arendt가 말한 것처럼 인류 역사상 이제껏 없었던 완전히 새로운 성질의 전제專制형태로서, 그것은 독재정치와도 전혀 다른 엄격함과 철저함을 지닌 것이었다. 역사가 증언한 바와 같이 '차이'를 일국적 동일성으로 환원한다는 것은 영원한 이상에 불과한 것이며, 더욱이 문화적으로 하나인 '동양'이란 결코 존재할 수 없는 것이다. 결국 오카쿠라 텐신岡倉天心의 '아시아는 하나'라는 이념적 지향은 '동양의 이상'이 될 수 없었다. 이는 일본의 식민지 통치방책이었던 동화나 '내지연장주의'라는 언설의 기저에 긴박감으로 가득 찬 이질적인 것과의 싸움이 전제되었던 사실에서도 확인할 수 있다.[44] 이 점을 인식하고 있었던 최재서는 제국 일본의 국가주의 원리안에서도 '조선적 특수성'을 주장했고, 또 조선인이 완전히 순수한

43   최재서, 「編輯後記」, 『國民文學』, 1941.11.
44   駒込武, 『植民地帝國日本の文化統合』, 岩波書店, 1996, 15쪽.

'국어'를 상용한다는 것의 불가능함 또한 직시하고 있었다.

그러나 서구의 몰락을 목도하고 조선이 일본의 식민지로 전락한 상황에서 파리의 함락과 일본의 진주만 공격은 최재서로 하여금 임전체제 안에서 문필보국文筆保國으로 향하게 했다. 이러한 과정을 다른 시점에서 보면 어떤 한계상황에서의 자기정립행위라고도 볼 수 있을 것이다. 그렇다고 해서 최재서의 글들을 구제할 수 있는 것은 아니지만 최재서의 고뇌의 일단을 인정한다면, 그리고 그의 시대가 제국 일본이 유포한 정치적·이데올로기적 '개념의 시대'였다는 점을 감안한다면, 지식인이자 문화인이자 위기의 시대를 진단하는 비평가로 자임했던 최재서가 해방 이후 스스로 문인의 길을 포기했던 것은 어쩌면 그에게 남은 한줌의 도덕이었을는지도 모른다.

제6장

신체제 시기 최재서의 '국민문학론'

1. '친일문학'이라는 의장意匠

지난 2009년 11월 『친일인명사전』이 발간되었다. 한국 근대문학사에 있어 이른바 '친일문학'은 신문학 등장 이후 적지 않은 비중을 차지하고 있는 데다 식민지 지배의 종언이 타율적으로 이루어진 데 대한 부채감이 빚어낸 '친일청산'의 문제가 여전히 음영을 드리우고 있는 현재, '친일 문인'이라는 타이틀로 사전에 등재된 이후 발생할 모종의 효과에 대해서는 어떤 우려가 동반되지 않을 수 없다. 각각의 항목을 차지한 문인들의 행보가 모두 동일할 리야 없겠지만, 그것이 '친일'이라는 일괄적인 수사로 사전에 등재된다는 하나의 사건은 '친일 청산'이라는 편리한 의장으로 기능할 수도 있기 때문이다. 그 만큼 우리에게 식민의 기억과 그것으로부터의 해방은 여전히 억압된 트라우마로 잔존해 있는 것이 사실이다.

이러한 흐름과 관련하여 최근의 연구들은 한국 근대문학사의 한 영역으로서의 '친일문학'을 민족주의라는 독점적 해석의 권위에서 탈피하여 새로운 견지에서 사고하려는 움직임을 보이고 있다. "한국 근대문학 전반은 어떤 계기만 주어지면 친일문학론으로 나아갈 불길한 가능성을 항시 안고 있었으며, 1930년대 후반기에 그 계기가 주어졌"[1]다는 역사적 합목적성을 따져보려는 견해, "때로는 협력하고 때로는 저항하는 분열된 주체를 설정함으로써 협력과 저항이 '민족'을 중심으로 이분되는 것이 아니라, 개인의 심리 속에서 그리고 한 작품 속에서 다양한 층위로 이루어지고 있"[2]다는 견해, 그리고 친일 문제에 대한 새로운 지평을 확보하기 위해서는 "서둘러 어떤 결론이나 패러다임을 만들어내는 일 못지않게, '현상들'을 역사의 '겹눈'으로 '이해'하고 '인식'하는 일"[3]이 절실하다는 견해 등이 그것이다. 이러한 일련의 연구들은 식민주의 자체의 모순이 양가적 저항을 불러일으킬 수 있다는 점을 직시하면서 근대 그 자체를 동시에 초극超克해야만 했던 당대 조선 문인들의 과제로 이어지는 식민지적 정체성의 문제를 역사적 현상으로서 좀 더 섬세한 눈금으로 보기 시작했다는 것을 의미한다.

발자크의 리얼리즘이 '있는 그대로' 보는 것을 핵심으로 한다고 말

---

1 류보선, 「친일문학론의 계몽적 담론구조」, 한국근대문학회, 『한국문학과 계몽담론』, 소명출판, 1999, 81쪽.
2 윤대석, 「1940년대 '국민문학' 연구」, 서울대 박사논문, 2006, 21쪽.
3 한수영, 『친일문학의 재인식』, 소명출판, 2005, 8쪽.

할 때, 그것은 세계와 인간 존재의 근본적인 이해방식이라는 형식으로서 도출된 것이었다. 이러한 발자크의 이해방식을 따르는 일이란 필경 불편한 일일 수밖에 없다. 세계를 있는 그대로 그리는 일이란 그 세계에 대한 작가의 통렬한 비판의지가 전제되어야 하기 때문이다. 이 점을 교훈으로 삼을 때 우리에게 '친일문학'을 논하는 일이란 한 시대의 통념으로 어떤 주의나 사상의 논리적 구조를 맹신한 나머지 "역사의 견해만 보고 역사를 보고 있다고 믿는 태도"[4]가 아니라 그것이 진행되는 과정에서 새로운 통찰력을 구할 수 있어야 할 것이다.

이 글은 한국 근대비평을 이론적으로 체계화하고자 했던 최재서의 문학적 실천 행보를 통해 '신체제' 시기에 이르러 그가 '국민문학'의 이론까지 도달했던 과정을 좀 더 면밀하게 관찰해보는 것을 목적으로 한다. 나아가 최재서의 '국민문학론'이 '신체제'에 직면하여 어떤 식으로 발화되었으며 그것이 또 어떤 과정을 통해 진행되었는지를 추적해볼 것이다. 식민지 말기 '혁신적'으로 등장한 '국민문학'이란 '내선일체'의 동화정책에 따른 '새로운 국민'을 창출하는 과제에서 제출된 것인 만큼 '친일문학'이라는 혐의에서 벗어나기는 어렵다. 그러나 전쟁이 확대되면서 문단 매체가 통폐합되는 가운데 일본 측의 요구가 어떤 맥락에서 제시되었는지를 간파했던 최재서의 화법을 '친일'로 일괄 규정해 버리기에는 어딘가 석연치 않은 지점이 발견된다. 즉 출판된 미디어가 검열이 허용되는 범위 내에서만 발화될 수 있었던 시대적 한계를 고려하면서 최재서의 '국민문학론'을 추적해볼 때 그것이 협력이라는 한 방향으로만 흐르지 않았다는 것이 필자의 판단이다.

---

4 고바야시 히데오, 유은경 역, 「역사와 문학」, 『고바야시 히데오 평론집 : 문학이란 무엇인가』, 소화, 2003, 210쪽.

2. 경성제대 영문학과의 아카데미즘과 최재서

일본이 도쿄, 교토, 도호쿠, 규슈, 홋카이도에 이어 여섯 번째 제국대학인 경성제국대학을 설립한 것은 1926년(예과 1924년)이었다. 경성제대의 학과목 구성이나 학문적 수준은 일본 본국의 제국대학에 준하는 것이었으나, 일본에서는 문부대신이 그 감독권을 갖는 것에 비해 경성제대는 총독이 감독했다는 점, 그리고 일본의 제국대학에서는 볼 수 없는 '내선일체'와 '일선동조'의 이데올로기를 명확히 표방하고 있다는 점에서 경성제국대학이 갖고 있는 정치적 함의를 확인해볼 수 있을 것이다. "조선인이냐 일본인이냐를 문제 삼지 못"[5]할 정도로 최고의 엘리트로 간주되었던 경성제대의 조선인 학생들은 구체적인 현실 면에서는 '내선일체'의 '황국신민'이라는 표어가 무색할 만큼 차별을 경험해야 했다.[6] 그러나 다른 한편으로 그들은 머리를 길게 기르고 찢어진 망토를 걸치고 몰려다니면서 "마실 줄도 모르는 술을 퍼마시고 나중에는 '박사냐 대신이냐'는 노래를 소리쳐 부르"[7]거나 "파출소 앞에서 일본인 경찰관의 발에 오줌을 누는"[8] 식의 행동을 하는

---

5 유진오, 『젊은 날의 자화상』, 박영문고, 1976, 27쪽.
6 총독부는 조선인의 입학을 일정 수준으로 묶어두려는 의도에서 학생 선발 과정에서부터 차별 방침을 고수했다. 일본인 학생에게 절대적으로 유리했던 예과시험의 불공정성에 대해서는 당시에서도 조선인과 일본인이 동일 조건에서 시험을 치른다는 것 자체가 "무리이며 조롱"이라고 평가되었다.(「朝鮮大學豫科의 入學試驗에 대하야, 敎育家의 奮起를 促함」, 『동아일보』, 1924. 1. 19) 또한 조선인 지원자에게는 각 경찰서 고등계에서 철저한 사상조사가 시행되었던 데 대해 당시 언론은 "기괴한 敎警一致"라고 비판했다.(「朝大豫科의 기괴한 敎警一致」, 『동아일보』, 1924. 3. 14)
7 유진오, 「片片野話」, 『동아일보』, 1974. 3. 20.
8 강성태, 「경성제국대학」, 『중앙일보』, 1971. 5. 15.

등 이른바 '방蜜컬러'로 불리는 자유분방한 기질을 지니기도 했다.[9] 가령 식민지하의 조선문단의 분위기를 묘사한 다나카 히데미쓰田中英光의 소설 『취한 배醉いどれ船』의 첫 장면에서 고키치享吉가 조선은행 앞 광장 분수대 위에 올라 바지를 내리고 술주정을 하는 대목은 바로 이러한 분위기를 반영한 것이라 할 수 있다.

한편 경성제대 법문학부 교수 다카키 이치노스케高木市之助는 경성제대가 "대학이라는 하나의 치외법권적인 영역"[10]임을 강조했던바, 식민지 이데올로기의 최상위에 위치한 경성제대가 학문 연구를 본질로 한다는 것은 곧 국제적인 행위이며 그것은 정신적 독립을 수반하는 것이었다. 이런 맥락에서 일찍이 최재서가 경성제대 영문학과에서 수학하면서 경험했던 일련의 과정들은 최재서 연구에 있어서 필수적인 자료라 할 수 있다. 왜냐하면 최재서의 초기 비평의 형태가 모두 경성제대의 영문학 연구에서 비롯되었다는 점, 그리고 한국 근대 문학사상 최초의 평론집인 『문학과 지성』(1938)이 그 산물이라는 점, 그리고 이후 그가 『인문평론』과 『국민문학』을 주관할 수 있었던 것도 경성제대 법문학부 아카데미즘의 역량이 크게 작용했기 때문이다. 경성제대 영문학과의 주임교수이자 최재서의 스승이기도 한 사토 기요시佐藤淸는 당시 경성제대에서 수학하고 있던 조선인 학생들의 분위기에 대해 다음과 같이 회상한 바 있다.

경성제대에는 매우 엄격히 선발된 소수의 입학자로 성립된 예과가 있었고, 이에 따라 문학부에 오는 학생은 소수였음에도 영문과에 모인 학생이 가장

---

9 이충우, 『경성제국대학』, 다락원, 1980, 77~78쪽.
10 高木市之助, 『國文學十五年』, 岩波書店, 1967, 138쪽.

많았으며 수재도 적지 않았다. 특별히 조선인 학생 중 우수한 자들이 모였던 것은 제대帝大라는 이름에 끌렸다기보다는 외국문학에 대한 그들의 갈증을 풀어주는 어떤 것이 제대 속에 있었기 때문이다. 20년간 조선 학생과 교제하는 동안, 얼마나 그들이 민족의 해방과 자유를 외국문학 연구에서 찾고자 하는지를 알고 충격을 받지 않을 수 없었다.[11]

한국 최초의 대학인 경성제국대학의 영문학과는 수재들의 집합소였고, 이들에게 영문학은 식민지라는 막다른 공간에서 '자국문학을 위한 외국문학' 연구의 수단으로 기능했다. 임화는 조선 근대문학의 과정을 '이식문학사'로 규정했던바, 경성제대 영문학과는 일본을 경유하지 않고 직접적으로 서구의 근대문학을 연구할 수 있는 풍토를 형성하고 있었다. 즉 일종의 성역asylum이었던 경성제대에서의 영문학 연구란 식민지적 존재 조건이라는 한계상황에서 자신들의 이론적 지평을 독립적으로 구성할 수 있는 수단일 수 있었다. 그들에게 외국문학을 연구한다는 것은 곧 서구의 인권사상이나 합리적 사고, 자유주의 사상 및 문화의 자율성을 학습하는 것이었으며, 그것은 바로 민족해방이나 독립사상 등을 경험하는 일이었다. 이것은 경성제대 법문학부에 진학한 조선인 학생의 대다수가 영문학을 전공하게 된 배경이 되기도 했다. 따라서 최재서가 경성제대에서 영국 낭만주의를 연구했던 것은 결코 우연이 아니었다. 18세기 노예무역과 제국주의적 해양 지배로 세계 제일의 산업자본주의 국가가 된 영국이 잔혹한 정치적 억압의 경찰국가로 치닫자 여기에 맞선 부류들

---

11 佐藤清, 「京城帝大文科傳統と學風」, 『佐藤清全集』 3, 詩聲社, 1964, 259쪽.

이 낭만주의 문학자들이었다는 사실은, 그들이 부여한 창조적 상상력이 단순한 현실 도피를 넘어 하나의 정치적 행동으로서 사회를 변혁하고자 했던 힘이었음을 반증한다. 이런 의미에서 1930년대 영국에서의 영문학은 사회적 교화력을 지닌 하나의 수단이자 시민사회 형성의 정신적 본질로 간주되었다.

당시 조선의 영문학 연구자들은 1920년대 엘리엇T. S. Eliot의 모더니즘과 다음 세대인 위스턴 휴 오든W. H. Auden, 데이 루이스C. Day Lewis, 스테판 스펜더Stephen Spender ─ 이들은 유럽의 파시즘에 반대했으며 정치적으로는 중도좌파의 성향을 지녔다[12] ─ 등의 혁신 문인들에 주목하면서 동시대 영문학을 수용하고 있었다. 최재서가 아일랜드의 문예부흥운동을 통해 민족적 자립을 꾀했던 예이츠Yeats론을 쓰고, 작가적 개성의 존재 여부에 대해 고민하는 회의적 몸짓으로서 주지주의로 나아갔던 점을 고려한다면, 그가 영문학을 바탕으로 조선의 근대비평 체계를 확립하기 위해 끊임없이 모색했다는 문학사적 의의를 상정할 수도 있지 않을까.

이러한 점은 사토 기요시의 학문적 태도와 연관시켜볼 때 좀 더 명확히 드러난다. 사토 기요시는 대학에서 외국문학을 연구한다는 행위란 "외국문학을 위한 외국문학이 아니라 자국문학을 위한 외국문학"임을 자주 강조하면서, "문학은 실천이라고 여겼기 때문에 나 스스로 조선에서 문학운동의 어떤 국면에 관계하고 참여했"다는 사실을 밝힌 바 있다. 이때 그가 직접 언급한 영문학의 학문적 핵심은 다음과 같다.

---

12 김준환, 「1930년대 한국에서의 동시대 영국시 수용」, 『영어영문학』 53(3), 2007, 443쪽.

영문학, 그것을 다루는 방법에 대해 저는 영문학의 가장 왕성한 시대, 곧 셰익스피어-밀턴 시대와 18세기에서 19세기에 걸쳐 발흥한 낭만주의 운동에 집중해왔습니다. 한편으로는 직접 텍스트에 따라, 즉 '연습演習'에 의해 작품의 문학정신을 파악하고자 했습니다. 다른 한편으로는 문학비평의 역사를 그리스 시대에서 현대에 이르기까지 이어지는 것으로 보고 비평의 원리와 방법을 발견하고자 했습니다. 그리고 이러한 연구에 있어서 항상 일본문학, 동양문학과 비교하면서 또 그 비교를 통해 자기를 비판하고 반성할 수 있도록 노력했습니다.[13]

사토 기요시와 최재서에게 '자국문학'이란 각자의 입장에 따라 일본문학과 조선문학을 의미하는 것이겠지만, 그것을 위한 실천 형식은 동일하게 "밀턴에서 시발하여 18세기에 이르러 최고조에 달한 '자유'를 추구하는 문학의 흐름"[14] 위에 놓여 있었다. "일본의 외국문학 연구자들이 사조의 흐름을 좇는 데 급해 이론이나 체계를 세우지 않고, 문학 정신이나 시적 정신의 발전에 눈을 돌리지 않는 중에"[15] 사토 기요시의 영문학적 자유주의와 개인주의가 '시인적 열정'을 기반으로 문학을 살찌우고 있었다는 최재서의 평가는 이러한 사토 기요시의 문학 태도에서 비롯한 것이라고 할 수 있다. 요컨대 서구의 개인주의와 자유주의 사상이 완전히 일소된 1943년의 시점에서 최재서는 개인주의와 자유주의 정신을 사토 기요시의 시 작품에 투사하

---

13 佐藤清,「京城帝大文科傳統と學風」,『佐藤清全集』3, 詩聲社, 1964, 258쪽.
14 佐藤清,「英文學というもの」,『佐藤清全集』3, 詩聲社, 1964, 251쪽.
15 최재서,「詩人としての佐藤清先生 :『碧靈集』の出版を機として」,『轉換期の朝鮮文學』, 人文社, 1943, 254쪽.

면서 그것을 우회적으로 옹호했던 것이다.

이 점은 동일한 형태로 동시대 영문학을 연구한 조선 지식인들의 아일랜드문학에 대한 관심으로 이어졌다. 1930년 경성제대 영문학과를 졸업한 이효석의 논문이 아일랜드의 극작가 존 밀링턴 싱John Millington Synge의 작품세계였다는 점, 아오야마학원靑山學園 영문학과의 백석이 싱에 대해 각별한 관심을 갖고 조선의 토착언어 발굴에 힘썼다는 점, 최재서가 아일랜드 문예부흥운동에 앞장 선 예이츠, 윌리엄 브레이크William Blake, 제임스 조이스James Joyce를 연구했다는 점, 유치진의 처녀작 「토막土幕」이 아일랜드의 극작가 숀 오케이시Sean O'Casey의 영향하에 창작되었다는 점 등은 당시 지식인들이 조선의 정치적 상황을 '일본의 아일랜드'로 치환함으로써 모종의 구원을 모색하려 했다는 것으로 독해할 수 있을 것이다. 교토제대京都帝大 영문학과 교수였던 우에다 빈上田敏이 일찍이 싱에 대한 강의를 했던 적이 있지만, 당시 일본에서는 아일랜드문학이 크게 환영받지 못한 채 기쿠치 칸菊池寬이나 아쿠타가와 류노스케芥川龍之介와 같은 소수의 문학청년에게만 관심이 국한되었던 데 반해[16] 일본과 조선에서 영문학을 전공한 조선인 학생들이 아일랜드문학에 일시적으로 심취했었다는 사실은 그들이 영국과 아일랜드의 관계를 조선의 상황과 중첩시키면서 종주국과 식민지라는 하나의 인식틀을 형성하고 있었음을 보여준다.

'신체제'하의 최재서가 '신념'에 의해 뒷받침되는 '국민문학'을 새로운 비평원리로 선언해야만 했을 때, 자유주의적 개인주의에 입각한 "문학은 최악의 경우 쾌락의 노예였으며 최선의 경우 개성의 탐

---

16   이에 대해서는, 川村湊, 「朝鮮近代批評の成立と蹉跌 : 崔載瑞を中心に」, 藤井省三, 『岩波講座 : 「帝國」日本の學知 5, 東アジアの文學・言語空間』, 岩波書店, 2006 참조..

구 및 그 순화였다"[17]라는 한 마디로 그동안 지녀왔던 자신의 견고한 입장을 포기한다. 그리고 '국민문학' 시기의 최재서는 일본문학의 지방문학으로 전락한 조선문학의 위치를 영국과 스코틀랜드의 관계로 치환한다.[18] 뒤에서 다시 살펴보겠지만, 그럼에도 이 치환관계는 모든 이론과 사상을 포기하고 하나의 '국민문학' 이론으로 수렴될 때조차 마지막까지 포기할 수 없었던 것의 아포리아를 형성하고 있다.

3. 방법으로서의 '국민문학' : 부정성에 머무른다는 것

제국 일본의 조선 식민통치 부문 중 문학이 정책적으로 관제화된 것은 비교적 나중의 일이었다. 문인 동원의 전사前史에 해당하는 1934년의 '신건설사 사건'은 항일세력으로서의 카프 문인들을 해산시키고 전향을 유도했다. 카프 사건 판결 직후 조선이 '준전시체제'에 돌입하면서 전쟁 협력 문학이 강요됨에 따라 조선총독부 학무국은 '조선문예회(1937.5.2)'[19]를 조직했는데, 이로써 문학이 일본의 관제조직하에 놓이게 될 징후를 보이게 된다. 이때 조선의 문인들이 '문단의 총의總

---

17 최재서, 「國民文學의 要件」, 『국민문학』, 1941.11, 40쪽.
18 참고로, 당시 경성제대 영문학과 연구실에는 아일랜드문학과 스코틀랜드문학의 도서가 분리 배치되어 있었다. 「研究室のなか」, 『경성제대영문학회회보』 창간호, 1929.12.25, 13쪽.
19 「文藝研究に教化作歌や映畵も製作: 一流作家, 作曲, 音樂家らが朝鮮文藝會を創立」, 『大阪每日新聞』, 1937.4.27; 「朝鮮文藝會가 조직되다」, 『조선일보』, 1937.5.2.

意'를 명분으로 '자발적'으로 수행한 최초의 시국 활동이 이른바 '황군 위문조선문단사절단'을 통한 전선戰線 시찰(1939.4.15)이었다.[20] 이를 계기로 본격적인 전쟁문학에 대한 기대와 전시기 총후국민의 사상 지도를 위해 탄생한 것이 바로 '조선문인협회(1939.10.29)'[21]였다.

『인문평론』에 따르면, 조선문인협회는 "문인 각자가 개인적 행동과 그 문장을 통하여 국책 수행에 기여하는바 있어야 할 것이 기대되"[22]는 가운데 결성된 것인 만큼, 여기에는 조선 문인들의 조직적인 국책 수행의 임무가 전제되어 있었다. 식민 지배하에서 정치적으로 의도된 문인 조직은 일본의 국책을 기반으로 하는 '국민문학'을 위해 조직된 "조선문학사상에 새로운 출발"[23]을 시사하는 것으로서, 자발적인 순수 문단 모임과는 달리 "조선 문인의 거의 전체가 조선문인협회에 가입했다."[24]『인문평론』은 일본에 의한 조선 문인 조직의 결성이 곧 전쟁의 추이에 따른 문인의 강제동원이라는 의도를 간파하고 있었으며, 따라서 '조선문학의 발전적 해소'라는 대의명분과 함께 조선문학의 향방에 대한 암시를 부기附記하고 있다.

20 이에 대한 자세한 사항은, 이혜진, 「전쟁과 문학 : 총력전하의 '전쟁문학' 작법作法」, 한국현대문예비평학회, 『한국문예비평연구』 25, 2008 참조.
21 「朝鮮文人協會 今日 發起人會 開催」, 『동아일보』, 1939.10.21; 「文章報國へ結束 競立つ半島文壇 : 時も時大祭日に朝鮮文人協會誕生」, 『경성일보』, 1939.10.21; 「朝鮮文人協會 第二回 發起人會」, 『동아일보』, 1939.10.23; 「朝鮮文人協會 趣旨會規草案通過」, 『동아일보』, 1939.10.24; 「朝鮮文人協會 今日盛大히 結成式 朝鮮文壇總動員으로, 會長은 李光洙씨로」, 『동아일보』, 1939.10.30.
22 「朝鮮文人協會의 結成」, 『인문평론』, 1939.12, 100쪽; 「朝鮮文人協會 結成」, 『문장』, 1939.12, 202쪽; 「朝鮮文人協會 創立」, 『조광』, 1939.12, 225~226쪽.
23 「朝鮮文人協會 創立」, 『조광』, 1939.12, 225쪽.
24 春園生(이광수), 「內鮮一體と朝鮮文學」, 『조선』, 1940.3, 70쪽.

성명서나 회칙만 보아도 추측되는 일이지만 이 회의 특징으로서 내지인과 조선인이 문필에 종사하는 이상 다 입회케 된 점과 또 회 성립의 당초부터 국민정신총동원연맹에 가입될 것이 예상되었던 두 가지 점이다. 이것은 금반今 般의 회를 종래의 모든 문단 단체와 구별하는 점으로 의미가 중대하다.[25]

이 글에는 "일치단결, 국민정신을 총동원하고 내선일체 전 능력을 발양하여 국책 수행에 협력함으로써 성전聖戰 궁극의 목적을 관철"[26] 한다는 취지로 설립된 '국민정신총동원연맹' 산하에 문학을 배치시 킴으로써 본격적인 국책 선전의 도구로 이용할 것이라는 예견이 담 겨있다. 이와 함께 '고도국방체제'를 표방한 전시체제에 이르러 "반 도에 부동의 신념을 확립"[27]하기 위한 문인의 총후 후원을 구체화하 는 '신선언'이 발표되자, 마침내 1940년 2월 10일 평양대회를 통해 본 격적인 '전시동원문학'이 논의되었다.[28] 이 행사를 시작으로 『문장』과 『인문평론』이 폐간되고 『국민문학』으로 통합된[29] 저간의 사정은 조 선 문인의 운신의 폭이 크게 축소되었음을 의미하는 대목이다. 요컨 대 '조선문인협회'의 결성 자체가 일본의 국책을 선전·지원하기 위 한 정책적 의도로 고안되었다는 사실은 이후 조선 문인들이 도달해 야 할 '국민문학'을 위해 마련된 제도적 장치였음을 의미하며, 따라

---

25 「朝鮮文人協會의 結成」, 『인문평론』, 1939. 12, 100쪽.
26 「朝鮮聯盟は今まで何をやつて來たか: 聯盟の歷史」, 『총동원』, 1939. 6, 66쪽.
27 「臨戰下文人의 使命: '文協'의 新宣言 內容」, 『매일신보』, 1941. 8. 27.
28 평양대회의 강연 연사와 그 제목은 다음과 같다. ① 김동환, 「조선문인협회의 사명」, ② 정인섭, 「비상시국과 국민문학」, ③ 寺田瑛, 「신문과 소설」, ④ 유진오, 「조선문학과 용어문제」, ⑤ 이태준, 「소설과 시국」, ⑥ 이효석, 「題味情」, ⑦ 杉本長夫, 「시」, ⑧ 최정희, 「자화상」, ⑨ 모윤숙, 「시」, ⑩ 박영희, 「전지기행」, ⑪ 김문집, 「국체에 사는 자」(「文學地方講演 처음 平壤大會를 열기로 朝鮮文人協會 主催」, 『동아일보』, 1940. 1. 29)
29 「國民文學發會披露會」, 『매일신보』, 1941. 9. 8.

서 이들의 '국민문학' 행보는 이 조직이 먼저 고안·정착되었기 때문에 가능했다는 것을 알 수 있다.

실제로 이 무렵 조선문인협회의 간부들은 문학 활동 이외에 '육군지원병훈련소'를 참관하거나 '총력운동'에 대한 선전 글을 발표하는 등 조선인의 전쟁동원에 적극 협조하는 '직역봉공職域奉公'을 자임하기 시작했다. 이러한 일련의 활동은 '국민총력조선연맹(1940.10.16)'이 결성되면서 '총후사상운동'이라는 보다 체계적인 '국민조직' 동원으로 확대되었다. 뒤이어 태평양 전선에서 일본이 패색의 도를 더해가자 '결전체제'를 외치며 문단의 재통합이 논의되기에 이르는데, 그 결과가 바로 '조선문인보국회(1943.4.17)'의 결성이었다.[30]

'조선문인보국회'는 "대동아전쟁의 결전단계에 돌입"하여 "반도문인의 총력"으로 "결전하의 황도문학을 수립"[31]한다는 극단적인 분위기 속에서 일본 관헌이 직접 임원진으로 참여하는 등 '내선'의 문인들을 통합하고 통제하기 위한 시스템이었다. 따라서 이들의 궁극적인 목표는 "분산된 전력戰力을 하나의 종합적 전투병단에 집중시키"[32]는 '결전문학'의 확립으로 직결되었다. 이로써 문인 조직은 '내선'의 구별 없이 '총후 사상보국'의 임무를 띠고 싸우는 '전투병단'으로 변모되기에 이른다.

'조선문예회'가 '조선문인협회'로, 또 그것이 '국민총력조선연맹' 산

---

30 「聯盟機構를 強化」, 『매일신보』, 1943.4.13.
　　총무부장에 박영희, 상무이사에 김동환, 유진오, 유치진, 최재서, 이사에 이광수, 주요한이 선임되었다. 「各種親日文化團體를 統合하여 半島文人報國會 結成」, 『매일신보』, 1943.4.17; 「朝鮮文人報國會의 總務部長에 朴英熙」, 『매일신보』, 1943.4.17.
31 「半島文學者 總蹶起大會」, 『국민문학』, 1944.7, 68~69쪽.
32 辛島驍, 「決戰文學の確立 : 戰ひつゝある意識」, 『국민문학』, 1943.6, 41쪽.

하의 '조선문인보국회'로 시시각각 달라지는 명칭만큼이나 그들이 전쟁에 동원되는 양상과 그에 따른 통제는 점차 강화되어갔다. '조선문인보국회'의 활동이 강연회, 좌담회, 문학낭독회, 시국선전 작품공모, 가두선전, 보도정신대 등 국책에 대한 직접적인 실천을 도출해낼 이론화 작업이나 시국선전에 치우쳐 있는 사실에서 볼 수 있듯이 그들이 수행해야 할 임무란 실질적인 문학 활동과는 거리가 멀었다. 근대 문화의 정수를 세례 받은 식민지 조선의 문인들이 마침내 '강연부대', '문화부대'로 호명된 순간, 이들의 문학적 도정道程은 제국 일본이 부여한 대의good cause에 봉공하는 일 외에 남은 것이란 아무 것도 없다는 사실의 확인뿐이었다. 그렇게 확인된 사실의 자리에 놓인 것이 이른바 '국민문학'이었던 것이다. 실제로『인문평론』과『문장』의 발전적 해소 및 통합이라는 외피를 쓴『국민문학』에 '문학'이 없다는 사실은 이를 잘 대변한다.

'국민문학'이 '문단신체제운동'에 호응하여 "이 기회에 잡지를 통제함으로써 조선문단의 혁신을 한꺼번에 해결하려는 의도"[33]하에 고안되었다는 사실은『국민문학』편집요강만[34] 보아도 분명히 드러난다. 이때 '국민문학'은 조선 민족을 일본 국민으로 자리매김하기 위한 교육(계몽)과 저널리즘이 결합된 강력한 국가 이데올로기로 기능했다. 따라서 '국민문학'이 말하고 있는 것은 '문학'이 아니라 '국체'에 기반한 일본 국민의 생활 그 자체이며, 이것을 일상의 세계에까

---

33 최재서, 「朝鮮文壇の現段階」, 『轉換期の朝鮮文學』, 人文社, 1943, 68쪽.
34 일본 당국과 조선 문인들의 의견 불일치를 겪으며 마침내 절충하여 결정한『국민문학』편집요강은, ① 국체 개념의 명징, ② 국민의식의 앙양, ③ 국민사기의 진흥, ④ 국책에의 협력, ⑤ 지도적 문화이론의 수립, ⑥ 내선문화의 종합, ⑦ 국민문화의 건설이었다.(위의 책, 83~84쪽)

지 연장·침투시키는 것이야말로 진정한 '국민문학'의 방법이었던 것이다. 결국 조선인의 민족적·신분적 소외는 그대로 둔 채 (일본)국민적 해방만을 지향하는 '국민문학'이란 특정한 문학 양식과 장르를 가리키는 것이 아니라 국가 전체로서의 문학의 존재형태를 가리키는 역사적 범주로서, 그것은 실현을 지향해야만 하는 '운동'이었다. 그러나 이 목표는 완전한 시민사회가 성립 불가능한 것과 마찬가지로 그 실현 또한 성공을 가늠하기에는 곤란한 것이었다.[35]

4. 최재서 '국민문학론'의 화법 : 은폐된 갈등과 모순

T. E. 흄으로 대표되는 주지주의로 조선 비평계의 중앙에 자리했던 최재서로 하여금 결정적인 방향전환을 이끌었던 계기가 된 것은 파리 함락[36]과 징병제 시행(1942.5.8 결의, 1943.3.1 공포, 1943.8.1 실시)이었다.

---

35 다케우치 요시미, 서광덕·백지운 역, 「국민문학의 문제점」, 『일본과 아시아』, 소명출판, 2004, 410~411쪽.

36 파리 함락이 조선에 끼친 영향에 대해 최재서는 다음과 같이 진단한다. "만주사변이 발발했을 때나 또 지나사변이 발발했을 때도 그다지 충격을 받지 않았던 조선문단이 쇼와 15년 6월 15일, 파리 몰락의 보도를 접하고 처음으로 아연실색하며 반성의 빛을 보였다는 것은 부끄러운 이야기이기는 하지만, 또 한편으로는 조선문학의 특수성을 말해주는 것이어서 흥미롭기도 하지 않은가. 파리 함락은 소위 근대의 종언을 의미하는 것으로, 최근 더더욱 유럽문학의 유행을 좇아온 조선문학이 처음으로 새로운 사태에 눈을 떴다고 할 수 있겠다. 특히 모더니즘 경향을 좇던 시인들에게 심각한 반성의 기회를 주었고, 비평가들로 하여금 마침내 모색으로 광분케 했다."(최재서, 「朝鮮文學の現段階」, 『轉換期の朝鮮文學』, 人文社, 1943, 81~82쪽)

최재서에게 파리 함락은 그동안 견고하게 지켜왔던 문화주의의 패배 및 그것의 회복 불가능성을 목도한 하나의 상징적인 사건이었다. 또한 징병제 시행은 만주사변으로 시작한 15년전쟁이 마침내 일본의 패배로 끝날 무렵의 최종전을 의미했던 만큼 더 이상 '내선일체'로서의 황민화가 관념의 차원이 아닌 실질적인 실천의 궤도에 올라섰음을 뜻하는 것이었다. 더욱이 1938년 10월 중국의 우한武漢·산전三鎭이 함락되면서 장제스蔣介石의 국민당과 마오쩌둥毛澤東의 공산당이 축출되었던 사실과 함께 1940년 6월 부르주아적 서구를 깨부수고 새로운 시대를 대망했던 독일 나치즘의 승리는 조선 독립의 불가능성과 서구적 근대의 몰락이라는 복수複數의 패배주의를 확산시켰다. 아울러 1941년 12월 8일 일본의 진주만 공격은 이러한 패배를 확정하는 데 결정타가 되었다. 진퇴양난의 '역사적 사실'에 봉착한 식민지 조선의 문인들은 방향전환을 단행할 수밖에 없었고, 최재서에게 그것은 '문화주의'의 청산과 '국가주의'로의 전환으로 대변되었다.

우리가 문화의 위기라는 말을 들어오기는 서력 1932·3년경부터이다. 서력 1932·3년이라면 쇼와昭和 6·7년경 ─ 세계가 비상시에 들어오던 발단기다. (…중략…) 우리가 구라파에서 건너오는 위기의 소리를 처음으로 들었을 때 우리는 사태를 바로 인식했다고는 할 수 없었다. 그것은 마치 청천에 우레 소리를 들은 어린애 모양으로 그 정신적 효과를 받았을 뿐이지 그 객관적 실체에 대하여 자타가 명확한 인식을 가지지 못했던 것이 사실이다. 즉, 우리는 구라파의 문화가 1·2의 독재자의 반달리즘에게서 위협을 받고 있다는 지극히 단순한 해석을 가졌을 뿐이었다. (…중략…) 그러나 전후 10년 동안 몸소 겪어온 비상시 체험을 통하여 우리들은 별다른 해석을 가질 수 있게 되었다. (…

중략…) 위기를 의미하는 구라파어 '크라이시스Crisis'는 원래로 의학상 용어로서 병세의 진행 중 치사致死와 회복이 분기分岐되는 결정적인 전환을 의미한다. 따라서 한 문화가 위기에 서 있다는 것은 그 문화의 병세가 절정에 도달한 것을 의미하는 동시에 또한 그 지점에서 결정적인 전환이 필연적으로 일어나야 할 것을 경고하는 한 신호로서 볼 수가 있다.[37]

그 전환은, 의식적으로는 쇼와 15년(1940년 – 인용자) 가을의 신체제 운동과 함께 시작되어 이듬해인 16년 봄에 단행된 문예잡지의 통합과 뒤이어 『국민문학』 발간에 의해 운동의 기초가 다져졌고, 16년 12월 8일 외람되이 선전대조宣戰大詔를 받들어 세계관적 자각을 깊이 하고, 마침내 17년 5월 징병제 실시가 발표됨으로써 확실하게 자신의 성격을 최종적으로 결정한 것이다.[38]

조선인을 전쟁터에 내몰 경우 그들의 총부리가 누구를 겨눌 것인가에 대한 배신의 우려가 불식된 수준에서만 가능한 '외지민족'의 징병제는 의무교육과 호적법 적용, 그리고 궁극적으로는 참정권의 문제로까지 확대될 수 있는 사안인 만큼 '내선일체' 담론에 있어서 설득력 있는 논리를 제공했고, 그런 점에서 지식인 계층의 관심 또한 높을 수밖에 없었다.[39] 그러나 이것은 곧 '신체제운동'의 일환으로 포섭되었고, 이로써 조선 문인들은 전쟁 병력자원 확보를 위한 사상보국의 "문학정신대"[40]를 자처할 수밖에 없었다.

---

37 최재서, 「文學精神의 轉換」, 『인문평론』, 1941.4, 5~8쪽.
38 최재서, 「序」, 『轉換期의 朝鮮文學』, 人文社, 1943, 4쪽.
39 최유리, 『일제 말기 식민지 지배정책 연구』, 국학자료원, 1997, 179~251쪽 참조..
40 「文學挺身隊」, 『인문평론』, 1941.1, 4쪽.

원래 징병제는 당시로부터 십여 년 이후에나 본격적으로 시행될 계획이었지만 전쟁으로 인한 '고도국방국가체제'의 필요에 따라 애초의 기획보다 훨씬 성급하게 진행되었기 때문에 이론적·실천적 기반이 취약할 수밖에 없었다. 그러한 취약점은 무수한 상투적 구호의 반복으로 채워짐으로써 '말의 인플레'를 낳았고, 조선 문인들로서는 '국민문학'을 어떻게 쓸 것인가 하는 방법론에 대한 논의만이 횡행했을 뿐 결국 그들이 지향했던 '국민문학'이 모범으로 삼을 만한 작품이 생산된 사례는 전무했다.

히노 아시헤이火野葦平의 『보리와 병대麥と兵隊』(1938)를 위시한 르포 형식의 전쟁문학을 '국민문학'으로 간주하면서 박영희의 『전선기행』(1939)과 임학수의 『전선시집』(1939)이 성급하게 제출되었던 해프닝에서 볼 수 있듯이, 이렇다 할 '국민문학론'을 제시하지 못한 채 '연설가'[41]나 '팔방미인'[42]만이 난무했을 뿐, '국민문학'을 이론화해야 한다는 조급성은 일본과 조선, 그리고 만주에서조차 마찬가지였다.

그러면 어쩌한 작품을 쓰지 안으면 안 되는가. 거기 관해서는 아직 아무도 분명치 못한 상태에 잇지 안은가. 어쨋던 먼저 말한 문학에서 일보 전진하지 안으면 안 될 것은 알고 있다. 더듬어서 찾는 목표가 우선 국민문학이다 라고 할 수 잇는 상태에 잇다고 해석해도 나의 과언이 아니리라. 그 증거로는 이것이 국민문학인가 하고 생각될 만한 작품은 아직 하나도 나타나지 안엇다. 싹트는 것조차 보히지 안는다. 하물며 국민문학이 원리를 구명하고 그것을 수립하려는 문장이야 누구라 쓸가부냐. 일전에 들은 이야기인데 근자近者는 일

---

41 최재서, 「評論界의 諸問題」, 『인문평론』, 1939.12, 47쪽.
42 「求理知喝」, 『인문평론』, 1940.7, 34쪽.

부 비평가들 사이에서 금년도의 국민문학의 걸작으로서 무엇을 들어달라는 편지를 밧앗다고 한다. 그 회답을 참고로 하여『국민문학걸작집』이란 단행본을 간행할 계획이라고 한다. (…중략…) 국민문학이라 할 만한 작품이 대체 최근의 문학에 잇섯슬가. 그것조차 의심스러운데 그중의 걸작을 들라고 함은 우습다.[43]

이러한 사정은 '국민문학'의 개념 및 방법론이 먼저 존재하고 그에 따라 '국민문학'적 글쓰기가 진행되었던 것이 아니라, '국민문학'이 요청되는 상황이 도래함에 따라 그것의 개념 규정 및 방법론이 서둘러 구성되어야만 했던 전도된 순서를 보여준다. 아울러 이른바 '국민문학 작가들'의 태도나 작품 중에서도 규범이 될 만한 것이 전무했다는 사실 또한 이러한 사정을 뒷받침한다. 최재서가 '국민문학 작가'로 규정한 사람은, 신진 혁신 작가로서의 이석훈, 정인택, 중견 대표로서의 유진오, 이태준, 중견 리얼리즘 작가인 이무영, 한설야, 김남천, '반도문단'의 내지인 작가로서의 다나카 히데미쓰田中英光, 미야자키 세타로宮崎淸太郎, 구보타 노부오久保田進男, 전도가 촉망되는 '언문문단'의 신인 조용만, 정비석, 오영진, 함세덕, 오영진이었다.[44]

그러나 이석훈의 「조용한 태풍靜かな嵐」은 "혁신의 사라·브렛드"[45]로 평가받을 정도로 완성도를 자랑하는 작품이지만 "애써 조선 문화

---

43 榊山生, 「國民文學은 무엇인가(上)」, 『만선일보』, 1941.3.8.

44 최재서, 「國民文學의 作家たち」, 『轉換期의 朝鮮文學』, 人文社, 1943, 217~252쪽.

45 위의 글, 218쪽. '사라·브렛드'란 영어 'thotoughbred(우수한, 제1급의)'의 의미로서, 당시 이석훈의 「조용한 태풍靜かな嵐」과 정인택의 「청량리계외淸凉里界隈」는 우수한 '국민문학'으로 평가받고 있었다. 「(座談會) 軍人と作家, 徵兵의 感激을 語る」, 『국민문학』, 1942.7, 50쪽 참조.

인의 혁신이라는 테마를 다루면서"[46]도 "한결같이 자신의 사상적 고민을 끌어안고 있"었고, 정인택의 작품은 흥미와 시국적 모럴이 조화를 이루기는 했으나 '잔재주의 기예'로 말미암아 "주간신문소설과 같은 경박함"[47]이 느껴지기 때문에 실패했다는 것이 최재서의 평가였다. 또한 유진오의 「남곡선생南谷先生」과 이태준의 「석교石橋」는 전근대적인 것을 새롭게 평가하고 거기에서 새로운 윤리와 교훈을 얻고자 하는 반성과 복고라는 측면에서 '국민문학'의 한 방향으로 인정될 수는 있지만, "전자가 동양적 성격의 탐구 속으로 도피하려 하고, 후자가 전통의 존중에 있어 자칫 시세에 등을 돌리지 않을까 하는 의혹을 품게 하는 것"[48]이 수법의 결함으로 지적되었다.

여기서 최재서가 특별히 관심을 피력한 쪽은 중견 리얼리즘 작가들의 작품이었는데, 특히 그는 과거 견실한 리얼리즘을 지향했던 조선의 작가들이 시도한 '국민문학'적 글쓰기에 대해 그들의 내밀한 심경을 엿볼 수 있다는 점에 대한 흥미를 고백하면서 그들의 작품을 진지하게 분석해냈다. "작가의 머릿속에 리얼리즘(그 대부분은 쇄말주의)과 시국인식이 나란히 사이좋게 있는 진묘한 풍경"[49]이 엿보이는 이무영, 겉으로는 '내선일체'를 말하지만 실제로는 작가 자신의 짝사랑의 추억을 그리는 등 "일부러 시국적 문제를 벗어나 예사롭게 쓰려고"[50] 한 한설야의 「혈血」과 「영影」, 그리고 "추상과 관념과 합리주의 속에서 청춘을 다 태워버린 자가 일과 가정과 아이에게서 생명에

---

46 최재서, 「國民文學の作家たち」, 『轉換期の朝鮮文學』, 人文社, 1943, 219쪽.
47 위의 글, 223쪽.
48 위의 글, 228쪽.
49 위의 글, 231쪽.
50 위의 글, 234쪽.

눈"[51] 뜨는 자각을 그린 김남천의 「등불」과 「어떤 아침或る朝」 등에 대한 분석이 그것이다.

이 중에서 최재서는 특별히 김남천에 대해 깊은 관심을 피력하고 있는데, 왜냐하면 김남천은 "리얼리스트면서 논쟁가고 자신과 사회에 대해 준열하기를 그치지 않는 성실한 작가"[52]로서, "그는 기분이 나쁘면 모래를 발로 차듯 문학을 떠나는 그런 부박한 무리가 아니"기 때문이었다. 최재서는 김남천 자신의 심경을 고백한 수기들에 대해, "작품 자체보다도 작품을 만들어낸 작자의 경력이나 생활이나 성격 등에 보다 많은 흥미"[53]를 느낀다고 고백했다. 그러나 최재서는 과거 리얼리즘 작가들의 구체적인 문학적 변모 양상이나 '국민문학' 글쓰기의 실천적 면모 등에 대해서는 말할 수 없다며 침묵해버렸다.

"기분이 안 나서 글을 못 쓰겠다는 문인이 아직도 수두룩한 조선문단에 있어서"[54] "왕년의 휴머니즘에 지성, 교양, 전통 등등의 논의 분분하던 때에 비하면 요새야말로 완전한 침묵시대라고 해도 과언이 아닐 것이"[55]라는 불만은 '문단불평분자'[56]라는 말의 유행을 낳았고, 여기서 당시 조선문단의 분위기를 추측할 수 있거니와 이러한 정세에 따라 식민지 조선 문인들의 '국민문학'은 시대에 대한 '완전한 침묵'이 빚어낸 결과물이라 할 수 있다. 즉 조선 문인들에게 '국민문학'은 근대적 문학 관념이 붕괴된 것으로 나타난 것이지, 일본이 말하는 것

---

51 위의 글, 237쪽.
52 위의 글, 235쪽.
53 위의 글, 236쪽.
54 「求理知喝」, 『인문평론』, 1939. 10, 36쪽.
55 「求理知喝」, 『인문평론』, 1940. 5, 40쪽.
56 「求理知喝」, 『인문평론』, 1940. 11, 161쪽.

처럼 서구의 붕괴를 목도함으로써 나타난 결과가 아니었던 것이다. 오히려 문학이 쇠퇴한 현상으로서의 '국민문학'은, 따라서 그들에게 적극적인 문학운동이 될 수 없었다. 최재서는 이런 세태에 직면한 각각의 작가들이 어떻게 운신하는지에 대한 관심으로 '국민문학'적 관점에서 작품을 분석하면서, 과거 준열한 리얼리스트였던 김남천의 나약한 심경의 토로를 충분히 이해한다는 제스처를 보인 것이다. 당시의 시국에 대해 조선 문인들이 어떻게 대응했는지 그 분위기를 짐작할 수 있는 대목으로 김종한의 흥미로운 언급을 인용해둔다.

쓸 수 없을 것 같지도 않은데 쓰지 않는 사람으로 유진오도 있다. 아마도 쓰지 않을 것이라고 생각은 하고 있었다. 소설 같은 것을 쓰는 것보다는 샐러리맨 쪽이 속 편하고 좋다고 아오키 히로시(靑木洪홍종우—인용자)도 말했다니까. 김사량의 야심작 장편 『태백산맥』은 그럭저럭 훌륭한 체면만은 유지하고 있는 듯하다. (…중략…) 연맹상聯盟賞의 작가 牧洋(이석훈—인용자)은 기행문 풍의 작품으로 정신의 착실한 정치학을 시도하려는 듯했으나 노력과 양에 반비례해 재능의 빈곤이 눈에 띄었다. 노력으로 말하자면 조선예술상의 이무영도 용어 차원에서 필사적인 애처로움을 보이는 것 같다. 쓴다, 쓴다 하면서 쓰지 않는 조용만, 안 쓴다 안 쓴다 하면서 여전히 쓰고 있는 정인택, 자식을 키우면서 살아가고 있기 때문일 것이다. 미야자키 세타로宮崎清太郎도 너무 피로해 보인다. 정비석만큼은 피로하지 않은 것 같아 좋았다. (…중략…) 최재서의 역저 『전환기의 조선문학』에 대한 우리의 불만도 이러한 점에 있을 것이다. 이를 테면, 통변적通辯的 발언에 대한 불신인 것이다.[57]

57　月田茂(김종한), 「文化の一年 : 一文化人の眼に映つたもの」, 『신시대』, 1943. 12, 46~47쪽.

어떻게든 '국민문학'다운 작품을 써야 한다는 압박감은 쓰고 싶어도 못 쓰는 사람과 쓰지 않는 사람을 양산했고, 쓰고 싶지 않지만 쓰는 사람과 써야 하는 사람을 양산해내는 모순을 초래했다는 것이 김종한의 판단이다. 이러한 분류에는 최재서도 포함되는데, 김종한이 "통변적 발언"에서 오는 불신을 운운했던 것은 아마도 최재서의 이중적 혹은 애매한 태도를 지칭하는 것일 터이다. 이것은 『국민문학』 편집자의 태도로서는 자격미달이다.

조선문단의 공기가 이러할 때, '신체제'하의 지식인 계급이 '직역봉공'을 실천해야 한다면 논리의 비약과 신념의 단행이 요구된다. 김오성은 이것을 "원리의 전환"[58]으로 명명했던바, 이때 논리를 초월한 신념의 비약이란 역사적 전환기가 강력한 필연성으로 간주되는 이른바 종교적 상황에서 비롯되는 것일 수밖에 없다. 이렇게 굴절된 신념의 비약이란 마지막까지 내 안에 고착되어 있는 어떤 것을 스스로 극복하는 일이며, 그럴 때만이 그 믿음은 '숭고한 대상'으로 고양될 수 있다. 최재서에게 그것은 "문학정신의 전환"[59]으로 선언되었고, 그것의 "완만한 혹은 무자각적인 전환에다 악센트를 주고 템포를 올리고 또 모든 점을 명확하게 의식화시키는 역할을"[60] 한 것은 바로 '대동아전쟁'이었다.

현대의 문화적 위기의 일반적 원형과 및 전환의 필연성은 이상과 같지만 이것을 좀 더 구체적으로 본다면 인생관에 있어서의 합리주의 정신의 부적합,

---

58 김오성, 「原理의 轉換」, 『인문평론』, 1941. 2, 6쪽.
59 최재서, 「文學精神의 轉換」, 『인문평론』, 1941. 4, 5쪽.
60 위의 글, 8쪽.

사회관에 있어서의 실증주의적 설명의 불가능, 민주주의의 무력화, 세계 경제의 파탄, 개인주의 문학의 군색窘塞 등으로 나타나 있다. 요컨대 이 모든 근대적 기구가 생활 조건의 격변으로 말미암아 토대로부터 화해할 위기에 서고 있는 것이다. 문학에 있어서만 보더라도 개인이 인류적 입장에 서서 오로지 독창성만을 가지고 문화적 창조에 기여한다는 근대적 관념은 그 자체의 진위를 불문하고 앞으로는 허용되지 않을 것이 예측된다. 말하자면 제 민족의 문화적 선수가 모여서 그 창조적 능력을 경기할 올림피아의 마당은 폐쇄되고 만 것이다. 그리고 그러한 능력은 좀 더 구체적이고 좀 더 절실한 민족의 생존과 국민의 영위에 바쳐져야 할 것이 요청되고 있다.[61]

이렇게 볼 때 조선 문인들에게는 일본 국가(국체)로의 전환만이 아니라 자신의 존재론적 기반이었던 서구 근대의 가치관으로부터의 전환 또한 중요한 위치를 차지하고 있었음을 알 수 있다. 그것은 '조선인'이라는 존재론적 위상뿐만 아니라 '문인'이라는 인식론적 위상 문제와 함께 하는 것이다. 바로 이러한 이중의 '전환'은 식민지 조선의 문인들을 '친일'로 일괄 규정할 수 없는 근거로 작용할 수 있다. 이문제는 물론 친일이냐 아니냐의 물음과는 다른 층위의 문제이다.

조선문학의 정신 및 원리의 전환이라는 시대적 과제에 호응하여 『국민문학』 창간호는 "조선문단의 혁신"을 권두언으로 내세우고 있다. 여기서 만주사변으로 촉발된 "혁신의 봉화"는 마침내 '쇼와昭和 신체제운동'에서 정점을 이루었고, 이에 따라 조선의 혁신은 "세계적 의미와 일본적 성격, 기타 반도 스스로가 재래의 협소한 문화권

---

61 위의 글, 9쪽.

을 탈피하고 고도 일본문화권 내에 용해되어 재연성再練成을 시도해야만 하는 삼중의 의미"[62]로 파악된다. 요컨대 '신체제'하에서 조선의 혁신이란, 일본을 맹주로 하는 '대동아공영권'의 일익으로 참여할 수 있는 물적 토대 그 자체에 대한 주문인 것이다. 따라서 '대동아공영권'의 원심력인 일본에게 일체의 '조선적인 것'은 절대 부정되어야 할 것이었고, 선험적으로 조선적일 수밖에 없는 조선 문인들은 이 문제에 첨예하게 대립했다.

5. '국민문학'의 보편성과 '조선적인 것'의 특수성

『국민문학』창간을 전후해서 '내선'의 문인들은 '국민문학'의 실천적·구체적 방법론에 대해 적극적으로 토의했다. 이는 '대동아공영권'의 선전 및 계몽을 위한 전위로서의 '국민문학'을 안착시키기 위한 것이었지만, 실제로 이들의 논의를 살펴보면 구체적인 방법론의 결여는 물론 어떤 문제에도 합의점에 도달하지 못하고 있었음을 발견할 수 있다. 그중에서도 가장 첨예하게 대립했던 사항은 바로 언어 문제였다. "반도에 남겨진 유일한 문예잡지"라는 『국민문학』의 위상에서 볼 때 "국어 문제에 부딪혀야만 한다는 것은 당초부터 예상된 일이"[63]

---

62 津田剛, 「革新の論理と方向 : 世界, 日本, 半島の革新について」, 『국민문학』, 1941. 11, 20쪽.

었던바, 그것은 '대동아공영권'으로 표상되는 전국戰局의 확대에 따라 제출된 사안이었다. 즉 전쟁과 연동된 식민지 경영 차원에서 일본어의 보급이 시급한 과제로 떠올랐기 때문이다. 실제로 1942년 5월 5일에 발표된 '국어보급운동요강'은 조선인 징병제 시행과 함께 발표되었으며, 이에 따라 『국민문학』은 1942년 5·6월 합병호부터 전면적인 '국어 잡지'로 전환되었다.[64]

총독부 학무국의 모리타 고로森田梧郎에 따르면, "국제문화협회에서 일본어의 해외 보급을 도모"했던 시기를 제1기로 친다면, '국어대책협의회'에서 만주사변 이후 대륙 경영과 관련한 일본어 보급 문제가 거론된 것이 제2기에 해당한다. 당시는 "화급을 다투는 정세였기 때문에" "일본어 진출이 졸속"적으로 진행되었던 데 대해, 제3기에 해당하는 현재, "일본이 대동아공영권의 지도자이자 동아의 맹주로서 일본 문화를 공영권 내에 수립하는 것"을 제일의 목표로 하는 근본 대책을 세울 시기가 도래했다는 것이 그의 진단이다. 그러나 "국내 문제로서의 국어의 정리 통일과 공영권에 내놓는 일본어의 정리 통일 문제를 똑같이 처리해야 할 것인지"[65]조차 명확한 기준을 찾지 못한 채 순수 일본어를 식민지에 주입시킬 것을 강조하는 일본 측의 요구에 대해 최재서는 몇 가지 사례를 제시하면서 그것의 불가능성을 주장한다.

최재서: 이건 만주국 관리한테 들은 말인데, 만주국의 경우 순수 국어를 보급하려는 무리와 다소 순수함을 잃어도 좋으니 합리적인, 소위 문법책 한 권

---

63 최재서, 「朝鮮文學の現段階」, 『轉換期の朝鮮文學』, 人文社, 1943, 85쪽.
64 여기서 1942년 10월 조선어학회 사건이 발생했던 사정을 가늠할 수 있다.
65 「(座談會) 大東亞文化圈の構想」, 『국민문학』, 1942. 2, 47~49쪽.

이면 족한 국어로 하자는 무리가 서로 논의 중이라고 합니다.

아키바 다카시秋葉隆(경성제대 법문학부 교수―인용자) : 그럼 에스페란토 어와 똑같아지는 것이지요.

최재서 : 그에 대해 국학자가 노발대발하면서, 어려운 것이 일본어인데 그걸 없애면 일본정신이 사라져버린다고 하더군요. 이제는 언어가 바뀌면 문화가 바 뀐다는 점을 숙고해야만 합니다. 그리스 문화는 식민지에서 언어가 변질되어 매우 퇴폐적으로 변해버렸습니다. 소위 코이네koine가 되어버린 것이지요. 언어 의 변질은 언어에서 그치는 것이 아니라 문화에 영향을 주고, 문화가 변질되면 퇴폐적인 문화가 발생합니다. 또한 그것이 본토로 역수입됩니다. 민중은 엄격 한 것을 싫어하기 때문에 식민지식 변종문화가 역수입되는 것이지요.[66]

거듭되는 세 차례의 '교육령' 개정을 통해 '일본정신'으로 표상되는 순수 일본어 보급만 강조하려는 일본 측에 대해, 아무리 순수한 일본 어를 식민지에 보급한다 하더라도 그것이 오염될 것임은 자명한 이 치이며 더 나아가 그것은 변질된 형태로 다시 본국에 역수입될 것이 라는 주장은 최재서의 통찰력이 발휘된 대목이라 할 수 있다.

여기서 코이네koine란 기원전 3·4세기 그리스 문화의 중심지인 아 테네를 중심으로 사용되었던 애틱 그리스어Attic Greek와 대립되는 개 념으로서, 알렉산더가 정복한 지중해 연안과 중동지역까지 통용되 었던 옛 그리스 공통어를 가리킨다. 세계 최대 제국을 이룬 알렉산 더는 강한 헬레니즘 문화의 전통하에 있었지만, 군사적·정치적 통 일을 초월하여 문화적·정신적 통일을 지향한 세계 제국을 형성하기

---

66 위의 글, 50쪽.

위해 언어의 통일을 추진함으로써 일상적인 통속어를 제국의 공용어로 삼았고, 마침내 그것은 신약성서의 언어가 되었다. 따라서 오늘날 공통어 또는 공용어를 의미하는 코이네를 최재서가 변질된 문화, 퇴폐적인 문화의 사례로 거론한 것은 그 자신이 그렇게 믿었던 것이 아니라 제국의 입법이라는 권위가 동화를 가능케 하는 사태에 대한 아이러니의 환유라 고할 수 있다.

가령 타고르Tagore의 작품은 뱅골어로 쓰였던 초기의 시가 우수했다는 그의 평가나 토착어, 지방어로 제작된 버나큘러vernacular 문학이 여전히 '동아공영권'의 내부에 존재하고 있음을[67] 환기한 것 또한 같은 맥락에 의거한 것이라 할 수 있다. 이는 제국 일본의 식민지가 구사하는 언어가 에스페란토어화 될 것을 우려하는 일본 측의 조급성에 대해 지배자의 언어 혹은 기득권층의 표준어에 대립하는 일상적·습관적인 민중의 양식에서 구성된 토착어, 지방어의 위상을 강조하려는 시도였던 것이다. 보편언어를 지향하는 제국은 제국의 내부에서 사용되는 다양한 언어들을 언어로 간주하지 않는 특성을 갖고 있다. 다양하고 무정형으로 존재하는 지방문학에 대한 평가는 배제하고 그것의 존재를 언급하는 것에서 그쳐버리는 최재서의 소극적인 대사에는 그가 직접 말하면서도 말하지 않은 것이 무엇이었는지를 짐작케 한다.

식민지 조선에 대한 일본어 보급 문제는 조선문학의 위상 전환을 암시하면서 나아가 조선 문인의 존재까지 위협하는 첨예한 갈등을 내포하고 있었다. 특히 '내선'의 문인들이 동석한 '국민문학 좌담회'

---

67 위의 글, 54쪽.

는 공동체적 목표가 무색할 만큼 날카로운 대립이 눈에 띈다. 그중 가장 주목되는 장면은 조선 문인들의 소극적인 자세를 질타하는 일본 측에 대해 '조선적인 것'의 해소 불가능성과 '지방문학'으로서의 조선문학의 위상을 주장하는 조선 측의 대립이다.

이때 최재서는 기존의 조선문학의 개념과 범주를 확대함으로써 '동아시아문학'의 범주로 재편할 것을 주장한다. 언어, 집필자, 독자, 주제가 모두 달라진 상황이라면 조선문학은 존재하지 않는 것이나 마찬가지지만 조선을 조선이게끔 하는 선험성은 결코 사라질 수 없기 때문이다. 이에 따라 최재서는 "조선문학의 멸망을 외치는 절망론에 대해서나 조선문학을 말살하려는 획일론에 대해서도 찬성하지 않는다"고 못 박으면서 국민국가의 상상적 지리학을 넘어서는 모험을 강행한다.

조선문학은 규슈문학이나 도호쿠문학 내지는 대만문학 등이 갖고 있는 지방적 특이성 이상의 것을 갖고 있을 터이다. 그것은 풍토적으로, 기질적으로, 이에 따라 사고 형식상으로부터도 내지와는 다를 뿐만 아니라, 오랫동안 독자적인 문학 전통을 배후에 지니고 있으며, 또 현실적으로도 내지와는 다른 문제와 요구를 갖고 있다고 할 것이다. 장래에도 조선문학은 이들 현실과 생활 감정을 그 소재로 하게 될 것이므로, 내지에서 생산되는 문학과는 상당히 다른 문학이 될 것이다. 굳이 예를 찾는다면, 그것은 영길리문학(영국문학―인용자)에 있어서 소격란문학(스코틀랜드문학―인용자)과 같은 것이 아닐까? 그것은 영문학의 한 부분이지만 소격란蘇格蘭적 성격을 견지하여 다수의 공헌을 하고 있는 것이다. 또한 언어 문제가 떠들썩할 무렵 자주 조선문학을 애란문학(아일랜드문학 ―인용자)에 비교하는 경향도 있었는데, 그것은 아주 위험한 것이다. 애란문학은 과연 영어를 사용하고는 있지만 정신은 처음부터 반영길리적이며 영길리로 부터의 이탈이 그 목표였던 것이다.[68]

특수성이나 로컬컬러 및 독자성이라는 것이 "일본문학의 일익으로서가 아니라" "조선에만 틀어박혀 있"을 뿐 그 안에서 "좀처럼 밖으로 나오려 하지 않는다"라는 경성일보 학예부장 데라다 에이寺田瑛의 불만과, "시대의 감정을 획득하"는 "문예가 자신의 자기 건설 문제"[69]와 결부되어 있다는 점을 반복적으로 강조하는 가라시마 다케시辛島驍의 발언에서 보이는 분위기가 바로 당시 조선 측과 일본 측이 공유하고 있는 공기였다. 조선인 학병 권유를 적극적으로 선전하던 이광수조차 "조선이란 점에 너무 집착하"는 조선인들의 견고한 자기성이 학병 홍보에 장애가 된다고 하면서도 "국어로 소설을 쓰고자 하는 것 자체가 무모하다"[70]는 불만을 토로한 바 있을 정도였다. 처녀작부터가 일본어 소설이었고 그 후에도 일본어 창작에 적극적이었던 이광수가 조선인이 일본을 흉내 낸다는 것이 과연 가능한 것인지에 대해 의문을 제기하면서, "금년 들어 저도 국어 작품을 네댓 편 썼지만 이런 것은 쓸 것이 아니라고 생각했다"[71]라고 언급한 것은 매우 흥미로운 대목이 아닐 수 없다.

---

68 최재서, 「朝鮮文學の現段階」, 『轉換期の朝鮮文學』, 人文社, 1943, 88～89쪽.
69 「(座談會) 朝鮮文壇の再出發を語る」, 『국민문학』, 1941.11, 77～79쪽.
70 「학병 권유차 도쿄에 간 최남선 · 이광수의 '도쿄대담東京對談'」, 『조선화보』, 1944.1, 김윤식, 『일제 말기 한국인 학병세대의 체험적 글쓰기론』, 서울대 출판부, 2007, 424～425쪽.
71 김윤식, 위의 책, 426쪽. 최재서가 식민지의 오염된 일본어가 식민 본국에 역수입될 것이라는 아이러니를 제출했던 데 대해, 마해송은 그와 반대되는 아이러니를 토로한다. 즉 일본 작가는 사투리로 일시 도망칠 수 있지만 조선인은 정확한 일본어 외에는 구사할 수 있는 언어가 없기 때문에 오히려 표준어가 조선인 작가에 의해 일본에 전해질 가능성이 있다는 것이 그것이다.

'국민문학과 지방문학'의 위상 및 범주에 대해 지속적인 이론화를 시도했던 것은 최재서가 유일하다. 최재서는 이것을 "장래의 일본문화를 고려하면서 획일적으로 가느냐, 아니면 많은, 즉 변화하는 문화를 포용한 어떤 통일 원리와 일본정신으로 다양한 문화를 통합하여 일본문화를 만들어가느냐 하는 문제"[72]라고 정리한 뒤, "종래 언문으로 쓰던 자가 국어로 쓴다는 것만으로는 큰 의의가 없다. (…중략…) 양자로 온 자가 이상한 개성을 갖고 들어와서는 곤란하다는" 일본 측의 주장을 그저 "속론俗論"[73]으로 치부해버린다. 당시 조선문단에 횡행하고 있던 '로컬컬러'론에 대해서도 최재서가 특별히 강조했던 부분 역시 조선문학의 '독창성'이다.

저는 로컬컬러란 말도 만족스럽지 못하고 특수성이란 말도 그다지 적절한 말은 아니라고 생각합니다만, 그렇다면 오히려 조선문학의 독창성이랄까요, 이런 부분이 고려되어야 하지 않을까 싶은데요.[74]

향토색 또는 지방색, 지역색으로 번역되는 '로컬컬러'나 일반적·보편적인 것에 대립되는 '특수성'에 대해 최재서가 군이 이들을 구별하면서 '독창성'을 강조한 것은 어떤 의도였을까. 독창성이란 모방이나 파생이 아니라 어떤 유기적인 원리에 의해 자발적으로 형성된 것을 지칭하는 개념으로서, 본래의 그것 자체에 기원을 둔다는 것을 핵심으로 한다. 여기서 오리지널리티originality가 형성되며, 그것은 유

---

72 「(座談會) 朝鮮文壇の再出發を語る」, 『국민문학』, 1941.11, 87쪽.
73 최재서, 「朝鮮文學の現段階」, 『轉換期の朝鮮文學』, 人文社, 1943, 94쪽.
74 「(座談會) 朝鮮文壇の再出發を語る」, 『국민문학』, 1941.11, 77쪽.

례가 없다는 창조적 특징으로서 가치를 획득하게 된다.

바꿔 말하면 조선을 조선이게끔 하는 선험성이란 조선이라는 하나의 유기적 원리에 의해 형성된 오리지널리티를 획득한 하나의 가치체계로서, 아무리 일본어로 창작을 한다 할지라도 그것의 오리지널리티는 사라질 수 없다는 것이 최재서가 말하는 '조선문학 독창성론'의 근거이다. 따라서 최재서는 "조선의 지방색을 띰으로써 조선문학의 독창성이 만들어"[75]지는 것을 가장 바람직한 형태로 제시한다. 이것은 시종일관 '일본정신'으로 무장한 작가의식과 일본어 창작만을 요구하는 지배자의 언설에 대해 언어는 양보하더라도 작가의 선험적 의식은 버릴 수 없다는 인식에서 기인한 것이며, 그가 영국문학과 스코틀랜드문학의 관계를 비유로 가져온 것은 바로 이 때문이다.

모순은 '문제'를 구성하고 그것의 해결을 촉구하기 마련이다. 우에다 가즈토시上田萬年의 '국민의 정신적 혈액'으로서의 '국어라는 사상'이 식민지 조선에서 근본적인 모순을 드러냈던 것은 조선과 일본이 서로의 대치된 입장에서 '국어'를 이야기할 때 발생될 수밖에 없는 '국어'의 정치성을 중화시키지 못했기 때문이다. 요컨대 일본 측에서 작가적 의식과 일본어를 강조하는 전략은 조선어에 대한 상실을 고의적으로 삭제하고 부인하는 한편 작가적 의식을 억압하는 방식으로 일본의 정체성을 구사한 것이라 할 수 있다. 따라서 '신체제'와 함께 모든 이념적 가치가 배제된 이후의 진공상태를 메우게 되는 것은 '일본 국가'가 아닌 '일본 정신'일 수밖에 없었다.

---

75 최재서, 「偶感錄」, 『轉換期の朝鮮文學』, 人文社, 1943, 191쪽.

이렇게 볼 때 "조선문학의 '스코틀랜드문학'화는 큰 개에게 물린 강아지가 짓는 소리보다 못한 자위에 지나지 않는다"[76]는 세간의 평가와는 별도로, 이것은 일본 측의 정언명령에 대해 최재서가 최후까지 양보할 수 없었던 '조선적인 것의 특수성' 또는 선험성을 유지하기 위한 전략이자 몸부림이었다고 할 수 있다. 그것은 일본문학에 조선문학의 운명을 거는 것에 의해 생존의 가능성을 배가하기 위한 것이었다. 좌담회에서 좀처럼 말을 아끼던 최재서가 "당국이 명령하고 문인은 그것에 복종한다는 사고방식으로는 진정한 문예동원이 불가능하다", "일일이 호령에 의해 문학이 움직이는 것처럼 해석해서는 안된다"[77]고 일침을 가했던 것도 이러한 맥락 때문이다.

6. 파국의 시대와 새로운 '역사의 천사'

주지하다시피 최재서는 1944년 1월 1일 이시다 고조石田耕造로 창씨개명을 단행함과 동시에 '황국신민'으로의 전향을 선언했다. 그의 완전한 전향선언서라 할 수 있는 「받들어모시는 문학まつろふ文學」은 일본 사상의 정수이자 복고사상의 총론으로 불리는 모토오리 노리나가本居宣長

---

76 川村湊, 「朝鮮近代批評の成立と蹉跌 : 崔載瑞を中心に」, 藤井省三, 『岩波講座: 「帝國」 日本の學知5, 東アジアの文學・言語空間』, 岩波書店, 2006, 286쪽.
77 「(座談會) 文藝動員を語る」, 『국민문학』, 1942.1, 123쪽.

의 『나오비노미타마直毘靈』(1771)의 일절로 시작된다. 이 인용문이 상징하는 것처럼 이 글은 최재서의 신앙 고백과도 같은 인상을 준다.

> 문제는 언제나 간단명료했다. ─ 그대는 일본인으로 될 자신이 있는가? 이 질문은 다시 다음과 같은 의문을 일으킨다. 일본인이란 무엇인가? 이 질문은 다시 다음과 같은 의문을 일으킨다. 일본인이 되기 위해서는 어떻게 하면 좋은가? 일본인이 되기 위해서는 조선인이라는 사실을 어떻게 처리해야 하는가?
> 이러한 의문은 이미 지성적인 이해나 이론적 조작만으로 어쩔 도리가 없는 최후의 장벽이었다. 그렇기는 하나 이 장벽을 돌파하지 않는 한 팔굉일우도 내선일체도 대동아공영권의 확립도 세계 신질서의 건설도, 통틀어 대동아전쟁의 의의를 알지 못하게 된다. 조국 관념의 파악이라고는 하나, 그러한 의문에 대한 명확한 해답을 갖지 않는 한 구체적·현실적이라 할 수 없다.
> 여기서 나 자신의 체험을 말하고자 한다. 나는 작년(1943년─인용자) 연말 무렵부터 갖가지 자기를 처리하기에 깊이 결의하고 정월 첫날(1944.1.1─인용자)에는 그 수속으로 창씨를 했다. 그리하여 이튿날 아침 그것을 받들어 고하기 위해 조선신궁에 참배했다. 신궁 앞에 깊이깊이 머리를 드리우는 순간, 나는 맑고 맑은 대기 속에 호흡하자 모든 의문에서 해방된 느낌이었다. ─ 일본인이란 천황에 사봉하는 국민인 것이다.[78]

이 글을 최재서의 이전의 행적과 완전히 단절된 전향선언서로 독해하는 것은 무리가 있지만, 지속적으로 '국민문학'의 이론화를 시도하면서도 자신의 선험성을 유지하고자 했던 일련의 행위들과 연속

---

78 「まつろふ文學」, 『국민문학』, 1944.4, 5쪽.

해서 본다면 모종의 단절이 느껴지는 것도 사실이다. 왜 이 글이 1944년 4월의 시점에서 제출되었고, 1944년 새해를 맞이하여 뒤늦은 창씨개명을 단행하면서 — 창씨개명은 1939년 11월에 개시되었다 — 스스로 '황국신민'을 선언하게 되었는지는 당시 일본의 패색의 기운과 관련이 있을 것이다.

야마모토 이소로쿠山本五十六 연합함대 사령관이 전사하고(1943.4.18) 뒤이어 애투 섬Attu Island 전투에서 일본군이 전멸했으며(1943.5.12~30) 이탈리아가 연합군에 항복(1943.9)하는 사태가 잇따라 발생함에 따라 1943년 10월 2일 고등학교, 대학, 전문학교 재학생의 징병 유예가 완전히 정지되면서 1944년 1월 20일에 '학도특별지원병제'가 시행되었다는 저간의 사정은 최재서가 왜 이 시기에 신앙 고백에 가까운 전향을 선언해야만 했었는지에 대해 어느 정도 분위기를 추정해볼 수 있다.

최재서는 "일본인이 되기 위해서 조선인이라는 사실을 어떻게 처리해야 하는가"에 대한 "최후의 장벽"에 직면했을 때 그 과제에 대응하기 위해서는 자신의 한계를 초월해야 한다는 사실을 고백하고 있는 것이다. 그러한 정언명령을 따라 모종의 쾌락을 심어놓음으로써 자신의 법칙을 부과한다는 것은 일종의 '고통 속의 쾌락'이라 할 수 있다. 자신이 조선인이라는 그 엄연한 사실은 그 향유의 장애물이며, 이때 주체는 대의good reason에 이바지한다는 것을 알기 때문에 고통을 받아들이려고 한다. 그리하여 보다 낮은 단계에서 보다 높은 단계의 도덕적 완성이라는 무한 전진이 가능케 된다. 이것은 그 행동을 위한 정념적 동기로 기능하며, 그로 인해 상상력의 모든 한계를 넘어 끝없이 고문당하지만 계속 살아서 고통을 겪으며 더욱더 신성해지기까지 한다.[79] 이때 천황은 자신이 '사봉'해야 하는 환상, 즉 절대타자로서 신앙의 구현체가 된다.

그럼에도 불구하고 이러한 행위는 병든 상상력이나 경박한 공상이 아니라 매우 특별하면서도 일반적인 어떤 구조적 문제에 응답하고 있다는 사실을 인정하는 것이 중요하다. 개인의 문제에 국한해서 볼 때 이데올로기의 압력에 반응하는 차원은 매우 복합적이기 때문이다. 따라서 여기서는 친일이냐 아니냐의 문제를 되풀이하여 제기하고자 하는 것도, 그렇다고 해서 최재서를 친일 혐의로부터 구제하고자 하는 것도 아니다.

2009년 11월에 발간된 『친일인명사전』은 방대한 실증적 자료를 규합하고 다양한 연구자들의 참여로 이루어진 소중한 결실임에는 재론의 여지가 없다. 문제는 그 이후인데, '친일'이라는 개념이 환기하는 강력한 효과로 인해 역사를 보지 않고 역사의 견해만 보고 역사를 보고 있다고 믿는 태도를 양산하게 될 우려를 지울 수 없기 때문이다. 이러한 태도는 '친일'이라는 예단이 선행함으로써 다양한 스펙트럼의 존재를 망각케 할 위험이 있다. 요컨대 '친일문학'이라는 의장만을 신봉하는 한 여기에는 크건 작건 죽은 세대의 전통이 악몽처럼 살아 있는 자의 사고를 짓누르게 된다.

다케우치 요시미가 말한 것처럼 '국민문학운동'이란 적극적인 문학운동이 아니라 비평정신이 상실되고 그 원리가 쇠약해진 현상으로서 나타난 것에 불과하다. 따라서 문학적 관념이라고 이름 붙일 만한 것이 전혀 없었다는 데 최재서의 고민이 놓여있었다. 그의 고뇌가 보잘 것 없음에 비해 '친일'이라는 문자가 환기하는 것은 얼마

---

79 알렌카 주판치치, 이성민 역, 『실재의 윤리』, b, 2004, 128~131쪽 참조..

나 강력한 효과를 발휘하는가.

한나 아렌트Hannah Arendt는 20세기를 이데올로기의 지배가 낳은 '전체주의의 시대'라고 정의했던바, 그것은 이데올로기가 지배의 강령적 도구로 이용되었던 사상적 형해화의 시대를 의미한다. 그것이 초래한 사태는 가치체계의 영향으로부터 탈각된 이른바 사상의 해체 상태이다. 이러한 존재론적 기반에서라면 인간은 그 어느 누구도 사상의 절대성에서 벗어날 수 없다. 단지 여기서 말할 수 있는 것이란, 과거의 비극이란 언제나 교훈적이라는 점이다. 해방 이후 최재서는 셰익스피어 연구에 집중했던바, 그가 조금 더 살았다면 자신이 계획했던 밀턴 연구로까지 나아갔을 것이다.[80]

80　최재서, 「文學의 海圖를 그리며」, 『인상과 사색』, 연세대 출판부, 1977(발표 1959.12.7).

제7장

전쟁과 역사
총동원 체제하의 최재서의 일본어 소설

1. 총동원 체제하의 조선문단

최재서가 주간한 인문사人文社에서 발행되던『인문평론』이 '조선문학의 혁신'을 모토로 제목을 변경하면서『국민문학』으로 발간되기 시작한 것은 1941년 11월의 일이었다. 한일병합 이래 일본이 조선을 식민통치한 전 시기를 헤아려볼 때 문학이 관제화되기 시작한 것은 비교적 늦은 시기였다고 볼 수 있다. 이것은 일본이 만주사변(1931)을 시작으로 중일전쟁(1937)과 아시아·태평양전쟁(1941)까지의 '15년전쟁'을 수행하는 가운데 조선문학의 위상과 역할이 변모되었음을 의미한다.

먼저 1937년 6월 4일에 성립된 고노에 후미마로近衛文麿 내각은 '군·관·민 거국일치'를 슬로건으로 한 '국가총동원법(1938.4.1)'을 통해 식민지 조선의 산업을 군사적으로 개편함과 동시에 군사인력을 강화하는 '고도국방건설'이라는 '신체제' 확립을 선언하였다. 군·관·민의 전 영역이 전쟁 수행의 역할을 떠맡게 된 '신체제'하에서는 전쟁을 위한 목적과 수단 이외에는 그 어떤 가치도 승인받지 못하는 것이다. 따라서 일반 민중은 '총후국민'으로 소환되었고, 그에 따라 국민의 생활은 일본 국가정신의 목적에 부합되도록 조정되었으며 더 나아가 국민을 통일하고 유도하는 '통제사회'가 실현되었다.

이러한 분위기에서 조선의 문인들이 이에 조직적으로 부응했던 것이 '황군위문조선문단사절단(1939.4.15)'을 중지전선中支戰線으로 파견한 사건이다.[1] 김동인이 "문단의 희생양"[2]을 자처하면서 스스로 총독부 학무국을 찾아가 직접 제안하고 또 학예사의 임화, 인문사의 최재서, 문장사의 이태준이 주도적으로 협의하고 참여했던 이 사건은 최초의 조직적인 조선 문인들의 시국행사였다는 점에서 문인 동원의 전사前史에 해당한다고 할 수 있다. 이것을 계기로 1939년 10월 29일 '조선문인협회'가 창설되고 "조선 문인의 거의 전체가 '조선문인협회'에 가입"[3]함으로써 조선문단의 조직적인 통일화가 전면적으로 시행되기에 이르렀다. 중국과의 항일전쟁이 장기화됨과 동시에 아시아·태평양전쟁을 목전에 두고 있었던 일본이 뒤늦게 조선문단을 전쟁에 총동원했던 사정에는 전황戰況에 따른 초조함에서 비롯된 강력한 탄압이 작용했음을 시사한다.

---

1   이에 대해서는 이혜진, 「전쟁과 문학 : 총력전하의 '전쟁문학' 작법」, 『한국문예비평연구』 25, 2004.4, 참조.
2   김동인, 「문단 삼십 년의 자취」, 『동인전집』 8, 홍자출판사, 1967, 468쪽.
3   春園生, 「內鮮一體と朝鮮文學」, 『朝鮮』, 1940.3, 70쪽.

김문집(이) 나를 찾아왔다. 그는 (…중략…) 학무국장 시오바라와 친하다고 하며, 지금 문인들이 대단히 당국의 주목을 받고 있으니 문인의 단체를 만들어서 연맹에 가입하지 아니하면 필시 대탄압이 오리라 하고 문인의 단체만 만들면 시오바라가 후원한다고 하며 내게 의향을 묻기로, 나는 좋겠다고 대답하였다. (…중략…) 김문집은 그로부터 자주 나를 찾아왔다. 그는 문인들을 찾아다니며 문인회 설립을 권유하노라는 보고를 하고, 나더러도 적극적으로 나서라고 권유하였다. 내가 보기에도 한국 문인들의 신변이 위험한 것은 짐작하고 있었으므로 관헌의 주의를 받을 만한 친구 몇 사람에게 권유도 하였다.[4]

1940년 7월 7일 조직된 '국민정신총동원 조선연맹'이 총독부 학무국 주도의 '국민총력 조선연맹'으로 개편되면서 그 산하에 '문화부'를 설치하고, 또 문단을 전시체제에 적합하도록 장르별로 전문화하면서 조직적으로 동원한 사태의 추이를 살펴보면 조선 문인들조차 여기에 발빠르게 대응하지 못했음을 확인할 수 있다. 가령 "문화의 운영을 위하여 관민일치가 조직화되기는 조선서는 처음 있는 일이라"[5] 여기에는 용기와 단행과 신념과 비약을 필요로 한다는 문인들의 고백이라든가 문학에서 조선어를 어떻게 처리해야 할 것인가를 둘러싸고 일본 측과 논쟁하는 장면, 그리고 '국민문학'의 이론과 실제의 격차에 대해 통일된 논의를 도출하지 못하는 장면 등이 그러한 예이다.

이광수의 말처럼 일본 관헌에서 예의주시하는 문인들까지 거의 예외 없이 '조선문인협회'에 가입했고, "리얼리스트이면서 논쟁가이

---

4   이광수, 『나 / 나의 고백』, 우신사, 1985, 238쪽.
5   「문화부에 멸함」, 『인문평론』, 1941. 4, 2쪽.

자 자기와 사회에 대해 준열하기를 그치지 않는 성실한 작가"[6]로 평가되었던 김남천조차 '국민문학 작가'로 분류되었던 저간의 사정을 고려해보면 최재서가 언급한 '국민문학 작가들'이란 실질적인 의미가 존재하지 않는지도 모르겠다.[7]

실제로 당시의 평론들을 살펴보면 '국민문학 작가들'의 작품에 반영된 태도 또는 '국민문학'으로 불리는 작품 중에서 모범으로 제시될 만한 것은 전혀 존재하지 않았다.[8] 더욱이 일본 측과의 협의를 걸쳐 결정된 '국민문학 요강' 등이 존재하기는 했지만, 실제로는 거기에 호응하는 이론적 논의들만 무성했을 뿐 통일된 원리나 이론을 도출하지는 못했으며, 따라서 어떤 식으로든 '국민문학'에 값하는 작품을 생산해야만 했던 작가들로서는 "그 방책이 실로 막연하여 붙잡을 곳이 없"[9]다는 불평만 토로할 뿐이었다.

그러면 어쩌한 작품을 쓰지 안으면 안 되는가. 거기 관해서는 아직 아무도 분명치 못한 상태에 잇지 안은가. 어쨋던 먼저 말한 문학에서 일보 전진하지 안으면 안 될 것은 알고 있다. 더듬어서 찾는 목표가 우선 국민문학이다 라고 할 수 잇는 상태에 잇다고 해석해도 나의 과언이 아니리라. 그 증거로는 이것이 국민문학인가 하고 생각될 만한 작품은 아직 하나도 나타나지 안엇다. 싹

---

6 최재서, 「國民文學の作家たち」, 『轉換期の朝鮮文學』, 人文社, 1943, 166쪽.
7 최재서가 '국민문학 작가'로 규정한 사람은, 신진 혁신작가로 이석훈, 정인택, 중견 대표로 유진오, 이태준, 중견 리얼리즘 작가인 이무영, 한설야, 김남천, 신인에 조용만, 정비석, 오영진, 함세덕, 오영진, 그리고 조선에 거주하는 일본인 작가인 다나카 히데미쓰田中英光, 미야자키 세타로宮崎淸太郎, 구보타 노부오久保田進男다. 최재서, 「國民文學の作家たち」, 『轉換期の朝鮮文學』, 人文社, 1943, 217~252쪽.
8 이혜진, 「신체제 시기 최재서의 '국민문학론'」, 『정신문화연구』 33(3), 2010.9, 272쪽.
9 「동아작가대회를 제창함」, 『인문평론』, 1940.10, 3~4쪽.

트는 것조차 보히지 안는다. 하물며 국민문학이 원리를 구명하고 그것을 수립하려는 문장이야 누구라 쓸가부냐. 일전에 들은 이야기인데 近者는 일부 비평가들 사이에서 금년도의 국민문학의 걸작으로서 무엇을 들어달라는 편지를 밧앗다고 한다. 그 회답을 참고로 하여 『국민문학걸작집』이란 단행본을 간행할 계획이라고 한다. (…중략…) 국민문학이라 할 만한 작품이 대체 최근의 문학에 잇섯슬가. 그것조차 의심스러운데 그중의 걸작을 들라고 함은 우습다.[10]

이런 가운데 최재서가 주관하는 『국민문학』은 조선 문인과 재조 일본 문인의 총동원을 목적으로 한 "잡지계의 매일신보"[11]를 정립하기 위해 기획된 것이었다. 즉 『국민문학』은 조선 내부기구의 전면적인 군사 재편을 목표로 한 '신체제'하에서 각자의 자리에서 전쟁을 수행하는 역할, 즉 '직역봉공職域奉公'의 의무가 주어짐에 따라 문학이라는 직역에서 비상시국에 적합한 작품 생산에 매진하는 "문학정신대"[12]를 자임하는 것으로 기능했다. 더욱이 "비상시체제가 전시체제가 되고, 전세체제가 임전체제가 되고 이것이 다시 결전체제에까지 돌진"[13]한 상황에 이르자 '황국신민皇國臣民'의 신념하에 '멸사봉공滅私奉公'의 정신으로 전쟁에의 참여를 독려하는 장으로 작용했다.

일찍이 조선 제일의 평론가로 군림했던 최재서가 전례 없이 총 다섯 편의 일본어 소설을 창작했던 것도 바로 이 시기이다. 중일전쟁을 전후로 한 시기의 문인 동원 양상이 일본의 '국체'를 이해하기 위

10 榊山生, 「國民文學은 무엇인가(上)」, 『만선일보』, 1941.3.8.
11 「文藝動員を語る」, 『국민문학』, 1942.2, 110쪽.
12 「문학정신대」, 『인문평론』, 1941.1, 4쪽.
13 「知識動員の擴充」, 『국민문학』, 1942.1, 4쪽.

한 '국민문학'의 작법을 논의한다든가 전쟁의 요충지였던 쉬저우西州, 북지北支, 중지中支 전선을 견문케 하는 등 시국에 대한 문학적 대응으로서의 보고적·체험적인 전쟁문학 생산에 치우쳤었다면, 이 시기는 아시아·태평양전쟁이라는 영구전쟁의 이념하에 조선인의 목숨을 동원한다는 차원으로 고양되었기 때문에 보다 체계적이고 구체적인 '익찬翼贊'을 내용으로 했다는 점에서 문학적 자율성이 완전히 소멸한 때였다고 할 수 있다. 여기서는 최재서의 일본어 소설이 '국민총력조선연맹' 산하의 '문화부'가 조선문단에 요구한 전시 이데올로기를 어떻게 발현시키고 있는지, 그리고 진정한 일본인이 될 수 없다고 믿었던 조선인이 그 이데올로기에 어떤 균열을 일으키게 되었는지에 대해 살펴볼 것이다.

최재서의 일본어 소설 「보도연습반報道演習班」(『국민문학』, 1943.7), 「부싯돌燧石」(『국민문학』, 1944.1), 「쓰키시로 군의 종군月城君の從軍」(『녹기』, 1944.2), 「제 때 피지 못한 꽃非時の花」(『국민문학』, 1944.5~8), 「민족의 결혼民族の結婚」(『국민문학』, 1945.1~2)은 '조선문인협회'가 '조선문인보국회(1943.4.17)'로 개편되면서 지향했던 '내선일체'를 통한 전쟁에의 총집결을 목표로 했던 '황도문학皇道文學'의 전형이라 할 수 있다. 이 작품들이 생산된 배경으로는 아시아·태평양전쟁에서 일본 측의 패색이 기운이 보이기 시작할 무렵의 '징병제(1942.5.8 결의, 1943.3.1 공포, 1943.8.1 실시)'와 '학도병' 입영(1944.1.20), 그리고 전쟁을 수행할 수 있는 주체가 되기 위한 '내선일체' 이데올로기가 적극적으로 반영되어 있다.

'징병제'가 조선인이 자발적으로 전쟁에 지원하는 형식으로 진행되었다면 '학도병'은 전면적인 강제징용을 의미하는 것이었다. 게다가 총부리를 누구에게 겨눌 것인가를 결정하는 사항으로서 조선인은 필연적으로 '진정한' 일본 국민이 되어야 했던 만큼 '내선일체'는 전쟁을 수행하는 데 있어 긴요한 정치적 의미를 지니는 것일 수밖에 없었다. 이에 따라 최재서의 일본어 소설은 "자신을 죽이고서라도 주어진 테마로 제작해 주었으면"[14] 한다는 일본 측의 요구에 공식처럼 적용되는 핵심적 요건을 갖추고 있다.

2. 원고지와 총 : 조선인 문학자의 문예동원

「보도연습반報道演習班」은 '결전체제'를 맞이하여 조선의 문화예술계 인사들이 대거 동원된 첫 '보도연습'의 장면을 소설화한 것이다. 출판사를 운영하는 36세의 송영수末永秀는 '조선군 보도부장'으로부터 온 문화계 인사들의 '보도연습'에 관한 공문을 받고 몹시 갈등한다. "보도연습에 참가한다는 것은 곧 언젠가는 펜을 들고 전선으로 향하리라는 것을 스스로 맹세하는 것이나 다름없"[15]기 때문이다. '문화인'이 전쟁에 직접 참여한다는 사실은 오랜 기간 학문과 이론으로 무장한 송영수로서는 도저히 감행할 수 없는 "절망적인 간극"이었고, 더

---

14   「文藝動員を語る」, 『국민문학』, 1942.1, 118쪽.
15   崔載瑞, 「報道演習班」, 『국민문학』, 1943.7, 25쪽. 최재서의 일본어 소설에 표기된 이름은 제 각각인데, 「報道演習班」과 「燧石」은 '崔載瑞'로, 「月城君の從軍」은 '石耕'으로, 그리고 「非時の花」와 「民族の結婚」은 '石田耕人'으로 표기되어 있다. 여기서 '石耕'과 '石田耕人'는 최재서의 호이다. 참고로 최재서는 1944년 1월 '石田耕造'으로 창씨개명을 단행했다. 『경성일보』, 1944.1.19.

구나 군복을 입고 거수경례를 하는 것에 대한 부끄러움은 보다 극심한 "심리적인 장벽"이 되었다.

그러나 그것은 "전쟁의 새로운 단계에 대처하기 위해" 지식인이 총동원된 자리였고, 송영수는 "조선반도를 한 순간에 잠깨웠던" 조선인 '징병제'를 시행하는 데 있어 자신이 그 선전의 첨병이 되어야 한다는 것을 직시하고 있었다. 그럼에도 시시각각 "전체에서 떨어져 있는 자신을 의식"하면서 "새로운 것에 대한 이유 없는 반발, 행동에 대한 터무니없는 공포심"을 느끼는 한편 "미지의 곤란한 목표를 향해 자신을 일으켜 세우고 앞으로 나아갈 수 있기를 필사적으로 기원했던 그"는 훈련이 진행되면서 점차 자연스럽게 거수경례를 하고 추위와 피로를 극복해가며 군가를 합창하면서 전체와 하나가 되어가는 자신을 발견하게 된다.

> 이상할 정도였다. 노래를 부르던 중에 송영수는 피로도 공복도 불만도 어깨를 짓누르던 총의 무게조차 다 잊고 진정 즐거운 기분으로 행군을 할 수 있었다. 더 이상 그는 외톨이가 아니었다. 하나의 뜻에 따라 움직이는 전체 속의 하나였다. 그의 일보 일보는 전체 속의 일보 일보와 완전히 일치했다. 피로와 공복을 느끼고 불만으로 괴로워하던 그 자신은 어디론가 날아가 버리고 전체와 함께 노래하고 함께 전진하는 새로운 그가 거기에 있었다.[16]

서툰 솜씨로 총을 쏘아보고, 무엇 하나 제대로 갖춰지지 않은 불편하고 불결한 환경 속에서 실제의 전쟁터를 상상하며 훈련을 받는

---

16 최재서, 이혜진 역, 「보도연습반」, 『최재서 일본어 소설집』, 소명출판, 2012, 22쪽.

과정을 통해 전우애와 군인정신을 체득하게 되면서 새로운 인간형으로 거듭난 송영수는 징병제를 통해 진정한 '황국신민'으로 나아가고 서구의 근대를 초극해야만 하는 일본의 '세계사적 사명'을 깨닫게 된다.

저 산과 같이 유구한 야마토민족大和民族, 그 유구한 생명력에서 한층 더 비약하려고 발버둥치는 젊디젊은 일본국이다. 일본은 지금 저 초목들처럼 풋풋하게 살아있다. 또 그렇게 비약하지 않으면 안 된다. 일본의 비약만이 동아東亞의 십억을, 아니 세계의 파탄을 구할 수 있다. 조선의 이천칠백만은 내지의 동포 칠천만을 도와 이 성스러운 과업을 이루어야만 한다.[17]

이 소설은 1943년 5월 20일부터 6월 4일까지 '조선군 보도연습훈련'에 참가했던 최재서의 실제 경험담에 대한 기록이다. 1943년 2월부터 '결전체제'에 따른 문단 통합에 대한 논의의 진전 결과 같은 해 4월 17일에 결성된 '조선문인보국회'는 "반도문학운동의 결전체제를 확립하기 위"한 "황도문학 수립을 지표로"[18]서 기존의 '조선문인협회'와 일본 문인 조직인 시가연맹詩歌聯盟, 가인협회歌人協會, 하이쿠협회俳句協會, 센류협회川柳協會가 통합된 대규모의 '내선' 문인이 통합된 조직의 형태를 띠고 있었다.[19]

---

17 위의 글, 23쪽.
18 「각종 문화단체 통합 반도문인보국회 결성 來17일 부민관에서」, 『매일신보』, 1943.4.13. 야나베 에이자부로矢鍋永三郎를 회장으로 한 '총력연맹'의 '문화부' 내에서 최재서는 이사 겸 평론·수필부의 회장을 맡고 있었다.(「반도문학총력집결」, 『매일신보』, 1943.4.18)
19 대부분의 조선 문인이 '조선문인보국회'에 참가했다 손치더라도 당시 문인들 사이에서조차 그 평판은 그다지 좋지 않았다. 다음의 김기진의 술회는 당시 '조선문인보국회'에 참가한다는 것이 어떤 의미였는지에 대한 분위기를 짐작하는 데 도움이 된다.

이것은 1940년 12월 '국민총력연맹'에 '문화부'를 신설하면서 관민 일치의 조직 형태로 문화인의 통제를 한층 가중시킨 데서 비롯된 것이었다. 그리하여 "반도를 둘러싼 모든 지표는 전체적 유기사회의 성격을 지향하"는 "대일본제국의 유력한 일부"로서 "고도국방국가건설을 목표로 멸사봉공하는 것"[20]만이 유일한 목표로 상정되면서 무엇보다 문인의 '자기연성'을 최대 목적으로 요망하게 된 것이다. 요컨대 문인이 사상적으로 동원되기 위해서는 '쓰는 것'에만 그치는 것이 아니라 작가의 자기수양 단계가 최우선이라는 것이다. 이것은 대중을 지도해야 할 위치에 있는 문인의 적극적인 동원을 독려하는 정신적 변혁에 대한 요청으로서, 조선 문인이 '익찬'에 소극적이라는 일본 측의 거듭된 비난에 따른 것이었다.

가라시마 다케시辛島驍 : 두 번째는 해당 작가가 국민적 의식을 형성하기 위해 보다 더 자기수양이 필요한 경우로서, 내지의 성지순례 여행에 참여하거나 병영생활 체험, 근로봉사 참가, 지원병훈련소 견학, 미소기禊에 참여하는 등의 다양한 방법이 있습니다. 따라서 대중을 지도 계발하는 입장에서의 동원과 자기수양, 자기재건을 위해 실시하는 동원, 이 두 가지 방향을 문예동원과 관련하여 고려해봐야 할 것 같습니다.[21]

"시골서 온 친구가 오래간만에 만나서 맨 처음 묻는 말이, "너 요새 무어 하니?" 이 같은 물음이었다. "문인보국회 일을 한다." 나는 이렇게 대답했다. "이눔아 문인보국이 다 무어냐! 죽어라! 죽어!" 친구의 굵은 목소리가 수화기를 통해서 이렇게 울린다. 나는 이 소리를 듣고서 "에이 미친놈!" 하고 말았다. 그리고는 다른 이야기를 간단히 주고받은 뒤에 전화를 끊고 나서 내가 이놈저놈 하고 농을 하는 하나밖에 없는 이 벗이, 더구나 문학하는 친구가 "문인보국이 다 무어냐 죽어라!" 한 까닭이 무엇일까 생각했다."(金村八峯, 「이 길을 가자」, 『매일신보』, 1944.9.6)
20   津田剛, 「革新の論理と方向 : 世界, 日本, 半島の革新について」, 『국민문학』, 1941.11, 20쪽.
21   「文藝動員を語る」, 『국민문학』, 1942.1, 105쪽.

후루카와 가네히데古川兼秀 : …… 문예인은…… 뭔가 미흡한 것 같더군요. 가장 머리 좋고 민중의 감정을 잘 알고 있는 사람, 시대에 가장 민감한 사람들이 용기가 없어 보입니다. 없는 용기를 북돋우기 위해 자기수양을 중점으로 한 동원도 필요할 것이고, 이를 위해서는 가두운동이나 근로봉사도 해야겠지요. 본인 스스로가 황민인식, 시국인식을 갖춰 민족사상의 잔재를 일소할 필요도 있겠고, 또 동시에 그 사람의 그런 행동 자체가 대중을 지도하는 역할을 하게 되는 것이니[22]

조선 총독이 주관하는 '국민총력연맹'에 '문화부'를 신설하게 된 사정은 식민지 조선의 문인들에 대한 일본 관헌의 통제가 최대치에 이르렀다는 것을 의미했다. 따라서 이 시기에 자주 논의되곤 했던 조선문학의 '진로'나 '혁신' 및 '동원' 등의 용어는 기존의 '조선문인협회' 때나 '비상시체제'와도 변별되는 '결전체제'의 도입에 호응한 것이라 할 수 있다. 이것은 완벽한 전쟁기계의 양산을 도모한 것으로서, 특히 조선 문인들은 문필로 대중에게 '일본 정신'을 전달해야 하는 전쟁 지도자의 임무를 띠고 있었으므로 보다 철저한 사상적 검증을 필요로 했다. 이제 문학은 오직 전쟁을 수행하는 수단으로서만 존재할 수 있었기 때문이다.

'조선문인보국회'는 그 활동의 초점을 '싸우는 문학'에 두어야 한다. 이런 조직이 필요하게 된 첫째의 이유도 싸우는 힘의 결집을 필요로 하기 때문이다. 분산적 전력을 하나의 종합적 전투병단에 집중시키고 그 전력을 각각의 유대에 의

---

22   위의 글, 108쪽.

해 한층 증대시키는 것을 조직의 목표로 삼았다. (…중략…) 주변의 문인 중 한 사람이라도 반전적反戰的 존재로 생각되는 인물을 낳아서는 안 된다. 말해보고 분별하지 못하는 경우는 다 베어버리고 우리는 우리의 길을 가야만 한다.[23]

이 소설에서 도대체 '보도연습'이 목적인지 군사훈련이 목적인지 모르겠다는 신문기자들의 불평에 대해 나카노中野 대위가 '보도연습'의 목적이란 "어디까지나 보도전사報道戰士로서의 제군 자신의 연성과 훈련에 있는 것이지, 엄청난 기사 보도전報道戰에 있는 것이 아니"라고 타박을 준 것은 바로 이러한 사정을 대변한다.

요컨대 이 소설이 이야기하고 있는 것은 징병제 시행이라는 가공할만한 상황에서 전 조선이 전장戰場이 될 것을 예측하고 그것을 사상적으로 견인해야 할 문화인의 '연성'이 급선무임을 설파하고 있는 것이다. ─소설에 등장하는 문인들은 실수와 오류투성이로 일관할 뿐 그 훈련이 원활하게 진행되지만은 않는다. ─ 이때 조선군 측과 문화인들 사이의 통일된 합의를 도출하지 못하자 송영수는 이러한 상황을 다음과 같이 일목요연하게 정리해준다.

좀 전에 문화인의 군사적 훈련이 기사화되지 않고 있다는 이야기가 있었는데, 아무 것도 모르는 문화인들을 어떻게든 연습장으로 이끌어낸 것은 전쟁의 새로운 양상을 보여주는 것으로, 조선으로서는 획기적인 일입니다. 적어도 우리 문학자들에게는 이른바 자신의 직역職域과 전쟁을 직접적으로 연결지은 최초의 계기로서, 적어도 저는 이 연습에서 무언가 새로운 문학상의 열

---

23 辛島驍, 「決戰文學の確立」, 『국민문학』, 1943.6, 40~41쪽.

쇠를 쥐고 돌아가고 싶다는 마음으로 열심히 임했습니다. 다만 여러분들께 죄송스럽게 생각하는 것은, 우리가 군대 규율에 익숙지 않아 그런 점에서 여러 가지로 눈에 거슬리는 부분이 있었다는 점과 또 손발이 맞지 않은 일도 있었을 것이라는 점입니다. 여하튼 너무나 급격한 환경의 변화로 인해 모두가 정신을 차릴 수 없었으니까요. 그래도 그런 경우에는 선배 여러분께서 지도자의 마음으로 따뜻하게 이끌어주시고, 또 우리 후배들은 솔직히 따라가는 그것이 하나의 큰 연성이라고 생각합니다. 어쨌든 드디어 징병제가 실시되었다는 것이 조선의 현실입니다. 우리는 이 현실을 출발점으로 삼아 새로운 조선을 건설해가야 합니다. 어제 부락민들과의 좌담회에서도 알게 된 것처럼 라디오도 신문도 들어오지 않고 하물며 서적 따위를 본 적도 없는 저 사람들에게 국가의식을 불어넣고 시국인식을 깨우치게 하는 것은 결코 화려한 일이라고는 할 수 없습니다. 그러나 이것은 조선 보도계에 몸을 의탁한 우리의 신성한 임무라고 생각합니다.[24]

그리하여 이 소설은 마침내 열 명의 조선인 지원병들이 한 사람씩 차례로 웅변하는 장면을 통해 희망이 없었던 그들의 생활을 극복하고 강인한 인간형으로 거듭나게 한 것이 바로 '징병제'라는 것을 설파하는 것으로 마무리된다. 젊은 조선인 지원병들의 연설은 하나같이 징병제 자체가 "국은國恩에 대한 감사보은"이라는 점을 저절로 깨닫게 할 정도로 확신과 신념과 정열에 차 있었다. 지금까지 남의 보트를 얻어 타고 온 조선은 앞으로 '황국신민'이 되어 스스로 배를 저어가야 한다는 그들의 발언은 '신생 조선'의 모습을 상징하기에 충분했다.

---

24 최재서, 이혜진 역, 「보도연습반」, 『최재서 일본어 소설집』, 소명출판, 2012, 38~39쪽.

이와 함께 경주의 배 포수 노인이 경성의 전문학교에 다니는 손자에게 직접 '황군'의 간부가 될 수 있는 절호의 기회인 '학도병'을 강력히 추천하면서 그야말로 "좋은 시대"가 도래했음을 선전하는 「부싯돌燧石」도 '학도병제'를 홍보하기 위한 소설로 볼 수 있다.

얼마 전 애국반장님이 와서, '이번에 조선의 전문대학교 학생들에게도 내지인 학생들과 똑같이 육군에 특별지원을 할 수 있는 길이 열렸다. 이번에 나가는 학생들은 바로 황군皇軍의 간부가 될 수 있는 자격이 주어질 테니 절호의 기회다, 조선인 학생 모두가 나가지 않는다면 잘못이다' 카고 말하는 기 아입니꺼. 내는 퍼뜩 생각이 나서, 우리 손자 놈은 어떻게 하고 있느냐고 물었더니, 글쎄 그기 확실치는 않지만, 아무래도 고향에 돌아온 모양인데, 왜 내한테는 아무런 상의도 없냐 이 말입니다. 내는 참 한심하기도 하고 울화가 치밀고 화가 나서 딸에게 편지를 보내게 했다 아임니까. 그랬더니 딸도 그다지 의지가 없는 기라, 아마 본인의 의사가 정해지지 않은 것 같다느니 어떻다느니, 어떻게든 내를 막으려고만 하데요. 뭐라고 지껄이는 긴지, 참말로, 그래서 어젯밤에 집을 나와 칠 리 길을 내달렸심니더. (…중략…) 뭐, 하는 수 없지. 갑자기 들이닥쳐 이불을 걷어치우고는, 어쩔 테냐, 도장을 찍을 테냐, 말 테냐 카고 따지고 뎀벼들었지예. 그랬더니 그놈이, 흐흐흐, 신통하게도 고개를 숙이믄서, '할아버님, 잘못했심니더. 찍겠심니더' 카대요.[25]

'학도병'이란 일본이 "소위 '반도인학도특별지원병제'를 강행하여 약 4,500명에 달하는 조선인 전문·대학생을 전쟁터로 끌고"[26] 간 것

---

25 최재서, 이혜진 역, 「부싯돌」, 『최재서 일본어 소설집』, 소명출판, 2012, 67~68쪽.
26 김준엽, 『장정』 1, 나남출판, 1987, 17쪽. 실제로 조선인 학도병으로 차출된 숫자는 총 5천

으로서, 1943년 10월 20일 '조선인학생징병유예'가 전면 폐지된 후 1944년 1월 20일에 첫 입영이 시작되었다. 처음 지원병제도가 도입되는 과정에서 조선에서의 '징병제' 시행은 '황민화의 정도'로 보아 수십 년 후로 예측했던 사정에서 볼 때, 아시아·태평양전쟁은 조선의 모든 청년을 한 순간에 '황국군인'으로 만들었던 계기가 되었다고 할 수 있다. 학도병제에 대한 명확한 기준이나 취지가 철저하지 않은 상태에서 한 집안의 부자나 형제들, 심지어 학업에 전념하고 있는 조선 최고의 엘리트 신분의 아들을 한꺼번에 전쟁터에 내보낸다는 사실은 본인뿐만 아니라 가족의 반대에도 부딪혔을 것임에 틀림없다. 그럼에도 자신의 손자를 기꺼이 직접 '황군'으로서 전쟁터에 내보내는 배 포수 노인의 모습은 이 소설에서 모든 조선인 학부모의 모델로 제시된다. 이렇게 「부싯돌燧石」은 '학도병' 입영에 대해 가족의 기꺼운 동의를 이끌어냄으로써 학도병제에 대한 홍보의 성격을 띤 소설로서, 여기서는 특별히 조선인의 자발성을 강조하고 있음을 볼 수 있다.

한편 「쓰키시로 군의 종군月城君の從軍」은 신참 신문기자임에도 불구하고 평소 '징병제'에 대한 두터운 관심을 갖고 있었기 때문에 특별 예우를 받고 '조선군 보도반원'으로 파견된 쓰키시로月城의 종군기이다. 앞서 「보도연습반報道演習班」의 주인공 송영수가 전쟁 수행과 문화인의 간극에 대해 극심한 심리적인 갈등을 겪었던 것에 비해 쓰키시로는 국방사상 보급을 위한 "총후의 신문기자라는 자기의 지위와 직책을 분명히 의식하고 있"었다. 즉 "완전한 병대"의 자세로

명 중 4,385명이었다. 같은 책, 60쪽.

임하는 쓰키시로는 송영수의 그것에 비해 훨씬 '성숙해진' 국방사상 보급자의 면모를 보이고 있는 것이다. 더욱이 궁벽한 농촌마을인 데다 극심한 물자부족의 시대임에도 불구하고 그들은 천황으로부터 융숭한 특별배급을 받았을 뿐만 아니라 마을 주민들도 물심양면 적극적으로 그들을 도왔다. 특히 자신의 가족들을 '기쁘게' 지원병으로 보낸 뒤부터 군대의 일이라면 마치 자신의 일처럼 생각하고 경탄을 보내는 마을 주민들의 '성숙한' 전쟁에 대한 의식은 쓰키시로로 하여금 "조선인들의 마음속에 큰 변화가 급격하게 진행되고 있다는 것을 깨"닫게 해주었다. 또한 모두가 잠든 밤에도 멈출 줄 모르는 병사들의 총소리는 실전과 연습 속에서 일발도 허용하지 않는 '황군'의 저력을 확인케 하기에 충분했다. 그 병사들은 주변에서 흔히 볼 수 있는 소박한 얼굴이지만 목숨을 아끼지 않는 그 '황군'으로서의 저력은 전쟁에서의 필승을 확신케 해주는 것이었다.

어떤 때는 명확하게, 어떤 때는 어렴풋이 떠오르는 하나하나의 얼굴은 그것이 그 자신의 동료거나 회사원 풍의 남자거나 바로 며칠 전 막 전쟁터로 간 여동생의 학교 선생님이거나 혹은 본 적도 없고 알지도 못하는 농촌 청년이기도 해서, 어쨌든 친근감이 들기 쉽고 겸손한, 그리고 단순 소박한 얼굴이었다. 그러나 그 소박한 얼굴이 일단 군복을 입고 총을 들고 행동을 개시하면 세계무비의 정력적이고 강한 군대가 되는 것은 무슨 이유일까? 그것은 과연 적국 사람들이 기꺼이 말하는 것처럼, 일본인들이 목숨을 아끼지 않기 때문일까? 쓰키시로는 그렇게 생각되지는 않았다. 그렇게나 자연을 사랑하고 예술을 존중하며 생활을 즐기는 내지인들이 생명을 소홀히 하는 것처럼 말하는 것은 있을 수 없는 일이었다.[27]

친구, 동료, 선생님, 이웃 청년과도 같은 평범한 얼굴의 사람들이 군복을 입고 총을 든다고 해서 갑자기 강한 군인으로 거듭날 수는 없는 일이다. 그럼에도 그들이 전쟁을 수행하는 강인한 '황군'의 저력을 체현해낼 수 있었던 것은 바로 천황에게 절대 복종하고 있기 때문이라는 것이 쓰키시로의 주장이다. '인간 선언' 이전의 천황은 '신인神人'으로서의 자격이 부여되었던 만큼 일본인들은 천황을 위해 목숨을 바치는 일을 명예로 받아들였고, 이것은 당시 전쟁 수행 이데올로기의 핵심으로 작용했다.

> 천황의 위광, 그렇다! 천황의 위광에 비춰졌을 때, 내지인은 자신을 잊는 것이다. 폐하의 명령에 대한 절대 순종, 단지 임무 수행만이 있을 뿐이므로 생이 없으면 죽음도 없다는 그런 심경, 그것은 의무라든가 복종이라는 말로는 결코 설명할 수 없는 심경이다. 부모를 사랑하는 젖먹이의 심리와는 다른 것일까. 어쨌든 천황의 마음을 마음으로서 오직 그렇게 하도록 하사해 주신 것을 몸소 실행하는 바로 그것이 충의라고, 더한층 쓰키시로는 그 자신만의 사색을 거쳐 여기까지 왔다.[28]

이러한 사고 원리는 '만세일계의 천황'을 부모로 하고 국민을 자식으로 하는 혈통 중심의 일본식 유교적·가부장적 가족국가주의에서 비롯된 정념으로서, 이 시기 전쟁 수행을 위한 인적동원의 차원에서 자주 이용되곤 했던 이데올로기였다. 천황제 국가의 지배이데올로기로서의 가족국가관을 군대에 대입함으로써 상명하복의 원칙이 구

---

27 최재서, 이혜진 역, 「쓰키시로군의 종군」, 『최재서 일본어 소설집』, 소명출판, 2012, 92쪽.
28 위의 글, 93쪽.

현되고, 또 자식이 부모를 위해 목숨을 걸고 희생하는 것은 매우 자연스러운 일이 되었다. 그러나 식민지 조선인이 '황군'이 되어 전쟁에 복무한다는 것은 일본인과 동등한 자격을 획득한 차원에서만 가능한 일이다. 따라서 조선인은 '내지인'과 동등한 천황의 자식이므로 마땅히 일본 국가를 위해 전쟁터에 나아간다는 '내선일체' 이데올로기는 이러한 맥락에서 동시다발적으로 홍보되었던 이념이었다. 이렇게 최재서의 일본어 소설은 '조선문인보국회'가 조선 민중을 전쟁에 동원하기 위한 강령 그대로를 공식적으로 재현하고 있는 것이다.

3. 낭만적 역사와 소설적 거짓

: 민족과 민족의 결혼으로서의 '내선일체'

1) 창조된 신라 : 역사 속에 나타난 '신라'의 표상

최재서의 일본어 소설 「제 때 피지 못한 꽃非時の花」과 「민족의 결혼民族の結婚」은 신라가 삼국통일의 위업을 달성할 무렵의 김유신과 김춘추, 그리고 원술 고사故事를 원용한 일종의 패러디소설에 해당한다. 이 소설의 내용은 『삼국사기』와 『삼국유사』에 전해오는 설화를 모티프로 하고 있지만, 실질적인 의도는 '대동아전쟁'을 수행하기 위한 주체 형성으로서의 '내선일체' 이데올로기와 전쟁터에서조차 죽음

을 두려워하지 않는 '임전무퇴'의 정신, 즉 국가에 대한 충성의 표상인 신라 화랑도 정신의 영웅적·윤리적 규범을 강조함으로써 조선인 징병을 독려하는 데 있었다. 이와 함께 당시 조선인 징병에서 가장 큰 장애로 간주되었던 어머니와 아내의 결단력 있는 태도를 강조함으로써 전시체제하에서 일상의 영역을 담당해야만 하는 '총후부인'의 모범상을 제시하는 데 주력하고 있다.

이 소설들에서 가장 주목되는 특징은 백제·고구려가 멸망한 사건과 신라의 통일을 단절된 것으로 이해하고 있다는 점이다. 다시 말해 신라의 통일이 백제와 고구려의 멸망과 연동해서 달성된 것이 아니라, 나당전쟁을 통해 당 세력을 축출하고 나서 획득할 수 있었던 신라의 승리 그 자체를 삼국통일의 원점으로 설정함으로써 특별히 신라와 당의 대립구도를 강조하는 새로운 담론을 조성하고 있다는 점이다.

이러한 담론은 식민지 시기 최초의 조선사 개론서라 할 수 있는 하야시 다이스케林泰輔의 『조선사朝鮮史』(1892)에 전적으로 의거한 것으로서, 그것은 조일수호조규(1876) 당시 조선에 대한 청의 종주권을 배재하기 위해 조선을 자주국으로 승격시켰던 역사적 맥락과도 조응하는 것이었다. 청으로부터 조선의 자주적 독립을 추구했던 일본의 야욕이 이후 아시아연대주의의 수순으로 이어졌던 것은 주지의 사실이다. 요컨대 중국에 대한 사대주의의 전통적 사고 체계 안에서 신라의 삼국통일의 기원을 나당의 대립 국면에서 찾는다는 것이 조선으로서는 결코 불가능한 일이었음에 반해, 하야시가 당 세력이 축출된 이후의 '통일신라'에 역사적 의의를 부여했던 것은 당시 제국 일본의 콘텍스트 속에서 창안된 역사학에서 의거한 내용이었던 것이다.[29]

"(당-인용자) 태종이 죽고 고종이 즉위하자 정말 모든 방식이 변했습니다. 군대의 식량과 말은 모두 우리나라에서 현지 조달케 하고, 전쟁도 위험한 곳에는 우리 군사를 보내고 손을 놓고 있다가 좋은 결과가 걸려들기만을 기다리는 식이었지요. 고구려 토벌이 그렇게 변변찮게 끝난 것은 다 그 때문입니다."

"하지만 머지않아 저는 깨닫게 되었습니다. 당은 처음부터 신라를 돕고자 했던 것이 아니라 결국 신라 그 자체를 노리고 있었다는 것을 (…중략…)"

"백제가 평정되고 나면 급격히 신라의 장래가 불안해지지 않겠습니까. 또 그때가 되면 당군은 신라의 허점만 노릴 것입니다. 가령 열심히 함선을 수리해놓고, 그것이 일본군의 침공에 대비하기 위해서라고 말합니다. 그러나 실제로는 신라에 맞서 칼을 갈고 있다는 것쯤은 모두가 알고 있는 것입니다. 그 때문에 우리 진영 내에서는 근심이 되어 조심하고 있는 상태입니다."[30]

신라가 한반도에서 최초의 통일국가였다는 점이 특별히 강조되면서 '통일신라'라는 명칭이 부여되기 시작한 것은 일본 역사학자들의 대대적인 신라 유물의 조사·발견 작업과 역사 연구에 따른 것이었다. 일본의 신라사 서술의 특징은 신라와 일본의 관계를 특별히 강조한다는 점에 있었는데, 그것은 조선의 과거를 복원하는 의미라

---

29 윤선태, 「'통일신라'의 발명과 근대 역사학의 성립」, 『신라의 발견』, 동국대 출판부, 2008, 58~62쪽. 최재서는 「民族の結婚」을 창작하면서 "스이마쓰 야스카즈末松保和 교수의 연구 「新羅三代考」에서 시사 받은 바가 많았다"고 기술하고 있는데, 이 연구서 역시 하야시 다이스케林泰輔의 『朝鮮史』의 기본 구성을 그대로 채용한 것이었다. 실제로 최재서는 신라는 창조적 정신성이 풍부했음에도 불구하고 『삼국사기』와 『삼국유사』는 "한문화漢文化 숭배에 의거하여 심하게 왜곡된 기술이"라고 후술한 바 있다. 참고로 최재서가 이 소설들을 창작할 당시 미발표 원고로 존재했던 스에마쓰 야스카즈의 「新羅三代考」는 1949년 5월 일본의 야마카와출판사山川出版社에서 출판되었다.

30 최재서, 이혜진 역, 「제때 피지 못한 꽃」, 『최재서 일본어 소설집』, 소명출판, 2012, 106~108쪽.

기보다는 제국 일본의 현재적 의미에서의 정치적 필요성 때문이었다. 즉 중국의 속국이었던 조선으로 하여금 자주국이라는 독립적 가치를 부여함으로써 중국을 타자화함과 동시에 일본과의 역사적 운명공동체로의 재결합을 새롭게 설정했다는 점에서 조선인의 집단적 자부심을 이끌어내고 당대적 시점에서 일본과의 관계를 재설정하는 계기를 마련하고자 했던 것이다. 이 소설에서 신라에 대한 당의 야욕을 강조하면서 다른 한편 일본의 천황제에 대한 신뢰감을 강조하고 있는 것은 바로 이러한 맥락에 따른 것이다.

> "일본의 진의는 이제 의심하지 않아도 될 것 같습니다만."(…중략…)
>
> "(…중략…) 일본은 대체 무슨 생각을 하고 있는 것일까요?"
>
> 그건 우구일가宇區一家, 천하안정이라는 것이겠지요. 특별히 다른 뜻은 없을 겁니다. 우리나라가 당의 힘을 빌려 백제를 멸했다는 것은 미울 테지요. 하지만 백제가 이미 멸망한 지금, 만약 그 대신 신라가 잘 다스린다면 그것도 좋다는 그런 사고방식일 겁니다. 예로부터 일본에서는 우리나라를 진역震域이라라고 불렀는데, 그것은 우리 영토가 튼튼하지 않으면 언제 동해가 황폐화될지 모르기 때문입니다." (…중략…)
>
> "그럼에도 일본은 이상한 나라입니다. 먼 옛날부터 일계一系의 천황이 통치하는 나라, 또한 백성은 천황을 살아있는 신으로 숭배하고 있습니다. 옛날부터 그들의 땅으로 건너간 한인韓人과 중국인은 셀 수 없을 정도로 많았지만 모두들 잘 살고 생업을 낙으로 삼으며 그 자손도 번창하고 있습니다. 틀림없이 천황께는 신의 공덕이 있으실 것입니다. 구구하고 얼마 안 되는 작은 논밭이 아니라 널리 모든 나라를 일가一家로 하는 원대한 예려叡慮, 그것이 그의 백제 구원이라는 비장함으로 군사를 일으킨 것으로 사료됩니다. 그러므로 신라는 일본과

깊이 결속해야만 합니다. 그리하여 근본의 나라가 견고해지면 당은 감히 동방을 넘보지 못할 것입니다. 하물며 다른 오랑캐들이야 올 수 있겠습니까. 그렇게 되면 그들과 우리의 문물 교역도 순조롭게 되어 찬연한 개명開明 세상이 도래하며 신라의 천분天分을 신장시킬 여지도 생기리라 생각합니다만."[31]

이러한 신라사 입론은 점차 '남북국시대'를 배척하고 '신라정통론'이 승격되면서 해방 후 국민국가의 정통성을 확보하는 내셔널리즘의 근거로 작용하기도 했지만, 이 시점에서는 '제국-식민지-전통의 역동적인 관계망'을 구조화하면서 서구의 근대와 대결할 만한 '동양사'의 주체를 구성하는 동력으로 작동되었다.

즉 일본을 맹주로 하는 동아시아가 유럽 및 미국과의 전쟁에서 승리하여 세계의 패권을 차지하게 된다는 일본의 세계사적 구상은 식민지의 국민을 제국의 주체로 승격시킴으로써 동양의 부흥에 참여하는 대안적 패러다임을 정립하려는 시도였다. 따라서 이 소설에서 백제, 고구려, 신라가 통일된 이후 조성된 일본 조정과의 화평관계는 이 시기에 한창 논의되고 있었던 '대동아공영권'의 이론적 구상을 환유하는 것으로 볼 수 있다. 이것은 제국 일본과 식민지 조선이 국가와 세계의 중간 항을 구성하는 블록권역을 철학적으로 개념화한 '세계사의 철학'을 상기시킨다. 요컨대 '신라의 코스모폴리타니즘'이라는 주조된 이상에는 '대동아전쟁'을 수행하기 위한 '내선일체'라는 제국 일본의 굴절된 욕망이 자리하고 있었던 것이다.[32]

---

31 위의 글, 114~115쪽.
32 윤선태, 「'통일신라'의 발명과 근대 역사학의 성립」, 『신라의 발견』, 동국대 출판부, 2008, 73쪽.

2) 상상의 공동체로서의 '내선일체'와 화랑도 정신의 미학

「민족의 결혼民族の結婚」은 신라의 신흥 귀족인 김춘추와 가야계 세력의 필두인 김유신의 여동생 문희의 결혼을 통해 신라가 삼국통일의 초석을 마련하는 과정을 소설화한 것이다. 전통적으로 신라는 기자의 유풍을 계승한 골품제도의 엄격함에 따라 성골과 진골이 서로 혼인하지 않는 유교적 신분질서를 대의명분으로 하고 있었기 때문에 성골인 김춘추가 신라에 포섭된 가야국의 왕족인 문희와 결혼한다는 것은 신라 내부에서 수용될 수 없는 성질의 것이었다. 따라서 이들의 결혼은 내물왕 이래 250년간 유지돼온 신라의 전통을 완전히 파기하는 정도의 파괴력을 지닌 것으로서 신라 왕실의 강력한 반대에 부딪힐 수밖에 없었다.

이때 김유신은 삼국통일의 과업을 이루기 위해서는 전통을 고수하려는 '신라의 완미함'에서 탈피하여 보다 큰 신라로 소생해야 한다고 주장함으로써 '외지인'에 해당하는 문희와 김춘추의 혼인을 '민족과 민족의 결혼'으로 승인해줄 것을 요청한다. 그것이 가능해질 때 비로소 신라에 대한 옛 가야인들의 불신과 의혹을 잠재울 수 있으며 또 신라 내부의 결집력을 보다 강화하는 데 기여할 수 있다는 것이다.

금관국의 유민은 신라의 백성으로 훌륭히 소생하였습니다. 그리고 신라를 위해 목숨을 버리는 일을 최상의 영광으로 생각하고 있습니다. 그것은 왜일까요? 신라는 무력으로 금관국을 정복한 것이 아닙니다. 구해왕은 철저히 자신의 식견과 자신의 의지로 신라와 합병하신 것입니다. 그때 만약 신라를 버리고 백제와의 합칠 것을 생각할 수도 있었겠지요. 모든 것은 하늘의 명령이었고, 고조부는 그 명령에 솔직하게 따르신 것입니다. 군주에게 충성하는 금관국의 백성이 왕의 명령에 따라 신라에서 새로운 조국祖國을 발견하고 새로이 충성의 길을 개척했다는 것은, 그러니까 아주 자연스러운 일입니다. 그렇지만 이것이 가락 전체에 퍼진 것은 아닙니다. 신라가 가락 경략에 손을 뻗은 지도 벌써 백 년, 아직도 귀순하지 않은 나라가 있고, 인심의 구석구석에서는 대부분 신라에 반항하고 있다고도 해도 좋을 것입니다. 또한 현재 신라 도처에 승냥이와 이리들이 들끓고 있는 상태입니다. 토성土城을 쌓기보다는 사람의 성城을 쌓으시라고 말씀드리고 싶습니다. 춘추님, 제가 춘추님께 꼭 말씀드리고 싶었던 것은 이런 것입니다.[33]

이러한 김유신의 발언은 조선 문인들이 지나치게 '조선적인 것'에만 집착한다는 일본 측의 불만에 대해[34] 신라가 자신의 전통만을 고집하는 완미함과 옹색함에 사로잡혀 있음을 보여줌으로써 그것을 일본의 완미함에 빗대어 그대로 일본 측에 되돌려주는 어법이라 할 수 있다. 이것이 일본 측에 대한 최재서의 저항에서 기인한 것인지의 여부는 차치하더라도 그가 진정한 '국민문학'을 달성하기 위해서는 일본 내부의 혁신도 감행해야 할 것을 강력히 요청했다는 것은 분명해 보인다. 이문화를 수용할 때는 반드시 자기부정이 동반되어야 하기 때문이다.

그러나 이 소설이 궁극적으로 말하고 있는 바는 김춘추와 문희의 결혼이 바로 삼국통일의 밑거름이 되었다는 사실, 즉 당시 강력한 세력을 구축하고 있었던 신라가 전통과 인습에 사로잡히지 않고 '외

---

33 최재서, 이혜진 역, 「민족의 결혼」, 『최재서 일본어 소설집』, 소명출판, 2012, 235~236쪽.
34 「朝鮮文壇の再出發を語る」, 『국민문학』, 1941.11.

지'를 포용하는 아량을 베풀었다는 점, 그리고 그것이 마침내 신라가 삼국통일의 위업을 달성하게 된 원동력이 되었다는 데 있었다. 그만큼 신라 역사에서 김춘추와 문희의 결혼은 혁명적인 사건이었던 까닭에, 이 소설에서는 『삼국사기』와 『삼국유사』가 왕의 신분이 성골로 유지되었던 진덕왕대와 왕위의 전통이 완전히 바뀌어버린 무열왕대를 뚜렷하게 구분하는 의미를 특별히 강조하고 있는 것이다.

이렇게 볼 때 신라의 김춘추와 가야국의 문희의 결혼을 소재로 한 최재서의 일본어 소설 「민족의 결혼民族の結婚」은 제국 일본이 전쟁 수행의 주체를 구성하기 위해 주조했던 '내선일체' 이데올로기의 변조라 할 수 있다. 주지하다시피 '내선일체'는 조선인 징병제를 시행하기 위해 '황국신민' 형성의 일환으로 채용된 이데올로기였다. 이때 신라 고유의 제도로서 충군애국 정신의 이상적·정신적 수장이라는 위상을 획득하고 있었던 신라 화랑도는 조선이 문약文弱에 빠져있다는 열등감으로부터 구원해 줄 수 있는 '상무정신'의 결정체로 부활하는 계기가 되었다. 더욱이 화랑도는 조선인 징용을 독려하는 과정에서 일본의 전쟁 영웅담과 조우하면서 자연스럽게 일본의 무사도와 결합되면서 국가를 위해 성전聖戰에 참가하는 정신적 수행의 표상이 되었다.

마해송: 그러한 조선 본연의 자세와 오늘의 일본정신과는 뭔가 관련이 있는 것으로 생각되는데 어떻습니까.

최남선: 그것은 확실히 긴밀한 유사성이 인정됩니다. 일본에서도 옛 신사神社는 무기로써 신주를 삼은 것이 많거니와 대체 조선계의 신사는 예외 없이 무기로써 신주로 삼았지요. 이처럼 고대에 있어 상무정신이란 전혀 같은 모양이

었다고 여겨집니다. 그렇지만 그 정신의 구체화라 할 '무사의 길', 곧 '무사'라고 할 수 있는 것은 세계 어느 나라에도 전혀 없다고 할 수 없지만, '무사도의 정화精華', 가장 훌륭한 것은 일본과 조선 이 두 민족에게 인정된다는 것이 학자들의 통설로 되어 있을 정도입니다. 가마쿠라鎌倉 시대의 '무사도'와 신라시대의 '화랑'은 그 정신과 드러나는 방식에 있어 완전히 서로 일치하고 있어 어떤 학자는 "무사도의 연원은 신라의 화랑이 그 토대였다"고 말할 정도이지요. 과연 그러한지 여부는 알지 못하나 그 형태, 그 정신에 있어 완전히 같아서 약간의 무리도, 깊이와 얕음도 양자 속에서 발견되지 않지요.[35]

실제로 신라의 화랑도 상징은 아시아·태평양전쟁 시기에 학교와 공론 영역에서 '황국신민'으로서의 조선인에 대한 규율로 적극적으로 활용되었다.[36] 이러한 맥락에서 볼 때, 이 소설에서 신라의 화랑도는 신라인의 정체성을 심미적 대상으로 활용하면서 특별히 국가 정신으로서의 충군애국을 강조하는 역사적 상징을 재현하고 있다고 볼 수 있다. 즉 부모에 대한 효심보다 국가에 대한 충성을 보다 상위에 위치시킴으로써 나라를 위해 목숨을 희생하는 것을 최고의 가치로 승격시키고 있는 것이다.

하지만 나라의 은혜에 비하면 아비의 은혜라는 건 아무 것도 아니다. 단지 잠시 맡아 둔 것이지, 오늘까지 너를 키운 가장 중요한 것은 나라의 은혜다. 네

---

35 「학병 권유차 도쿄에 간 최남선·이광수의 「도쿄대담東京對談」, 김윤식, 『일제 말기 한국인 학병세대의 체험적 글쓰기론』, 서울대 출판부, 2007, 408쪽.
36 황종연, 「신라의 발견 : 근대 한국의 민족적 상상물의 식민지적 기원」, 『신라의 발견』, 동국대 출판부, 2008, 38쪽.

가 어렸을 때부터 우리 두 사람에게 정성껏 효도를 해준 사실은 우리 두 사람 모두 마음 깊이 새기고 있다. 하지만 효도는 충군을 떠나 따로 있는 것이 아니다. 임금에 충성을 다하고 나라에 목숨을 바치는 것이 곧 최고의 효도인 것이다. 알겠느냐, 원광법사의 세속오계에도 임금을 섬김에 충으로, 부모를 섬김에 효로서 한다고, 충군을 제일 앞에 두고 있다. 또한 전쟁에서는 물러섬이 없어야 할 것이라고 끝맺고 있다. 그 의미를 곱씹지 않으면 안 된다. 부모에게 효행을 다하는 것이 곧 충군애국으로 이어지고, 또 충군애국에 의해 효도도 비로소 완성되는 것이다. 이것이 신라의 국가정신이다. 이것을 잊으면 어떤 무장도 어떤 지략이 있다 해도 신라의 용사라고 할 수 없을 것이다.[37]

식민지 말기에 널리 유포되었던 신라 담론이 조선 민족주의의 발로 혹은 한국 역사의 자기 구성물로서의 내용과 전혀 다른 차원에서 논의되고 있었다는 정치적 의미를 환기해본다면, 이 장면은 군국 일본의 제국주의적 사고 논리, 즉 국가 총동원 체제하에서는 죽는 순간에조차 '천황폐하 만세'를 불러야 한다는 궁극의 충의사상과 완벽히 일치하고 있다는 것을 직감할 수 있다. 실제로 이 시기의 학병 권유 홍보물 가운데 원광법사의 세속오계 중 임전무퇴의 충의사상을 강조했던 조선인의 강연 및 연설은 최남선이나 권상로, 안재홍, 이병도[38] 등에게서도 쉽게 찾아볼 수 있다. 이처럼 신라의 삼국통일의 주

---

37 최재서, 이혜진 역, 「제때 피지 못한 꽃」, 『최재서 일본어 소설집』, 소명출판, 2012, 133~134쪽.
38 예컨대 대표적인 글을 제시해보면 다음과 같다.
  최남선, 「보람있게 죽자: '임전무퇴' 公論無明」, 『매일신보』, 1943.11.4; 권상로, 「한 번 크게 죽는 정신, 영원불멸의 생명은 '충'에서 난다」, 『매일신보』, 1943.11.29; 안재홍, 「학도에게 고한다」, 『매일신보』, 1943.11.15; 이병도, 「출진학도에서 보내는 말: 어머니의 굳센 격려, 전투 용기를 백배나 더하게 한다」, 『매일신보』, 1943.11.26.

요한 원동력이 되었던 화랑은 내셔널리즘에 입각한 국가의 간성干城으로서 전쟁에 복무해야 할 학병을 동원할 때 가장 적절한 상무정신의 상징으로 활용되었던 것이다.

이와 연장되는 맥락에서 '석문石門전투'에서 죽음도 불사하지 않고 패잔병으로 돌아온 아들 원술을 끝까지 외면한 지소부인, 그리고 원술과 혼인하지 못한 남해공주가 끝내 세상을 등진 원술을 좇아 출가한다는 이 소설의 특수한 설정은 아들과 남편을 전쟁터에 보낸 '군국의 어머니' 또는 '총후부인'의 귀감을 묘사하기 위한 것으로 볼 수 있다. 요컨대 학병에게 요구된 덕목이 임전무퇴의 정신에 의거한 명예로운 죽음이었다면, 아들과 남편을 전쟁터에 보내야만 하는 '반도의 총후부인'에게는 기꺼이 그들의 '무운장구'를 빌어주면서 그들의 죽음을 명예로 받아들일 것이 요망되는 것이다. 이것 역시 징병제의 가장 큰 장애물로 간주되었던 부인들의 징병 반대에 대응하여 '총후부인'의 자발성을 환기하는 이데올로기적 요소로 기능하고 있는 것이다.

4. 최재서 일본어 소설의 윤리

최재서의 일본어 소설은 '조선문인보국회'가 결성된 이후 '국민총력연맹' 산하에 '문화부'가 신설되면서 문학의 역할이 '대동아전쟁'을 수행할 학병에 대한 홍보와 선전으로 전락한 때와 시기를 같이하고 있다. 즉 총력전 체제 안에서의 문학은 '익찬'의 형태 외에는 그 존립 기반을 마련할 수 없었다. 이것은 처음 '국민문학'이 출발했을 때 그 이론과 실제에 대한 '내선' 간 논의만 무성했던 때보다도 훨씬 비루해진 문학의 존립방식이었다.

실제로 '문화부'가 신설될 당시 총독부에도 '정보과'가 신설되면서 기존의 언론통제 노선을 변경하여 선전과 홍보를 통한 전쟁의 효율화를 기하기도 했다.[39] 이제 문단 문학은 국가 전체 혹은 '황국신민' 그 자체의 생활을 위한 '문화 익찬'의 형태로만 존재할 뿐이었다. 실제로 1941년 1월 4일 『매일신보』의 인터뷰에서 야나베 에이자부로矢鍋永三郎 총력연맹 문화부장은 그것이 총독부의 정책을 지향한 것이라는 점, 그리고 군·관·민 거국일치하의 문화의 사명이란 순일본적인 것으로 순화하되 전적으로 국책협력의 차원에서 이루어져야 할 것임 선언한 바 있다.

기자: 조선에선 문화부의 일이 처음 시작되었는데 부장으로서 어떤 구체적인 포부가 있습니까?

야나베矢鍋: 구체적인 이야기는 어려우나 일반적으로 말하면 총독부의 문화정책에 대한 의견을 참조하는 동시에 문화인 일반의 의견도 참조해야겠지요. 문화 자체의 문제를 말하자면 지금까지의 일본문화는 고래로 전래한 전통에 유신 이후 수입된 구라파 문화의 요소가 섞여 있습니다. 그것을 일본적인 것으로 순화해가는 데 금일 문화의 길이 있다고 봅니다. 동시에 시국 및 국책과 상응한 문화라야겠지요.

---

39 정진석, 『극비 조선총독부의 언론 검열과 탄압』, 커뮤니케이션북스, 2007, 6쪽.

기자 : 조선의 문화부라면 역시 조선의 문화적인 특수성을 특별히 생각하시 게 됩니까?

야나베 : 기본 방향을 국책협력에서 진행시키는 이상 자연히 반영될 것입니 다. 일보 더 나아가서 내선일체도 이 문화 방면을 통하여 더욱 심도를 가하게 되리라고 믿습니다. 문화를 통하여 이해함이 가장 근본적이니까요.

기자 : 금후 문화의 현대적 시국적 기준은 어떻습니까?

야나베 : 일반 국민이 국가의 대사명을 진심으로 이해하고 자기 직무를 다 하도록 희망을 주는 문화를 창조해야 합니다. 동아신질서의 건설은 물론 처 음에 무력을 수단으로 하나 그것을 영구적인 것으로 만드는 데는 문화의 힘 이 큽니다.[40]

이러한 분위기에서 생산된 최재서의 일본어 소설은 문학의 자율 성과 독자성을 완전히 상실한 일본 국책의 산물이었다. 야나베의 언 급에서 짐작할 수 있듯이, 그것은 무력이 전제된 선전·홍보에 지나 지 않는 것이었다. '내선일체'와 학병 징용, 그리고 '총후부인'을 전쟁 에 총동원하기에는 평론보다는 소설이 보다 적합한 매체일 수 있는 것이다. 김종한이 최재서의 일본어 소설을 "평론이란 형식으로는 뜻 을 펴기에 알맞지 않다고 보아 문학의 기성 형태에서 한발 나아가 토로한" 것이라고 진단한 것은 바로 이 때문이다. 그럼에도 김종한 은 이 소설의 "결론의식이 집요하게 대상에의 육박을 방해하고 있"[41] 다고 다소 부정적으로 평가했다. 이는 '익찬'을 위한 사상공작에는 무엇보다 문예인의 사상 검증을 최우선으로 둔 상황에서, 그것은 문

40 임종국, 『친일문학론』(증보판), 민족문제연구소, 2005, 112~113쪽.
41 김종한, 「編輯後記」, 『국민문학』, 1943.7.

예인의 자기수양이라는 모토로 강제된 사항이었으므로 일시적인 비약을 통해 도달할 수밖에 없었기 때문이었을 것이다.

다케우치 요시미竹內好가 간파했듯이 '국민문학'을 국가 전체로서의 문학의 존재 형태를 가리키는 특수한 역사적 범주의 문제로 보아야 하는 것은 바로 이 때문이다. 일본이 수행하는 전쟁에서 조선인의 자발성을 견인할 목적으로 조선인의 긍지를 소환함과 동시에 조선과 일본의 긴밀한 관계성을 고대에서 상상하는 등의 공작은 이미 문학이 아닌 미학적 태도이며, 이것은 일찍이 일본 낭만파의 과격한 낭만주의에서 목도되었던 바이기도 했다. 총동원 체제하에서 조선인에 대한 전쟁 동원에 집중되어 있는 최재서의 일본어 소설에서 보이는 자기 모순 혹은 자기부재의 비극적 성격은 정치적으로 착종된 다양한 모순을 일시에 초월해 버리려는 미학적 태도를 여실히 보여주고 있다.

제3부

총력전 시대 :
식민지 조선문학의 가능성

제8장

총력전하의 전쟁문학 작법作法

『보리와 兵丁』, 『戰線詩集』, 『戰線紀行』을 중심으로

1. 전쟁과 문학

인류 최고最古의 문학 작품인 호머의 서사시들이 전쟁을 배경으로 한 영웅담이 주를 이루고 있듯이 인류사는 전쟁으로부터 시작되었다고 해도 과언이 아니다. 문학은 전쟁의 실재 여부와 상관없이 전쟁 장면을 구체적으로 묘사하고 재현함으로써 전쟁 그 자체를 비판하거나 고무하는 데 복무하기도 한다. 전쟁은 그렇게 문학의 언어로 창조되면서 새롭게 인식되기도 하는 것이다. 따라서 전쟁의 목적에 따라 문학이 표상해야 하는 양상 또한 달라지는데, 그러한 재현 방법에 대한 논의는 전쟁의 주체나 승패의 여부 또는 이념 등에 따라 다양하게 전개된다. 그중 전쟁 물자와 인력을 총동원하는 총력전을 수행하기 위

한 문학의 작법作法은 전쟁의 정당성을 선전하면서 전쟁터로 나아갈 것을 독려하는 언어를 필연적으로 요청받게 된다. 여기서는 전쟁의 참상이나 폐해를 재현하기보다는 전쟁을 수행해야만 하는 정당한 목적의식과 거기서 발생하는 비장함이나 숭고함을 독자에게 직접 보여줌으로써 독자의 감정에 호소하는 것이 보다 절실해진다. 그리하여 생생한 전쟁의 현장을 그대로 노출하는 방식, 즉 총력전하에서는 작가가 직접 체험한 사실을 기록하는 르포형식이 가장 적절한 전쟁문학 작법으로 귀결되는데 이른바 '보고문학報告文學'이 그것이다.

만주사변을 시작으로 아시아·태평양전쟁까지 일본이 수행한 '15년전쟁' 중 1937년 중일전쟁을 기점으로 한 식민지 조선에서도 이러한 전쟁문학 작법에 대한 논의가 활발하게 진행되고 있었다. 1937년 6월 4일 성립된 고노에近衛 내각의 '국가총동원법(1938.4.1)'을 통한 산업의 군사적 개편 및 군사 인력의 동원 강화 등은 이른바 '고도국방국가' 건설과 '신체제' 확립으로 이어지는 군국파시즘의 과정이었다.

하지만 일본에 의해 필연적인 역사의 정당성을 획득한 중일전쟁은 '지나해방전쟁'이라는 의미에서 과거 조선을 중국의 속박에서 해방시킨다는 청일전쟁의 이념과도 상통하는 것이었다. 동양의 영구평화를 위한 '성전聖戰'의 의장을 입은 중일전쟁은 사상적으로 보다 명확히 뒷받침될 필요가 있었고, 여기에 조직적으로 부응한 것이 '시국대응전조선사상보국연맹(1938.6.20)'의 성립이었다. 이러한 분위기를 좇아 일본 문단에서 '종군문필부대'를 전선戰線에 파견하여 전쟁문학 생산에 박차를 가하는 등의 열의를 더해가자, 조선에서도 총후봉공銃後奉公이라는 명목하에 군사 후원을 위한 '황군위문조선문단사절단'이 결성되었다.

당시 일본에서 전쟁문학의 최대 걸작으로 평가된 히노 아시헤이火野葦平의『보리와 병대麥と兵隊』가 총독부에 의해 조선어로 번역되면서부터[1] 조선문단에서도 본격적인 전쟁문학 대망론이 제기되었는데, 이를 주도적으로 이끌었던 것은 학예사의 임화와 인문사의 최재서, 그리고 문장사의 이태준이었다. 1939년 3월 14일 문단 관계자 50여 명은 부민관에서 '황군위문조선문단사절단' 발기대회를[2] 통해 김동인, 박영희, 임학수를 '황군위문작가단'으로 선출했다. 총독부와 군 당국으로부터 파견 허가를 받고(1939.4.7) 문인, 언론인, 출판인 인사 80여 명이 모인 성대한 장행회壯行會를 거친 뒤(1939.4.12),[3] 선출된 문인 세 사람은 4월 15일 오후 4시 25분 마침내 중지전선中地戰線으로 향하게 되었다. 그야말로 '역사적'인 장행에 오르기 전, 이들의 파견에 관한 포부의 기록은『國民新報』(1939.4.8)에 각각 게재되어 있다.[4]

조선의 문인들이 중국과 전쟁 중인 일본군을 위해 동원되었던 이유는 예측하지 못한 상태에서 야기된 전쟁에 대한 일본의 위기감과

---

1 신문 기사에 따르면,『보리와 兵丁』의 번역은 1938년 12월 25일 무렵에 시작되어 1939년 3월 20일에 완료되었고 같은 해 7월 8일에 출간되었다. 「戰爭文學의 金字塔『보리와 兵丁』飜譯」,『매일신보』, 1938.12.25; 「『보리와 兵丁』完譯」,『매일신보』, 1939.3.20; 「名作『보리와 兵隊』朝鮮語로 飜譯, 總督府에서 民衆에 配布, 譯者는 西村眞太郎 氏」,『조선일보』, 1938.12.26; 「西村 通譯官 譯의『보리와 兵丁』刊行」,『동아일보』, 1939.4.9.

2 이 발기대회에서 박영희가 의장으로 천거되었고, 파견 위문사절 3명을 선출하는 일은 실행위원들에게 일임되었다. 이때 위문사절 후보는 김동인, 백철, 임학수, 김동환, 박영희, 주요한, 김용제, 정지용 총 8명이었고, 실행위원은 이광수, 김동환, 박영희, 노성석, 한규상, 이태준, 임화, 최재서, 이헌구 등 문단, 출판, 언론 관계자들로 구성되었다. 「朝鮮文壇 使節 派遣 發起人會 開催」,『동아일보』, 1939.3.14; 「文壇 三氏 戰線에 小說·詩·評論界서 各一名 派遣, 期待되는 '펜' 部隊 活動」, 「펜部隊에 期待, 人文社 崔載瑞氏 談」,『매일신보』, 1939.3.2; 「朝鮮文壇 皇軍部隊 候補, 實行委員 選出」,『동아일보』, 1939.3.16.

3 이 장행회에서 조선총독부 도서과 검열관 겸 통역관인 니시무라 신타로西村眞太郎가 축사를 하고 김동인이 답사를 했다.

4 김동인, 「설화적 보고」·박영희, 「성전의 문학적 파악」·임학수, 「전지의 로맨티시즘」,『국민신보』, 1939.4.8.

긴밀하게 연관되어 있다. 중국과 일본이 장기적인 대치상태에 있었던 것은 사실이지만 본격적으로 충돌할 것이라고는 예상치 못했고, 더욱이 전쟁이 장기화됨에 따라 총후의 지원이 불가피해졌던 것이다. 따라서 사상적 임무를 담당하는 문인들은 현재진행 중인 전쟁에 적극 협력할 것을 강요당하게 되면서 그에 부응하는 '자발적'인 움직임이 시도되었다. 따라서 이들이 수행해야 할 임무는 총후의 국민에게 전쟁 협력을 독려할 만한 선전적 성격의 문학작품을 생산하는 일이었고, 여기에 모델로 제시된 작품이 히노 아시헤이의[5]『보리와 병대麥と兵隊』였다.

『麥と兵隊』는 작가가 직접 쉬저우회전西州會戰의 종군 체험을 기록한 일종의 전쟁보고서로서 당시 일본에서 선풍적인 인기를 모았던 것은 물론, 미국과 중국에까지 번역되어[6] 센세이션을 일으켰던 "일본이 낳은 전쟁문학의 최고봉"[7]으로 호평 받은 작품이다. 이 작품이 『보리와 兵丁』이라는 제목으로 조선어로 번역되면서 발행 즉시 매진되는 '출판계의 초기록'에 힘입어 조선의 문인들은 이에 필적할 만한 전쟁문학을 양산해야 했고, 그에 대한 준비 작업의 일환이 바로 '황군위문' 파견이었던 것이다. 그리하여 한국문학사에서도 비교적 낯선 영역인 식민지 말기의 전쟁문학을 논의할 때 그 선두에 놓일 수 있는 작품이 바로『보리와 兵丁』이다.

---

5 본명은 다마이 가쓰노리玉井勝則로, 1938년『분뇨담糞尿譚』으로 제6회 아쿠다가와芥川상을 수상했다. 히노 아시헤이火野葦平에 대한 자세한 경력은, 장영순, 「전쟁과 종군 작가의 '진실'」, 『재일본 및 재만주 친일문학의 논리』, 역락, 2004 참조.

6 「英譯『보리와 兵丁』米國에서 好評, 五十萬部 邁進」, 『매일신보』, 1939.6.19.

7 박영희, 「適時의 快擧」, 『매일신보』, 1939.6.4.

2. 번역된 전쟁 체험 : 『보리와 兵丁』

히노 아시헤이의 『麥と兵隊』는 저자가 쉬저우西州 공략전에 보도반원으로 참가하여 체험한 종군기록으로서, 1938년 8월 『개조改造』에 발표되면서 전쟁문학의 표본으로 자리매김 되었다. 최대의 격전지 중의 하나였던 쉬저우를 갖은 고전苦戰 끝에 점령하여 마침내 일장기를 꽂았다는 스토리는 전쟁을 수행하고 있던 일본 국민에게 감동을 선사하기에 충분했다. 그리하여 이 저작은 발표되자마자 총독부 경무국 도서과 검열관 겸 통역관인 니시무라 신타로西村眞太郎에[8] 의해 조선어로 번역된다. '내지인'에 의한 조선어 번역 작업은 개국 이래 처음 있는 파격적인 일로, 니시무라는 자신의 번역에 대한 변辯을 다음과 같이 술회했다.

왜 『보리와 병정』을 조선어로 번역하는가, 그것은 작년 말의 일인데 후방의 조선인이 적성赤誠을 보이고는 있으나 실제 전쟁이라는 것이 어떤 식으로 이루어지는지 모르는 자가 많다는 의견이 있어서 황군이 어떻게 고생하고 있는가를 확실히 주지시킬 수 있고 황군에 대한 감사의 마음을 불러일으켜 후

---

8 니시무라 신타로西村眞太郎는 1888년 6월 효고현兵庫縣 출생으로, 1910년 도쿄외국어학교 한어과韓語科를 졸업한 후 1912년 4월 경성전수학교 교유敎諭로 조선에 건너와 1914년 12월 총독부 사법부에서 근무하기 시작했다. 1918년 1월 경성지방법원 서기 겸 통역생으로 지내다 1920년 3월부터 경무국 통역생이 되었고, 1921년 6월 통역관으로 진급한 이후 1925년 5월부터 도서과와 학무국 근무를 겸한 이래 1940년 8월 6일까지 최장기 근무 검열 전문가로서 당대 신문 검열의 핵심 실무자였다. 정진석, 『언론조선총독부』, 커뮤니케이션북스, 2005, 253∼254쪽 참조. 당시 니시무라의 검열에 관해서는, 박광현, 「검열관 니시무라 신타로西村眞太郎에 관한 고찰」, 『한국문학연구』 32, 2007 참조.

방의 국민으로서 각오를 올바르고 강하게 할 수 있다면 바람직할 것이라고 상사들 사이에서 합의가 이루어져 내가 번역을 명령받게 된 것이다.[9]

"전 국민 모두에게 읽히겠다"는 총독부의 포부에 따라 30전이라는 "헐값의 희생적 보급판"[10]으로 재탄생한 『보리와 兵丁』은 1만 2,000부 발행 즉시 매진되고 8쇄까지 찍어내는 쾌거를 이루었다. 이 책에는 군보도부 사진반 우메모토 사마지梅本左馬次의 보도사진과 아소우 유타카麻生豊의 시국만화를 삽입해 놓음으로써 폭넓은 독자 대중을 대상으로 한 편집 의도와 "누구나 일본정신과 애국의 지성이 얼마나 숭고한지를 깨닫게 될 것"[11]이라는 기획 의도가 담겨있다. 이러한 사정에는 중일전쟁에 대해 조선인들이 실감을 갖고 있지 못하고 있다는 데 대한 일본 측의 우려가 담겨있었다.

일본과 중국이 수행하는 전쟁에서 식민지 조선은 일정하게 외재적으로 존재할 수밖에 없다. 따라서 조선인들에게 '총후봉공'의 지지를 받아내기 위해서는 일본과 유기적 공동체의 계기들을 작동시킬 수 있는 내적 동력이 반드시 필요했다. 그것은 식민지의 국민을 식민 모국의 공동체로 상승시키는 전략이었던바 여기에는 두 가지의 방법이 존재할 수 있다. 즉 하나는 프로파갠더이고, 다른 하나는 '민족의 적'을 설정하는 일이다.[12] 물론 이러한 방법론들은 이데올로기적 가상에 불과하지만, 조선이 일본의 운명 공동체로 편입된 이상 '민족

9 니시무라 신타로西村眞太郎, 「『보리와 병정』을 조선어로 번역하고」, 『완역 모던일본 조선판』, 1939.10, 213쪽.
10 「出版界의 超紀錄」, 『매일신보』, 1939.7.15.
11 「戰爭文學의 最高峰 朝鮮版 『보리와 兵丁』」, 『매일신보』, 1939.6.4.
12 이종영, 『내면성의 형식들』, 새물결, 2002, 243쪽.

의 적'에 대항하는 것은 어디까지나 주체적인 행위로 간주될 수 있었다. 이로써 전쟁의 외부에 존재했던 조선은 실전에 참가하는 것으로써가 아니라 제국 일본에 의한 '번역된' 전쟁 체험을 통해 전쟁의 공동주체로 자리매김 된다. 요컨대『보리와 兵丁』의 조선어 번역이라는 '준비된 사건'[13]은 중일전쟁에서 외재적으로만 존재했던 조선으로 하여금 전쟁의 주체적 내부자로 공모할 수 있도록 하기 위한 일종의 프로파갠더였던 것이다. 이점은 당시『보리와 兵丁』에 대한 일련의 독후감과 서평이 강조하는 핵심에도 잘 나타나있다.

『매일신보』'학생란'에서 박상희는[14] 전쟁소설의 백미로 꼽히는 톨스토이의『전쟁과 평화』(1864~1869)와 레마르크의『서부전선 이상 없다』(1929)가 자유주의적 개인의 입장에서 전쟁을 바라본 데 반해,『보리와 兵丁』은 시종일관 '일본 정신'으로 무장한 애국심으로 조국에 대한 일념과 '황도정신皇道精神'을 통해 중일전쟁의 정당성을 설파하고 순직을 외친다는 점에서 세계 전쟁문학의 반열에 오를 만한 작품이라고 평가했다.

또한 박영희는『보리와 兵丁』이 '성전의 이상'을 잘 표현하고 있기 때문에 "국가를 위하고 동양의 평화를 위해서 악전고투하는 병사들의 실상을 볼 때 황군에게 충의와 감격의 뜻을"[15] 표할 수밖에 없다는 소감을 피력하면서, 열 권의 '시국독본時局讀本'보다 뛰어난 한 권의 작품이 독자들에게 미치는 강력한 효과를 강조하였다. 그리하여『보리와 兵丁』의 영향력은 "새 시대와 호흡하는 새로운 정신을 보여

---

13 정선태, 「총력전 시기 전쟁문학론과 종군문학」, 『동양정치사상사』, 2006.9, 137쪽.
14 박상희, 「『보리와 兵丁』을 읽고 : 戰爭文學에 대하야」, 『매일신보』, 1939.7.23.
15 박영희, 「『보리와 兵丁』 : 名著 名譯의 讀後感」, 『매일신보』, 1939.7.25.

주는 전쟁문학"[16]이 조선의 건전한 문학 건설과 총후 방어를 위해 지속적으로 생산되어야 할 지침으로 제시되었다. 즉 앞으로 도래해야 할 새로운 형태의 전쟁문학이란 전쟁 영웅담이나 비분강개에서 벗어나 생생한 전쟁의 현장을 직접 체험하고 있는 그대로 기록하되, 거기서 발견되는 인간성을 솔직담백하게 그리는 르포형식의 사실주의적 수법이 권장되는 것이다.

이러한 견해에는 작품의 내용과 형식이 유기적으로 함께 소속되어 있다는 본능이 내재되어 있다. 즉 이때의 전쟁문학은 사실을 묘사함으로써 그 결과를 통해 본능적 감정에 호소하고 또 설득함으로써 실천을 도출해내는 전략을 구사하고 있는 것이다.[17] 이는 '생생한 실전의 상황+성전의 이상+작가의 담담하고도 솔직한 고백'이 유기적으로 구성된 창작방법으로 요약될 수 있다. 이것이 중일전쟁 발발 2년 후인 1939년 4월 15일 '황군위문조선문단사절단'이 탄생했던 배경이며, 이들이 직접 전선의 '진실'을 보여주는 작품을 통해 민중을 교화함으로써 문필보국文筆報國의 성의를 선보이고자 했던 것이 바로 임학수의 『전선시집』(1939)과 박영희의 『전선기행』(1939)이다.

---

16 「躍進하는 出版 朝鮮 : 戰爭文學이어! 만히 나오라」, 『매일신보』, 1939.12.22.
17 게오르그 루카치, 차봉희 편역, 「르포르타지냐 문학적 형상화냐」, 『루카치의 변증 : 유물론적 문학이론』, 1987, 한마당, 169~172쪽 참조.

3. 황군위문조선문단사절단의 전선견문록

: 『전선시집』과 『전선기행』

'조선문단의 총의總意'가 황군위문조선문단사절단을 중지전선으로 파견한 목적은 크게 두 가지로 나누어 볼 수 있다. 첫째는 최전선에서 고전 중인 황군을 위문하고자 하는 것이고, 둘째는 전장의 현장을 그대로 묘사함으로써 실감에 육박하는 전쟁문학을 생산해내기 위함이다. 이는 일본에서 조직한 '펜 부대'가 전선에 파견되어 전쟁의 실감을 전하는 문학 작품을 대거 양산해내고 있었다는 사실에 고무된 바가 컸다.

> 이번 우리들 황군 위문에는 두 개의·중대한 의미가 포함되어 있다. 하나는 현지에서 국가를 위하여 충성을 마치는 우리 황군에게 감사를 하는 것인데 이것이 거저 위문에 끝이지 않고 그 전장의 광경을 문장으로 옮겨서 조선 민중에게 전하는 것이 우리들의 중대한 임무라 생각한다. 한데 이런 일은 벌서 내지 작가들의 손으로 많은 작품이 나왔다. 화야火野 씨의 『麥과 兵隊』를 비롯하여 현지 보고문학이 얼마든지 씨워졌다.[18]

> 이번 일이 조선의 문인과 출판업자로서의 황군에 대한 감사의 정을 표함이 그 주되는 목적인 것은 말할 것도 없는 일이오, 또 조선 문인의 눈과 마음과 손을 통하여서 지나사변의 일단을 직접 민중에게 알리고 느끼게 하려는 것이

---

18 박영희, 「戰爭과 文學者의 任務」, 『삼천리』, 1939.7, 235쪽.

그 제2 목적인 것도 상식적으로 알 수 있는 일이오, 또 그것이 조선 민중에게 어떻게 유효할 것도 물을 것 없는 일이다.[19]

중일전쟁이 발발한 지 2년이 지났음에도 조선인은 전쟁에 대한 실감을 갖지 못하고 있다는 것, 따라서 총후의 조선 민중이 국민의 의무를 다하기 위해서는 '황군'의 자세를 갖출 수 있도록 실감을 부여케 하는 수단이 바로 전선의 격전을 사실적으로 그린 문학작품을 생산하는 일이라는 것이다. 이 두 가지 목적에 부응한 결과물이 바로 임학수의 『전선시집』과 박영희의 『전선기행』인바, 이 두 견문록에 대한 일련의 서평들 또한 이 점을 공통적으로 강조하고 있음을 볼 수 있다.

예를 들면 임학수의 『전선시집』에 대해 이광수는 "전편을 통하여 과장도 허식도 없이 시인적 양심에 충실"하여 실감을 감쇄減殺시키지 않은 점을 고평하면서 "조선인 시집으로 된 최초의 사변 제재시"[20]라는 의의를 부여하였고, 윤규섭은 사절단 파견에 대해 '문학적 수확'이라는 견지에서 큰 기대를 표명하였으며,[21] 백철은 조선 "문단에서 처음 나온 전쟁작품"[22]의 탄생을 치하했다.

또한 박영희의 『전선기행』에 대해 정인택은 '감격의 정신'과 '감사의 정신'이 담긴 "감격적 국민의 서書"[23]가 되기에 충분하다고 고평하였으며, 박종화는 "우리 문단이 일직이 갖지 못했든 전무前無한"[24] 전

---

19 이광수, 「文壇使節 壯別辭 : 文壇使節의 意義」, 『삼천리』, 1939.7, 238쪽.
20 이광수, 「序」, 임학수, 『戰線詩集』, 인문사, 1939.9, 3쪽.
21 윤규섭, 「林學洙 著 '戰線詩集'」, 『문장』, 1939.11, 194쪽.
22 백철, 「新刊評 '戰線詩集'」, 『매일신보』, 1939.10.4.
23 정인택, 「朴英熙 著 '戰線紀行'」, 『문장』, 1939.11, 196쪽.
24 박종화, 「懷月의 '戰線紀行'」, 『동아일보』, 1939.10.17.

쟁문학의 기원이 될 것이라는 점에 큰 의의를 두었다. '총후 국민'에게 전선의 현장을 보고한다는 의도에 힘입어 생산된 박영희의 『전선기행』은 연극으로도 만들어졌었는데, 이 연극은 송영이 각색하고 홍해성이 연출을 맡아 1939년 11월 28일부터 나흘간 동양극장에서 상연되었다.[25]

'황군위문조선문단사절단'이 실감으로 전하는 중일전쟁의 의의란 동양의 영구평화 확립에 있었다. 그러므로 이들에게 중일전쟁은 서구의 '인형 노릇'에서 벗어나 "황갈색 피부를 가지고 키가 그리 크지 못한 인종인 야마토민족大和民族, 조선민족, 만주민족 급及 지나민족이 대동단결"[26]한다는 이른바 '성전聖戰의 이상理想' 그 자체에 있다는 것, 따라서 그것은 군사적 행위가 아닌 정치적 행위로 규정된다. 그러므로 조선 문인들의 사명이란 결국 조선 민중으로 하여금 제국 일본을 맹주로 하는 '동양의 영구평화 확립'의 근본정신을 이해하도록 돕는 일이었다. 이는 예기치 못한 군사적 사태에 직면한 일본의 사건 뒤쫓기 식의 이론화 작업에 대해 그 어떤 매개도 경유하지 않은 채 일본의 자기언설을 그대로 반복하게 하는 화법으로서 '내선일체'에 따른 황민화 작업의 일환이었다고 할 수 있다.

이번 전쟁은 전쟁이 목적이 아니고 동양 영원의 평화를 위한 것이고 그 평화를 람난攬亂하는 항일 배일의 배輩를 일소하는 싸홈임으로 우리 황군의 가는 곳마다 명랑한 건설일 것이다. 이 건설사업엔 내선일체가 되여 개척하지 않으면 안 된다.[27]

25 「'戰線紀行' 東劇에서 上演」, 『동아일보』, 1939.11.30.
26 김동인, 「支那戰線을 향하야」, 『삼천리』, 1939.7, 233쪽.

요컨대 『전선기행』과 『전선시집』이 현재 수행 중인 전쟁을 위한 인식적 차원에서 제기된 초보적 성격의 현지보고문학이라면, 이후 중일전쟁이 확대되면서부터는 전쟁의 실감을 전하는 것 이상의, 즉 보다 구체적인 내용과 형식을 체계적으로 갖춘 전쟁문학 담론 형성이 구체적으로 제기된 것이었다. 관공서 건물마다 "장기건설長期建設 견인지구堅忍持久"[28]라는 표어가 붙어있었던 당시의 분위기에서도 짐작되듯이, 이제 총후와 전장의 경계는 완전히 사라지게 된 것이다. 기쿠치 칸菊池寬의 다음과 같은 견해는 이후 조선문단에서 전쟁문학 담론이 어떻게 전개될 것인가를 잘 암시해 주고 있다.

1. 현실주의 편중을 버리고 로만틱 정신에의 전환이 제일이라고 생각한다. 로만틱주의라는 것은 인생의 가능을 믿는 것이다. 문학도 또 일본민족의 가능을 확신하고 새로운 열정을 가지고, 그의 이상의 달성에 공헌할 것이다.

1. 고대 일본을 무대로써 순수한 역사소설이 속속 등장하여 작가의 연구로써 고대 일본의 아름다운 자태를 더 아름답게 써서 읽힐 것이다.

1. 애욕 중심의 개인생활이라는 제재는 얼마든지 있다. 가장 국가적 사회에 의의가 있는 제재를 취급할 것이다. 국가 다시 말하면 사회와 개인생활과의 관련하는 곳에서 제재를 구할 것이다.

1. 도회의 시정생활 아빠트·끽다점, 빠- 등에서 제재를 취하는 대신에 만주국에 있어 국경생활, 개척이민촌, 지나 대륙에 있어서 민족과 민족과의 교섭 활약하는 것 등이 제재의 대상이 되야 할 것이다.[29]

27 박영희, 「戰爭과 文學者의 任務」, 『삼천리』, 1939.7, 235쪽.
28 임학수, 「戰線兵士를 慰問하고」, 『家庭の友』, 1939.7, 18쪽; 「機密室 : 우리 社會의 諸內幕 −各團體의 標語」, 『삼천리』, 1938.10, 15쪽.

중일전쟁 수행 과정에서 '동계同系의 민족'이 하나의 '국민'으로 완성됨(八紘一宇)에 따라 개인은 사사로운 존재로 폄하되고, 이들이 속한 하나의 '국가'가 '신체제' 확립이라는 역사적 전환기에 직면하여 문학 또한 '사신捨身'의 전환이 요구된다는 것이 기쿠치 칸의 주장이다. 이 대목에서 인상적인 것은 이전의 생생한 현장 묘사라는 사실주의 문학의 강조에서 낭만주의 정신으로의 전환을 요구한다는 점이다.

"인생의 가능"을 믿고 "일본 민족의 가능을 확신하"는 방법으로서의 낭만주의란 자신이 이해할 수 없는 일체의 현상을 불가능으로 치부해 버리는 합리주의적 이성과는 상반되는 개념이다. 이러한 주체는 주관과 객관의 구분이 없는 세계와 융합된 전체성 속에서의 자아, 즉 세계의 중심에 위치한 절대적 주관성을 일컫는 개념으로서 그것은 낭만적인 꿈과 정치적 현실 사이의 긴장을 의식한다.[30] 그러므로 이성적 자아가 모순에 직면할 때 그저 수동적인 위치에 머문다면, 낭만적 정신의 소유자는 자신에게 가능한 모순과의 절대적 통일을 지양함으로써 무한한 사유로 연장시킬 수 있다.

기쿠치 칸이 암시적으로 지적한 "로만틱 정신으로의 전환"이란 국가가 당면한 현실적 모순에 대해 국가라는 세계와 분리되지 않은 자아의 상태로의 전환을 뜻한다. 이러한 절대적 주관으로서의 자아에게 일체의 현상은 무한한 생성 중에 있다고 간주되므로, 인간의 죽음 또한 자연과 영원히 일치하는 근원적 상태를 보장받을 수 있게 된다. 여기서 전쟁과 문학이 공모하는 국가와 개인의 정치적 문제가 발생한다. 즉 자아와 완벽하게 일체를 이룬 절대적 이상태인 국가를 위해

29 菊池寬, 「文學도 大轉換, 國家的 意義있는 題材를」, 『삼천리』, 1940. 12, 199쪽.
30 김진수, 『우리는 왜 낭만주의를 이야기하는가』, 책세상, 2001, 21~52쪽 참조.

개인의 죽음을 불사하는 미적 에너지가 소생되는 것이다. 그리고 그 것은 곧 경험하지 못한 '순수 영역'인 고대 일본의 역사물로 체현되거 나 또는 상상의 유토피아인 만주국 개척이라는 희망으로 이어지게 될 것이었다. 이러한 기쿠치 칸의 주장은 조선의 문인들에게도 파장 을 미치게 된다.

> 국지관菊池寬 같은 사람은 낭만주의 문학이 이제 일어나야 한다고 ― 그 뜻 은 이 시대 민중에 희망과 꿈을 주기 위하여 아무 것이라도 이렇게 될 수 있다 는 그런 희망과 꿈을 주는 문학이 있어야 한다고 주장했고, 다른 한편에선 현 실 그대로를 극명하게 파고 헤치는 리알리즘이 이러나야 한다고 하였는데 이 렇게 문학사조로 본다면 나(김기진―인용자) 역亦 국지관菊池寬에 찬성하게 되어요. 현실을 그리기에 너무 충실하자면 건전명랑한 면에 다소 붓을 가감加 減할 경우가 생길 터이니까.[31]

작가가 현실 묘사에만 충실을 기하다보면 "건전명랑한 면"에 붓 을 가감하게 될지도 모른다는 김기진의 말은, 작가가 전쟁 장면을 사실적으로 보여주는 것에만 그치는 것은 '고도국방국가' 건설과 '신 체제' 확립의 이상을 전하는 데 미흡하다는 의미일 것이다. 따라서 궁극적인 목적에 도달하기 위해서는 보다 강력한 에너지를 형성해 야 할 필요가 있다는 합의가 모아진다. 이로써 보다 진전된 논의의 전쟁문학이란 "전체주의, 국가주의를 기조로 하는 신체제에 참가하" 기 위해서는 "내선일체의 기폭旗幅하에서 국가를 위해 그 보조를 가

---

31 「十二月의 三千里文壇」, 『삼천리』, 1940. 12, 196~197쪽.

치해야"[32] 한다는 구체적인 조건이 명시되는 단계에 이른다.

한국문학사에서 '전쟁과 문학'이라는 말의 용법이 특수하게 중일전쟁 이후에 사용되었다[33]는 사실은 식민지 조선이 당면한 총체적인 문제점들을 내포한다. 특히 문학 그 자체가 이데올로기라는 점에서 식민지 문인들이 양산한 전쟁문학 담론 또한 당시의 정치적 현실과 일정 부분 공모할 수밖에 없었다. '총력전 체제'하에서의 전쟁문학이란 일상생활까지 잠식하고 지배해만 했기 때문이다.

4. 총력전 시대의 전쟁문학 작법

중일전쟁을 계기로 대두된 전쟁문학 담론에는 단시일 내에 본격적인 전쟁문학을 생산해야만 한다는 조선 문인들의 조급성이 엿보인다. 이 무렵 미디어 상에는 독일, 러시아, 영국, 스페인 등 세계의 전쟁문학에 대한 기사와 '내지 문단'에서 진행되고 있는 전쟁문학에 대한 조사보고서 및 이와 관련한 대담·좌담회들이 다수 실려 있다.

이러한 분위기를 배경으로 조선의 전쟁문학 담론의 흐름을 살펴보면, 먼저 『보리와 兵丁』 번역판이 간행된 무렵에는 "'우수한 전쟁문

---

32 「新體制下의 余의 文學活動方針 : 김동리 : 新方針을 公開하기 前」, 『삼천리』, 1941.1, 253쪽.
33 박영희, 「戰爭과 朝鮮文學」, 『조선작품연감』, 인문사, 1940.4, 496쪽.

학은 오직 전장에서로만 나어진다'라는 것이 영원한 진리"[34]라는 명제에서 출발한 '냉엄한 리얼리즘'적 "보고문학"이 제기되었다. 왜냐하면 톨스토이의 『전쟁과 평화』와 레마르크의 『서부전선 이상없다』와 같은 탁월한 전쟁소설로 호평 받는 작품들이 모두 전후에 제작되었던 만큼, 전쟁 그 자체를 소재로 했다기보다는 애국심 고양을 목적으로 했기 때문에 이들 작품에는 리얼리즘적 요소가 부족한 것으로 보였기 때문이다.[35] 다시 말해 이 작품들은 제1차 세계대전 이후의 폐허 상태를 비판하는 작가의 태도가 감상적 인도주의에 머물고 있기 때문에 국가사상이 부족하고 전쟁에 대한 적극성도 취약하다는 것이다.[36] 이에 따라 『보리와 병대麥と兵隊』을 비롯한 종군 기록 형식의 보고문학이 새로운 전쟁문학 작법으로 각광받게 되었던 것이다. 특히 최재서는 전쟁의 사실적 묘사가 독자로 하여금 전우애나 인류애를 간접 체험케 함으로써 국민의식으로 직결될 수 있다는 점에서 그것이 조국애를 양산해낼 수 있는 수단이 될 수 있다고 주장했다.

우리가 오늘날 전쟁문학이라고 할 때 그것은 후세에 영구히 남어질 예술적 작품보다는 차라리 생생한 전장의 체험을 그대로 전할 만한 보고적인 작품을 일컫는 경우가 많다. 병대兵隊가 전장에서 어떠한 고생을 하고 있는가, 그들은 전장에서 무엇을 느끼고 무엇을 생각하고 무엇을 서로 이야기하고 있는가 ─ 이런 것을 아는 것이 현재의 우리로선 더 절실한 일이 아닐까 생각된다. 우리들이 멀리 총후에 남아서 병대들과 더불어 전쟁의 감정을 나누고 그들과

---

34 요동학인遼東學人, 「戰爭과 文藝作品」, 『삼천리』, 1938. 12, 189쪽.
35 위의 글.
36 「'戰爭文學'과 '朝鮮作家' : 戰爭과 文學과 그 作品을 말하는 座談會」, 『삼천리』, 1939. 1.

매한가지로 국민의식에 연결되려면 이러한 전쟁문학이 가장 손쉽고 또 현재 가질 수 있는 유일한 수단이 되기 때문이다.[37]

또한 김명식은 "제 자신이 직접 전쟁을 체험한 자이라야 그 표현이 심각하고 또 내용이 충실하야 보다 큰 문학적 가치를 창조할 수 있"다는 점을 근거로 들면서, 그것이 가져다주는 실감을 통해서만 "정의감을 사死 이상으로 신앙하는 전사戰士의 희생적 정신과 또 그의 용감한 실천"[38]으로 이어질 수 있다고 주장한다. 이들 주장의 공통점은 독자에게 사건 그 자체를 보여줌으로써 본능을 자극하여 동일한 행위를 모방할 수 있는 실천적 계기를 산출해야 한다는 다소 소박한 견해라 할 수 있다.

한편 이러한 견해에 대해 현장 보고 그 자체가 문학이 될 수 없다는 비판을 처음 제기한 사람은 백철이다. 그는 새로운 경향으로 등장한 일련의 보고 형식의 작품들이 현장의 총체적 재현이 아닌 부분적 관찰일 수밖에 없는 한계에도 불구하고 문단이 부화뇌동한 감이 있다고 비판했다. 즉 단순한 소재적 접근으로서의 문학이란 신문기자의 기사에 불과할 뿐 진정한 전쟁문학이 될 수는 없다는 것이다. 따라서 『보리와 兵丁』이 '낙양洛陽의 지가紙價를 폭등케' 할 만큼 호평을 받고 있는 데는 다분히 흥분된 과장이 농후하다며 저자의 작가적 역량에 회의의 시선을 보내기도 했다. 그리하여 백철이 주장하는 진정한 전쟁문학이란, 전쟁을 그리되 거기에 진실한 '인류적 휴머니즘'이 내포되어야 할 것으로 제시된다.

---

37 최재서, 「戰爭文學」, 『인문평론』, 1940.6, 55쪽.
38 김명식, 「戰爭과 文學, 現段階의 文學意識을 論함」, 『삼천리문학』, 1938.4, 98쪽.

보고문학이란 그 당시의 중대한 사건을 생생하게 등장시킨 것, 요지음 유행하는 문단 말을 빌면 소재의 문학인 의미일 것이다. 그러나 그것을 보고문학이라고 하든 소재의 문학이라고 하든간에 문학인 이상 그것이 단순한 소재 보고에 머저서 가할 리가 없다. (…중략…)『보리와 兵隊』가 근대의 걸작으로 국내 국외에 추대되는 것은 추대하는 우리들 자신이 흥분된 데서 온 과장이 많다. 문학적으론 작자 자신도 이 작품에 대하야 지적한 일이 있지만 결코 소설다운 작품이 아니다. (…중략…)『보리와 兵隊』는 일본 출판계 이래 초유의 성적으로 실로 낙양洛陽의 지가紙價를 폭등케 했다고 하는 것이나 독자들이 이 작품을 탐독하는 기분 우에는 독자 자신의 지우知友 또는 친족을 직접 전장에 보낸 흥분된 감정이 다분히 기분을 조장하는 것이 있다. (…중략…) 지금까지의 전쟁 작품들에는 우리를 감격시키는 휴맨이즘이 대부분 영탄에 끄처버리고 그것이 일정한 인물의 주장이나 사상이나 성격 같은 것을 통하야 고정화하고 전형된 것이 없다.[39]

장래 동경문학東京文學은 전쟁을 반영한 문학으로 일 경향을 이룰 것이나 그 경향의 중심은 인도주의에 있으리라는 것은 지금부터 예언해도 관계치 않다고 생각한다. (…중략…) 요지음 동경의 문인들은 집단적으로 동원을 하야 종군을 함으로써 전쟁문학의 건설을 호언豪言하고 있으나 그것은 신뢰할 수가 없고 역시 문재文才를 가진 작가 중에서 직접 참전한 작가들의 손에서 기대할 작품들이 나올 것이다.[40]

요컨대 백철이 주장하는 전쟁문학이란 전쟁을 소재로만 취급하

39 백철, 「戰場文學一考」, 『인문평론』, 1939.10, 48~49쪽.
40 백철, 「日本文學上의 戰爭」, 『조광』, 1939.2, 61쪽.

는 협소한 관찰문에 그치는 것이 아니라, 역사적 사건의 구체적인 형상화와 동시에 작가의 진실한 인도주의적 색채가 가미됨으로써 인물의 성격과 행동의 전형화되어야 한다는 것이다. 이러한 백철의 주장은 이전의 소재주의적 전쟁문학의 방법론에서 진일보한 것이기는 하지만, 이러한 과정을 거친 문학이란 역시 전쟁이 끝난 이후 감정의 흥분이 가라앉은 뒤에만 가능한 것이다. 이렇듯 백철이 전쟁문학이 지녀야 할 장르적 요소를 언급함으로써 관찰적 보고문학이라는 초보적 형식에서 보다 진전된 논의를 펼쳤다면, 그와 동일한 연장선에서 전쟁문학을 논하면서도 작가의 현실적 태도를 진지하게 견지했던 사람은 이헌구이다.

이헌구는 전쟁이라는 시대적 상황에 처한 작가는 그 역사적 현실에 대해 일정한 태도를 취해야 한다고 주문한다. 무릇 문학자란 역사를 기록하는 자가 아니기 때문이다. 즉 문학은 "기록 위에 그 어떤 하나의 더 큰 무엇이 가해져야 한다"는 것이다. 그렇게 될 때 그 기록은 관찰자의 역량에 따라 달라진다. 하물며 전쟁과 같은 정치적 사안이 문학으로 기록될 때 작가는 그 전모를 충분히 관조할 수 있는 예술적 능력과 교양을 갖추어야만 위대한 전쟁문학의 기초를 이룰 수 있다는 것이 그의 주장이다. 『일리아드』나 『삼국지』가 전쟁이 종식된 이후 후대의 문학가들에 의해 완성되었다는 사실은 전쟁을 직접 체험한 관찰자의 기록에는 결여된 "그 시대의 풍속이라거나 인정세태라거나 전쟁이 빚어내인 모든 인간생활"을 충분히 표현할 수 있었기 때문이다.

대체로 문학은 하나의 사상을 내포하지 않을 수 없는 것이다. 한 사실이 인간생활과 정신 위에 영향을 주지 아니하거나 교섭을 가지지 아니한 곳에서 문학적 소재를 탐색하여 발견할 수 없는 것이다. 인간의 정신과 괴리되거나 알력軋轢되거나 하는 곳에 문학이 표현할 세계가 있는 것이다. 한 사실에 대하여 공식적으로 처리한다는 것은 진정한 의미의 문학에서는 불가능하다.[41]

식민지 말기 조선의 전쟁문학 담론이 중일전쟁을 배경으로 하고 있다는 점에서 이들의 논의는 다분히 상황논리에 입각해 있다고 할 수 있다. 그리고 그것이 보고문학의 가치를 논하는 수준에서 출발하게 된 이유였다고 한다면, 이후 그들의 논의는 조선 문인이라는 정체성에 입각하여 전쟁문학의 장르적 성격과 함께 문학자의 태도로까지 확장되기에 이른 것이다.

그런데 여기서 문제가 되는 것은 이들의 전쟁문학 담론이 문학의 가치 내지 장르상의 특징에 대한 논의로 흘러버릴 때, 이것은 애초에 제기되었던 전쟁문학 담론의 기획에서는 이탈된 논법이 될 수밖에 없다는 데 있다. 당시 전쟁문학의 용법이 특수하게 '지나사변'이라는 사건적 상황에 구속된 개념으로 사용되었다는 점에서 백철이 당대의 전쟁문학을 "사변문학"[42]이라 일컬었던 만큼 이에 대한 논의는 중일전쟁이라는 범주에서만 타당하기 때문이다. 결국 전쟁문학에 대한 논의가 길을 잃어갈 무렵 이들은 다시 처음의 기획으로 되돌아가고자 한다. 그러나 상황은 보다 더 큰 전쟁을 목전에 두고 있었고, 이에 따라 그 어법은 훨씬 적극적이고 대담하게 흘러간다. 바야흐로 '총력전의 시대'에 들어선 것이다.

'총력전의 시대'에는 격전지대 뿐만 아니라 '총후 국민'의 일상 자

---

41 이헌구, 「戰爭과 文學」, 『문장』, 1939. 10, 145쪽.
42 백철, 「戰場文學一考」, 『인문평론』, 1939. 10, 47쪽.

체가 전쟁터가 된다. "전쟁의 시대"[43]에는 총후의 일상까지도 전쟁문학의 소재가 되기에 충분한 것이다. 이전의 전쟁문학 담론이 차츰 문학의 장르 및 범주로 흐르는 논의 과정이었다면, 사태의 전환에 직면하면서부터는 개념의 명료화와 방법의 구체화로 집약되기에 이른다. 전쟁의 시대에 수많은 낯선 용어들이 출현하고 그것의 개념이 지속적으로 반복되고 재생산된다는 점은 쉽게 발견되는 현상이다. 즉 어떤 개념이 먼저 생겨나고 그에 따라 일체의 모든 현상이 그 개념에 종속되는 역설이 생겨나는 것이다. 가령 박영희는 '신체제하의 조선문학의 진로'를 언급하는 데 앞서 '신체제'의 개념을 명확히 하고 그 범주에서 문학을 논의하기 시작한다.

신체제라는 것은 쉬웁게 말하면, 국민으로서 국가에 대한 충의를 더욱 철저하게 하는 데 있습니다. 그러한 의미에서 신체제하의 조선문학을 말한다면 그것은 충의를 종縱으로, 건전한 국체사상을 횡橫으로 하는 좋은 작품을 많이 써내는 것입니다. 즉 직역봉공에 성심을 다해서 신도臣道 실천에 매진하면, 그곳에는 어떠한 새로운 길이 열릴 것으로 생각합니다.[44]

문학의 공리적 기능을 확대 해석하고 있는 박영희의 기본적 입장은 위정자나 국민이 일치단결한 대중인 이상 문학이 국가를 위해 충분한 기능을 발휘할 수 있다고 믿는 것이었다. 그 과정은 곧 '일본 정신의 예술화'라는 심미적 형태로 나타나는데, 이때의 "일본 정신이란 세계 정신의 중추를 형성하"고 있는 것이므로 그러한 정신으로

---

43 牧洋(이석훈), 「戰爭文學과 作家 : 文藝時評(二)」, 『매일신보』, 1942.3.9.
44 「十二月의 三千里文壇」, 『삼천리』, 1940.12, 198쪽.

창작된 문학 작품은 세계문학의 이상을 형성함으로써 세계인의 가슴에까지 머물 수 있다고 주장한다. 따라서 '비상시의 문학'은 국가라는 "통일된 개성"[45]으로 집중되어 일본 정신의 승리를 구가해야 한다는 것이다.

이로써 마침내 전쟁문학 담론은 문학적 영역에서 이탈하여 시국에 따라 구성되어야 할 문화의 일종으로 변질된다. 그리하여 "오늘의 문화는 새로운 정치 문화의 이상 아래에서 정치가 문화 이상의 추구에 의하여 수행되고, 문화는 정치에 의하여 달성하는 그러한 행복된 상태"[46]로 결합된다. 이러한 국가사상과 충의를 기저로 한 '문화보국文化報國'의 구체적인 방법으로는 문화상과 상금제도를 도입하여 신인작가를 양성하고, '내지'의 대정익찬회大政翼贊會의 문화부와 같은 조직을 만든다든가 "서울의 문인협회나 동경의 문예가협회 안에 번역국"을 설치하여 조선문학을 소개하고 일본과 서로 강연회 및 전람회를 개최하며 나아가 조선, 만주, 지나의 동아작가회의를 개최하여 문화 문제에 대한 토론의 장을 만들 것 등이 거론된다.[47]

이렇듯 국민의 총의와 총력이 뒷받침 되어야 할 '총력전 체제'하에서는 전장과 총후의 구분이 사라지면서 전쟁문학의 위상도 변모하게 된 것이다. 이제 전쟁을 소재로 한 일련의 전쟁문학들은 '협의의 전쟁문학'으로 축소되고, 국민생활의 물질과 정신의 내외면 모두를 전쟁 소재로 취급하는 '광의의 전쟁문학'이 논의의 선상에 오른 것이다. 그리하여 『일리아드』나 『서부전선 이상없다』뿐만 아니라

---

45 박영희, 「戰爭과 朝鮮文學」, 『조선작품연감』, 인문사, 1940.4.
46 윤규섭, 「政治와 文化에 對한 所感」, 『인문평론』, 1940.7, 104쪽.
47 「十二月의 三千里文壇」, 『삼천리』, 1940.12, 197~201쪽.

250 사상으로서의 조선문학

『보리와 兵丁』과 같은 작품도 상식적인 개념으로서의 협의의 전쟁문학으로 폄하되고, 국민 전체가 격전 중의 군사와 같은 마음가짐으로 승전의 의지를 지닌 소재라면 모두 전쟁문학이라는 광의의 개념으로 확장되는 것이다.

농민이나 노동자나 또는 각종 각색의 직역職域에서 봉공하는 모-든 국민의 하나하나가 모다 전선에서 싸우는 병사와 함께 전승에로의 확실한 보장인 동시에 성과 있는 역사적 전망을 가장 굳은 반석 우에 정립시킬 주초柱礎이라고 하면 그 제재의 대상이 전선이거나 총후이거나를 막론하고 이루어진바 문학적 창조는 광범한 의미에 있어서의 전쟁문학이 아닐 수 없는 일이다. 총력전이란 두말 할 것도 없이 일국一國의 모-든 힘이 전쟁의 목적에로 집중되어진 뿐만 아니라 절박된 전쟁의 상태 우에 놓여지는 형태다. 이러한 전쟁 형태와 성격 밑에 있어서는 벌써 전쟁이 생활에 대하야 부분적이거나 외적인 것이 아닌 거와 동양同樣으로 문학에 대해서도 부분적이거나 외적인 것이 아니다. 이러한 의미에서 결전적인 현단계에 있어서의 문학의 존재방식은 이를 광범한 의미로서의 전쟁문학 가운데서 구하지 않어서는 아니 될 것이라고 생각한다.[48]

'총력전 체제'하에서는 과거의 영웅담이 보여준 소수 영웅의 활약상보다는 국민 다수의 집중된 의지가 절실해진다. 따라서 전력戰力의 재정적 측면 이외에 전쟁을 지원할 수 있는 인간의 질적 측면, 즉 '정신'의 문제가 근원적으로 대두되는 것이다. 문학이란 인간 사고의 창조력에 기여하는 장치인 만큼, 이 시기에는 '문학도 한 개의 전쟁'이라는 의식

---

48 廣安正光(안함광), 「決戰下에 있어서의 文學의 性格」, 『춘추』, 1944.10, 44쪽.

을 자기 이념화할 것이 필연적으로 요청된 것이다. 이때 전쟁문학이 취할 수 있는 내용이란 "개인주의적 입장을 부정하고 전체적 입장에서 국책에 부응하는"[49] 이른바 '국민문학'의 이념과 맥을 같이 한다.

이 무렵 총독부로부터 문단의 '혁신'을 주문받아 새롭게 구상된 국민문학은 '총력전'에 따른 문예동원의 일환이었다. 주지하다시피 '국민문학'이란 "일본 정신에 의해 통일된 동서 문화의 종합을 지반으로 하고 새롭게 비약하려는 일본 국민의 이상을 구가하는 대표적인 문학으로서, 앞으로 동양을 지도해야 할 사명을"[50] 지닌 것이다. 결국 광의의 전쟁문학이란 그 명칭이 가리키는 의미와 달리 '동아'로 표상되는 각각의 민족을 하나의 국민으로 고양함으로써 전쟁터로 내모는 '부드러운 폭력'이며, 궁극적으로는 유일무이의 '국민문학'으로 수렴될 징후였던 것이다.

5. 총력전의 세기와 지식인

중일전쟁을 '사변'으로 칭했던 동안 그것은 전쟁으로 인식되지 않았다. 전쟁이라는 말이 비로소 사용되기 시작한 것은 아시아·태평양

---

49 「(座談會) 朝鮮文壇の再出發を語る」(『국민문학』, 1941.1), 국민문학연합세미나팀 역, 『시와 산문』 55, 2007, 217쪽.
50 최재서, 『轉換期の朝鮮文學』, 人文社, 1943, 53쪽.

전쟁부터로서, 즉 중일전쟁 단계에서는 아직 '사변'이지 전쟁은 아니었다. 그런데 아시아·태평양전쟁은 전면전이자 최종전이라는 형태로 나타났고, 이러한 상황에서 전쟁문학 담론은 문학의 영역에 한정되거나 다양한 방식으로 전개될 수 없었다.

식민지 말기의 전쟁문학 담론은 전쟁을 배경으로 한 문학 작품이라는 소박한 개념에서 출발하여 '지나사변' 이후 사실적 보고문학이 유행하게 되었고, 아시아·태평양전쟁 전후로는 전장과 총후의 구분 없이 일본 정신의 승리를 구가할 수 있는 소재라면 모두 전쟁문학이라는 개념으로 귀결되었다. 그리하여 이것은 궁극적으로 단 하나의 '국민문학'으로 수렴될 것임은 쉽게 예측할 수 있다. 이것은 애초에 중일전쟁의 외부에 위치했던 조선에게 전쟁은 곧 실감되어야 할 것에서 점차 내면화·일상화 되어야 할 것으로 변주되어 간 과정이기도 하다. 그렇게 내면화된 전쟁은 사고가 아닌 '의지의 힘(히틀러)'이 불러일으키는 생명력 넘치는 본성과 행동의 에너지로 전유될 수 있게 된다.

현재 '전체주의totalism'라는 말은 흔히 정치적 지배 형태의 일종으로 사용되고 있지만 그에 앞서 전체주의는 바로 전쟁의 형태로 나타났다. 레이몽 아롱Ramond Aron이 '총력전의 세기The Century of Total War'를 언급했던 것은 바로 이 점에 주목했기 때문이다. 따라서 이데올로기로서의 문학이 전쟁문학의 형태로 전쟁 그 자체에 복무했다는 사실은 그리 중요한 사안이 아니다. 오히려 중요한 것은 전쟁이라는 한 사건이 자기증식한 결과가 초래하는 인간의 자기 변모의 문제이다. 전쟁은 바로 그것을 형성하는 전형이며, 여기서 지식인의 자기기만이라는 문제가 도출된다. 즉 식민지 말기 한국의 전쟁문학 담론의 과정은 일본의 제국주의적 팽창 의욕에 '친일'이라는 방식으로 공모했던 것처럼 보이지만, 본질적으로 그것은 세계사적 흐름의 문제와 맞닿아있는 것이었다. 따라서 식민지 말기 '전쟁과 문학'이라는 주제에 대해 우선적으로 제기되어야 할 질문이란 제1차 세계대전과 제2차 세계대전이 진행되던 가운데 식민지 국민의 존재 방식인 것이다. 그렇다고 해서 식민지 조선의 지식인들에게 완전한 면죄부를 부여할 수는 없지만 역사의 가장 아픈 곳, 인류사의 가장 고통스러운 부분에 대한 질문이 선행되어야 할 것은 그리 가벼운 문제가 아니다.

제9장

총력전 체제하 정인택 문학의 좌표

1. 동경의 모던보이와 '국민문학'

1935년을 전후한 세대논쟁 가운데 '신진작가'로 조선문단에 처음 등장한 정인택은 현재까지 그리 많지 않은 연구들에서 심리주의 작가로 평가되고 있다. 실제로 그의 등단작인 「준비準備」(『중외일보』, 1930.1.11~16)를 비롯하여 본격적인 작품 활동에 들어간 「촉루髑髏」(『중앙』, 1936.6) 이래, 「준동蠢動」(『문장』, 1939.4), 「미로迷路」(『文章』, 1939.7), 「동요動搖」(『문장』, 1939.7), 「우울증憂鬱症」(『조광』, 1940.9)으로 이어지는 그의 일련의 작품들은 모두 무기력한 룸펜 지식인의 자의식을 묘사한 것들이다.

당시 그의 작품 경향은 "외부세계에 대한 산문정신의 패배와 이것의 심리세계에의 전환"[1]에 기반한 것으로서, 그러한 분위기는 "내부 묘사와 기술 편중이 중견층으로부터 신인층을 구별하는 표식"[2]으로 평가되었다. 이러한 정인택의 문학에 대해 백철은 "자의식의 내부세계를 더듬은 심리주의적 경향"[3]으로 평가하면서 이상, 최명희, 허준과 동일선상에 있다고 보았으며, 정비석은 "애정세계의 심리를 섬세하게 그리는 데 특이한 재능을"[4] 고평했다. 이러한 일련의 평가에 입각하여 현재 정인택 연구는 이상과 박태원, 혹은 '단층파' 동인들의 심리주의 및 모더니즘 소설들과의 관련성에 집중되어있다.

그러나 이상이나 박태원 또는 '단층파' 동인들의 작품이 가져다주는 임팩트와 비교할 때 정인택의 작품은 "모티-브의 불분명 또는 작품의 유기적 구성 속에서 필연적으로 추출되어야 하는 '주제'가 명료치 못하다"[5]고 했던 당시의 평가가 현재에도 유효한 것처럼 보인다. 더욱이 정인택의 '국민문학' 시기의 작품들은 그동안 그다지 조명 받지 못했는데, '모던보이'의 자의식과 함께 "언제나 같은 세계를 방황하고 움직이고 동요하"[6]던 정인택의 작품 경향이 일대 전환을 가져왔던 계기가 바로 '국민문학'의 시대이다.

정인택은 1927년 3월 25일 경성제일고등보통학교를 졸업하고 경성제국대학에 입학한 뒤 1931년 유학을 목적으로 도쿄로 떠났다. 이 무렵 한 사회주의자의 절망과 좌절을 다룬 「준비準備」가 『중외일보』

---

1   김남천, 「新進小說家의 作品世界」, 『人文評論』, 1940. 2, 62쪽.
2   김오성, 「新世代의 精神的 指標」, 『人文評論』, 1940. 2, 51쪽.
3   백철, 『朝鮮新文學思潮史』, 백양당, 1949, 316쪽.
4   정비석, 『小說作法』, 신대한도서주식회사, 1950, 295쪽.
5   정의호, 「盲目의 作品・安易의 作家 : 四半期 創作界 瞥見」, 『人文評論』, 1940. 5, 63쪽.
6   김남천, 「新進小說家의 作品世界」, 『人文評論』, 1940. 2, 62쪽.

현상공모 2등에 당선되어 문단에 등장하면서[7] 도쿄의 일상 풍경을 소재로 한 「동경의 삽화」를 『매일신보』(1931.8.29~9.11, 총 3회)에 연재하고, 1934년 귀국 무렵 「수필 : 봄·동경의 감정」(『매일신보』, 1934.2.24 ~3.3. 총 5회)을 연재했다. 이 시절 그의 동경 체험은 많은 부분 소설들의 무대가 되었다. 또한 "우미관으로 단성사로 조선극장으로 황금구락부로"[8] 비극영화를 쫓아다니고, "칠전짜리 니힐"[9]을 곱씹던 그의 방황에는 "자존과 교양과 허영이"[10] 담보되어 있었던 저간의 사정으로 미루어보건대, 팔봉이 박태원을 가리켜 "좌경하려다 역전한 모던 뽀-이"[11]라고 불렀듯이 정인택의 사정도 그와 별반 다르지 않았던 것으로 보인다.

경성제대를 중퇴하고 결국 일본 유학의 뜻도 이루지 못한 정인택은 1934년 귀국하여 매일신보사에 입사한 뒤, 1939년 5월 문장사로 옮겼다가 1940년 10월 다시 매일신보사에 입사하여[12] 해방 직전까지 재직했다. 그가 본격적인 작품 활동과 언론사 생활을 겸했던 이 무렵은 '용지 기근'에 대한 초조한 심사를 밝혔던 당시 문장사의 고백에서도[13] 볼 수 있듯이, 제국 일본에 의한 '전시총동원'의 시기였다.

7　당시 이 작품은 "소설로써의 수법이나 기교로 본다면 이 작이 오히려 이덕혜李德惠 씨의 「街頭에서」(일등 당선작−인용자)보다도 능란하"나 "문예운동자로서의 마땅히 가질 엇던 의식이 대부분 이 인정에 기우러"졌다는 점에서 재래의 연애소설이나 인정소설에서 벗어나지 못했다는 평가를 받았다. 「新春文藝 選後評(3) : 二等 當選 「準備」」, 『중외일보』, 1930.1.14.
8　정인택, 「映畵的 散步」, 『博文』, 1940.4, 15쪽.
9　정인택, 「髑髏」, 『中央』, 1936.6, 174쪽.
10　위의 책, 170쪽.
11　김팔봉, 「一九三三年度 短篇創作 七十六篇」, 『新東亞』, 1933.12, 26쪽.
12　「藝術家動靜」, 『三千里』, 1940.12.1, 214쪽.
13　「餘墨」, 『文章』, 1940.9.

이와 때를 같이하여 일본의 국책에 호응하는 정인택의 첫 번째 글은 식민지 조선사회에 대한 일본의 물자절약 정책의 일환인 '지분금령脂粉禁令'을 환영한다는 취지의 산문 「화장化粧 없는 거리」이다.[14]

당대 최고의 모더니스트들과 함께 했던 정인택은, 이후 '신체제' 하의 '국민문학의 영도領導'[15]를 선언하면서 '조선문인협회'의 크고 작은 일련의 사건들에 적극적으로 개입하게 된다. '국민문학' 이전 정인택의 작품이 평자들에 의해 비교적 소극적인 평가를 받았다면, 그의 '국민문학' 작품은 '국어문학총독상' 수상 경력이 대변해주듯 보다 적극적인 평가와 더불어 조선문단의 공식적인 위치로 부상하게 만들었다. 조선총독부의 식민지 지배정책 자체가 일본어 구사 능력 여부로 나뉜 구조였다는[16] 점에서 볼 때 정인택의 뛰어난 일본어 실력은 '국민문학'을 선도하기에 매우 적합한 경우로 여겨졌을 것이다.[17] 이리하여 서구 문화의 정수를 세례 받고 동경의 풍물을 그리던 모던보이 정인택은 식민지 조선의 많은 작가들이 그랬듯이 '총력전 체제'하의 '문필보국'으로 흡수되면서 '국민문학'의 한 획을 그었던 작가로 평가할 수 있다.

'총력전 체제'는 총력전이라는 소모전을 지탱할 만한 거대한 생산력이 요망됨에 따라 전선의 병사뿐만 아니라 총후의 생활 일반과 생산활동까지 동원하는 시스템이다. 정확히 1940년 후반부터 보이는

---

14 정인택, 「化粧 없는 거리」, 『朝光』, 1940. 10.

15 정인택, 「新體制下의 文學活動方針 : 國民文學에 領導」, 『三千里』, 1941. 1.

16 宮田節子, 李榮娘 譯, 「태평양전쟁 단계의 황민화 정책 : 징병제도의 전개를 중심으로」, 『朝鮮民衆과 皇民化政策』, 一潮閣, 1997, 144~147쪽 참조.

17 1934년 정인택이 매일신보사에 입사했을 당시 매일신보사의 정치부장이었던 염상섭은 일본어 실력이 좋았던 그에게 정치부의 번역 일을 맡기기도 했다. 조용만, 「李箱時代, 젊은 예술가들의 肖像」, 『문학사상』, 1987. 4, 108~111쪽 참조.

정인택의 체제 협력적 글쓰기는 '총력전 체제'가 총후에 요구하는 제 반사항들에 집중되어있다. 이런 점에서 정인택이 '국민문학'으로 방향전환을 감행했던 계기는 우선 객관적 정세의 변화에 있었다고 보아도 좋을 것이다. 요컨대 그 전환의 시초가 자발적인 형태로 진행된 것이 아니라는 점에서는 식민지 조선의 많은 전향 작가들의 그것과 크게 다르지 않았던 것이다.

그러나 문제는 그의 체제 협력적 글쓰기가 가져온 효과, 즉 그의 '총동원'의 언설이 제도적으로 기능할 때 작동될 수밖에 없는 조선인의 정체성 문제 또는 그것이 매개하는 식민적 관계를 주시해 본다면 사정은 크게 달라진다. '총력전 체제'하의 국가는 학교나 매스미디어 등의 제도와 장치를 광범하게 동원하면서 끝까지 총력전에 대응하여 싸워나갈 만한 육체와 정신(내셔널리즘)적 주체를 만들어내는 데 집중한다.[18] 이때 총력전은 국가가 고도로 조직화되는 계기를 형성하는데, 애국반, 징병제, 내선결혼, 강제저축, 헌금, 만주 이민 등은 그러한 조직화를 위한 힘의 배치에 따른 결과라 할 수 있다. 이러한 총력전의 산물이라고도 할 수 있는 정인택의 '국책소설'은, 첫째 '총력전 체제'하의 '총후국민'의 자세를 그린 것, 둘째 지원병제 및 징병제 시행에 대한 찬양과 선전을 표방한 이데올로기 작업, 셋째 만주 개척부락 시찰을 통한 '대동아공영'의 이념으로서의 '개척 농촌'을 그린 것으로 나누어 볼 수 있다.

18　마쓰모토 다케노리松本武祝, 「'總力戰體制'論과 '現代'」, 『역사문제연구』 13, 2004. 12, 360쪽.

2. 총력전 체제하 '문필보국'으로서의 전쟁문학

: '총후국민'의 자세

1937년 6월 4일 성립된 고노에 후미마로近衛文麿 내각의 '국가총동원법(1938.4.1)'을 기점으로 일본 문단이 전쟁문학 생산에 박차를 가하자, 조선에서도 '총후봉공'이라는 명목하에 '황군위문조선문단사절단'을 결성하는 등 본격적인 전쟁문학 대망론이 제기되었다. 이때의 전쟁문학이란 전선과 총후의 경계가 삭제된 '총력전 체제'하의 전 국민에게 전선戰線의 현장을 실감 그대로 전하는 르포형식의 글쓰기를 의미했다. 이는 황도주의에 입각한 일본 국민의 이상을 지향한 이른바 '국민문학'의 징후에 해당하는 것이었다.

정인택은 총력전의 시대가 요청하는 문학과 문학자의 역할을 잘 인지하고 있었다. 가령 문학의 이데올로기적 성격은 전쟁의 필연성과 정당성을 선전하기 위한 사상전의 한 실천적 계기로 운용될 수 있다는 점에서 문학자의 철저한 신념만 전제된다면 국책협력의 문학은 저절로 성립된다는[19] 그의 견해가 이 점을 뒷받침한다. 그렇게 해서 정인택은 일본의 침략전쟁의 정당성을 수용하고 총후의 문필보국으로서 자신의 '엄숙한 의무'를 선언하기에 이른다.

전쟁은 항상 새로운 문화를 창조해내어 왔습니다. 전쟁은 한 개의 위대한 탈피라 말할 수 있습니다. 지금 이 세대에 태어나 그 위대한 탈피를 경험하고

---

19 정인택, 「今後如何に書くべきか?」, 『國民文學』, 1942.1, 163쪽.

신문화 건설의 일익을 담당해야 하고 담당할 수 잇다는 것은 실로 엄숙하고도 영광스런 의무일 것입니다. 이것은 당대 문화인의 유일의 긍지가 아닐 수 없습니다. 문장지도文章之道의 말석末席을 더럽히고 있는 미력한 나로서도 새삼스럽게 이 긍지를 느낀 때마다 내심에서 불타는 국민적인 것에의 정열을 억제할 길이 없습니다. 그러면 어떻게 해서 이 중책을, 너무도 엄숙한 의무를 다할까 하는 그 한 가지를 향하여 나의 모든 의욕은 쏠리는 것입니다. 그럴 때마다 더욱 자기의 힘 약함을 느끼기도 하나 또한 전신에 창일漲溢하는 새로운 힘을 얻을 수도 있습니다. 전선의 노고가 얼마만이나 한 것인지 육체적으로 그것을 느껴볼 수는 없어도 총후를 지키는 굳은 결의는 어디고 일맥상통하는 점이 있을 것입니다. 그 결의를 바른 곳으로 인도하여 국민적인 신문화 건설의 한 초석이라도 될 수 있다면- 하고 지금 나는 절실히 그것을 기원하고 있습니다. 이것은 극히 적은 소망 같기도 하나 그 엄숙함에 있어서 능히 남아의 일생을 마치고도 뉘우침이 없을 것을 확신하는 바입니다.[20]

그리하여 정인택은 "황민적 자각"에 입각한 "국민적 입장"과 "문학자의 신념"으로 "국민의 행복과 전진을 위해 설립한 문학"[21]을 구상하게 된다. 이는 "굳은 결의와 행동을 실천해 가기 위해서는 자기수양과 함께 지도적 행동을 민중에게 보여주어야 한다"[22]는 제국 일본의 문예동원정책의 결과로서, 정인택에게 그것은 먼저 일본의 침략전쟁을 수행하는 '총후국민'의 자세를 견지하는 것으로 제시된다.

먼저 「청량리계외淸凉里界外」는[23] 어려운 환경적 결함에도 불구하

---

20 정인택, 「戰勝의 隨筆 : 嚴肅한 義務」, 『半島の光』, 1942.3, 14쪽.
21 정인택, 「新しい國民文學の道 : 作家の心構へ・その他」, 『國民文學』, 1942.4, 53쪽.
22 「(座談會) 文藝動員を語ろ」, 『國民文學』, 1942.1, 118쪽.

고 적극적인 애국반 활동을 통해 이를 극복해간다는 '총후 국민'의 모범적 행동 규율을 제시한 작품이다. 가난한 청량리 일대로 갓 이사 온 주인공 부부가 이 지역의 유일한 초등교육기관인 '인문학원' 아이들의 극성으로 예민해 있던 중, 아내가 '청량리 애국반 제X구 제X반 반장'[24]이 되면서부터 마을 주민들과 급속도로 친해진다. 글을 읽지 못하는 집들이 많아서 회람판回覽板으로는 전달이 쉽지 않자 아내는 직접 집집마다 방문하여 회의의 지시사항을 전달하고 또 국민방공의 필요성을 가르치거나 심지어 생활 상담까지 지도했다. 그러던 중 각혈로 인해 생명이 위태로운 어머니에게 직접 수혈을 한 갑돌이의 '단지斷指사건'이 마을 사람들의 이목을 끌게 되면서 방공호를 만드는 일과 함께 마을 아이들의 교육기관을 육성하는 일의 중요성도 깨닫게 된다. 그리하여 마침내 마을 주민들의 협력하에 방공호도 만들고 '인문학원'도 충실히 유지하는 방법을 모색하기 시작한다.

「나무의 一生」은 전쟁을 수행하는 데 있어 반드시 필요한 목조선木造船의 재료로 '응소應召'하는 나무의 최후를 그린 방송소설이다. 오랫동안 집중된 벌목으로 인해 불모지가 된 '상자꼴'은 해를 거듭할수록 물난리가 극심해진 탓에 마을 주민들이 하나둘씩 떠나면서 더더욱 황폐해져만 갔다. 50년 전 윤수 아버지는 주변으로부터 미친 사

---

23 정인택의 일본어 소설 「淸凉里界隈」는 『매일신보』 1937년 6월 26일부터 7월 2일 총 4회에 걸쳐 연재된 수필을 기초로 창작된 것이다. 이는 다시 1941년 11월 『國民文學』에 소설로 발표되었고 그 뒤 1943년 4월 『朝鮮國民文學集』에 재수록 되었으며, 1944년 12월 창작집 『淸凉里界隈』에 표제작으로도 수록되었다. 이 작품에 대해 당시 오용순吳龍淳은 "시종일관 한 점 흔들림 없는 명료함으로" "애국반이라는 새로운 국민생활 조직에 연결지으면서" "국민생활과 그 안에 싹트는 국민의식을 든든하고 믿음직스럽고 강력하게 형상화"한 시국적 '국민문학'으로 높이 평가했다. (「現實への態度 : 淸凉里界隈」について」, 『國民文學』, 1945.3, 42쪽)
24 정인택, 「淸凉里界外」, 『國民文學』, 1941.11, 183쪽.

람 취급을 받으면서까지 나무심기에 골몰했는데, 그로부터 3년 뒤 마을에 사상 최대의 홍수가 발생했으나 그동안 윤수 아버지가 심었던 나무 덕분에 화를 면할 수 있었다. 게다가 점차 마을에 가옥, 다리, 기구器具, 기계, 기차, 전차, 철도의 침목枕木, 전신, 전신주電話柱 등이 놓이고, 특히 소나무에서는 전시 중에 가장 필요한 송탄유松炭油를 얻을 수 있었으며 총, 대포, 비행기, 전차 등 "가지각색의 근대 무기"[25]를 생산할 수 있게 되었다. 그때 나이가 많아서 참전할 수 없는 신세를 한탄하던 윤수는 결전 중에 있는 국가가 목조선을 만들어낼 목재를 구한다는 기사를 읽고 마을 회의를 통해 목재 공출을 결정한다. 그렇게 해서 지난 날 윤수 아버지의 뜻을 이어받은 나무들은 "그 성스런 일생의 최후의 순간을 가장 찬란하게 장식하며 힘차게"[26] 쓰러진다. 이와 유사한 내용의 소설 「푸른 언덕」에서도 주인공이 황폐해진 마을을 위해 홀로 묵묵히 소나무를 심었던 일이 마을을 재난에서 구해내고, 또 '결전의 해'를 맞이하여 "목재 공출에 으뜸가는 성적을 내어 총후 농촌의"[27] 책임을 완수한다.

또한 「애정愛情」은 국가에 해악을 끼치는 사회 부조리를 고발하는 행위, 즉 사회 내부의 정화와 교화를 위해 암거래상과 같은 불법 행위자를 고발하는 일 또한 '총후 국민'이 가져야 할 의무라는 것을 보여주는 소품이다. "개방적이면서 서글서글한 성격과 야구로 단련된 늠름한 체격과 잘 익힌 취미와 교양"[28]의 소유자인 태기에게 무한한

25 정인택, 「나무의 一生」, 朝鮮出版社, 『放送小說名作選集』, 朝鮮出版社, 1943, 111~112쪽.
26 위의 글, 115쪽.
27 정인택, 「푸른 억덕」, 『放送之友』, 1944. 5, 33쪽.
28 정인택, 「愛情」, 韓國圖書, 『半島作家短篇集』, 朝鮮圖書出版株式會社, 1944. 5, 28쪽.

신뢰와 애정을 갖고 있는 현숙은 우연히 그의 암거래 현장을 목격하게 되면서 갈등에 빠진다. 결국 현숙은 자신이 사랑하는 태기를 구한다는 명분으로 진정한 '총후의 국민'답게 결사의 용기를 발휘하여 파출소로 향한다. 도중에 현숙은 남동생 현근과 태기를 만난다. 징병검사를 앞두고 병 치료 중에 있는 현근은 "내년 검사에서는 반드시 갑종甲種으로 합격"[29]할 것을 다짐하고, 태기는 현숙에게 사죄하며 암거래를 그만둘 것을 다짐한다.

주지하다시피 '총력전 체제'하 제국 일본의 조선에 대한 식민지배 정책은 '전시총동원 체제'에 입각한 황민화의 과정이었다. 그러나 조선 민족이 '황민'이라는 주체로 재정립되기 위해서는 다층적인 억압의 장치들이 동반될 수밖에 없다. 즉 조선 민족의 황민화 과정에는 조선과 일본이라는 주체적 대립선만이 문제가 되었던 것이 아니라 사회의 세포조직으로서의 '총후부인'의 역할, 애국적 차원에서의 생산과 물자공출이라는 사회 부조扶助 및 자원 애호, 사회 내부의 정화와 교화 등이 각각 위계화되어 총력전과의 관련 속에서 다루어지고 있었다.

'총력전 체제' 이전에 일상의 영역에 포진되어 있었던 조선 민중은 사상적 교화의 대상으로 포섭되지 않았다. 그러나 '총력전 체제' 이후, 사회체social body를 애국반과 같은 세포조직들로 세분화하여 재구성하게 되면서 전쟁에 직접적으로 동원되지 않는 여성과 아이, 마을 주민들의 공통 의사가 중요한 교화의 대상에 포함되었다.[30] 이러한 '총후 국민'을 대상으로 하는 황민화의 방식은 다양한 정책과 의례를 통한

29 위의 글, 36쪽.
30 가와 가오루, 김미란 역, 「총력전 아래의 조선 여성」, 『실천문학』 67, 2002, 291~292쪽 참조.

반복 학습이 강제되었지만, 그 내용의 추상성을 극복하면서 실현한다는 것은 그리 간단한 문제가 아니었다. 그리하여 이들이 일생생활을 통해 수행할 수 있는 항목을 구체적으로 제시하여 실생활 속에 침투시키고자 한 것이 바로 '국민정신총동원운동의 실천요목'이다.

이것은 크게 '내선일체'를 위한 '정신교화운동'과 일본의 전쟁 수행을 경제적인 측면에서 뒷받침하기 위한 '전시협력운동'으로 나뉘었다.[31] 요컨대 정인택의 「淸凉里界外」, 「나무의 一生」, 「푸른 언덕」, 「愛情」의 소재는 '총력전 체제'하 '총후 국민'의 정신교화운동과 전시협력운동의 실천 규율을 소설로 재현함으로써 교화와 계발을 목적으로 한 것이라 할 수 있다. 이것은 궁극적으로 전시체제를 뒷받침하기 위한 국민적 통일을 지향한 것으로서, 위기의 상황이야말로 이러한 국민적 집단문화를 근거로 하는 국가 이데올로기가 진정한 역할을 수행할 수 있다는 점을 보여준다. 즉 실질적인 국가의 위기 상황은 급기야 천황의 이름으로 조선인의 생명까지 동원하게 되었고, 그에 따른 보상은 그동안의 차별을 철저히 불식시킨 진정한 일본 국민으로의 승격, 그리고 죽은 뒤에 야스쿠니靖國에 묻힐 수 있다는 명예의 보장이었다.

---

31 최유리, 『일제 말기 식민지 지배정책 연구』, 국학자료원, 1997, 106~108쪽 참조.

3. 징병제와 야스쿠니靖國의 신神

조선인 징병제는 1942년 5월 8일 각료회의에서 결정된 이후 1943년 8월부터 시행되었다. 그러나 실제로는 만주사변(1931) 이듬해부터 이미 조선군은 조선인의 병역에 대한 관심을 갖고 있었고, 중일전쟁(1937)이 발발하면서 지원병 제도를 '시험적'으로 시행하는 데 착수했다. 이는 병역법의 완전한 시행을 수십 년 후로 가정하고 거기에 이르기 위한 과도기적인 방법으로 착안된 것이었다. 즉 애초에 지원병 제도는 1960년 즈음이라는, 당시로서는 먼 미래를 지향하는 목표였기 때문에[32] 일본은 지원병제도와 징병제가 직접적인 관계가 없다는 것을 오히려 되풀이하여 강조하기까지 했다.

그러나 중일전쟁 이후 조선 사회의 일시적인 '사상적 호전好戰'의 상황에도 불구하고, 내심으로는 일본에 대한 반감이 컸지만 표면적으로는 온순함으로 위장하고 있다는 것을 인식하고 있었던 일본은 조선의 지정학적 위치의 중요성이 한층 더해지면서 지원병제도를 제정해야 할 필요성을 절감했다. 이렇게 해서 마침내 중일전쟁과 더불어 황민화운동의 사명을 건 조선군이 등장하게 된 것이다.

이렇듯 지원병제도는 단순한 인적 동원을 위한 목적으로서만 수행되었던 것이 아니라, "참으로 조선인을 '인적자원'으로 갈망했기 때문에 '병역법을 안심하고 실시하기' 위해서는 '조선 민족이 가급적

---

32 실제로 조선인 징병제 시행이 예상했던 것보다 훨씬 빨리 이루어졌다는 사실은 일련의 좌담회 석상에서 이석훈의 언급을 시초로 다른 문인들조차 의아해하는 장면에서도 확인된다. 「(座談會) 軍人と作家, 徵兵の感激を語る」, 『國民文學』, 1942.7, 32～33쪽 참조.

빨리 황국신민으로서 천황을 도울 정신적 존재"[33]로 도약해야 한다는 것 즉, "형形도 심心도 혈血도 육肉도 모두가 일체가 되"[34]는 완전한 '내선일체'를 근본목적으로 하는 것이었다. 이러한 일본 측의 주장은 조선인과 황국신민 사이의 간극을 삭제하는 것으로 비춰졌다. 따라서 "반도의 지식계급에게 이는 자신의 입장을 결정해야 만 한 최후의 기회"[35]가 되었다. 징병제를 소재로 하고 있는 정인택의 국책소설들은 이러한 사정을 배경으로 창작되었다.

먼저 「행복幸福」은 세월이 흘러 노쇠한 김지도 노인의 앞에 갑자기 20여 년 전의 인연이었던 기생 춘홍이가 나타나 자신과 김지도 노인 사이에 생긴 아들이 성장하여 곧 지원병이 된다면서 호적에 넣어 줄 것을 부탁한다는 내용의 시국물이다. 평생 자식이 없어 한탄하던 김지도 노인은 자신에게도 아들이 생겼다는 기쁨과 또 그 아들이 곧 지원병에 나간다는 사실만으로도 "육십 평생 한 번도 맛보지 못하던 행복"[36]을 만끽한다.

「해변海邊」은 지원병제도와 청년의 관계를 운명적으로 미학화한 작품이다. 게으름뱅이이자 술주정꾼에 황소같이 힘만 센 "불량한 자식 덕모"는 평생을 바다에서 살아온 아버지가 바다에서 죽자 바다를 증오하며 복수를 결심한다. 그러나 그가 존경해마지 않는 김 선생은 한평생 바다를 사랑한 아버지에게 효도하는 유일한 방법은 "아버지

---

33 宮田節子, 李榮娘 譯, 「중일전쟁 단계의 황민화정책」, 『朝鮮民衆과 '皇民化政策』, 일조각, 1997, 31~35쪽 참조.

34 南次郎, 「聯盟本來의 使命議論より實行へ : 窮極의 目標는 內鮮一體總和親 · 總努力にあり」, 『總動員』, 1939. 7, 57쪽.

35 최재서, 「徵兵制實施と知識階級」, 『朝鮮』, 1942. 7, 49쪽.

36 정인택, 「幸福」, 『春秋』, 1942. 1, 192쪽.

의 뒤를 이어 바다로 나가서 바다를 사랑하고 바다에서 죽"는 것임을 일깨워준다. 그 후 "일약 마을에서 제일가는 모범청년"[37]으로 새롭게 갱생한 덕모는 김 선생의 소개로 정어리 공장에 취직하게 되면서 대대로 이어온 바다에 의지하는 삶을 '숙명'으로 받아들인다. 마침 '해군 특별지원병제'가 시행되자 그것이 자신의 운명적 정념으로 전이되면서 덕모는 그 숙명을 기쁘게 받아들인다. 이는 피와 생명을 매개로 하는 국가 관념의 운명적 성격을 그린 것으로서, 당시의 어법으로 이것은 '완전한 내선일체'로 명명되었다. 즉 조선인이 일본 국가와 피로 맺어진다는 운명적 관계는 개인과 국가 간의 의무와 권리 수행이 가능하다는 것을 전제로 함으로써 조선인의 완벽한 황국신민화의 내적 계기를 조장하는 것이었다. 이렇게 되면 여기에 조선인의 정체성이 들어설 자리는 어디에도 존재하지 않는다. 이러한 징병제 실시가 '조국관념'을 유발한 경위에 대해 최재서는 다음과 같이 술회한 바 있다.

생각건대 피로써 국토를 지킨다는 각오가 없으면 조국관념은 생기지 않는다. 지금까지의 내선일체운동이 관념적인 운동에만 그쳤다고는 할 수 없지만, 그것이 단순한 관념론으로 끝난 부분도 있었다. 그것은 반도인이 피로써 일본 국토를 끝까지 지킨다는 보장성이 수반되지 않았기 때문이라고 생각한다. 이번에야말로 반도인은 흔들림 없는 조국관념을 굳건히 가져야만 하고 또 그렇게 될 것이다. (…중략…) 국민적 정열이라는 것은 설득이나 권유 또는 명령이나 호령에 의해 생기는 것이 아니다. 조국을 위해 스스로 피를 흘리고 생명을 버리고 싸우는 일에서부터 국민적 정열은 힘차게 용출한다.[38]

---

37 정인택, 「海邊」, 『春秋』, 1943. 12, 152~155쪽.
38 최재서, 「徵兵制實施の文化的意義」, 『國民文學』, 1942. 5·6(합병호), 5~6쪽.

이렇게 해서 정인택의 「곡穀」에서는 '내선결혼'이나 징병을 반대하는 등의 고루한 민족주의는 내실 없는 '단단한 껍질'에 불과하므로 그것은 곧 단호하게 싸워서 극복해야 할 시대의 적으로 간주된다. 국가를 위해 생명을 바치는 행위에서만 발현될 수 있는 '조국관념'은 "이치만으로는 해결할 수 없"는 일종의 정념에 해당하는 것이므로, 자신은 그저 "맹목적으로 자신이 믿고 있는 길을"[39] 걸어갈 수밖에 없다는 것이다. 조선인이 조선인의 정체성으로 남는다는 일 자체가 황민화정책의 가장 큰 장애였다는 사실을 상기해 본다면, 조선인의 민족적 정체성을 일본 정신으로 환원해가는 일은 그 무엇보다도 시급한 문제였을 것이다. 그것은 이성에 의한 합리적 도출로는 불가능한 일이기 때문에 징병제를 통해 전쟁에 참가함으로써 국민화의 내적 가능성을 발견할 수 있다는 점에서 일본의 기만적인 동원 논리와 조선인의 자기파괴적 환상의 결합이 초래한 결과라 할 수 있다. 그리고 여기에는 시국선전물로서의 군국미담이 총동원되었다.

「아름다운 이야기美しい話」에서 오시노お篠 할머니는 1868년 우에노전쟁上野戰爭 때 남편을 잃고, 러일전쟁 당시 제3차 뤼순旅順 공격(1904. 10.26)에서 장남 가쓰히코克彦를 잃었다. 그 뒤 1905년 1월 평톈대회전奉天大廻戰에서 노기乃木 장군의 제3군에 편입되었던 차남 노부히코信彦마저 전사했다. 러일전쟁의 서막이었던 뤼순 공략과 러일전쟁 최후의 대규모 지상전이었던 평톈대회전에서 두 아들을 잃었음에도 불구하고, 오시노 할머니는 그 두 아들이 뤼순 함락(1905.1.12)과 평톈 입성(1905.3.10)을 목전에 두고 죽어버렸다는 사실에 개탄한다. 그때 차남 노부히코의

---

39 정인택, 「穀」(『綠旗』, 1942.1), 『淸涼里界外』, 朝鮮圖書出版株式會社, 1944.12, 97쪽.

약혼자 치요千代는 오시노 할머니와 큰머느리 기미キミ에게 "천황의 방패가 되어 산화한 용사의 처로 살아가는 것이 가장 행복하다"[40]고 말하면서 자신을 노부히코의 처로 입적해 줄 것을 부탁한다.

한편 어머니에 대한 애정과 조국의 간성干城 사이에서 갈등하다가 결국 학병으로서의 '진충보국'을 결심한 순일淳一의 기록인 「각서覺書」는 자신의 어머니를 '세계 제일의 군국의 어머니'로 찬양하면서 예의 '총후부인'의 모범상을 제시한 작품이다. 학도병을 선언한 아들에게 어머니는 "너는 국가의 간성이다. 이제 너는 야스쿠니신사에 봉안되어 신이 될 사람이다. 이렇게 위대한 사람이 어디에 있겠느냐. 너는 진정으로 훌륭하고 위대한 사람이"[41]라며 학도병에 입대할 것을 적극 격려한다.

이 작품들은 아들이나 남편의 징병을 기피할 수밖에 없는 부모와 가족이 오히려 조선인 징병제에 적극적으로 협조하는 장면을 재현하면서 그에 대한 독자의 모범적 실천을 이끄는 시국선전물로서, 여기서 징병제의 문제는 자연스럽게 '총후부인'과 '군국의 어머니' 이데올로기로 연결되고 있다는 사실을 목도할 수 있다. 이미 중국과의 장기전을 치르고 있었던 일본은 새롭게 아시아·태평양전쟁에 돌입함으로써 자국의 인적자원 고갈을 최대한 피하면서 '대동아공영권의 중핵'으로서의 일본 민족을 적극 방위한다는 지상 명령 앞에서, 이제껏 '황민화의 정도'를 기준으로 삼았던 징병만으로는 해결될 수 없다는 판단에 이르렀고, 따라서 "지금까지의 교육 훈련 방식으로는 이룰 수 없었던 것을 급속히 비약적으로 이룰 수 있어야 하는 사

---

40 정인택, 「美しい話」, 『淸凉里界外』, 朝鮮圖書出版株式會社, 1944. 12, 143쪽.
41 정인택, 「覺書」, 『國民文學』, 1944. 7, 98쪽.

태"[42]에 직면하게 되었다.

전장에서 명백히 '외지민족'인 조선인의 총부리가 과연 어디를 겨 눌 것인가를 우려할 수밖에 없었던 일본으로서는 "만일 대동아전쟁 이 미·영에 유리하게 전개된다면 그들은 적에게 붙을지도 모른 다"[43]는 불안이 팽배했다. 따라서 조선인의 진정한 자발성을 환기할 만한 제도적 뒷받침이 절실했고, 그것은 조선인의 무의식까지 지배 할 정도로 철저한 것이어야 했다. 이것이 바로 모든 '내선'의 차별을 일소한 천황의 '일시동인一視同仁'하의 적자赤子, 즉 '내선일체의 황민 화론'의 근거였다. 아들이나 남편을 전쟁터에 보내는 가족의 심정까 지 동원해야만 했던 일본의 초조함의 근거 또한 바로 여기에 있었 다. 따라서 조선인 징병제는 '내선일체'의 실현이라는 특수한 의의를 부여받음으로써 '황군'이라는 명예이자 특권이라는 지위를 확보할 수 있게 해주었을 뿐만 아니라 '대동아공영'의 지도적 지위를 강화하 는 것으로도 연결되었다.

이러한 맥락에서 지원병으로 참전 중인 주인공 '나'가 어머니와 동생 겐賢에게 보내는 서간체 형식의 소설 「뒤돌아보지 않으리かへり みはせじ」에서는 "황국의 나라에 태어난 남자"로서 "천황의 은혜와 나 라를 위해 죽"[44]는 것이 유일한 효도라는 논리하에 그러한 명예와 기 쁨을 가져다준 천황과 징병제에 만세를 부른다. 이와 함께 주인공은 동생 겐에게도 "반도의 영예인 징병제"[45]를 통해 지원병이 될 것을 적극적으로 추천한다.

42　宮孝一, 「朝鮮の鍊成」, 『朝鮮』, 1942.12, 22쪽.
43　「朝鮮に對する徵兵施行の閣議決定公表に關する反響調査」, 『思想月報』 95, 1941, 21쪽.
44　정인택, 「かへりみはせじ」, 『國民文學』, 1943.10, 31~38쪽.
45　정인택, 「不肖の子ら」, 『朝光』, 1943.9, 66쪽.

"어머니, 곧 도쿄를 보여드릴게요. 사쿠라가 활짝 핀 꽃의 도쿄를요." (…중략…) 그 말의 의미는 제가 죽는다는 거예요. 죽으면 저는 황공하옵게도 야스쿠니신사에 신으로 모셔집니다. 어머니는 유족의 한 사람으로서 저를 만나기 위해 도쿄에 갈 수 있습니다. (…중략…) 너는 참 행운아다. (…중략…) 네가 스물이 되면 좋은 곳에 맡겨지겠지. 황공하옵게도 고굉股肱과 같이 믿는다고, 반도 출신의 너에게 송구스럽게도 천황의 마음을 보여주신 것이다. 죽음으로써 천황의 은혜에 보답하지 않으면, 정말이지 신의 가호가 있다 해도 두려울 것이다. 겐, 힘내렴. 신의 방패가 되어 형의 시체를 넘어가려무나. 광대무변한 성은에 보답하는 길은 오직 그것 하나뿐이다.

징병제 만세! 겐 만세![46]

황군의 일원으로서 "천황 대신 전쟁의 뜰에서 꽃으로 진"[47] 자신은 벚꽃이 가득 핀 야스쿠니신사에 신으로 모셔지는 영광을 얻게 됨으로써 충과 효를 동시에 이룰 수 있다는 이러한 논리에 조선인의 정체성이 끼어들 여지는 완전히 사라진다. 이때 전몰병사의 희생이나 전사戰死를 미화하는 용어로 사용되곤 했던 '산화散華' 혹은 '지는 사쿠라櫻'는 메이지明治 초기 일본인의 고유성을 강조하기 위해 일본 정신을 드러내는 문화적 내셔널리즘의 은유에서 연유된 것이다.[48] 애초에 메이지 유신 지사들의 초혼招魂과 위령의 장소로 건립되었던 야스쿠니신사는 그들의 충절을 활짝 핀 사쿠라의 아름다움과 상징

---

46 정인택, 「かへりみはせじ」, 『國民文學』, 1943. 10, 40쪽.
47 위의 책, 34쪽.
48 오오누키 에미코大貫惠美子, 이향철 역, 『사쿠라가 지다 젊음도 지다』, 모멘토, 2005, 194~202쪽 참조.

적으로 동일시하였다.

그러나 아시아·태평양전쟁 무렵 전몰병사의 희생이 급격히 증가하자 '초혼'에서 '충혼신사'로 명칭을 변경함과 동시에 천황과 국가를 위한 희생을 미화하는 전쟁 영웅의 신격화라는 의미로 변용되었다. 이 무렵 전쟁 영웅의 신격화는 '군신軍神'의 창조로 나타나곤 했는데, 이 메이지 유신의 대표적 지사인 구스노기 마사시게楠木正成와 러일전쟁의 영웅 히로세 다케오廣瀨武夫를 비롯한 군국미담이 일본 정부에 의해 조직적으로 유포되었던 사정과도 맥락을 같이 하고 있었다.

「붕익鵬翼」은[49] '반도 출신'의 전투기 조종사인 다케야마武山 중위 (본명 崔鳴夏)의 활약과 그의 비장한 최후를 그린 군국미담이다. 최초의 조선 출신 육군비행장교로서 남방전선에서 전사한 다케야마의 실제 무용담을 소재로 한 이 소설은 나중에 정인택으로 하여금 그의 전기소설을[50] 집필케 함으로써 (창작집 『淸凉里界外』와 함께) 1944년 제3회 '국어문학총독상'을 안겨주었다.[51] "소화 16년 12월 22일 새벽, 가등加藤부대가 마래(馬來, 말레이시아—인용자)로 진주한 후 처음"[52] 출동

---

49 아시아·태평양전쟁 이래 최초의 조선인 출신 육군비행장교로 전사한 다케야마 중위는 당시 일본으로부터 혁혁한 무혼武魂을 보여준 영웅으로 승격되었다. 「故 武山大尉 : 今日, 原隊서 合同慰靈祭」, 『매일신보』, 1943.2.21.

50 정인택, 『每新皇民叢書 第2篇 : 武山大尉』, 每日新報社, 1944.

51 1945년 3월 22일 총독부 제4회의실에서 거행된 시상식에서 아베阿部 정보과장은 "민중의 지도교화에 큰 힘이 되는 문학부분의 기능을 충분히 발휘해야 할 것을 강조하며 국어 문장을 통해 전쟁문학에 큰 공헌을 했다"고 평가했다. 이에 대해 정인택은 "변변치 못한 작품이 총독상을 받게 될 줄은 몰랐다. 『다께야마 대위』는 대위가 그 빛나는 최후에 보여준 무인혼武人魂에 진심으로 경복하면서 오직 정성을 다하야 붓을 든 것이다. 오늘의 감격을 기리 살려 금후 기대에 어그러지지 않도록 힘써나가겠다"는 소감으로 이에 화답했다. (「國語文學總督賞 : 鄭人澤氏에게 榮譽의 授與式」, 『每日新報』, 1945.3.24) 참고로 제1회 '국어문학총독상' 수상은 김용제의 『亞細亞詩集』, 제2회 수상은 최재서의 『轉換期의 朝鮮文學』이다.

52 정인택, 「鵬翼」, 『朝光』, 1944.6, 28쪽.

명령을 받은 다케야마 중위는 쿠알라룸프르 상공에서 용감하게 싸운 뒤 수마트라의 파칸발 비행장에서 격전하였으나 적탄을 맞고 불시착하여 원주민의 집에 숨어서 상처를 치료하고 있었다. 사흘 후 부락장을 앞세운 폴란드 군인 부대가 그들이 숨은 집으로 다가오자, "자아 인젠 죽을 때가 왔다. 남부끄러운 주검을 말아라. 황국의 신민다웁게 일본의 군인다웁게 네 최후를 찬란하게 장식해서 이 고장 원주민들의 머리속에 깊은 인상을 남겨놓아라, 그뿐이냐 너는 반도 청소년의 선각자로서 가장 군인다운 주검을 하게 되었다. 네 뒤에서 징병제를 목표로 수없는 반도 청소년이 군문軍門을 향하야 달리고 있다는 것을 최후의 일순一瞬까지도 잊지"않을 것을 결심한다. 결국 폴란드 군대와의 격전 끝에 다케야마 중위는 마지막 총알 한 방으로 자결했다. 이후 그는 "대위로 승진하였고 이어 殊勳 甲 功四 旭六의 恩賞에 浴하였다."[53]

반도 출신 장교로서 두 번째의 '수훈 갑'이라는 훈공의[54] 가치는 곧 그를 '군신'의 위치로 승격시켰고, 이러한 미담은 "징병제의 실시를 보게 된 오늘날 반도에서 잠류潛流하고 있는 이러한 상무의 기풍을 일깨우는"[55] 것을 선도했다. 이러한 '군신' 관념에 따라 이 소재는 전사戰死를 미화하는 또 다른 상징인 일본의 무사도와 오버랩 되면서 "반도 청소년들에게 하나의 이정표를 주며 황민으로서의 자각을 불러일으킴과 동시에 한 번 죽어서 나라에 보답하는 남아의 기개를 고취하"[56]는

---

53 위의 글, 36~37쪽.
54 지원병 중 조선 출신의 최초 전사자는 이인석李仁錫 상등병으로서, 당시 총독부는 그에게 금조金鵄 훈장을 추서함으로써 황민화정책의 상징이자 모델로 이용했다.
55 정인택, 「武山大尉のことども」, 『國民總力』 6(18), 국민총력조선연맹, 1944.9.15, 7쪽.
56 정인택, 「武山大尉のことども」, 『朝鮮』 345, 조선총독부, 1944.2, 57쪽.

데 운용되었다. 요컨대 조선인 징병제 시행을 찬양·선전하는 정인택의 일련의 소설들은 황도주의에 입각한 일본 정신으로 무장한 상무정신을 고무하고, 천황을 위해 목숨을 버리는 행위를 군신으로 추대하는 등의 극단적인 선전선동으로 이어졌다는 데 공통점이 있다.

4. 만주개척민부락 시찰과 '대동아공영'의 이념

기록에 의하면 정인택이 처음 만주개척민부락으로 시찰을 떠난 것은 1942년 6월 1일의 일이다. 당시 정인택은 장혁주, 유치진과 함께 총독부 사정국司政局 척무과拓務課에 의해 3주간 파견되었는데,[57] 그것의 취지는 첫째, "만주국 건국 10년 동안에 대동아건설의 씩씩한 소리를 치고 성정된 만주국에 자태와 그 건설에 헌신하고 있는 동포의 용감한 개척생활을 보고 문필로써 정당히 조선문단 급及 사회에 보고"[58]하기 위한 선전의 목적, 둘째 "만주 대륙 거치른 산야를 일구어 낙토를 꾸미기에 정진하고 있는 만주개척민부락을 시찰하고 거기서 느낀 바, 본 바를 작품화하여 국민문학의 새 경지를 개척케 하자는"[59]

---

57 「文人近況」, 『大東亞』, 1942.7, 68쪽. 1942년 5월 19일에 장혁주가 선발대로 떠났고, 뒤이어 6월 1일 유치진과 정인택이 떠났다.

58 유진오, 「作家開拓地行(前記) : 北滿으로 向하면서─開拓文化의 使節이 되어」, 『大東亞』, 1942.7, 122쪽.

59 「開拓民 生活 紹介 : 拓務課서 鄭柳 兩作家 滿洲로 派遣」, 『每日新報』, 1942.5.27.

서사 재현의 전략에 있었다. 만주국 건국(1932) 이후 '일본의 생명선'이라는 전략적 지위를 부여받은 만주국을 개척한다는 것은 "종래의 단순한 이민이 아니오, 대동아 건설의 설계도뿐에서 건축되는 새로운 생활의 방식"[60]이었던 만큼 당시 제국 일본의 내부적 모순을 외부적으로 해결하고 자급자족적 체계autarky를 형성하기 위한 것으로서, 이 무렵 문학자들이 만주를 시찰하고 홍보하는 것은 국책으로 장려되고 있었다.

만주사변 이래, 만주는 '만몽박람회(1932)' 및 '만주대박람회(1933)'를 개최하는 등 훌륭한 관광 코스로 인식되었던 동시에 일본 측의 여론은 값싼 원자재나 노동력 및 상품시장으로 기대되는 '만주 열풍'을 주도했다. 1934년 말 신설된 부산-펑톈 간의 급행열차 이름이 '노조미望み(희망)'라는 사실에서도 엿볼 수 있듯이, 당시 "만주로 간다는 말은 '일을 하러 가고 희망을 갖고 간다'"는 개척과 정복과 낭만의 이미지로 상상되었다. 이러한 '신천지'를 동경하던 이른바 '만주병 환자'들은 급기야 '모험왕'으로 추대되었고, 그 여세를 몰아 일본과 조선의 창기나 여급들에게는 '만주행 브로커'의 유혹이 들끓기도 했다. 정인택의 「범가족凡家族」에서 만주와 북지를 오가며 금 밀수를 하여 돈깨나 모은 덕수가 등장하고, 부모의 반대에 부딪힌 옥회와 최 군이 만주로 '사랑의 도피騙落ち'를 떠난다는 설정은 이러한 '만주 열풍'과 '만주 낭만'의 분위기에 힘입은 것이라 할 수 있다.

정인택의 만주에 대한 시선 역시 여기서 크게 벗어나지 않는다. 그의 만주 시찰이 주로 만주개척민부락을 중심으로 전개되었던 만

---

60 유진오, 「作家開拓地行(前記): 北滿으로 向하면서─開拓文化의 使節이 되어」, 『大東亞』, 1942.7, 122쪽.

큼 그의 시선은 특히 조선 이주민의 농촌개혁운동에 초점이 맞추어져 있었다. 조선인의 만주 이민은 1910년대 이래 꾸준히 진행되었지만, 1930년대 후반 대규모의 만주행 개척 이민은 미국의 서부 개척사에 비견될 만한 것이었다. 요컨대 그것은 중일전쟁 이후 '선만일여鮮滿一如'를 시작으로 '내선만지內鮮滿支의 연합', '신동아 건설', '흥아興亞'를 거쳐 아시아·태평양전쟁을 계기로 하여 '대동아공영'으로 이어지는 '협화의 서사'를 완성시키는 수단이었다. 이때 이민·이주자들은 특별히 '개척민'으로 호명됨으로써 그 이전의 이주자들과는 구별되는 '국토 개척의 선사選士'로서의 긍지를 드높이고 있었다.

반도인 개척민이 개척국책의 신발전 단계에 있어 그 특수성과 중요성을 아울러 인식받고 당당히 등장하야 일약 만주 개척의 중핵, 국토개발의 선사의 지위를 획득하고 그 천재적이라 할 수전水田 조성능력과 백척불굴이 정착력을 맘껏 발휘할 수 있게 된 것은 실로 강덕康德(쇼와 14년) 12월, 일만日滿 양국에서 결정한 개척국책 기본요강의 공포에서 비롯한다 하겠다. (…중략…) 개척정책 기본요강이야말로 '조선인 개척민을 내지인 개척민에 준하야(제2, 기본요강의 제2항 참조) 취급할 것을 정식으로 규정하야써 반도인 개척민의 지위나 사명을 비약적으로 향상시키고 가중케 한 것이다. (…중략…) 오족협화, 왕도낙토의 대패大旆를 내걸고 신흥만주국이 탄생되자 오랜 가렴주구에 신음하던 그들에게도 새로운 광명의 앞길이 열리었다. 그들을 에워싸고 그들을 괴롭히던 모든 악조건이 만주 건국이라는 일선一線을 기하야 깨끗하게 씻기워진 것이다. (…중략…) 그렇기 때문에 강덕 3년(1936) 만주척식(현재는 만주척식공사) 설립 이래, 이들의 통제 집결을 위하야, 그들에게 경제적 기초를 주고 그들의 불평불만을 완화시키며 장래는 자작농을 창정創定할 계획까지 수립된 것이다.[61]

그동안 일본 본국과 관동군 및 만주국의 상이한 이해관계에 따라 집단 이민이 방임적인 형태로 진행되었던 데 대해, 1936년 조선인의 만주 이주를 담당하는 서울의 모회사인 '만선척식회사鮮滿拓植會社'와 자회사인 만주 신징新京의 '선만척식회사滿鮮拓植會社'라는 정식기구가 설립되면서부터 만주 이민사회에 통제정책이 시행되었다. 1939년 12월 조선인 이주민을 일본인과 동등한 차원에서 대우한다는 요지의 '개척정책 기본요강'이 발표되고, 1941년 '만선척식회사'와 '선만척식회사'가 '만주척식공사滿洲拓植公司'로 통합되면서 이후 제국 일본 내의 모든 종류의 이민은 철저한 일원체제로 통제되었다.[62]

그럼에도 불구하고 정인택은 일만日滿 양국에 의한 '개척정책 기본요강'의 정식화가 만주 개척의 중핵으로서의 조선인의 지위를 비약적으로 향상시켰다고 선전하고 있는 것이다. 즉 만주의 조선인에 대한 통제는 만주 정착을 주관하는 이민회사로부터 약간의 보조금을 받고 농촌을 개발함으로써 미래의 자작농을 꿈꾸는 '흙의 전사' 혹은 '2등 국민'이라는 지위를 통해 이루어졌다.

국토 개척의 선사가 되려면 첫째로 근로정신의 존중이 필수 조건이다. 즉 모든 인고결핍因苦缺乏을 극복하고 자가근로自家勤勞에 의하야 흥아의 초석이 될 수 있을 만한 왕성한 개척정신의 소유자라야 하는 것이다. 기왕 반도 농민이 오랜 가렴주구 아래 도탄지고塗炭之苦를 맛보았다 하지만, 그렇다면 총독부의 간선幹線에 의한 소위 국책 개척민은 어떠한 좋은 환경과 조건 아래에 입식入植했고, 입식 이래 얼마나 근심 없는 생활을 계속하여 왔는가. (…중

61   정인택, 「沃土의 表情 : 『半島開拓民部落風景』 中의 하나」, 『新時代』, 1942.9, 118〜1119쪽.
62   김기훈, 「1930년대 일제의 조선인 만주 이주 정책」, 『전주사학』 6, 1998 참조.

략…) 만주개척사업이란 팔굉일우의 정신으로 일관되어야 하는 성업聖業이다. 민족협화의 중핵으로서 고도의 생활양식을 만주의 기후와 풍토에 맞게 새로히 창조하는 동시에 원주민을 지도하야 신농촌문화를 건설할 책임을 질 머졌다.[63]

조선 농민의 안정된 정착이 만주개척사업의 근간이 되는 만큼 만주 개척민에 대한 정인택의 문학적 재현은 '왕도낙토'의 이상 실현에 집중되어 있다. 정인택의 소설 「검은 흙과 흰 얼굴」은 "3·4년은 보통이요, 10년까지도 거름 없이 농사한다는 이 기름진 검은 흙"에 "아침에 씨 뿌리고 저녁 때 만져보면 커다랗게 부풀었다가 이튿날 새벽엔 벌써 싹이 돋"[64]는 옥토에서 만주개척에 매진하는 조선 농민들에 대한 시찰담이다. 더욱이 이 작품은 총독부의 요청에 따른 정인택의 첫 만주 시찰(1942.6.1)에 대한 기록이기도 하다.

만주의 조선 농민들이 비참한 생활을 하고 있을 것이라는 그의 예상과 달리 조선인 개척부락은 오히려 조선의 농가보다도 훨씬 깨끗하고 잘 정돈되어 있었다. 또한 궁벽한 개척민 아동들의 교육을 위해 헌신하는 '모던걸'들의 활약은 주인공인 철수의 감동을 자아내기에 충분했다. 이 소설에는 광활한 만주 개척의 가능성과 그 땅을 일구어가는 개척민에 대한 희망을 기대하고 있지만, 그 희망은 조선 개척민의 비참한 생활에 대한 인내, 그리고 일본의 정책에 대한 무한한 신뢰를 통해서만 실현될 수 있는 것이었다. 따라서 이 소설에서는 개척민들로 하여금 보다 높은 차원에서의 견실한 의지와 굳은

---

63 정인택, 「沃土의 表情：『半島開拓民部落風景』中의 하나」, 『新時代』, 1942.9, 121~122쪽.
64 정인택, 「검은 흙과 흰 얼굴」, 『朝光』, 1942.11, 191쪽.

각오, 그리고 갱생의 의지가 반복되어 강조된다.[65] 특히 만주의 '검은 흙'과 대비되어 '흰 얼굴'로 상징되는 모던걸 혜옥(또는 혜옥이 아닌)이 궁벽한 만주에서 아동교육에 전념하고 있었다는 설정은 어려운 형편을 초극하는 젊은이들의 인내와 희생을 심미화하려는 의도로 볼 수 있다.

1936년 6월 만주국 내 일본 거류민들의 치외법권이 철폐되자 일본 영사관 관할하에 있던 재만 조선인의 행정이 만주국 정부로 이양되면서 1936년 7월 1일부터 일본 거류민들의 지위는 공식적으로 변화되었다. 그와 함께 만주국 내에서 일본인의 하위범주로 취급되던 조선인들은 더욱 불리한 위치에 놓일 수밖에 없었다. 따라서 "교육기관이 만주국으로 이관된 후엔 보수두 적구, 도회지는 멀구 하니까, 실증만 나면 달아"[66]나는 선생이 속출하는 등 개척민 부락의 선생 부족 문제가 시급한 과제로 떠올랐을 때, 혜옥으로 대표되는 "근대의 젊은 여성들이 이런 데서 이렇게 꾸준히 살 길을 찾아 나섰다는 것은"[67] 그들 스스로를 상찬하는 일로 미화되는 것이다. 결국 이 작품은 만주개척이라는 '성업'을 완수하기 위한 일본의 조선 개척민 정책에 호응하여 이들을 교육하는 총후의 젊은 지식인들의 희생을 그린 것이라 할 수 있다.

한편 재만 조선인들의 비참한 생활에 대한 고투 중 빼놓을 수 없는 것 중의 하나가 비적匪賊의 습격이다. 주지하다시피 일본에게 비적은 초기 만주국 건국 시절부터 줄곧 골칫거리의 대상이었고, 그만

---

65 정인택, 「開拓民 部落長 現地 座談會」, 『朝光』, 1942. 10.

66 정인택, 「검은 흙과 흰 얼굴」, 『朝光』, 1942. 11, 197쪽.

67 위의 글, 201쪽.

큰 만주에서의 비적 소탕은 국가적 사업에 비견될 정도의 사안이었다. 이러한 맥락에서 「농무濃霧」는 끊임없이 조선인 부락을 교란하는 비적과의 격전을 성공리에 이끈 황군 진압군의 기백을 찬양하기 위한 목적으로 쓰인 작품이라고 할 수 있다. '지나사변' 중 북지에서 황군의 '용맹 운전수'로 이름을 날리다 전상戰傷을 당한 후 '만주척식공사'의 토벌대로 일하게 된 조선인 센다千田는 우연히 자신을 만나기 위해 아버지가 개척민 모집에 응했다는 사실을 알게 된다. 아버지에 대한 그리움과 회한으로 괴로워하던 센다는 비적이 아버지가 사는 마을을 습격하자 차를 몰고 용감하게 돌격한다.

맨몸으로 아버지가 계신 곳으로 돌아가자. 언제까지 가난한 농민으로 지낼 것인가. 만주에는 얼마든지 넓고 비옥한 토지가 있다. 그것을 개척하고, 그것을 경작해······.

만주에 뿌리를 내릴까, 하고 센다 운전수는 스스로 묻고 스스로 긍정하면서, 이 생사의 갈림길에 서서 그런 생각을 할 수 있는 신분을 조금도 의심하지 않았다.

─핸들 대신 괭이를 쥐고 나도 개척민의 한 사람이 될까. 아버지를 한 번쯤은 지주로 만들어 드리기 위해······.[68]

이렇게 해서 센다는 한 치 앞도 보이지 않는 농무를 헤치고 "초인적인 의지로 섬멸해가는 황군 용사들의 신神과 같은 모습"[69]으로 적진을 향해 돌격한다.

---

68 정인택, 「濃霧」, 『國民文學』, 1942.11, 129쪽.
69 위의 글, 129쪽.

비적이란 직업적 산적, 아편 밀매업자, 국민당이나 중국공산당의 이념적 동조자, 군벌체제의 지지자, 실직한 전직 군인, 부랑자, 일자리를 잃은 노동자 등을 망라한 부류들을 가리키는 용어로서 만주국 내부에서는 반국가적 존재로 통용되고 있었다. 이들은 일반 민간인들과의 경계가 매우 희박했으며, 실제로 장쭈어린張學良을 비롯해 군벌체제의 군지도자들 다수가 비적 출신이었다는 사실에서 볼 수 있듯이, 만주 특유의 역사적 상황과 결합된 개척지 도적들이었다.[70] 따라서 재만 조선인들은 이들의 만만한 사냥감이 될 수밖에 없었다. 때때로 비적은 조선인 부락을 습격하여 가축, 의복, 식량 등을 약탈하고 사람들을 유괴하여 몸값을 요구했던 것이다.

본래 조선인 집단부락이란 이들에게 제공되는 일체의 자원을 차단함으로써 치안을 확보하고 통치력을 유지하기 위해 만주국이 만든 지체적 방위체계를 갖춘 지역으로서, 특히 조선인들이 가장 많이 거주했던 간도에 만들어진 것이었다.[71] 이 소설은 비적을 토벌하는 황군의 용맹성을 전면에 내세우고 있지만 그 초점은 역시 만주 개척민 보호에 놓여있다. 당시 개척민들이 겪는 고통이란 "기후가 불순한 것, 수전水田이 적은 것, 농토의 배당이 고르지 못한 것 등"[72]이었는데, 그중에서도 가장 큰 고통의 원인은 비적 습격에 의한 치안 불량에 있었기 때문이다. 요컨대 정인택은 만주국의 오랜 골칫거리였던 비적을 절멸한 일본의 용맹에 의한 치안 확보와 동시에 개척민의

---

70 한석정, 『만주 건국의 재해석』, 동아대 출판부, 2007, 74~75쪽 참조.

71 한석정, 「만주국 민족 형성과 외래 거류민의 사회적 위치에 관한 연구」, 『한국사회학』 31, 1997, 863~864쪽; 윤휘탁, 『일제하 만주국 연구』, 일조각, 1996, 308쪽 참조.

72 정인택, 「大戰下의 滿洲農村 : 樂土에 沖天하는 開拓民의 意氣」, 『半島の光』, 1943.4, 13쪽.

안전한 정착이 가능해진 '왕도낙토'의 이상적 세계를 그리고 고자 했던 것이다. 그리고 이러한 노력은 정치·경제적으로 보다 안전하고 평화로운 지역 유치로 이어진다.

'신생지나통신新生支那通信'이라는 부제가 붙은 정인택의 소설 「청향구淸鄕區」는 1941년 시작된 만주국의 반공평화 건국을 위한 "청향공작이 전개되고 있는 일정한 구역을" 가리키는 용어로서, 이를테면 "철조망 혹은 대竹울타리로 구다區多 지역과 완전히 차단된 청향구 안에서" "일본과 지나의 정치적 군사적 전력全力을 집중하야 지구 내의 치안을 확보하고 정치 경제의 제 정책을 확립하야" "평화의 모범 지구를 만들"[73]기 위해 조성된 통제구역이었다. 재래종 닭 사육을 고집하는 노인들의 불만을 뒤로 하고 1년에 알을 300개씩 낳는다는 계량종 '레그혼leghorn'을 키우고 있는 '청향농장'의 중국인 채화와 마을 주민들은 그들의 생활을 보장하고 '안전 농촌'을 만든다는 명분으로 농장에 들어온 일본인 이노우에 기사技師의 늠름한 개척정신을 숭배한다.

모두가 순박한 농민들이라, 일본군이 구세주였다고 믿기 시작한 이상, 그들의 협력은 놀낼만한 것이었읍니다. 불과 반년이 못가서 이 지방의 치안은 확보되고, 피난갔던 동릿 사람들도 거이 전부가 복귀하였읍니다. 약간의 편의대토벌便衣隊討伐이 몇 번 있었을 뿐, 큰 전투가 없었기 때문에 황폐된 곳도 적어, 부흥하기에도 그리 힘이 들지를 않았읍니다. 그 현저한 약진상躍進相이, 왕주석汪主席의 귀에까지 들어가게 되어, 소주蘇州에 청향위원회주소변사처

---

73   정인택, 「淸鄕區」, 『放送小說名作選』, 朝鮮出版社, 1943, 119쪽.

淸鄕委員會駐蘇辨事處가 설치되자, 이 지방도 제일기공작지구第一期工作地區의 하나로 지정되어, 신생중국新生中國의 제일 앞잡이가 되는 영예를 차지한 것이었읍니다.[74]

'청향농장' 사람들의 눈에는 중국 해방전쟁을 설파하는 이노우에 기사의 모습이 중국 농민의 생활을 윤택하게 하기 위해 부락의 생산물 증가에 모든 것을 바치는 것처럼 보였다. 그러던 중 채화의 약혼자이자 항일구국군의 선봉이었던 유초민이 일본군에 붙잡히자 채화는 그의 전향을 돕는다. 그렇게 해서 유초민은 오랜 '미몽'에서 깨어나 "중국과 일본을 형제같이 결합시키고" "중국을 이 전화戰禍 속에서 구해내어, 새로히 건설하기 위해" 일생을 바칠 것을 맹세한 뒤 '청향구'의 모범 일꾼으로 재탄생하게 된다. 이 이야기는 당시 만주국의 각 성省에 설치되었던 '청향회淸鄕會'라는 치안조직의 활동을 바탕으로 한 것으로서, 실제로 비적의 근원을 제거하기 위해 만들어진 '청향회'는 비적 토벌뿐만 아니라 투항한 비적에게는 직업을 알선하기도 했다.[75]

요컨대 이 작품은 만주 군벌체제를 부정하고, 만주국 성립 이후의 안정 농촌이 완성되어가는 모습을 부각시키는 것을 목적으로 한 것이었다고 할 수 있다. 흔히 당시의 만주가 '단련鍊成' 혹은 '갱생'의 공간으로 그려지듯이, 이 작품 역시 만주를 배경으로 한 일련의 '생산소설'의 연장선에 놓인 '만주개척소설'이라 할 수 있다.[76] 즉 정인택

---

74 위의 책, 129~130쪽.
75 한석정, 『만주 건국의 재해석』, 동아대 출판부, 2007, 79쪽.
76 정인섭, 「總後文學과 開拓文學」, 『每日新報』, 1940.7.6.

이 직접 만주개척민부락을 시찰했던 경험으로 창조된 이 작품들은 '오족협화'나 '왕도낙토'라는 만주국의 건국이념을 그대로 재현함으로써 '대동아공영'의 이념 선전으로 이어지는 서사의 한 축을 완성하고 있었던 것이다.

5. 결론을 대신하여

'총력전 체제'하에서 정인택 문학의 좌표는 제국 일본이 강요했던 '국민문학'의 한 축을 대표한다. 그것은 '총후 윤리'로 대변되는 이데올로기적 작업을 수행함으로써 이루어지는 주체 없는 주체화로서의 행위의 결과물이다. 이른바 '총력전 체제'하의 '국민문학'이란 조선 문인들에게는 문인 자격을 유지하는 일종의 시험대였던 만큼, 총력전 수행을 위한 이데올로기 작업은 그것을 '명백한 것'으로 만들기 위해 끊임없이 행동하고, 독자로 하여금 그것에 대한 의심의 여지를 완전히 불식시킬수록 성공적으로 완수한 것이 된다.

그러나 거기에는 결코 메울 수 없는 허무도 잔존했다. 어느 곳 하나 하소연할 데 없이 "훌륭한 체관諦觀과 허무만이 몸에 붙"[77]어서 갈팡질팡하거나, 모든 것을 다 포기하고 농부가 되겠다는 심사로 고향

---

77   정인택, 「凡家族」, 『放送小說名作選』, 朝鮮出版社, 1943, 191쪽.

에 돌아와 '총후 농촌'을 위한 '국어강습회'를 열어본다 해도 여전히 피로한 것은 마찬가지기 때문이다.[78] 도회에서 태어나 도회밖에 모르는 정인택에게 관심도 없고 생소하기만 한 만주를 시찰케 하여 작품을 쓰게 한 총독부의 요구는 "무형無形의 압박에 더 많은 책임감을 느"끼게 했고, 따라서 출발하기 전 열흘 동안 두문불출하고 "농촌 문제, 개척민 문제, 만주에 대한 벼락공부를"[79]해야만 했다는 변명이 필요했던 것은 그 때문이다.

"내지어로 쓰라고 해도 실제 내지어로 예술적 형상이 가능한 사람이 몇 사람밖에 없음이 사실"[80]이었다는 저간의 사정을 감안한다면 정인택의 훌륭한 일본어 실력이 만주개척 시찰에 한 몫을 했을 터이고, 이것은 곧 '국어문학총독상' 수상이라는 기념비적 성과로 이어질 수 있었을 것이다. 따라서 제국 일본의 시선과 자신을 철저하게 동일시한 정인택으로서는 "결론을 생각하지 말고, 먼저 행동할 것을 배우"[81]는 결단이 필요했고, 그것은 또한 '총력전 체제'하의 문인으로서 '개척 문예'를 훌륭히 완수할 수 있도록 했다. 여기서 언어를 가진 인간 존재의 비극성 문제가 도출된다.

가라타니 고진柄谷行人은 이러한 '인간의 조건'을 인식하면서 살아가려는 자세 또한 비극적일 수 있다고 말했거니와,[82] 이러한 맥락에서 마르크스는 비극이란 과거와 경쾌하게 결별하기 위한 수단이라고 말했다. 여기서 가라타니 고진과 마르크스가 궁극적으로 말하고

---

78 정인택, 「決戰」, 『半島の光』, 1943. 10.
79 정인택, 「凡家族」, 『放送小說名作選』, 朝鮮出版社, 1943, 191~192쪽.
80 金史良全集 編集委員會, 『金史良全集』 4, 河出書房新社, 27쪽.
81 정인택, 「凡家族」, 『放送小說名作選』, 朝鮮出版社, 1943, 187쪽.
82 가라타니 고진, 조영일 역, 『언어와 비극』, b, 2004, 66쪽.

자 했던 바는 이러한 언어를 지닌 인간 존재의 비극성을 재현하고 과거를 강렬하게 환기시킴으로써 그것과 철저하게 이별할 수 있어야 한다는 것이다. 마르크스에 의하면, 언어 속에 놓인 인간의 조건이란 구조에 의해 규정되는 것이 아니라 구조로 회수될 수 없는 다수성이나 사건성에 있다. 바꾸어 말하면, 비극성을 구조로서만 다룰 때 거기서 발견할 수 있는 것이란 기껏해야 구조와 거기에 수동적으로 자리매김 된 주체의 환영뿐이라는 것이다. 그것은 해당 주체에 대한 의지의 자기소외를 부인하고 단지 그 의지를 순수한 실재로 인식하려는 또 다른 시도에 불과한 것일 수 있다.

한국 역사에서 식민지 '조선의 국민문학' 시대란 전쟁과 식민지와 근대 국민국가의 문제들로 착종되었던 시대이자 그러한 구조가 응축되어 나타난 '개념의 시대'였다. 그런 점에서 당사자의 행위의 결과만으로 모든 것을 재단하는 결정론적 태도는 구조로 회수될 수 없는 구조 외부의 것들을 간과할 위험성을 내포하고 있다. 그러나 그보다 더욱 중요한 것은 그러한 역사의 반복 가능성과 태도가 현재에도 여전히 유효한 것처럼 보인다는 사실이다.

제10장

내선일체의 차질蹉跌

김성민의 『綠旗聯盟』을 중심으로

1. 재조일본인 단체 '녹기연맹'과 소설 『綠旗聯盟』

김성민(본명 金萬益, 창씨명 宮原惣一)의 일본어 장편소설 『녹기연맹綠旗聯盟』은[1] 그의 등단작 「반도의 예술가들半島の芸術家たち」과[2] 단편소설 「봄 소낙비」에[3] 이은 세 번째 작품이다. 경성에 거주하는 재조일본인 유

---

1 金聖珉, 『綠旗聯盟』, 羽田書店, 1940. 6. 20.

2 『半島の芸術家たち』은 1936년 8월 오사카마이니치신문사大阪毎日新聞社가 현상공모한 제 1회 치바 카메오상千葉亀雄賞 장편대중소설 부문에 1등으로 당선되어, 이노우에 야스시井上靖의 「유전流轉」과 동시 수상한 작품이자 김성민(1915~1969)의 (일본) 등단작이다. 이 작품은 『선데이마이니치サンデー毎日』에 1936. 8. 2・9・15・22, 1936. 9. 2・9・16에 연재 발표된 후, 1941년 이병일 감독, 김일해와 김소영 주연의 〈반도의 봄半島の春〉이라는 제목으로 영화화되었다. 南富鎭, 「日本女性と日本語に向かう欲望 : 金聖民の日本語小說を軸にして」, 『靜岡大學人文學部 人文學科研究報告 55(2)』, 靜岡大學, 2004, 43쪽; 민족문제 연구소, 『친일인명사전』, 2009, 423~424쪽 참조.

력계층을 중심으로 한 사회교화단체였던 '녹기연맹'을 곧바로 상기시키는 이 작품은 실제로 중일전쟁 시기에 김성민이 '녹기연맹'의 일원으로 참가하면서 그들의 교화방침에 공명한 것이라는 사실을 공식적으로 표명하고 있다.

> 지나사변을 계기로 근 이삼 년간 황국신민으로서의 반도인의 자각이 강화되었습니다. 그것은 노도와 같은 기세로 조선 전체를 석권하고 있습니다. 지원병제도, 창씨개명 장려, 기타 세계 역사상 일찍이 볼 수 없었던 기획이 용이하게 성공을 거두고 있는 것입니다. 이렇게 동트기 전의 서광이 희미하게 보이기 시작한 쇼와 11·12년(1936·1937─인용자) 무렵의 환경을 이 소설에서 다루어 보았습니다. 국책문학이라는 것이 이야기되고 있는 시절인 만큼 그러한 의도 하에 쓰인 이 소설도 내지와 반도인들의 정신생활에 어느 정도 영향을 주고 국가를 위해 공헌할 수 있다면 더없는 기쁨이겠습니다.
> '녹기연맹'은 현재 조선에서 일고 있는 내선일체화 운동의 표어입니다. 실제로 경성의 '녹기연맹' 본부에서는 반도인의 황민화운동에 주력하고 있으며, 필자도 거기에 크게 공감하였기에 동일한 사상 하에 쓰인 저의 소설도 같은 제목을 붙인 것입니다.[4]

인용한 「작가의 말」을 사실 그대로 수용한다면, 소설 『녹기연맹』은 '지나사변'을 계기로 조선에 황민화운동이 진행되고 있는 가운데 '녹기연맹' 단체가 주력했던 '내선일체' 운동이라는 시류에 편승하여

---

3   김성민, 「봄소낙비」, 『삼천리』, 1937. 1.
4   金聖珉, 「作家の言葉」, 『綠旗聯盟』, 羽田書店, 1940, 1~2쪽. 참고로 이 소설은 요코미쓰 리이치橫光利─에게 헌정되었다.

'내지'와 '반도'의 정신 및 생활 방면에 영향을 주기 위한 '내선일체' 사상을 반영한 '국책문학'이다. 즉 이 소설은 '내선內鮮' 청년들의 연애와 결혼을 소재로 하여 '내선일체' 사상을 조선과 일본에 피력하기 위한 '국책문학적' 성격을 전제로 한 것이다.

그러나 이미 여러 논자들이 지적했듯이, 이 소설에는 '국책'에 의거한 시류 편승적 면모가 비교적 선명하게 드러나지 않는다. 소설 『녹기연맹』이 '녹기연맹' 단체와 동일한 사상하에 쓰였다고 생각되는 부분이 전혀 등장하지 않는다는 견해나[5] 김성민 자신이 '녹기연맹'이라는 제목을 사용한 것은 어디까지나 "작품 간행을 위한 연극"적 트릭이었을 뿐 그로 인해 관헌과 독자들에 대한 눈속임에 성공할 수 있었다는 의견이[6] 도출된 것은 바로 이러한 점 때문이다. 또한 남부진南富鎭은 소설 『녹기연맹』을 가리켜 "재자가인의 연애와 결혼, 도회적 취미, 예술에 대한 동경, 철저한 서양적 취미, 범람하는 가타카나 등"으로 흐르는 "통속적인 내용에 시국성이 무자각적으로"[7] 주입된 소설로서 시류 편승적인 인상이 매우 희박하다고 서술했으며, 오태영은 "소위 '국책문학'의 성격을 명확히 하고 있음에도 불구하고 그러한 국책적 성격을 희석화시키거나, 무화시키고 있는 서사가 전개되고 있다"[8]고 기술하였다.

실제로 소설 『녹기연맹』은 경성 계동정桂洞町에 거주하는 봉건적

5   다무라 히테아키, 「식민지시대 말기 암흑기 문학 친일파 작가에 대한 재평가」, 목원대학교 편, 『해방 60년 한국어문과 일본』, 보고사, 2006, 117쪽.
6   黑川創 編, 『外地の日本語文學 3：朝鮮』, 新宿書房, 1996, 329쪽.
7   南富鎭, 「日本女性と日本語に向う欲望：金聖珉の日本語小說を軸にして」, 靜岡大學人文學部, 『人文學科硏究報告』 55(2), 2004, 47쪽.
8   오태영, 「내선일체의 균열들：김성민의 『녹기연맹』을 중심으로」, 『상허학보』 31, 2011, 94쪽.

조선 세도가인 '남가일족南家─族'과 도쿄 토박이의 일본 실업가 '고마쓰바라小松原' 집안 아들딸들의 연애와 결혼 과정에서 빚어진 갈등을 모티프로 한 서사가 주를 이루고 있을 뿐, 표면적으로는 조선의 황민화운동 과정에서 흔히 보이는 선전선동 및 슬로건을 재현한 표현은 그다지 강조되지 않고 있다. 오히려 영화감독과 시나리오 작가로 활동했던 작가의 이력을 대변해주듯 도쿄와 경성으로 소설의 무대를 이동하면서 등장인물의 성격을 부각시키는 갈등의 창조와 위기의 극대화, 그리고 설명보다는 인물에 대한 묘사와 대사에 치중하는 서사 전략 등 영화적 요소를 차용한 흔적이 보다 두드려져 있다.

하지만 재조선 일본인 유력계층의 사회교화단체라는 위상을 지니고 있었던 '녹기연맹'이 총독부의 정책을 민간의 차원에서 지원·고양했다는 점을 고려한다면, 소설 『녹기연맹』에는 '내선일체'라는 희유의 사태에 대해 가장 현실적이고 실제적인 실감의 문제, 즉 조선인과 '내지인'이 각각 서로의 입장에 따라 형성된 반목과 갈등이 '내선일체'의 장애가 되고 있다는 사실을 환기하고 있음을 알 수 있다. 다시 말해 이 문제는 넓게 보자면 '녹기연맹'의 '내선일체론자'들의 논리라는 시각에서 조망될 수 있지만, 거기에는 식민지 조선이 전시체제로 재편되는 과정에서 총독부의 정책과 호응하면서 진행된 민간의 움직임, 즉 '아래로부터의 운동'이라는 차원에서 실재의 생활 감각이 표현되어 있다는 점에 더욱 주목해야 하는 것이다. 이와 함께 소설 『녹기연맹』은 식민지와 제국의 시각에서 '내지'와 조선이 각각 직면해야만 했던 굴절된 정체성의 문제가 포착되고 있다는 점에서 식민지 통치 권력에 의한 관변운동의 성격과는 차별성을 보이고 있다는 점에 주목하고 싶다.

일반적으로 '내선일체' 이데올로기는 제국 일본이 식민지 조선인을 일본 국민으로 포섭하기 위한 일방적인 강제였다는 점에서 조선인의 정체성에 대한 심각한 위기로 파악된다. 그러나 '만세일계萬世一系'의 천황제를 중심으로 한 제국 일본으로서도 '내선일체'는 일본 민족의 '순혈론'의 근거를 위협하는 실질적인 위기감으로 작용했다. 이러한 맥락에서 소설 『녹기연맹』은 '내선'간의 성공적인 결혼담을 충실하게 묘사하고 있지만 그 결혼 과정에서 빚어지는 갈등의 핵심이 민족적 아이덴티티에 놓여있다는 사실을 여실히 보여주고 있는 것이다. 따라서 이 글에서는 '녹기연맹' 단체의 활동을 살펴봄으로써 중일전쟁 시기의 '내선일체' 정책에 대해 '내선'의 민간이 수행했던 역할이 통치 권력과 상호작용하는 양상, 그리고 그들이 각각 봉착했던 민족적 아이덴티티의 위기란 구체적으로 어떤 것이었고, 또 그것이 어떤 매개를 통해 봉합되는지를 소설 『녹기연맹』을 통해 살펴보고자 한다. 이와 함께 소설 『녹기연맹』의 '내선일체'라는 국책 서사 안에 숨겨진 당시 풍속도의 몇 가지 장면들을 포착해보고자 한다.

1933년 2월 11일 '기원절紀元節'을 기념하여 발족한 단체 '녹기연맹'은 경성제대 예과 화학교수인 쓰다 사카에津田榮를 중심으로 하여, 그가 관계한 일련종日蓮宗 중 국가주의 색채가 가장 농후한 국주회國柱會 운동에서 출발했던 종교 수양 및 사회 교화 단체이다. 당시 경성제대 철학과에 재학 중이었던 그의 동생 쓰다 카타시津田剛를[9] 비롯하

---

9   다나카 히데미쓰田中英光의 소설 『취한 배』에는 쓰다 카타시를 모델로 한 것으로 보이는
     인물 '쓰다 지로津田二郎'가 등장하는데, 그에 대한 면모를 참고로 인용해둔다. "쓰다 지로津
     田二郎는 이전 대학 총창이자 지금은 도쿄대학의 총장이 된 아베 노세安部能瑩의 심복으로
     불리며, 그의 밑에서 줄곧 학생감을 해온 쓰다 이치로津田一郎의 친동생이다. 그는 불량소
     년에서 문학청년으로 성장하고 마지막에는 모 사립대학 철학과를 나왔다. 그 후 형이 있

여 스에 모쿠지로須江本二郎(의학과), 모리타 요시오森田芳夫(사학과), 그리고 쓰다 사카에의 부인인 쓰다 세쓰코津田節子 등 재조 일본인으로 구성된 '내선일체운동' 및 이론의 씽크탱크로서의 '녹기연맹'이 본격적인 도약의 시기를 맞이했던 것은 1936년 월간잡지 『녹기綠旗』를 발행하고 '녹錄의 생활운동'을 표방하면서부터였다.

이때의 '녹의 생활운동'이란 일련종의 이념을 일상생활의 신체 감각에까지 확대 적용시킨 것으로서,[10] "일본국 고유의 국체정신에 기초하여 동양과 서양문화를 종합하고 금후 아시아와 세계를 지도함에 만족해야 할 일본인의 생활을 창조하려는 신생활의 원리"[11]로 정의되었다. 그들은 '녹기연맹'의 제호題號를 상징하는 녹색 용지로 신문을 만드는 등 스스로 녹색 이미지를 자주 차용했는데, 여기서 녹색은 공산주의의 적색과 무정부주의의 흑색에 대항한 '일본주의'의 표상으로서, "희망의 색, 소생의 색, 일본 국체의 의기, 일련주의의

는 경성으로 와서 저널리즘에 논문 등을 발표하던 중 언제랄 것도 없이 미나미南 총독의 눈에 들어 총독부의 후원을 받으면서 청인초연맹青人草聯盟이라는 사상 선도 단체를 주도하게 되었다. 그 연맹에서는 두세 종류의 잡지가 나오고 있으며 그는 조선 저널리즘에서 막강한 세력을 발휘하고 있다. (…중략…) 이 빈약한 조선문단을 좌지우지하는 사람은 예부터 터줏대감으로 불리던 이광수도 아니고 수재로 유명한 유진오도 아니다. 대학교수 가라시마唐島 박사, 청인초연맹의 쓰다 지로, 경성일보의 다무라田村 학예부장 세 사람이었다." 田中英光, 『醉いどれ船』, 『田中英光全集』 二, 芳賀書店, 1965, 236~237쪽.

10 이승엽, 「녹기연맹의 내선일체운동 연구 : 조선인 참가자의 활동과 논리를 중심으로」, 한국정신문화연구원 석사논문, 1999, 17쪽. 이외에 '녹기연맹' 단체의 활동에 관한 연구로는 정혜경・이승엽, 「일제하 녹기연맹의 활동」, 『한국근현대사연구』 10, 한국근현대사연구회, 1999; 박성진, 「일제 말기 녹기연맹의 내선일체론」, 『한국근현대사연구』 10, 한국근현대사연구회, 1999; 이승엽, 「내선일체운동과 녹기연맹」, 『역사비평』 50, 역사문제연구소, 2000; 永島廣紀, 「昭和戰前期の朝鮮における'右派'學生運動試論 : 津田榮と京城帝大豫科立正會・綠旗聯盟の設立過程をめぐる基礎的考察」, 『九州史學』 135, 九州大學, 2003; 우치다 준, 현순조 역, 「총력전 시기 재조선 일본인의 '내선일체' 정책에 대한 협력」, 『아세아연구』, 고려대 아세아문제연구소, 2008 참조.

11 「錄の生活運動に關する方針書」, 『녹기』, 1936.6, 2쪽.

표색標色"을 상징한다.[12]

　1937년 현영섭이 '녹기연맹'에 가입한 사건은 '조선인 내선일체론자'가 등장하게 된 선구적인 계기라고 할 수 있을 것이다. 경성제대 법문학부에서 영문학을 전공하고[13] 아나키스트의 기관지『흑색신문黑色新聞』에 글을 기고하면서 중국·일본의 아나키스트들과 긴밀히 관계했던 현영섭은 바쿠닌이나 크로포트킨의 폭력투쟁에 의한 혁명보다는 개인의 자유와 개성을 중시하는 막스 스티르너류의 개인주의를 추구하는 이른바 '예술적 아나키스트'를 자처했었다. 그러나 1935년 치안유지법으로 검거되고 1936년 석방된 이후 현실 운동으로서의 아나키즘을 부인함과 동시에 조선사회의 윤리 구조를 지배하는 유교사상을 비판하면서 일본주의 및 아시아주의를 수용하게 되는데, 그가 석방 직후에 쓴 것으로 보이는 「한 개의 반성」과[14] 「정치론 일척一齣」은[15] 이른바 현영섭의 전향선언서로 간주해도 좋을 것이다.

　이 글들에서 그는 조선사회에 만연한 탐욕, 의혹, 질투, 증오, 이기심, 폭력 등을 조선인의 악질적인 폐단으로 규정하고, 특히 유교적 전통사상의 누습에 젖어있는 양반 세도가의 독단적 권위와 횡포를 비판함과 동시에 계급적 사상을 청산하고 '일본의 공민公民'이 될 것

12　이승엽, 「녹기연맹의 내선일체운동 연구 : 조선인 참가자의 활동과 논리를 중심으로」, 한국정신문화연구원 석사논문, 1999, 15쪽.

13　현영섭은 경성제대 예과 3회 입학생으로, 쓰다 카타시와 동기였다는 점에서 이미 경성제대 재학 시절 쓰다 카타시와의 교분이 있었고, 그것이 '녹기연맹' 단체와 관계했던 계기가 되었으리라는 것을 짐작할 수 있다. 참고로 '녹기연맹' 단체에 관여했던 조선인 문사는 김동석, 김동환, 김두정, 김용제, 박영희, 박팔양, 배상하, 서두수, 서춘, 유진오, 이광수, 이석훈, 이항녕, 장혁주, 정인택, 최재서, 현상윤, 현영섭 등이 있다. 친일인명사전편찬위원회, 『일제협력단체사전(국내 중앙편)』, 민족문제연구소, 2004, 263~265쪽 참조.

14　현영섭, 「한 개의 반성」, 『매일신보』, 1936.8.1~3.

15　현영섭, 「政治論一齣 : 朝鮮語をとうするか」, 『朝鮮及滿洲』, 1936.6.

을 선언하였다. 조선사회에 내재한 이러한 폐습은 이후 현영섭의 '내선일체론'의 핵심으로 반복해서 등장하는데, 이러한 그의 '내선일체론'을 체계적으로 종합하여 기술한 것이 이른바 '내선일체론의 3대 저서'[16]로 꼽히는 『조선인의 나아갈 길朝鮮人の進むべき道』이다.

이 저서는 당시 '내선일체'의 교과서와 같은 역할을 수행하기 위해 '녹기연맹' 단체의 후원하에 집필된 글로서, 1년에 11판(총 14000부)을 인쇄하여 배포하는 등 '공전의 대히트'를 기록한 일종의 민간 선전용 책자이다.[17] 1937년 5월 '녹기연맹' 제5회 총회에서 이사장인 쓰다 사카에를 대신하여 그의 동생인 쓰다 카타시가 연맹의 전면에 나서고, 그해 7월 중일전쟁이 발발하면서 '녹기연맹'의 '내선일체론'은 보다 농후한 정치적 색채를 표방하면서 유포되었는데, 이때 현영섭의 '내선일체론'은 '녹기연맹'의 전폭적인 지원을 받으면서 사상 보급의 전초적인 역할을 떠맡게 되었다.

여기서 현영섭의 '내선일체론'을 중요하게 언급하는 이유는 현영섭이 냉혹하게 비판하고 있는 조선의 유교적 가치가 야기한 폐단이 소설 『녹기연맹』의 서사에 전략적으로 재현되고 있다고 판단되기 때문이다. 예를 들면 소설의 등장인물을 봉건적인 조선의 양반 세도가로 설정함으로써 현실적인 생활의 가치면보다는 체면 유지에만 급급해하는 양반의 이중적인 태도와 모순, 그리고 거기서 비롯된 이기심, 탐욕, 위선과 속물근성, 그리고 축첩제도의 비합리성과 인간

---

16 조선인 측에서 제창된 '내선일체론'의 3대서, 즉 "「새로운 조선新しき朝鮮」에 관한 글에는 세 가지가 있다. 하나는 현영섭 씨의 『조선인의 나아갈 길朝鮮人の進むべき道』이고, 또 하나는 김두정 씨의 『방공전선 승리의 필연성防共戰線勝利の必然性』이며, 나머지 하나는 김문집 씨의 『신민의 서臣民の書』이다."(「녹기」, 1940.1, 29쪽)
17 현영섭, 『新生朝鮮の出發』, 大阪屋號書店, 1939, 16～17쪽.

에 대한 무지 등을 그려내고 있는 것이다.

요컨대 소설 『녹기연맹』은 '아래로부터의 운동'을 지향하는 '녹기연맹'의 '내선일체'의 논리를 그대로 재현하되, 조선사회가 암묵적으로 승계해온 것이자 민족적 정체성으로 간주되는 전통적 생활 가치를 미천한 풍속 및 조선사회의 폐단으로 규정함으로써 거기에서 벗어날 것, 그리고 더 나아가 '내지인'의 생활 감각을 습득함으로써 진정한 '내선일체'를 달성할 것을 촉구하고 있는 것이다.

2. '반도의 내지' 경성과 신세대 청년의 감각

1) '신체제'의 모랄, 신세대

소설의 발단은 도쿄로 유학을 떠난 '남가일족'의 차남 남명철南明哲(26세)이 도쿄육군사관학교에 들어갔다는 사실이 경성에 있는 부친에게 발각된 데서 시작된다. 명철은 와세다대학 유학을 구실로, 피아노를 공부하는 동생 명희明姬(22세)와 성악을 공부하는 명수明洙와 함께 경성의 아버지로부터 유학 자금을 받고 있었다. 명철은 예과시절의 동기였던 고마쓰바라 야스시게小松原保重와 "피를 나눈 형제처럼 친분을 유지"하면서 그의 여동생인 야스코保子와는 교제 중에 있다.

그러나 "농담을 할 줄 모르는 성격"에다가 "늘 말이 없는 명철은"

"어딘지 모르게 군인적 스타일이 부족했다". 다른 사관후보생들은 그것을 "명철의 민족성 탓으로 돌렸지만", 명철은 "군인정신에 있어서는" 일본인 생도와 비교해도 "전혀 손색이 없다고 자부"하면서도 동시에 민족성이라는 숙명적인 물음 앞에서는 "자기혐오의 순간을" 경험하곤 했다. 그리고 그 경험은 명철로 하여금 더더욱 자신의 입지를 고수하려는 고집과 주변의 반대에 대해 냉소로 일관하는 모순적 태도를 불러일으키게 되는데, 예를 들면 '제병연합 방공훈련'에서 명철이 일사병으로 쓰러지자 일본인 생도들이 겁쟁이라고 조롱한 데 대해 할복으로 군인정신을 증명해 보이겠다며 난동을 부린 사건이나 아버지와 친족들의 의절 통첩에 대해 시종일관 무시하는 태도를 취하는 장면 등이 그것이다.

그러나 이러한 명철의 포즈는 오만한 무관심이나 나르시시즘적인 냉소가 아니라 오히려 그 반대의 것, 즉 관심과 인정에 대한 욕망에서 비롯된 인정투쟁의 한 양상이라 할 수 있다. 이것을 서인식의 용어로 표현하자면, '깃테와 게뮤트의 분리 상극'을 경험할 때 명철은 거기에 대해 절망하는 것이 아니라 오히려 한쪽의 극단으로 장렬하게 치우쳐져버리는 것이다. 이러한 절망적 포즈에 내재된 허영을 가리키면서 그 절망감이 크면 클수록 자신의 허영심이 만족될 수 있을 것이라는 형 명엽의 조소가 섞인 지적은[18] 이 점을 정확하게 간파해내고 있다. 즉 자신을 초과하는 어떤 과잉이 오히려 자신을 불사의 존재로 만들어버리는 것이다.

한편 '남가 일족'의 장남 남명엽南明葉은 경성제대를 졸업한 뒤 "반

18　金聖珉, 『綠旗聯盟』, 羽田書店, 1940, 412쪽.

도인은 직업을 거부한다"는 핑계로 도락을 일삼는 한량이지만 이 소설에서는 "물정을 좀 아는 사람"으로 통한다. 명철이 제국 일본의 군인으로서 '직분의 윤리'를 담당하는 신세대를 표상한다면, 명엽은 과거 조선의 사회주의자를 자처했던 몰락한 구세대를 상징한다. 예컨대 명엽은, 백철의 「전망」(『인문평론』, 1940.1)에서 자신을 '낙오자' 혹은 '패배자'로 규정하고 자살한 김형오, 정비석의 「삼대」(『인문평론』, 1940.2)에서 '왕년의 투사'로서 굳건히 자신의 신념을 지키고자 했던 경세經世, 그리고 김남천의 『사랑의 수족관』(인문사, 1941)에서 '과거 주의자'로서의 사상과 신념을 상실한 뒤 결핵성 폐렴으로 사망한 김광준의 계보에 있는 구세대를 표상하고 있는 것이다. 즉 그들은 현재의 상황을 개선하기 위한 이념과 행동을 상실한 부류로서 현실을 애도하는 희생양의 역할에 머물고 있을 뿐이다. 작가는 '사실의 세기'라는 새로운 사태에 직면하여 자신의 무력이 폭로된 구세대의 대표 남명엽에 대해 다음과 같이 소개한다.

> 현대 조선 청년의 타입 가운데 이론 석상에만 있는 허무주의자, 진실을 지키기 위한 침묵주의자, 혹은 일부의 일화견주의자日和見主義者(기회주의자—인용자), 그리고 아첨하면서 추종하는 무리들이 있다면, 명엽은 그중 어느 것에도 속하지 않는 성격이었다. 그는 그저 아무 것도 아닌 사내였다.[19]

이러한 세대론의 구도는 고마쓰바라 가문의 장남 야스마사保雅(31세)와 삼남 야스시게 형제 사이에서도 그대로 적용된다. 도쿄육군사

---

19 金聖珉, 『綠旗聯盟』, 羽田書店, 1940, 229쪽.

관학교에 재학 중인 야스시게가 "어딘지 모르게 철부지 같은 데가 있"다면, 그의 형인 야스마사는 "어느 실업가 딸에게 실연을 당한 후 세상사에 흥미를 잃어버"린 "비극의 주인공"이 되어 "천성적으로 맞지 않는 아버지의 사업을 잇는 것을 피하려고 몸이 안 좋다는 것을 구실로" "서른한 살이 되는 지금까지 이년 여 동안 무위도식하고 있"는 인물인 것이다.

『사랑의 수족관』에서 김광호가 자연과학이 표상하는 사물에 대한 가치중립적 태도를 견지하면서 토목기사라는 자신의 직업이 만주의 철도 부설사업에 이용되는 데 대해 아무런 회의도 하지 않듯이,[20] 명철 또한 제국 일본의 군인이 된다는 자신의 행위와 동기가 과연 어떻게 이용될 것인가에 대한 자의식이 결여되어 있다.

명철은 언제나 그렇듯 자신의 행위에 대한 동기나 의지와 같은 것에 대한 설명을 요구 받을 때가 가장 곤란했다. 지금껏 자신의 행위에 대해 스스로 이론을 정립한 적이 없었던 것이다. 다만 생활을 해나가면서 옳다고 믿는 길을 솔직하게 걸어갔다. 그것이 어떤 성질의 것인가에 대해서는 스스로 의식하지 않았다. 일본주의라는 것이 특수한 존재라는 것조차 형에게 들은 후에야 비로소 알게 되었다.

그렇게 의식을 갖지 않은 행동은 가장 순수한 동시에 또 다른 한편으로는 치명적인 약점을 갖게 된다는 것을 명엽은 잘 알고 있었다. 그렇게 막연히 명철의 양심을 괴롭히는 동안 그저 그대로 내버려 두었다.[21]

---

20   이혜진, 「김남천의 『사랑의 수족관』에 나타난 '현대'의 성격과 '현대 청년'」, 『한국민족문화』 27, 부산대 한국민족문화연구소, 2006, 180쪽.
21   金聖珉, 『綠旗聯盟』, 羽田書店, 1940, 257쪽.

신세대로 대표되는 명철이 자신의 의욕과 행위에 대한 일정한 정신적 지표를 세우지 못한 채 순진하게 자신이 해석한 방향으로 나아갔던 경향은, 일찍이 "자기네의 고유한 체험을 정형整形된 형상이나 엄밀한 논리로 객관화할 만큼 정신적으로 성숙하지 못"[22]했다는 것을 반증한다는 구세대의 비판이 겨냥되었던 지점이기도 하다. 즉 구세대가 보기에 "자의식이라든가 자기분열이라든가 그러한 내면적 번민을 갖지 않은 대신 외면적으론 퍽 견고하고 소박하고 또 능동적인 인간"[23]을 형성하고 있는 신세대의 체험이 새 시대의 모랄을 충족시키지 못한다면 하나의 정신사를 형성할 만한 독립적인 세대로 간주될 수 없다는 비판이 그것이다.

이렇게 '사실의 세기'에 탄생하여 "현대의 '게뮤트'를 가장 순진하게 받아들일 수 있"[24]었던 신세대는 사상 및 이론 형성의 불가능이라는 치명적인 약점을 지닌 채 시대의 파토스를 형성하고 있었다. 즉 신세대는 중일전쟁을 동양사적 의의라는 하나의 '사실'로 합리화하고 수용하면서 지성과 이론으로는 절대 움직일 수 없는 현실을 '운명'으로 극복하려 했다. 그리고 이것은 백철의 이른바 '사실수리론'의 골자를 이루면서 지성의 패배를 승인함과 동시에 '신체제'로의 도약을 단행하는 것으로 이어졌다. 이 시기가 '신체제'로 이행하는 결정적인 비약이 감행되던 때였고 거기서 휴머니즘론, 모랄론, 지성론 등의 시대 극복 의지가 다방면에서 제기되었다는 점을 고려한다면, "신세대론은 신체제를 앞에 놓고 나타난 제2의 모랄론",[25] 즉 역사적

---

22 서인식, 「세대의 문제 : 신춘현상평론 참고논문」, 『조선일보』, 1939. 11. 29.
23 최재서, 「신질서에 대한 새 인간」, 『조선일보』, 1939. 7. 7.
24 서인식, 「세대의 문제 : 신춘현상평론 참고논문」, 『조선일보』, 1939. 12. 1.

전환기로서의 중일전쟁기라는 정신사적 맥락에서 수용되고 있었던 것이다. 요컨대 소설 『녹기연맹』에 반영된 이러한 세대론의 배후에는 '사실의 세기'라는 역사적 전환기에 "그것을 정의적情意的 또는 육체적으로 담당할 수는 없게 된"[26] 구세대가 청산되고 '신체제'를 담당해야만 할 전위로서의 신세대 대망론이 반영되어 있는 것이다.

2) '반도의 내지' 경성 : 케이조京城, '혼부라本ぶら'

소설의 전반부인 「현해탄을 건너다玄海を越ゆ」에서 도쿄의 무대가 막을 내리면 소설의 후반부인 「아시아의 국민亞細亞の民」의 무대는 경성으로 이동된다. 우여곡절 끝에 도쿄육군사관학교를 졸업한 명철은 경성으로 돌아와 소위로 임관하고 또다시 육군대학 진학을 목표로 하고 있다. 이 소설에서 경성은 이중언어적 공간 상황을 연출한다. 명엽, 명철, 명수 삼형제는 일상생활에서조차 서로 조선어와 '내지어'를 혼용하며, 기생들은 '내지어'로 노래하고 또 '내지어'로 '무운장구武運長久'를 빌어준다. 또한 이들 삼형제는 조선 양반들의 거주지인 '북촌', 즉 종로 계동정에 살고 있음에도 불구하고 일본인 거류구역인 '남촌'을 주된 활동의 중심지로 애용하고 있음을 볼 수 있다. 즉 1930년대 말 조선 제1의 도시 경성은 문화적으로는 이중언어적 공간이었고, 공간적으로는 청계천을 중심으로 '종로'와 '본정本町(혼마치)'이라는 내적 국경으로 구획된 '반도의 내지'에 다름 아니었다.

---

25 김윤식, 『한국 근대 문예비평사 연구』, 일지사, 1976, 386쪽.
26 김오성, 「신세대의 정신적 지표」, 『인문평론』, 1940. 2, 56쪽.

일찍이 경복궁과 창덕궁 사이에 고급 주택지를 형성하고 있었던 '북촌'은 노론의 중심지로, 그리고 '남촌'은 소론 이하 삼색당파가 섞여있었던 곳으로서 남산골 딸깍발이 허생의 초라한 초가집이 연상되듯 비가 내리는 날이면 발자국이 움푹 파일 정도로 질었다고 해서 이름 붙여진 '진고개'가 있는 서민촌이었으나, 1911년 황금정黃金町(고가네초) 도로가 개설되고 일본인 거류구역이 청계천변까지 확대되면서 본정통本町通(혼마치토리)과 함께 재조 일본인 거주지의 중심가가 되었다. 즉 현재의 충무로 입구에서 광희문까지의 진고개와 충무로, 명동, 을지로 일대에 해당하는 '남촌'은 당시 백화점과 양과자점, 카페와 요릿집, 극장이 즐비한 제국의 자본주의가 형성된 공간이었다.

여기서 설명해야 할 것은 북촌과 남촌이다. 1905년 일본이 보호조약으로 한국을 묶어놓은 다음 초대 통감에 이등박문伊藤博文이 취임하여 남산 중턱에 통감부를 설치했다. 그리고 남산을 중심으로 그 일대를 일본 사람의 거류지로 만들고 거기에 헌병 사령부를 짓고, 조선은행을 짓고, 상업회의소를 만들고, 경성전기회사를 짓고, 백화점으로 미쓰코시三越, 조지야丁子屋, 미나카이三中井, 히라다平田 등을 개점하게 해 저희들의 거류지를 번창하게 만들었다. 지금의 충무로 거리는 길 폭이 좁았으므로 차마車馬를 못 다니게 해 보행자는 좌우편으로 마음대로 다니면서 물건을 사게 만들었다. 그리고 이 거리를 혼마치도리本町通라고 불러 서울의 메인 스트리트 행세를 하게 하였다.[27]

'남가일족'의 삼형제는 계동정 입구에서 택시를 타고 혼마치의 조

---

27   조용만, 『30년대의 문화예술인들』, 범양사, 1988, 66~67쪽.

선은행 앞에 내려 '내지계'의 상설관에서 영화를 보고 미쓰코시三越에서 향수를 사며 레코드를 틀어주는 카페에서 커피를 마시고 양과자점 메이지야明治屋에서 식사를 한다. 이러한 그들의 생활 감각은 도쿄 유학시절 긴자銀座의 시세이도資生堂에서 커피와 레몬스쿼시를 마셨던 행위의 연장선상에 있다고 할 수 있다. 그러나 제국 상권의 화려함과 달리 조선 상권의 중심지였던 종로는 "종로 상가의 외아들 격인 화신백화점"과 "한청韓青·영보永保 등 빌딩의 대건물이 조선인 소유로 있"을 뿐 장래의 발전상을 전혀 기대할 수 없다는 회의적인 분위기가 지배적이었다.

> 오늘에 있어 종로 상가의 몇 개 안 되는 대건물을 빼어놓고는 과연 조선 상인 소유로 되어있는 점포가 얼마나 있는지 의문을 갖는다. 이것을 다시 말하면 종로 상가 일대의 점포소유권은 조선 상인의 손을 떠난 곳이 많고 그뿐만 아니다. 앞으로도 날로 그 수가 늘어가는 도정에 있다고 보는 것이 큰 틀림이 없을 것으로 생각한다. 이와 가치 종로 상가 일대는 겉으로 발전되어 간다고 하지만 실제에 있어 그 이면을 가지고 생각한다면 그 발전의 그대로만 긍정하고서 기쁜 맘을 갖기가 어렵다.[28]

"일명 경성의 긴자로 불리는 혼마치 거리의 상점가"[29]를 매개로 한 이들의 모던한 신체 감각은 긴자 거리를 향락의 수단으로 삼고 도시문화를 감상하는 '긴부라銀ぶら'에 대응하는 혼마치 산책, 이른바 '혼부라本ぶら'의 문화적 감각을 충족시키는 조건이 되었다.

---

28 耕山學人, 「京城鐘路商街大觀」, 『삼천리』, 1936. 2, 77쪽.
29 金聖珉, 『綠旗聯盟』, 羽田書店, 1940, 291쪽.

긴자銀座는 니혼바시日本橋와 교바시京橋와를 연결한 동경의 중심 대로의 교바시부京橋部에 속한 일부분이다. 이곳에는 각 백화점과 카페와 댄스 호올이 집중되어서 동경 주민은 밤에 긴자에 나오는 것을 큰 행락으로 알고 있다. 이른바 '김부라'라는 것이다. (…중략…) '김부라'라는 것은 긴자를 헤맨다는 뜻이다. (…중략…) 먹고는 걷고 걷고는 마시고 이렇게 근심을 잊은 몇 시간을 보내는 것이 '김부라'의 목적이다.[30]

이렇듯 식민지 도시 경성은 제국 일본에 부속된 식민지 영토가 아니라 '내지'의 신체 감각을 이식·재현하고 있는 '반도의 내지'라는 특수한 이중적 공간으로 자리매김 되어 있었다. 이때 이들의 모던한 감각은 사상이나 이념조차 압도하는 것이었다. 가령 "일체의 일본적인 것에 대한 단호한 부정으로 작품 안에 표현된 내지인은 모두가 나쁜 사람이고, 반대로 반도인은 도둑조차 선인"으로 묘사하면서 "내선결혼을 맹렬히 반대하"는 "격렬한 사상성으로 인해"[31] 발표를 허락받지 못할 소설을 썼던 한 무명 소설가조차 혼마치에 위치한 그리스풍의 카페 '르네상스'에서 원고지를 펼치고 만년필을 휘두르고 있었던 것이다.

---

30 이광수, 「동경구경기」, 『이광수 전집』 18, 삼중당, 1962, 291~292쪽. 1906년부터 시행된 시구市區 개정 계획에 따라 만세이바시万世橋에서 교바시京橋에 이르는 도로변 상점들이 전통적인 점포의 형태에서 서양풍의 점포 형태로 바뀌었고, 판매방식도 앉아서 좌판을 놓고 파는 형식에서 진열판매방식으로 변모함에 따라 건축물의 변화를 가져오면서 이른바 '거리 구경'이라는 산책 행위가 유행하기 시작했다. 이러한 거리 구경 행위는 다이쇼시대의 '긴부라'로 이어졌고, 또 다이쇼 10년대 말에는 긴자에 '긴부라'라는 다방이 생기는 등 거리 산책으로서의 '긴부라'가 널리 유행했다. 이와 더불어 간사이関西에서는 오사카大阪의 신사이바시스지心齊橋筋를 걷는 '신부라', 도톤보리道頓堀를 걷는 '톤부라', 교토京都의 시조四條를 걷는 '시조부라', 고베神戸의 모토초元町를 걷는 '모토부라' 등의 신조어도 생겨났다. 하쓰다 도오루, 이태문 역, 『백화점 : 도시문화의 근대』, 논형, 2003, 272~274쪽 참조.
31 金聖珉, 『綠旗聯盟』, 羽田書店, 1940, 314~315쪽.

3. '내선'의 타자성과 정체성

1) '내지'의 경우: 명희, 南, 미나미, 미와코美和子

제국주의는 국민국가의 범위를 초월한 제국적 영토를 창출해내는 시도라는 점에서 탈국민적 사유의 자장에 놓여있다. 그러나 그것은 한 국민국가가 다른 국민국가를 침략과 지배로 포섭하는 일방적인 강제가 작용한다는 점에서 두 국민국가의 대립적인 민족관계ethnic relations를 형성한다. 즉 식민지에서 민족 관념이 발생하는 가장 큰 이유는 국민국가적 경계를 뛰어넘는 제국주의의 침략과 지배에 의한 것이다.

그러나 이것은 비단 식민지에만 국한된 문제는 아니다. 식민지를 침략·지배하는 제국 역시 이와 동일한 역설에 직면하게 된다. 예컨대 '내선일체론'과 같은 동화주의 정책은 일본인과 조선인을 '황국신민'으로 동일시한다는 것을 의미하지만, 실제로 그렇게 된다면 결국 제국 일본은 식민지 조선에 대한 지배적인 지위를 상실하게 되는 셈이 된다. 따라서 제국의 지배적인 위치를 그대로 유지하기 위해서는 식민 / 피식민의 차이와 차별은 엄연히 존재해야만 할 것으로 인정될 수밖에 없는 것이다.

조선인이나 타이완인을 '일본인'으로 수용하는 문제는 근대 일본의 민족주의가 직면했던 최대의 모순이었던 만큼, '내선일체'를 둘러싼 동화주의의 논리는 "일본 민족을 단일하다고 해도 혼합이라고 해도 공격에 노출"[32]될 수밖에 없는 이중구속double bind의 역설을 초래하였다. 이런 이유로 '내선일체론'은 조선뿐만 아니라 동시에 '내지'

를 향해서도 호소되어야 할 문제였던 것이다.

소설에서도 야스마사와 명희의 결혼, 명철과 야스코의 연애는 이미 양쪽 집안의 격렬한 반대로 인해 혹독한 시련을 겪고 있으며, 또 명철의 일본 군복차림은 이미 '남가일족'의 완강한 반대에 부딪히고 있었다. 이러한 맥락에서 명희의 "순백 저고리와 옥색 치마"가 '내지인'들의 인식을 일거에 바꿀 수 있을 것이라는 기대는 그리 희망적이지 못한 일이었다.

> "이것이 순수한 조선옷이에요."하며 명희가 양 소매를 살짝 펼쳐보였다.
>
> 야스시게도 신기하다는 듯 아래위를 훑어보며,
>
> "예쁘네요. 왜 평상시에는 입지 않습니까."
>
> "눈에 띄어서 어쩔 수가 없어요."
>
> "눈에 띄니까 좋은 것 아닌가요. 무엇보다 이렇게 훌륭한 복장을 접하면 사람들이 조선옷에 대한 인식을 바꿀 겁니다."
>
> "그래도 그런 역할을 맡아 한다는 게 쉬운 일은 아니지요."
>
> "그것도 그렇겠지만-"
>
> "그래도 한 번은 이런 차림으로 백화점에 물건을 사러 간 적이 있었어요. 오빠와 같이 갔었는데, 그때 오빠는 일본 옷을 입었고요. 그리고 저는 일본어로 말하고 오빠는 조선어로 대화를 했지요. 판매원들이 어찌나 묘한 표정들을 하던지."
>
> "결코 바람직한 취미는 아니군요."
>
> "맞아요."[33]

---

32 오구마 에이지, 조현설 역, 『일본 단일민족신화의 기원』, 소명출판, 2003, 431쪽.

33 金聖珉, 『綠旗聯盟』, 羽田書店, 1940, 37~38쪽.

이 소설에 여러 번 등장하는 '조선복' 차림 운운은 결코 우연히 등장하는 것이 아니다. 모던 걸·모던 보이가 도쿄와 경성의 거리를 한창 활보했던 1930년대는 이른바 하이힐과 양장의 시대였다. 하물며 도쿄에서 피아노를 공부하는 스물두 살의 신여성인 명희가 '조선복'을 입고 백화점 쇼핑을 나섰다는 것은 어쩐지 작위적인 느낌을 지울 수 없는 장면이다. "1930년을 중심으로 새로히 생긴 사회적 조건의 반영의 일부 인간생활의 이데올로기를 표시하는"[34] 근대적 패션은 이미 신여성의 소비생활 패턴으로 자리잡고 있었기 때문이다. 따라서 소설에서 '조선복'을 매개로 한 명희와 야사마사의 대화는 조선과 일본의 민간 생활의 차원에서 문화적 이질감을 상쇄하기 위한 전략적 코드로 기능하고 있다고 할 수 있다.

실제로 이 시기 '녹기연맹'의 부인부婦人部 부장이었던 쓰다 세쓰코는 대외활동시 자주 한복을 착용하는 등 자신이 한복 애용자라는 사실을 공언하고 다녔다. 도쿄여자고등사범학교 재학(1922~1924) 중에도 반에서 거의 유일한 양장 착용자였던 쓰다 세쓰코가 이 무렵 '내선'의 여성들을 향해 한복 착용을 적극적으로 권장했던 이유는 조선문화에 대한 이해와 배려의 차원에서가 아니라 조선과 일본의 심리적 일체감을 선전하기 위해 채택된 민간 '내선일체'의 문화적 전략이었다.[35] 그러나 기모노 차림의 여성이 즐비한 긴자 거리에서 '조선복'을 입고 백화점 쇼핑을 하는 명희의 문화적 이질감만큼이나 재조 일본인 여성이 양장 유행시대의 경성거리에서 '조선복'을 입고 다니는

---

34 王寅生,「모던이쑴」,『별건곤』, 1930.1, 137쪽.
35 안태윤,「식민지에 온 제국의 여성 : 재조선 일본 여성 쓰다 세츠코를 통해 본 식민주의와 젠더」,『한국여성학』24, 한국여성학회, 2008, 18~20쪽 참조.

것 또한 조롱의 대상이 되었을 것이다. 따라서 이 장면은 현실적인 민간 생활의 신체 감각의 차원에서 '내선'의 관계가 쉽게 동화되지 않았다는 사실을 간접적으로 시사한다.

야스코가 명철과 결혼하려면 "상상을 초월할 분쟁"이 일어날 것을 예감하면서도 그것을 "어쩔 수 없는 운명"의 문제 아니, "운명이라기보다 차라리 숙명"의 문제로 돌리면서 갈등하는 장면은 그만큼 민간 차원에서 '내선'의 대립선이 뿌리 깊다는 사실을 보여준다. 이와 마찬가지로 야스마사와 명희의 결혼도 야스마사의 아버지에게는 결코 있을 수 없는 "희귀한 재난"에 해당되는 것이었다.

> "조선총독부의 시바타紫田 씨가 언젠가 내게 내선결혼을 권유했던 적이 있기는 했지만, 만약 자기가 지금의 내 입장에 서게 된다면 다르지 않을 걸."
>
> "그것도 상대 나름이지요."
>
> 아버지는 불안한 듯 어머니의 얼굴을 바라보며,
>
> "당신, 설마 야스마사의 생각에 동조하고 있는 건 아니겠지."
>
> "그 아가씨는 일본어도 전혀 이상하지 않아요."
>
> "그래봤자 일본인처럼 구사하는 것뿐일 테지."
>
> "당신은 사람들에 대해 너무 지나치게 신경을 써요. 외국의 경우를 봐도,—"
>
> "외국은 외국, 일본은 일본이잖아."
>
> 아버지는 우울한 표정으로,
>
> "당신은 뭐든지 말만 꺼냈다 하면 외국을 거론하는데, 대체로 서양문화는 수준이 비슷하고 여러 풍속 습관이 아주 비슷해. 그래서 독일 남자와 이탈리아 여자가 결혼을 해도, 또 프랑스 여자와 헝가리 남자가 결혼을 해도 자연스러운 거야. 하지만 일본은 아직 그래서는 안 돼."

"그래도 결국 언젠가는 그런 식으로 돼가지 않겠어요."

"언젠간 그렇게 되겠지만, 내가 다른 사람들보다 먼저하고 싶지는 않아. 절대 안 돼."[36]

고마쓰바라가 '내선결혼'을 반대하는 논리의 배후에는 당시 일본 내부에서 첨예한 논쟁거리가 되었던 일본 민족의 '순혈주의론'이 깔려있다. 즉 "선조 대대의 중요한 계도系圖가 있"는 고마쓰바라 가문에 "명희가 끼어들면 그 계도가 조금은 곤란해"[37]질 것이라는 예단은 순혈론에 기반한 일본인의 정체성을 훼손하고 싶지 않다는 강력한 의지의 반영인 것이다. 이것이 곧 조선에 대한 일본의 지배적인 특권과 우월한 지위를 고수하기 위함이라는 것은 더 말할 나위도 없다.

명희는 자신의 성명을 바꾸는 것에 대해서는, 자기 스스로 평소에도 그랬듯이, 일종의 편의를 위해서라고 생각하고 있었다. 만일 그것이 그런 이유가 아니라면, ─무엇 때문일까?

뭐라고 표현할 수 없는 혼란 속에서 멍하니 서서, 명희는 자기 처지의 공허함을 처음으로 깨달았다. 몇 통의 이력서를 보냈음에도 되돌아왔던 이유가 이제야 비로소 수긍이 되는 것이다. 그렇다면 저 마담의 부드러운 미소에는 야유의 빛이, 친절한 눈빛에는 냉랭함이 숨겨져 있었던 것일까. 진심으로 자기가 연모하는 도쿄! 엄마와 같은 애정으로 위로해주고 있다고 믿었던 도쿄! 그들과 자기 사이에 가로막혀 있는 그 모든 것을 명희는 불시에 이해했다. 그들의 애정 속에 있는 비호에는 결국 그만큼의 경멸이 들어있었던 것이다.[38]

---

36 金聖珉, 『綠旗聯盟』, 羽田書店, 1940, 140~141쪽.
37 위의 책, 162쪽.

따라서 "상대의 올바른 이해와 애정"을 받지 못한 명희와 야스마사의 '내선결혼'이 가져올 행복한 결말은 결국 미래에 태어날 그들의 후세에 맡겨지고,[39] 명희가 단지 '편의'라고 믿어왔던 자신의 정체성은 일본인들의 시선에 따라 각각 남 상南さん, 미나미南, 미와코美和子로 호명되었으며, 그렇게 해서 그가 착용했던 '조선복'은 자연스럽게 '기모노'로 바뀌었다. 이렇듯 소설 『녹기연맹』은 '내선일체론'을 매개로 하여 자신의 정체성을 강력하게 유지하려는 일본인들의 완고함을 징후적으로 드러내주고 있는 것이다. 쓰다 가타시가 "개혁의 최첨단"은 "만주에 있고 그다음은 조선에 있으며 내지가 가장 뒤떨어져 있다"[40]고 개탄했던 것은 바로 이러한 점 때문이었다.

2) 조선의 경우 : 가족, 상투, 축첩

한편 소설 『녹기연맹』이 조선인을 향하고 있는 '내선일체' 이데올로기의 전략은 조선의 정체성에 대한 부정이다. 식민지 조선인이 차별로부터 탈출하기 위한 첫 걸음은 조선인으로서의 자기 존재를 부정하는 것에서부터 시작되어야 하기 때문이다. 즉 "조선인이 완전한 일본민족이 되어 내선의 구별이 사라지는 날 그 차별이 없어질 것"[41]이

---

38 위의 책, 194~195쪽.
39 "너는 태어날 아이를 사생아로 만들어서는 안 돼. 그 아이의 몸속에는 고마쓰바라 야스마사와 남명회의 애정이 교류하고 있어. 그 아이는 너의 아이지만 이제는 너 혼자만의 아이가 아니야. 그 아이의 신변에서 일어나는 하나의 기쁨 하나의 슬픔이 언젠가는 많은 사람들의 일희일우一喜一憂가 될 날이 올 거야."(金聖珉, 『綠旗聯盟』, 羽田書店, 1940, 155~156쪽)
40 津田剛, 「新體制の意義と我等」, 『녹기』, 1940. 10, 5쪽.
41 玄永燮, 『朝鮮人の進むべき道』, 綠旗聯盟, 1937, 180쪽.

라는 현영섭의 논리는 "내선일체란 조선인의 황민화를 말하는 것이지, 서로 접근하는 것을 의미하는 것이 아니"[42]라는 이광수의 논리를 전제로 할 때만 타당하다. 자신을 조선의 민족 공동체와 동일시하고 사회 혁명이나 국가의 독립을 꾀하면서 민족문제를 해결하고자 했던 구세대가 자신의 정체성에 대한 무력감을 토로하게 된 지점이 바로 여기이다. 그러나 신세대는 보다 면밀한 자기부정의 근거를 마련하면서 구세대와 대별되는, 그리고 '신체제'에 부합하는 새로운 정체성을 주조하는 과잉을 창출한다.

> "군대정신은 신성합니다. 모욕하지 말아주십시오."
>
> (…중략…)
>
> "군대정신이 신성하다는 것은 인정한다."
>
> 명엽은 태도를 조금 바꿔 진심인 얼굴로,
>
> "하지만 남명철 개인에게 있어서도 그것이 같은 것이라고 생각한다는 점에 너의 오류가 있는 것이다."
>
> 그 말을 듣자 명철은 힘없이 고개를 약간 떨구었다.
>
> "그건 새삼 다시 듣지 않아도 잘 알고 있습니다. 저는 도쿄에 있을 때조차 그런 말을 들었는걸요."
>
> "진리는 보편적이니까."
>
> (…중략…)
>
> "그러면 나는 좀 미안하긴 하지만 너의 그 주의主義를 분석하고 비판해 보마."
>
> "아무리 형님이라도 저는 저의 행위에 대해 비판받고 싶지 않습니다."

---

[42] 香山光郎, 『內鮮一體隨想錄』, 中央協和會, 1941.5, 16쪽.

"아니, 나는 특별히 네가 비판받고 싶어 한다고 해서 비판하는 것이 아니다. 그만 둘래야 그만 둘 수 없는 마음속의 욕구다. 이를테면 하나의 정열이지."

명철은 분명히 형이 조롱하고 있는 것이라고 생각하자 화가 치밀어 올랐다. 그러나 상대는 친형이었다. 그래서 감정을 억누르고 잠자코 있었다.

"상식적으로 생각해봐도 네가 하고 있는 일이 이치에 맞지 않다는 것은 명료한 사실이다. 게다가"

"저는 논의하고 싶지 않습니다. 됐습니다."[43]

요컨대 구세대와 대별되는 새로운 정체성이란 조선인이라는 정체성을 폐기하고 의식적인 노력을 통해 지적·정서적 차원에서 일본인과 동일시된다는 것을 의미한다. 따라서 명엽이 제국 일본의 군인정신이 명철에게도 그대로 동일하게 적용될 수 없다고 비판한 것은 명철의 과잉된 의욕의 급진성이 결국은 패배할 것임을 예단한다. 그것은 일본에서도 조선에서도 모든 인간이 공통적으로 추구하는 보편성의 원리, 즉 진리의 범주이기 때문이다.

그러나 조선인이 제국 일본에 동화된다는 것은 단순히 피식민지의 위치에서 벗어날 수 있다는 협의의 의미를 넘어 "웅대한 세계 통일자의 한패"[44]를 이룸으로써 세계를 재패할 수 있다는 제국의 미래상에 대한 거역하기 힘든 매력에 이끌린 것이기도 했다. 이러한 점이 명철로 하여금 "조선인은 물론 내지인에게도 이상한 놈 취급을 받"[45]음에도 불구하고 역사와 전통, 문화 등 당대 조선의 생활 영역

---

43 金聖珉, 『綠旗聯盟』, 羽田書店, 1940, 254~256쪽.
44 天野道夫, 「內鮮聯合か·內鮮一體か」, 『내선일체』, 1941.1, 41쪽.
45 玄永燮, 『私の夢』, 『녹기』, 1938.8, 49쪽.

에 대한 총체적인 자기부정의 근거를 완성하게 한다. 그리하여 명철은 태고의 유산에서 한 치의 동요도 보이지 않는 "유서 깊고 올바른 전통을 자랑하는 남가의 격식"[46]으로부터 의절할 것을 각오하는 것이다. 명철에게 아버지의 상투는 "시대착오"를 상징할 뿐이고,[47] 봉건적·가부장적인 조선 양반 가문의 "가족주의"는 완고하고 구태의연한 과거의 유물에 지나지 않는 것이었다.

몇 차례 수리를 반복하면서 대대로 이어온 이 저택의 고려기와에는 푸른 잡초가 돋아나고 있다. 뒷마당을 반원 모양으로 둘러싼 돌담도 옛날의 모습 그대로다. 모든 문화의 파도가 아주 작은 바람조차 거부하는 듯한 견고한 흙벽은 그 안에서 생활하고 있는 사람의 완미함을 상상케 하고도 남음이 있었다. ― 매일 이 저택에서 생활하는 동안에는 전혀 모순을 느끼지 못했지만 오랜 세월 떨어져 있는 동안 명철은 냉정하게 바라볼 수 있는 거리감을 지닐 수 있었다.

이 담 하나를 넘어서 **20세기의 문화의 파도**가 소리를 내며 범람하고 있는 것이다. 게다가 그 안쪽에는 **태고 이천 년 전의 옛날**로 거슬러 올라가는 엄격한 관습이나 기이한 풍속 등이 지금도 여전히 잔존하고 있다. (명철은― 인용자)

---

46 金聖珉, 『綠旗聯盟』, 羽田書店, 1940, 297～298쪽.
47 조선 사대부 양반의 신분적 지위와 자존심을 상징하는 상투는 당시 일본에 의해 위생적, 실용적, 미적, 경제적, 세계 추세라는 이유로 적극 부정되었다. "과거에 잇서ㅅ는 상투라는 것을 자기의 생명 이상으로 소중히 여겨 두 사람이 싸움을 할 때에도 차라리 뺨은 때릴지언정 여간한 경우가 아니면 상투를 써들지 안엇섯다. 만일 상대자가 상투를 써든다면 목숨을 걸고 최후의 결전을 하엿다. 그리고 남의 상투를 써들다가 마저 죽은 실화는 어느 지방을 물론하고 흔이 잇던 일이다. 과거는 그만두고 오늘날에도 일부의 사람들은 그 습관이 그대로 남어잇서 아직도 시골만 가면 머리 짠 총각 상투 싸고 조립 쓴 사람들을 차저 보기에 어렵지 안타. 완고한 그들을 장발을 자랑거리로 알고 선조의 정신을 직히는 것으로 알어왓지만은 실상 역사적으로 싸저보면 창피한 유물임을 면할 수 업는 것이다. 그리고 더구나 비위생적인 것은 물논이다."(「現代朝鮮元祖이야기 : 그것은 누가 시작하였던 가? (8) 마지못해 머리 깎고 상투 자르며 痛哭, 생명보다 소중한 머리의 존재 : 理髮元祖 柳養活氏 理髮篇」, 『매일신보』, 1936.1.10)

이 저택에서 또다시 먹고 자면서 안일한 날들을 보낼 수 있는 자신의 입장을 스스로 혐오했다. 그리고 그것을 강제하고 또 자기를 같은 환경 속으로 집어넣으려는 사람들에게 저도 모르게 새로운 반감을 갖지 않을 수 없었다.[48] (강조-인용자)

축첩이나 조혼제도와 같은 조선의 비합리적인 풍습과 체면 유지를 위한 양반의 허세에 찬 권위주의적 태도는 명철에게 극도의 혐오감을 불러일으켰고, 그것은 스스로 조선 민족 전체에 대한 부정으로 이어진다. "태고 이천 년 전의 옛날"로 표상되는 조선의 유교적 가족주의는 근대적 사유와도 동떨어져 있을 뿐만 아니라 중국과 서양이라는 대타자를 초극하려는 제국 일본의 '세계사적 흐름(20세기 문화의 파도)'에도 역행하는 장애물이 될 뿐이기 때문이다.

　－나는 내 민족을 왜 이렇게까지 싫어하지 않으면 안 되는 것인가.
　명철은 종로 4정목四丁目으로 나와 비상관제하의 어두운 전차에 올라타고 홀로 이렇게 생각해 보았다.
　－내 민족을, 나는 사랑하지 않는 것일까.
　이러한 사색의 소용돌이에 휘말리게 되면 언제나 괴로운 혼란 속에서 당혹해 하는 것이었다. 그러나 두 번 다시 그런 공기 속으로 끌려가는 일만은 경계해야 한다. 지금 막 뛰쳐나온 집안의 분위기를 돌이켜 생각해 보고 명철은 새삼 혐오감을 금할 수 없었다.[49]

48　金聖珉, 『綠旗聯盟』, 羽田書店, 1940, 262~263쪽.
49　金聖珉, 『綠旗聯盟』, 羽田書店, 1940, 364쪽.

소설에서 명철의 집안이 허위와 무지로 가득한 조선의 봉건적 세도가로 설정된 것은 당시 '녹기연맹'이 조선 가족주의의 근간을 이루는 민간의 유습을 미천한 폐단으로 규정하면서 조선인의 각성을 촉구했던 민간 생활운동의 측면과 관련되어 있다. 이와 마찬가지로 현영섭은 개인과 사회의 발전을 가로막는 조선의 가족주의를 신랄하게 비판하면서 그에 대한 근본적인 개혁을 강력히 주장한 바 있었는데, 특히 조선의 축첩제도는 "유교를 악용하여 자신의 이기적·퇴폐적 욕망을 만족시키"[50]기 위한 대표적인 악습으로서, 만약 "축첩 풍습을 옹호하고자 하는 자가 있다면 그는 악마가 씌운 사람"[51]이라고 강도 높게 비판했다. 또한 쓰다 가타시의 부인인 쓰다 미요코津田三代子 역시 "카페 여성, 댄서, 게이샤, 창기 등"[52]을 단호히 처치하는 것도 국책 수행에 하나의 역할이라고 주장하였다.

식민지 조선인이 제국 일본에 동화하는 길은 자신의 정체성을 말소하면서 명백한 이민족인 일본 민족에 '의식적으로' 자신을 동일시하는 것에서만 가능했다. 그러한 의식적인 노력은 "본능적으로 일본인이 되는 것"[53]까지 도달하기 위해 스스로 자기 자신을 기만하는 과정이었다. 요컨대 제국 일본은 자신의 정체성을 끝까지 고수하려는 입장에서, 그리고 식민지 조선인은 자신의 정체성을 완전히 폐기하려는 과잉된 노력을 보여줌으로써 결국 '내선일체'는 근본적으로 차질을 빚고 있었던 것이다.

50 玄永燮, 『朝鮮人の進むべき道』, 綠旗聯盟, 1937, 34쪽.
51 위의 책, 33쪽.
52 津田三代子, 「新體制下女性の役割」, 『녹기』, 1940.10, 62~65쪽.
53 玄永燮, 「日本民族の優秀性」, 『新生朝鮮の出發』, 大阪號屋書店, 1939, 108쪽.

소설의 결말은 쉽게 예측할 수 있듯이, 명회는 "의외로 싱겁게" 고마쓰바라 가문에 입적되고, 명철과 야스코의 관계가 급격히 호전되면서 "내지인 남자와 조선인 여자가 서로 사랑해서 연애를 하다 주위의 반대에 부딪혔을 때 그것은 당연히 함께 부딪쳐야 한다"[54]는 매우 낯익은 주제를 이끌어낸다. 우여곡절을 겪은 이 등장인물들의 '내선결혼'을 '의외로 싱겁게' 해결해준 것은 바로 중일전쟁의 발발이었다. 제국대학을 졸업한 하이칼라 숙부의 "일본 필승설"은 '남가일족'의 아버지 남준기로 하여금 국방헌금을 내게 하고 또 상투를 자르게 한 것이다. 스스로 선비 집안의 한학자임을 명예로만 알았던 백부 또한 남준기와 경쟁이라도 하듯 국방헌금을 내고 자신의 이름이 신문에 오른 것을 자랑스러워했다. 군용열차가 줄지어 선 경성역 플랫폼에서 흰 옷을 입은 '남가일족'이 대일본제국 육군 보병 중위 "남명철 군 만세"를 외치는 장면은 전쟁영화의 엔딩 장면을 보는 듯한 감동을 강요하는 듯하다. 이렇듯 '내선결혼'을 중심으로 한 이 소설이 독자에게 보여주는 이러한 장면들은 중일전쟁을 완수하기 위한 인적·물적 수단을 동원하는 이데올로기를 민간의 차원에서 고무하고 있는 것이라고 할 수 있다.

---

54 金聖珉, 『綠旗聯盟』, 羽田書店, 1940, 316쪽.

4. '내선일체'의 불/가능성

'녹기연맹' 단체와 소설『녹기연맹』은 각각 현실과 이념에서 '내선일체'가 실현되는 상상적 영역을 일상 공간에 재현하면서 '내선평등'의 이데올로기를 관철하는 민간 생활 운동의 근거로 기능했다.[55] 그러나 역설적으로 제국 일본에의 동화를 표방하면 할수록 조선과 '내지'의 차이에 의한 타자성과 정체성이 더욱 선명하게 드러나는 모순에 봉착하게 되었다.

좋은 타자란 바로 나와 동일한 타자다. 그러나 나와 동일한 타자는 나와의 차이가 완전히 불식된 동일자로 간주되는 까닭에 만약 그에게서 어떤 차이점이 발견되면 불쾌감이 발생한다. 이런 맥락에서 볼 때 제국 일본이 자신과 동일한 타자를 승인하기 위해서는 '발견된' 타자인 조선에 대한 모든 윤리적 강론을 철저하게 폐기처분해야 하는 것이다. 즉 '내선일체'에서 그 무엇보다 곤란하고 어려운 문제는 바로 동일성에 대한 인정 그 자체이며, 그런 점에서 진정한 난관에 봉착했던 것은 일본 측이었다고 할 수 있다. 사실 동일자란 이미 존재하고 있는 것이 아니라 도래하는 것이기 때문이다.[56]

한편 타자로서의 조선인은 호적법의 적용을 받지 않는 '제국의 신

---

55 "잠깐, 약점을 찌르는 것 같네만, 연맹에는 그런 반도인들과 다른 내지인들 사이에, 가령 급료라든가 그밖에 다른 차별이 있는가? 어떤 상태로 하고 있는 건가?'
  "그런 건 문제가 되지 않는다네. 급료는 다른 곳과 비교하면, 대학 출신도 전문학교 출신도 모두 박봉이어서 자랑할 건 없지만, 내선간의 차별 따위는 절대로 없네. 그래서 녹기연맹, 내선일체운동의 본거本據지-"(「綠旗聯盟の運動を語る」, 『綠旗』, 1940. 10, 123쪽)
56 알랭 바디우, 이종영 역, 『윤리학』, 동문선, 2001, 37쪽.

민'이기는 했지만 권리와 의무를 보장받는 '내지인'은 아니었기 때문에 제국의 측에서 동화를 요구하면 할수록 조선인은 '동화일체론'을 넘어 차별철폐론의 근거를 활용하면서 급기야 '평행제휴론'의 경향으로 고조되기도 했다. "민족적 감정도 없이 국어(일본어 - 인용자)만으로 생활하고 일본 국민으로서 일체의 수행을 쌓고 전쟁터에서 비굴한 짓을 하지 않고 일본의 풍습을 모방하면서 자신의 것으로 삼는 사람들이 조선인이라는 이유로 불행해지는 것을 막기 위"해서는 "반도에서 태어났어도 그 능력에 따라 그 성실에 따라 그 근면에 따라 내지인처럼 보답 받지 않으면 안 된다. 반도인이 내지인을 사랑해도 반도인이라는 이유로 고뇌하지 않도록 할 필요가 있다. 이것은 국책이며 인도적인 문제"[57]라고 주장하면서 도리어 일본인의 각성을 촉구했던 현영섭의 발언은 이러한 당시의 세태를 잘 반영하고 있다.

권력자의 정체성은 상상적인 것이지만 현실적은 근거를 갖고 있는 것이기 때문에 그것의 향유는 쉽게 포기될 수 없는 성질의 것이다. 권력자는 심지어 자신의 생명을 걸고서라도 정체성의 향유를 포기하지 않으려고 한다. 이와 동시에 권력자의 권위에 굴복하고 복종하는 자들의 목적은 복종 그 자체가 아니라 권력자의 권력이다. 즉 권력자의 권력을 함께 향유하고 언젠가는 자신이 그 권력자의 권력을 전유하기 위한 것이다.[58] 요컨대 "본토 결전에 대한 구체적 대책이 발표되고 있었고 그리 쉽사리 일본이 손을 들리라고는 생각되지 않"[59]았던 시기에 발표된 김성민의 소설 『녹기연맹』에서 우리는 식

57 　天野道夫, 「事實として內鮮一體」, 『내선일체』, 1940. 12, 40~41쪽.
58 　이종영, 『사랑에서 악으로』, 새물결, 2004, 169~172쪽 참조.
59 　김성민, 「패전 직후의 동경 표정」, 1948. 1, 45쪽.

민지 조선과 제국 일본의 양 방향에서 각각 '내선일체'의 불/가능성을 목도할 수 있는 것이다.

제11장

전시변혁론으로서의 '동아협동체론'과 '동아연맹론'

1. 전시광역권론의 대두

만주사변을 기점으로 해서 1930년대부터 1940년대 전반까지 제국 일본의 식민지 팽창정책은 한편으로는 전시광역권으로 묶인 아시아 식민지 국가들로 하여금 해방과 공생의 길을 모색하게 하는 계기가 되기도 했다. 일본은 서양 제국주의와 대항하면서 자국의 세력 범위를 확대하는 가운데 서양과 대립되는 동양적 문맥에서 일본을 맹주로 하는 '아시아인을 위한 아시아'를 건설한다는 이른바 '아시아 먼로주의'를 제창했는데, 그렇게 된 배경에는 미국과 영국의 협조를 기축으로 한 워싱턴체제의 붕괴가 놓여 있었다. 즉 일본은 제국주의의 확장 일로에서 중일전쟁 발발로 인해 워싱턴체제가 전면적으로 파기되자 이를 대체할 만한 새로운 질서로서의 '동아신질서'를 주창하면서 식민지의 국가들과 연합하여 구미 열강에 대항한다는 대의명분을 내세웠던 것이다.

이러한 유례없는 지역주의는 곧바로 동남아시아로까지 확장됨으로써 마침내 서양과 동양이라는 완벽한 이항 대립적 구도의 외교 이념인 '대동아공영권'으로 집중되었다. 이러한 일본의 제국주의화 과정은 1860년대 가쓰 가이슈勝海舟의 '동아시아 제휴론', 1870년대 사이고 다카모리西鄕隆盛의 '정한론', 1880년대 흥아회興亞會의 '아시아주의'를 계승한 것으로서, 서구 열강과의 대항 구도 속에서 아시아 국가들과 연대한다는 사안을 내포한 것이었지만, 그 이면에는 일본 제국주의가 아시아 국가들을 침략하면서 아시아 국가들의 강력한 저항에 직면했던 사정에 따른 교착 관계가 자리하고 있었다는 점에서 커다란 모순이 놓여있었다.

다케우치 요시미竹內好는 '근대의 초극' 문제가 일본 근대사의 아포리아를 응축하고 있다고 언급한 바 있었는데, 이는 식민지 말기 제국 일본에서의 '대동아공영권'의 창출 과정이 이렇게 실제적인 모순들을 일거에 초월한 미학적 태도로 등장했기 때문이라고 할 수 있다. 여기서 일본이 직면한 교착적 관계의 모순이란 정치적으로 말하면 자유주의 경제와 국가주의 경제의 대립이기도 하고, 또 아시아에 대한 제국주의적 침략을 서양 제국주의로부터 아시아를 해방한다는 대의명분으로 대체했던 기만적인 태도이기도 하다. 즉 다케우치 요시미는 복고와 유신, 존황과 양이, 쇄국과 개국, 국수와 문명개화, 동양과 서양이라는 대항관계에서 양자의 모순을 일거에 초월해버린 일본 근대의 사상사적 과제가 폭발한 지점이 바로 '근대의 초극'이었다고 말하고 있는 것이다.

2. 중일전쟁 시기의 '동아협동체론'과 '동아연맹론'

실제로 이 시기에 중국과 조선 및 대만에서는 제국 일본에 저항하는 반제민족운동이 존재했고 이 양자가 서로 대치하는 가운데 아시아 각 민족이 공생하기 위한 이념이 모색되기도 했으며, 또 다른 한편 그 것은 그 자체로 제국주의적 이념이라는 굴절된 형태로 수용되기도 했다. 특히 전자의 경우는 제국 일본이 아시아의 식민지 국가들과 연합하여 서양 제국주의에 대항한다는 신질서의 이념인 '대동아공영권'의 형태로 나타났는데, 이에 대한 실천적 방책으로서 아시아 각국에서 특별한 영향력을 발휘했던 것이 이른바 '동아협동체론'과 '동아연맹체론'이다.

이 과정에서 전개된 '동아신질서' 구상은 일본의 제국주의 정책의 일환임과 동시에 다른 한편 기존의 일본 제국주의 정책을 궤도 수정하여 일본과 중국의 화해와 제휴를 지향하는 노선으로 전환해가는 징조로도 주목되었다. 제1차 고노에 성명에서는 "장제스蔣介石를 상대하지 않겠다"는 강경방침을 내세웠으나, 제2차 국공합작 통일전선과의 지구전으로 돌입하자 제2차 고노에 성명에서는 전쟁 해결의

방안으로서 일만지日滿支의 제휴를 통해 동아시아의 안정을 위한 신질서 건설을 제시했고, 제3차 성명에서는 그 연장선상에서 '선린우호, 공동방공, 경제제휴'라는 3원칙을 제시함으로써 동아시아의 각국이 평화적 재편으로 완화되는 것처럼 보였다.

그러나 아시아·태평양전쟁에 돌입한 이후 일본의 지정학적 패권주의가 더욱 노골화되면서 오히려 전쟁은 확대되었고, 아시아 식민지 국가들과의 관계는 보다 폭력적으로 재편되었다. 중일전쟁의 추이에 따라 제국 일본에서 '동아협동체론'과 '동아연맹론'이 처음 제기되었을 때는 실질적인 아시아 각국의 해방과 공생이라는 사상적 비전이 담겨 있었다. 일본의 혁신 좌파가 이론적으로 동조하고 식민지 조선의 지식인들이 실천적인 차원에서 크게 호응했던 것은 바로 이 때문이다.

1) 동아협동체론

'동아협동체론'은 식민지와 제국주의의 대립을 극복하고 각 민족이 자주적으로 연합하여 새로운 동아시아 질서를 구성한다는 전시하의 사회 변혁 이념으로서, 처음 쇼와연구회昭和研究會의 혁신 지식인인 미키 기요시三木清, 오자키 호쓰미尾崎秀實, 로야마 마사미치蠟山政道, 가타 데쓰지加田哲二 등에 의해 주창되었다. 따라서 이는 당시의 합법적 사회주의 정당인 사회대중당과 일본혁신농촌협의회의 지지를 받았다. 여기에는 일본의 제국주의적 침략에 저항하면서 해방을 지향하는 중국의 민족문제를 재고하고 블록경제론과 같은 자본주의 경제를 극복할 수 있는 보편적인 '세계사적 사상'을 구상함과 동시에 일본 제국주의의 자기비판을 꾀한 전시 사회 변혁사상으로서 주목할 만한 가치가 있었다. 즉 '동아협동체론'은 동아시아의 민족을 초월한 관련 속에서 사회를 재조직하고 제국주의를 극복하려는 시도였다는 점에서 여타의 '동아신질서론'과는 다른 특질을 지니고 있었다.[1]

중일전쟁기에 제기된 '동아협동체론' 및 '동아연맹론'의 담론 형성 과정에는 아시아·태평양전쟁 시기에 열광적으로 제출된 '근대의 초극'이나 '세계사의 철학'의 원형적 측면을 내포함으로써 서양 대 동양이라는 이항대립의 지역적 슬로건과 맞물리는 지점이 존재하고 있었다. 그러나 다른 한편 중일전쟁기의 '동아협동체론' 및 '동아연맹론'은 중국과의 관계 및 아시아 식민지 국가들과의 관련 속에서 제기되었던 것인 만큼 아시아·태평양전쟁기의 '대동아공영권'의 담론과는 논의의 질을 달리해야 하는 측면이 존재한다. 이러한 점은 오자키 호쓰미의 논의에서 가장 뚜렷이 나타나는데, 그는 '동아협동체론'과 '동아연맹론'이 기존의 일본주의에 호응하는 새로운 아시아주의로 흡수될 것을 가장 우려했던 지식인이기도 했다. 즉 오자키 호쓰미는 '동아협동체'의 이념을 "중일전쟁에 대처해야 할 일본의 근본적인 방법"으로 규정함으로써 종래의 아시아주의와 단절되어야 할 것을 명확히 했다.

'동아협동체'의 이념은 이미 오래된 것이라 할 수 있다. 만주국 성립 당시의 왕도주의王道主義도 '팔굉일우八紘一宇'의 정신도 근본적으로 '협동체'의 관념

---

1   米谷匡史, 『Asia / Japan』, 岩波書店, 2006, 131쪽.

과 상통하는 면이 있다고 생각한다. 또 그것은 '동아연맹'의 사상과 함께 '대아시아'론의 흐름을 따르는 것이라 할 수 있다. 그러나 현재의 정세하에서 '신질서'의 실현 수단으로 나타난 '동아협동체'는 명백히 중일전쟁의 진행 과정이 낳은 역사적 산물이다.[2]

이와 함께 미키 기요시가 "조선, 타이완 민족을 포용하는 우리나라로서는 배타적이지 않은 민족 협동 방식이 필요"[3]하다고 주장하면서 일본의 제국주의적 침략에 반대하고 또 '동아신질서'를 구상하기 위해 일본의 내부 혁신을 도모했던 것도 같은 맥락이라 할 수 있다.

일본의 지도에 의해 성립한 동아협동체 속에는 일본 자신도 들어가는 것이며 그러한 한에서 일본 자신도 이 협동체의 원리에 따라야 한다는 의미에서 마땅히 그 민족주의에 제한이 가해지지 않으면 안 된다. 일본 문화는 동아시아를 지배할 수 있는 것으로서 단지 민족적인 것에 그치지 않는 의의를 가져야 함이 요구된다. 민족주의가 빠지기 쉬운 배외적 감정에 대해 경계해야 한다는 것은 말할 필요도 없다.[4]

또한 쇼와연구회의 핵심 멤버이자 '동아협동체론'이라는 용어를 처음 사용한 로야마 마사미치는 "하나의 민족 혹은 하나의 국가가 다른 민족 혹은 다른 국가의 정복에 의한 영토적 제국주의가 아닌

---

2   오자키 호쓰미, 「동아협동체의 이념과 그 성립의 객관적 기초」, 최원식 · 백영서 편, 『동아시아인의 '동양' 인식 : 19~20세기』, 문학과지성사, 1997, 37쪽.
3   三木淸, 「東亞協同体の再檢討」, 國策硏究會, 『新國策』, 1940. 5. 15.
4   미키 기요시, 「신일본의 사상원리」, 최원식 · 백영서 편, 『동아시아인의 '동양' 인식 : 19~20세기』, 문학과지성사, 1997, 59쪽.

민족의 공존 협력을 가능케 하는 지역적 운명공동체"[5]의 형성을 호소하면서 일본의 제국주의적 침략 의도를 근본적으로 봉쇄했다. 이들의 논의는 어디까지나 중국과의 관계를 염두에 둔 것으로서, 이전의 편협한 일본주의와의 연속성을 부정하고 아시아 각국의 독자성을 인정하는 차원 높은 문화로 고양시킴과 동시에 제국 일본의 자기혁신의 문제를 도출하는 데까지 닿아 있었다.

2) 동아연맹론

'동아연맹론' 구상은 만주사변 이후 만주국이 설립(1932)되면서 1933년 '만주국협화회滿洲國協和會'에 의해 최초로 표명된 것으로서, 애초에 그것은 만주국의 지배 원리인 '오족협화'를 동아시아의 전역으로 확대시키려는 목적으로 상정되었다. 만주사변의 주도자 이시하라 간지石原莞爾의 '세계최종전쟁론'이라는 군사적 비전에 입각한 이 구상은 중일전쟁이 교착상태에 들어간 1938년에 보다 완화된 형태로 체계화되었다.[6] 즉 중일전쟁의 효율적인 대비를 위해 아시아의 각 민족이 연합전선을 형성하되, 일본을 중심축으로 일만지를 연결하는 공동방위, 공동경제블록, 그리고 천황의 지도하에 각 지역 행정의 고유 체제를 보장한다는 단계에서 왕도王道를 지도 원리로 한 "일만지

5　蠟山政道,「東亞協同体の理論」,『改造』, 1939. 11.
6　이시하라가 '동아연맹론'에서 처음 명시했던 조항은, 角田順 編,「軍事上ヨリ見タル皇國ノ國策竝國防計劃要綱(1933. 6)」,『石原莞爾資料 國防論策』, 原書房, 1967, 114쪽 참조. 이와 함께 '동아연맹' 결성의 3대 원리를 구체화한 것은 「現在ニ於ケル我ガ國防(1938. 5)」, 같은 책 228쪽 참조.

삼국의 국방의 공동화, 경제의 일체화, 정치의 독립"[7]이라는 구체적인 결성 조건이 표명된 것이다. 여기서 말하는 '정치의 독립'이란 "연맹의 구성국들이 독립적으로 자국의 주권을 행사한다는 것"[8]으로서, 이는 가입과 탈퇴의 자유 및 권리까지 보장하는 유연한 체계의 반영이었다. 이러한 '정치의 독립'이라는 원칙은 왕징웨이汪精衛 정권과 식민지 조선의 지식인들에게 매력적인 호소력으로 다가왔다.

이후 미야자키 마사요시宮崎正義가 이론적으로 체계화한 사상운동인 '동아연맹론'은 아시아 각국의 지역 통합을 추진하고 통제경제로 동아시아의 개발을 실현함으로써 서양 제국주의로부터의 해방을 모색하고자 한 것으로서, 이들은 일만지日滿支가 결합한 광역적 지역기구로서의 '동아연맹'을 창설하여 아시아의 전쟁을 억제하고자 했다. 이러한 의도는 다분히 전체주의와 친연성을 갖는 사상이기도 하지만 다른 한편 일본이 제국주의 정책을 취하고 있는 한 중일 제휴는 불가능하다는 것, 그리고 전쟁을 종결하고 중국과 일본이 화해하기 위해서는 일본이 제국주의 정책을 포기할 필요가 있다는 내용을 주장한 과격성이 내포된 것이기도 했다.[9] 그러나 '동아연맹' 운동이 만주국에서는 정치 및 문화운동의 측면으로 허용되었으나 조선에서는 그것이 치안유지법으로 금지되어 있었다는 김용제의 발언에서도[10] 볼 수 있듯이 그러한 혁신적 사안들이 조선에서도 그대로 반영된 것은 아니었다.

---

7   森田芳夫,「森浦晴男 著 東亞聯盟建設綱領」,『綠旗』, 1939. 11, 11쪽.
8   宮崎正義,『東亞聯盟論』, 改造社, 1938, 151쪽.
9   米谷匡史,『Asia / Japan』, 岩波書店, 2006, 128~129쪽.
10   김용제,「告白的 親日文學論」,『韓國文學』, 1978. 8, 267쪽.

실제로 '동아연맹론'이 만주국 성립과 일본의 중국 침략의 정당화 및 왕징웨이 정권의 이른바 '화평운동' 지원을 목표로 출발했던 것인 만큼 조선에서는 큰 영향력으로 작용하지 못했다. 몽양 여운형이 오카와 슈메이大川周明와 '동아연맹 서울지부'를 설립하려 했다는 김팔봉의 회고에서나[11] '동아연맹론을 이용한 조선독립사건'으로 조명되었던 일련의 독서회 사건 등에서 볼 수 있듯이 조선에서의 '동아연맹론'은 주로 조선의 독립운동과 긴밀하게 연동되어 있었다. 가령 "동경에 동아연맹협회가 있고, 만주국협회와 북지에 유사 단체가 존재했으나 조선에서는 그리 활발하게 운동으로 활약하지 못했다"[12]는 현영섭의 발언은 이러한 분위기를 추측할 수 있게 해준다. '동아연맹론'과 조선독립운동의 관련 자료가 거의 존재하지 않는 데 대해 그 분위기를 짐작할 수 있는 자료로서 김용제의 「고백적 친일문학론」은 주목을 요하는 글이다.

우리 비밀단체의 명칭은 '동아연맹 조선본부'라고 칭하였다. '조선본부'라는 의미는 동아 지역 회원국가의 1단위로 대우받는 것이다. (…중략…) 동아연맹의 조선 문제 테제는 조선의 완전자치(사실상의 독립)였는데 그것은 표면적 발표였고 비밀조항에는 독립국으로 하고 국내가 자립될 시기까지는 외교와 군사만 책임 후견하고 그것도 필요가 없다고 원할 때는 언제든지 그만둔다는 것이었다. 따라서 당시의 조선 내에서의 동아연맹운동은 그래도 우리의 독립운동이 될 수 있었던 것이다.[13]

11   김팔봉, 『金八峯文學全集 2』, 문학과지성사, 1988, 279쪽.
12   天野道夫, 「東亞聯盟論의 擡頭와 內鮮一體運動과의 關聯」, 『朝光』, 1940.7, 214쪽.
13   김용제, 「告白的 親日文學論」, 『韓國文學』, 1978.8, 267~268쪽.

김용제의 바람대로 그 자신을 비롯하여 박희도, 장덕수 등의 명예회복이 지금까지 이루어지지는 않았지만, 이들이 '동아연맹운동'을 통해 조선의 완전한 자주독립을 꿈꾸었던 것은 일정 정도 사실일 것이다. 요컨대 여기서 중요한 것은 독립운동 및 혁명운동에 좌절한 전향자 가운데 '동아연맹론'에서 활로를 찾고 식민지 조선의 자치를 모색했던 사람들이 실제로 존재했다는 사실이다. 그럼에도 불구하고 '동아연맹론'을 처음 주창했던 이시하라 간지의 경력에서 드러나듯 '동아연맹론'에는 안보체제를 전면에 내세우는 일본의 군사적 성격이 강했다는 점에서 '동아협동체론자'들의 비판을 받기도 했다.

이렇듯 '동아신질서' 구상을 뒷받침하는 이념체로서 식민지 조선의 지식인들이 제국 일본에 대한 비판과 저항의 준거점으로 채택한 '동아협동체'와 '동아연맹론'의 차이에 대해 현영섭은 다음과 같은 의견을 제시했다.

그러면 양자의 차이는 어디 있느냐 하면 협동 본론은 서양의 구미 연방론자 특히 H. G. 웰스와 같이 자본주의를 비판하고 개인의 자유를 옹호하는 듯싶다. 동아연맹자 중에는 불교와 역경, 시경 등의 동양사상에 출발한 사람이 많다. 가령 伊東六十次郎 씨는 '四海同朋皆是佛者 一尺四海弘宣流布'의 고사기의 'むすび(결합−인용자)' 사상, 동양의 왕도사상을 근거로 하여 출발한다고 하고, 『왕도문화』(일부의 동아연맹론자의 기관지)는 일련주의一連主義 즉 법화경 철리哲理의 현대적 일본적 해석에서 출발하고 있다. (…중략…) 여하간 동아연맹론자가 다 그런 것은 아니나 동양적 이데올로기가 강하고 협동체론자들은 서구의 근대철학, 근대사회학 근대정치학에 조예가 깊다. 그만큼 협동체론과 서구의 연맹론(W.D.Currg, The Case For Federae Union 참조) 간에는 유사점이 많다.[14]

이에 따라 현영섭은 '동아협동체론'과 '동아연맹론'의 협조란 절대적으로 불가능함을 암시하면서 "동아연맹론은 일만지에만 적용"할 수 있을 뿐 조선의 진로는 "내선일체의 길밖에 없을 것"을 역설했다.

왕징웨이가 '동아신질서론'에 호응하여 충칭重慶 정부를 이탈하고 친일정부를 세운 적극성에 비한다면 조선의 지식인들의 움직임은 매우 소극적으로 비춰진다. 이것은 이 시기 조선에서의 지원병제 시행과 제3차 교육령, 그리고 창씨개명으로 이어지는 이른바 '내선일체의 황민화 정책'이 본격적으로 시행되고 있었기 때문인 것으로 보인다. 식민지와 제국의 분쟁을 극복하고 전시 변혁을 꾀할 만한 적극적인 계기로서의 '동아신질서' 담론은 식민지 조선인들로 하여금 조선 민족을 부정해야만 하는 현실에서 자립성을 포기한 채 일본인과의 평등을 주장하는 논리로 나아갈 수밖에 없었던 것이다. 이 시기의 '동아협동체론'이 조선에서는 '내선일체론'과 연동되어 논의되었던 까닭은 바로 여기에 있다. 물론 조선에서의 '동아협동체론' 논의에도 다양한 층위가 존재했지만, '동아협동체론'이 일본인과의 평등화를 지향하는 '내선일체론'으로 굴절되어 나타나는 현상은 전시체제기에 있어서 조선 사회 변혁의 틈새로 '동아협동체론'을 이용한 전향 지식인 인정식, 차재정, 박치우, 서인식, 김명식 등에게서 나타난다.

---

14 天野道夫, 『東亞聯盟論의 擡頭와 內鮮一體運動과의 關聯』, 『朝光』, 1940.7, 216쪽.

중일전쟁기에 제국 일본을 중심으로 식민지 국가들을 횡단하는 담론 공간이었던 '동아신질서' 논의는 아시아·태평양전쟁을 계기로 점차 소멸의 기색을 보이면서 '대동아공영권'이라는 제국주의적 담론으로 급격히 하강하게 된다. 일본에서는 좌파 지식인의 대대적인 검거가 이어지고 조선에서는 신문과 잡지가 통폐합되는 등 언론이 철저히 봉쇄되면서 지식인들의 절필이 속출하게 되었던 것이다.

3. 한설야의 「대륙」과 이광수의 「대동아」

　여기 이러한 일련의 과정이 응축된 두 작품이 있다. 한설야의 「대륙大陸」(『國民新報』, 1939.6.4)과 이광수의 「대동아大東亞」(『綠旗』, 1943.12)는 중일전쟁 시기와 아시아·태평양전쟁 시기의 '동아신질서' 담론의 추이를 엿볼 수 있는 기회를 제공하는 작품이다.

　　먼저 한설야의 「대륙」은 아시아·태평양전쟁 발발 이전, 즉 중일전쟁 시기의 만주를 배경으로 '동아신질서' 담론의 축을 반영하는 서사를 형성하고 있다. 여기에는 국가나 군사적 차원이 아닌 민간 주도의 조선인 자치부락을 형성하는 과정을 통해 당시에 현실적으로 담론화 되고 있었던 문제점들이 배치되어 있다. 즉 '오족협화'를 지향하는 만주의 인종적 질서를 대변하듯 조선의 지식인인 오야마 히로시, 하야시 가즈오와 일본인 엘리트 여성 유키코, 그리고 만주 여성인 마려가 중심인물로 등장하면서 이들의 만주 활약상에서 빚어지는 민족적 관계를 통해 예의 만주 이민문제, 조선의 개척민 문제, 민생 안정, 동아시아연대론, 중국의 항일문제, 대중동원, 일본의 내부 혁신의 문제 등으로 표상되는 일본인과 조선인 및 중국인의 대립선이 극명하게 드러나 있다.

이들의 착종된 민족 관계에서 한설야가 중심적으로 말하고자 했던 것은 일본이 기존의 제국주의 정책을 고집하고 있는 한 중일 제휴는 절대 불가능하다는 점에 있었다. 이것은 민족적 우월감을 지닌 일본인 유키코보다는 모두가 경멸하는 만주인이기 때문에 마려를 선택한다는 것, 그리고 그것이 "대륙에서 일본인에게 가장 필요한 정신"[15]이자 정의라는 사실을 피력한 히로시의 발언에서 극명하게 드러난다.

> 오히려 그것보다 나는 일본인의 성격개조를 할 수 있는 새로운 무대나 도장으로서 대륙을 예찬하고 싶다. 확실히 시대는 새로운 성격을 요구하고 있다. 여기에 오면 다른 어디에 있을 때보다 우리들은 일본이라고 하는 것을 확실하게 보게 된다. 확실히 대개조가 필요하다. 호흡이 너무 작고 선이 너무 얇아.[16]

이어지는 하야시의 대사는 '섬나라 쇼비니스트들'의 자성을 촉구하는 것으로 연결되는데, 이는 '동아신질서'에서의 식민지와 제국의 관계 속에서 일본의 내부 혁신을 요구한 것이라 할 수 있다. 요컨대 한설야의 논점은 전시 변혁을 통해 아시아의 사회 경제를 재편하고

---

15 한설야, 「대륙」, 김재용·김미란·노혜경 편역, 『식민주의와 비협력의 저항』, 역락, 2003, 95쪽.
16 위의 글, 160쪽.

자 한 것으로서, '동아시아의 맹주 일본'에 의한 동아시아 민족의 해방을 구축하는 과정에서 제국주의 비판을 통해 산출된 역설적 형태의 담론을 노정한 것이라고 할 수 있다.

한편 이광수의 「대동아」는 와세다대학의 동양사 교수 가케이 박사가 중국인 유학생 청년 범우생에게 '대동아공영권'의 이상주의를 설파하는 이야기 축과 가케이 교수의 딸인 아카미와 범우생의 사랑 이야기로 구성되어 있다는 점에서 한설야의 「대륙」과 유사한 서사 구조를 형성하고 있다. 여기에는 가케이 박사로 대변되는 제국 일본이 다민족 공생의 실현을 포기하고 일본이라는 새로운 중심을 정당화하는 식민주의적 계기가 내포되어 있다. 이는 '영미 박멸'을 슬로건으로 하는 아시아·태평양전쟁의 한가운데서 제국 일본이 폭력적으로 수행한 '대동아공영권'의 아시아주의에 편승하여 식민지적 주체를 형성하기 위한 위태로운 시도라 할 수 있다.

아시아의 모든 민족이 그 동종성同種性, 그 형제성兄弟性에 눈뜨고, 특히 그 공동운명성이라고나 할까, 서로 돕지 않으면 안 된다는 말도 맞지 않네. 그 이상이기 때문이네. 일본이 없이는 중국이 없으며, 아시아가 영국과 미국의 것이 되면 일본도 없는 것이네. 아시아의 여러 민족이 하나로 뭉치지 않고서는 영미의 독이빨로부터 자기를 해방하여, 빛나는 아시아인의 아시아를 현현할 수 없는 것이다. 장개석이 일본을 넘어뜨림으로써 중국을 완성하려는 것은 착각이다. 얼마나 불행한 착각일까. 범군, 일본과 자네의 조국은 화합하면 일어서고, 싸우면 쓰러지는 상관성이 있는 사이네. 이를 공동운명성이라고 이름 붙여보세. 운명공동체라고 하는 편이 더 적절할 지도 모르겠네. 일본이 자네 조국의 영토를 빼앗고, 자네 조국을 넘어뜨리고 일본만 일어서

겠다는 야심을 갖지 않고 있다는 사실은 고노에近衛의 성명으로써 확실해질 것이네.[17]

한설야가 '동아신질서' 담론을 전시하의 식민지가 안고 있는 구조적 모순을 내파하고 제국 일본의 내부 혁신을 도모하려는 수단으로 역이용한 데 비해, 이광수의 입장은 철저히 '동아시아의 맹주 일본'의 주도권을 보다 명확히 가시화하고 있음을 알 수 있다. 이것은 '주변'을 동원하여 아시아의 중심을 형성하고자 한 일본 제국주의의 자기 충족적 '대동아공영권'의 담론과 정확히 일치하는 지점이기도 하다. 따라서 이광수가 "일본과 중국 두 민족 상호의 이해와 애정이야말로 동아시아의 영원한 평화의 기초"[18]가 된다고 말한다 하더라도 여기에는 중국의 항일문제나 중국 민족의 존립 문제는 완전히 삭제되어 있으며 오직 아시아·태평양전쟁을 수행하는 일본의 선도적 입장만 남게 되는 것이다.

이렇듯 '동아신질서' 담론은 일본의 제국주의적 팽창정책에 따른 담론에서 출발했지만 전쟁의 추이에 따라 그것은 제국과 식민지에서 다양한 층위의 동상이몽으로 재현되었다. 즉 '동아신질서' 담론이 전쟁 수행의 대의명분으로 제출되었다 하더라도 그것은 저항하는 아시아의 각 식민지 국가들에게 호소된 것이며, 따라서 이들의 협력이 수반되지 않는다면 현실화될 수 없는 문제틀이었기 때문이다. 이에 따라 식민지 국가들은 제국의 담론을 역이용하여 중심과 주변을 낳는 구조를 비판하고 여러 민족의 자립과 연대를 주장하는 전시 변

---

17   이광수, 「대동아」, 이경훈 편역, 『진정 마음이 만나서야말로』, 평민사, 1995, 393쪽.
18   위의 글, 385쪽.

혁의 이론으로 수용하고자 했던 계기를 발견할 수 있었던 것이다. 이는 전쟁이 확대됨에 따라 일본의 세력권이 재정의 되면서 점차 비판적 계기를 상실하게 되었다는 점에서 한계가 존재하기는 했지만, 중일전쟁기의 '동아협동체론' 및 '동아연맹론'의 문맥에서 볼 수 있듯이 이제는 식민지의 지식인들이 공유했던 문제틀을 식민지와 제국의 관계뿐만 아니라 아시아 각국의 관련 속에서 논의되었던 지점을 보다 면밀히 살펴보는 것이 필요한 때이다.

참고문헌

1. 기본자료

『家庭の友』,『開闢』,『京城日報』,『京城帝大英文學會會報』,『國民文學』,『國民總力』,『內鮮一體』,『綠旗』,『大東亞』,『大阪毎日新聞』,『東亞日報』,『滿鮮日報』,『滿鮮日報』,『毎日新報』,『文章』,『博文』,『半島の光』,『放送之友』,『白民』,『別乾坤』,『批判』,『思想月報』,『三千里文學』,『三千里』,『시와 산문』,『新國策』,『新東亞』,『신세계』,『新時代』,『女性』,『완역 모던일본 조선판』,『人文評論』,『朝光』,『朝鮮及滿洲』,『朝鮮日報』,『朝鮮』,『中央日報』,『中央』,『中外日報』,『靑年朝鮮』,『總動員』,『春秋』.

2. 국내논저

1) 단행본

金聖珉,『綠旗聯盟』, 羽田書店, 1940.

김남천,『사랑의 水族館』, 인문사, 1941.

김남천 편,『한국 근대 단편소설 대계』, 태학사, 1988.

김동인,『동인전집』8, 홍자출판사, 1967.

김윤식,『일제 말기 한국인 학병세대의 체험적 글쓰기론』, 서울대 출판부, 2007.

_____,『한국 근대 문예비평사연구』, 일지사, 1976.

_____,『한국 근대문학 사상사』, 한길사, 1984.

김재용 · 김미란 · 노혜경 편역,『식민주의와 비협력의 저항』, 역락, 2003.

김준엽,『장정』1, 나남출판, 1987.

김진수,『우리는 왜 낭만주의를 이야기하는가』, 책세상, 2001.

김팔봉,『金八峯文學全集』2, 문학과지성사, 1988.

박영희,『戰線紀行』, 박문서관, 1939.10.

백 철,『朝鮮新文學思潮史』, 백양당, 1949.

서인식,『歷史와 文化』, 學藝社, 1939.

유진오,『젊은 날의 자화상』, 박영문고, 1976.

윤대석 · 윤미란 편,『박치우 전집』, 인하대 출판부, 2010.

윤휘탁,『일제하 만주국 연구』, 일조각, 1996.

이경훈 편역,『진정 마음이 만나서야말로』, 평민사, 1995.

이광수,『나 / 나의 고백』, 우신사, 1985.

_____,『이광수 전집』18, 삼중당, 1962.

이종영,『내면성의 형식들』, 새물결, 2002.

_____,『사랑에서 악으로』, 새물결, 2004.

이충우,『경성제국대학』, 다락원, 1980.

임 화,『韓國文學의 論理』, 學藝社, 1940.

임종국,『친일문학론』, 민족문제연구소, 2005.

임학수,『戰線詩集』, 인문사, 1939.9.

정비석,『小說作法』, 신대한도서주식회사, 1950.

정인택,『淸凉里界外』, 朝鮮圖書出版株式會社, 1944.12.

정진석,『극비 조선총독부의 언론 검열과 탄압』, 커뮤니케이션북스, 2007.

朝鮮出版社 編,『放送小說名作選集』, 朝鮮出版社, 1943.

조용만,『30년대의 문화예술인들』, 범양사, 1988.

최유리,『일제 말기 식민지 지배정책 연구』, 국학자료원, 1997.

최재서, 노상래 역,『전환기의 조선문학』, 영남대 출판부, 2006.

_____,『인상과 사색』, 연세대 출판부, 1977.

_____,『轉換期의 朝鮮文學』, 人文社, 1943.

_____, 이혜진 역,『최재서 일본어 소설집』, 소명출판, 2012.

친일인명사전편찬회,『일제협력단체사전』, 민족문제연구소, 2004.

_____,『친일인명사전』, 민족문제연구소, 2009.

韓國圖書 編,『半島作家短篇集』, 朝鮮圖書出版株式會社, 1944.5.

한석정,『만주 건국의 재해석』, 동아대 출판부, 2007.

한수영,『친일문학의 재인식』, 소명출판, 2005.

2) 논문

강진호,「통속소설, 차선의 의미」, 이상갑 편,『김남천』, 새미, 1995.

곽승미,「김남천의『사랑의 水族館』론」,『이화어문논집』18, 2000.

김 철,「'근대의 초극',『낭비』그리고 베네치아Venetia」, 민족문학사학회,『민족문학
　　　　사연구』18, 2000.

김기훈,「1930년대 일제의 조선인 만주 이주 정책」,『전주사학』6, 1998.

김외곤, 「사상 없는 시대의 왜곡된 인간 군상」, 『한국 근대리얼리즘문학 비판』, 태학
    사, 1995.

김용제, 「告白的 親日文學論」, 『韓國文學』, 1978.8.

김윤식, 「근대문학의 세 가지 시각」, 『한국문학의 근대성과 이데올로기 비판』, 서울
    대 출판부, 1997.

_____, 「한국문학 연구수준」, 『한국문학의 근대성과 이데올로기 비판』, 서울대 출판
    부, 1997.

_____, 「『전선기행』 속의 조선 문인들의 표정」, 『한일 근대문학의 관련양상 신론』,
    서울대 출판부, 2001.

김준환, 「1930년대 한국에서의 동시대 영국시 수용」, 『영어영문학』 53(3), 2007.

류보선, 「친일문학론의 계몽적 담론 구조」, 한국근대문학회, 『한국문학과 계몽담
    론』, 소명출판, 1999.

박광현, 「검열관 니시무라 신타로西村眞太郎에 관한 고찰」, 『한국문학연구』 32, 2006.

박성진, 「일제 말기 녹기연맹의 내선일체론」, 『한국 근현대사연구』 10, 한국근현대사
    연구회, 1999.

배주영, 「도시적 감수성과 연애소설에 관한 시론」, 사에구사 도시카쓰 외, 『한국 근대
    문학과 일본』, 소명출판, 2003.

서영인, 「근대 인간의 초극과 리얼리즘 : 김남천의 일제 말기 비평 연구」, 『국어국문
    학』 137, 2004.

안태윤, 「식민지에 온 제국의 여성 : 재조선 일본 여성 쓰다 세츠코를 통해 본 식민주
    의와 젠더」, 『한국여성학』 24, 한국여성학회, 2008.

오태영, 「내선일체의 균열들 : 김성민의 『녹기연맹』을 중심으로」, 『상허학보』 31, 상
    허학회, 2011.

유희석, 「보들레르와 근대」, 『창작과 비평』 98, 1997.

윤대석, 「1940년대 국민문학 연구」, 서울대 박사논문, 2006.2.

윤선태, 「'통일신라'의 발명과 근대 역사학의 성립」, 『신라의 발견』, 동국대 출판부,
    2008.

이경훈, 「식민지의 '트라데 말크'」, 『오빠의 탄생』, 문학과지성사, 2003.

이승엽, 「내선일체운동과 녹기연맹」, 『역사비평』 50, 역사문제연구소, 2000.

_____, 「녹기연맹의 내선일체운동 연구 : 조선인 참가자의 활동과 논리를 중심으
    로」, 한국정신문화연구원 석사논문, 1999.

이혜진, 「전쟁과 문학 : 총력전하의 '전쟁문학' 작법作法」, 한국현대문예비평학회, 『한
    국문예비평연구』 25, 2008.4.

_____, 「김남천의『사랑의 수족관』에 나타난 '현대'의 성격과 '현대 청년'」,『한국민족문화』 27, 부산대 한국민족문화연구소, 2006.

_____, 「서인식의 역사철학과 쇼와 비평의 문제들」,『한민족문화연구』 37, 2011.

_____, 「신체제 시기 최재서의 '국민문학론'」,『정신문화연구』 33(3), 한국학중앙연구원, 2010.9.

_____, 「전쟁과 문학 : 총력전하의 '전쟁문학' 작법」,『한국문예비평연구』 25, 한국현대문예비평학회, 2004.4.

장영순, 「전쟁과 종군 작가의 '진실'」,『재일본 및 재만주 친일문학의 논리』, 역락, 2004.

전봉관, 「황군위문작가단의 북중국 전선 시찰과 임학수의『전선시집』」, 한국문학언어학회『어문논총』, 2005.5.

정선태, 「총력전 시기 전쟁문학론과 종군문학」,『동양정치사상사』, 2006.9.

정혜경·이승엽, 「일제하 녹기연맹의 활동」,『한국근현대사연구』 10, 한국근현대사연구회, 1999.

조용만, 「李箱時代, 젊은 예술가들의 肖像」,『문학사상』, 1987.4.

차승기, 「'근대의 위기'와 시간-공간의 정치학 : 교토학파 역사철학자들과 서인식」,『한국 근대문학 연구』 4(2), 2003.8.

_____, 「추상과 과잉」,『상허학보』 21, 상허학회, 2007.10.

최혜림, 「『사랑의 수족관』에 나타난 '일상성'의 의미 고찰」,『민족문학사연구』 25, 2004.

한석정, 「만주국 민족형성과 외래 거류민의 사회적 위치에 관한 연구」,『한국사회학』 31, 1997.

한수영, 「고대사 복원의 이데올로기와 친일문학 인식의 지평」,『친일문학의 재인식』, 소명출판, 2005.

_____, 「유다적인 것, 혹은 자기성찰로서의 비평」,『문학수첩』 12, 2005.11.

황종연, 「신라의 발견 : 근대 한국의 민족적 상상물의 식민지적 기원」, 황종연,『신라의 발견』, 동국대 출판부, 2008.

3. 국외논저

1) 단행본

가라타니 고진, 조영일 역,『근대문학의 종언』, b, 2006.

_____,『네이션과 미학』, b, 2009.

_____, 『언어와 비극』, b, 2004.

_____, 『역사와 반복』, b, 2008.

角田順 編, 『石原莞爾資料 國防論策』, 原書房, 1967.

고모리 요이치小森陽一, 정선태 역, 『일본어의 근대』, 소명출판, 2003.

高木市之助, 『國文學十五年』, 岩波書店, 1967.

고바야시 히데오小林秀雄, 유은경 역, 『고바야시 히데오 평론집 : 문학이란 무엇인가』,
　　소화, 2003.

_____, 임성모 역, 『만철』, 산처럼, 2004.

高山岩男・花澤秀文 編, 『世界史の哲學』, こぶし書房, 2001.

久野收, 『三木淸全集』 10, 岩波書店, 1966.

驅込武, 『植民地帝國日本の文化統合』, 岩波書店, 1996.

宮崎正義, 『東亞聯盟論』, 改造社, 1938.

니시카와 나가오西川長夫, 한경구・이목 역, 『국경을 넘는 방법』, 일조각, 2006.

다케다 다이준, 이시헌 역, 『사마천과 함께하는 역사여행』, 하나미디어, 1993.

다케우치 요시미竹內好, 서광덕・백지운 역, 『일본과 아시아』, 소명출판, 2004.

鈴木成高, 『ランケと世界史學』, 弘文堂書房, 1941.

米谷匡史, 『Asia / Japan』, 岩波書店, 2006.

미야타 세쓰코宮田節子, 이영랑 역, 『朝鮮民衆과 ‘皇民化’ 政策』, 일조각, 1997.

_____, 정재정 역, 『식민통치의 허상과 실상』, 혜안, 2002.

三木淸, 『三木淸全集』 10, 岩波書店, 1967.

_____, 『三木淸全集』 13, 岩波書店, 1966.

_____, 『三木淸全集』 14, 岩波書店, 1966.

_____, 『三木淸全集』 15, 岩波書店, 1966.

西田幾多郎, 『西田幾多郎全集』 10, 岩波書店, 1950.

_____, 『西田幾多郎全集』 12, 岩波書店, 1950.

오구마 에이지小熊英二, 조현설 역, 『일본 단일민족신화의 기원』, 소명출판, 2003.

오오누키 에미코大貫惠美子, 이향철 역, 『사쿠라가 지다 젊음도 지다』, 모멘토, 2005.

栗原幸夫 外, 『資料世界プロレタリア文學運動』 6, 三一書房, 1972.

子安宣邦, 『近代の超克とは何か』, 靑土社, 2008.

田中英光, 『醉いどれ船』, 『田中英光全集』 2, 芳賀書店, 1965.

佐藤淸, 『轉換期の朝鮮文學』, 人文社, 1943.

_____, 『佐藤淸全集』 3, 詩聲社, 1964.

平野謙, 『文學・昭和十年前後』, 文藝春秋, 1972.

하쓰다 도오루, 이태문 역, 『백화점 : 도시문화의 근대』, 논형, 2003.

香山光郎, 『內鮮一體隨想錄』, 中央協和會, 1941.

玄永燮, 『新生朝鮮の出發』, 大阪號屋書店, 1939.

_____, 『朝鮮人の進むべき道』, 綠旗聯盟, 1937.

戶坂潤, 『日本イデオロギー論』, 岩波書店, 1977.

火野葦平, 西村眞太郎 譯, 『보리와 兵丁』, 朝鮮總督府, 1939.7.

_____, 『麥と兵隊』, 東京 : 改造社, 1938.9.

黑川創 編, 『外地の日本語文學 3 : 朝鮮』, 新宿書房, 1996.

히로마쓰 와타루, 김항 역, 『근대초극론』, 민음사, 2003.

게오르크 루카치, 차봉희 편역, 『루카치의 변증 : 유물론적 문학이론』, 1987, 한마당.

레프 셰스토프, 이경식 역, 『도스토예프스키, 톨스토이, 니체』, 현대사상사, 1987.

마샬 버만, 윤호병 · 이만식 역, 『현대성의 경험』, 현대미학사, 1994.

수전 손택, 이재원 역, 『은유로서의 질병』, 이후, 2002.

슬라보이 지젝, 김정아 역, 『죽은 신을 위하여』, 길, 2007.

알랭 바디우, 이종영 역, 『윤리학』, 동문선, 2001.

알렌카 주판치치, 이성민 역, 『실재의 윤리』, b, 2004.

페터 V. 지마, 김태환 역, 『모던 / 포스트모던』, 문학과지성사, 2010.

2)논문

ピータードウス, 藤原歸一 譯, 「植民地なき帝國主義 : '大東亞光榮圈'の構想」, 『思想』
　　　814, 1992.

가와 가오루, 김미란 역, 「총력전 아래의 조선 여성」, 『실천문학』, 2002년 가을.

高山岩男, 「世界史の理念」, 『思想』, 1940.4.

宮田節子, 李榮娘 譯, 「태평양전쟁 단계의 황민화 정책 : 징병제도의 전개를 중심으
　　　로」, 『朝鮮民衆과 '皇民化政策'』, 一潮閣, 1997.

南富鎭, 「日本女性と日本語に向かう欲望 : 金聖民の日本語小說を軸にして」, 『靜岡大學
　　　人文學部 人文學科硏究報告』 55(2), 靜岡大學, 2004.

다무라 히데아키, 「식민지시대 말기 암흑기 문학 친일파 작가에 대한 재평가」, 목원
　　　대학교 편, 『해방 60년 한국어문과 일본』, 보고사, 2006.

蠟山政道, 「東亞協同体の理論」, 『改造』, 1939.11.

마쓰모토 다케노리松本武祝, 「'總力戰體制'論과 '現代'」, 『역사문제연구』 13, 2004.12.

梅原猛 · 中村雄二郎, 「西田幾太郎と京都學派」, 『現代思想』, 1993.1.

미키 기요시, 「신일본의 사상원리」, 최원식 · 백영서 편, 『동아시아인의 '동양' 인식 : 19~20세기』, 문학과지성사, 1997.

本多秋五, 「轉向文學」, 『岩波講座 文學』 5(國民の文學 近代篇 2), 岩波書店, 1954.

사카이 나오키, 「모더니티와 그 비판 : 보편주의와 특수주의의 문제」, H. D. 하루투니언 · 마사오 미요시 편, 곽동훈 외역, 『포스트모더니즘과 일본』, 시각과언어, 1996.

永島廣紀, 「昭和戰前期の朝鮮における'右派學生運動試論 : 津田榮と京城帝大豫科立正會 · 綠旗聯盟の設立過程をめぐる基礎的考察」, 『九州史學』 135, 九州大學, 2003.

오자키 호쓰미, 「동아협동체의 이념과 그 성립의 객관적 기초」, 최원식 · 백영서 편, 『동아시아인의 '동양' 인식 : 19~20세기』, 문학과지성사, 1997.

우치다 준, 현순조 역, 「총력전 시기 재조선 일본인의 '내선일체' 정책에 대한 협력」, 『아세아연구』, 고려대 아세아문제연구소, 2008.

趙寬子, 「徐寅植の歷史哲學 : 世界史の不可能性と「私の運命」」, 『思想』, 2004. 1.

_____, 「植民地帝國日本と東亞協同體」, 『朝鮮史研究會論文集』 41, 朝鮮史研究會, 2003.

佐野學 · 鍋山貞親, 「共同被告同志に告ぐる書」, 『改造』, 1933. 7.

川村湊, 「朝鮮近代批評の成立と蹉跌 : 崔載瑞を中心に」, 藤井省三, 『岩波講座 : 「帝國」日本の學知5, 東アジアの文學 · 言語空間』, 岩波書店, 2006.

게오르크 짐멜, 「유행의 철학」, 『세계의 문학』 105, 2002.

Amad, A, "The politics of literary postcoloniality", *Race and Class* 36(3), 1995.

초출일람

제1장 전환기 : '현대'의 성격과 '현대 청년' : 김남천의 『사랑의 水族館』을 중심으로
「김남천의 『사랑의 水族館』에 나타난 '현대'의 성격과 '현대 청년'」, 부산대 한국민족
문화연구회, 『한국민족문화』 24, 2006.4.

제2장 근대의 초극 혹은 근대문학의 종언 : 김남천의 「경영」, 「맥」, 「낭비」 연작을 중심으로
「근대의 초극 혹은 근대문학의 종언 : 김남천의 「경영」, 「맥」, 『낭비』 연작을 중심으
로」, 국제어문학회, 『국제어문연구』 41, 2007.12.

제3장 서인식의 역사철학과 쇼와 비평의 문제들
「서인식의 역사철학과 쇼와 비평의 문제들」, 한민족문화연구, 『한민족문화학회』 37,
2011.6.

제4장 조선 이데올로기론 : 식민지 말기 조선의 역사철학 : 서인식의 역사철학을 중심으로
「朝鮮イデオロギー論 : 植民地における朝鮮の歷史哲學」, 日韓文化交流基金, 『訪日學
術研究者論文集』 18, 2011.10.

제5장 최재서의 '국민문학론'과 '고쿠고론'
「최재서의 '국민문학'과 '고쿠고國語론'」, 한국외대 한국어문학연구회, 『한국어문학연
구』 25, 2008.11.

제6장 신체제 시기 최재서의 '국민문학론'
「신체제시기 최재서의 '국민문학론'」, 한국학중앙연구원, 『정신문화연구』 33(3),
2010.10.

제7장 전쟁과 역사 : 총동원 체제하의 최재서의 일본어 소설
「총동원체제하 최재서의 일본어 소설」, 한국비평문학회, 『비평문학』 41, 2011.9.

제8장 총력전하의 전쟁문학 작법 : 『보리와 兵丁』, 『戰線詩集』, 『戰線紀行』을 중심으로

「총력전하의 전쟁문학 작법 : 『麥と兵丁』, 『戰線詩集』, 『戰線紀行』을 중심으로」, 한국
문예비평학회, 『한국문예비평연구』 25, 2008.4.

제9장 총력전 체제하 정인택 문학의 좌표

「총력전 체제하 정인택 문학의 좌표」, 고려대 한국학연구소, 『한국학연구』 29,
2008.12.

제10장 내선일체의 차질 : 김성민의 『綠旗聯盟』을 중심으로

「'내선일체'의 차질 : 김성민의 『綠旗聯盟』을 중심으로」, 국제어문학회, 『국제어문』
54, 2012.4.

제11장 전시변혁론으로서의 '동아협동체론'과 '동아연맹론'

「전시변혁론으로서의 '동아협동체'와 '동아연맹론'」, 『실천문학』 95, 2009가을.